除我以外全员在线

-2-

稚楚 著
ZHICHU WORKS

湖南文艺出版社

今天的光很温柔。
今天的风，也很温柔。

你就是九凤。
你可以比风更自由。

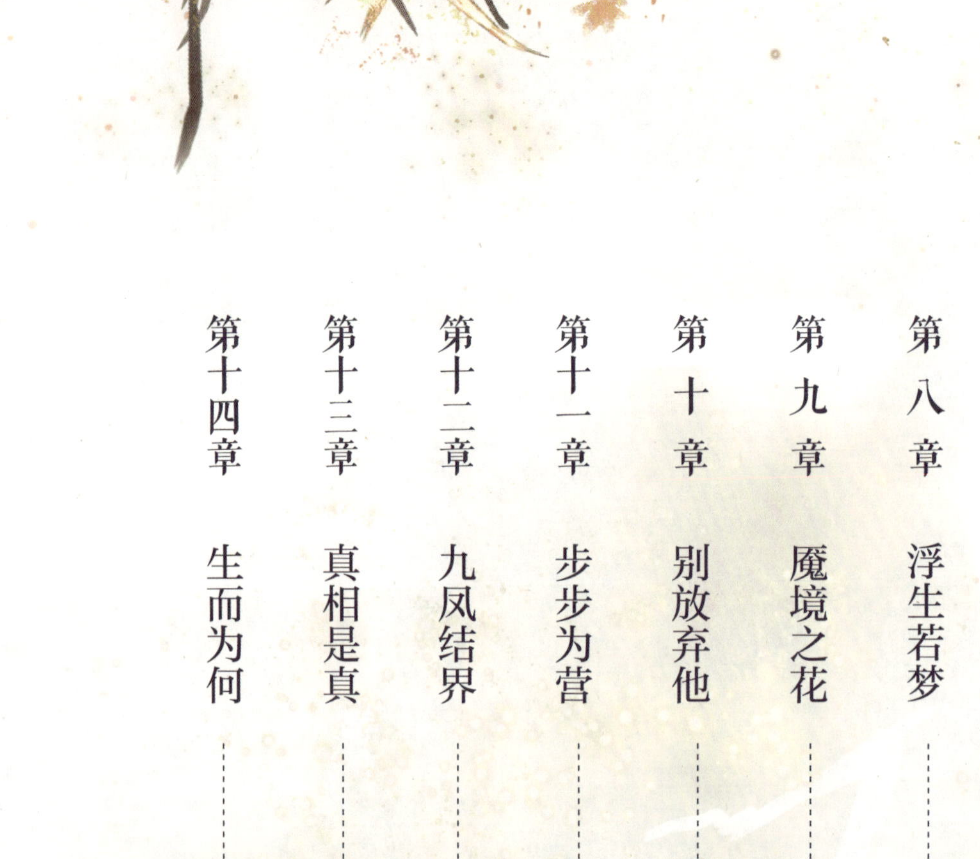

Contents
目录

你让我知道，即便我遭受非议与误解，即便我失去至亲与好友，失去我自己的身份，我依然没有失去你这个对手。

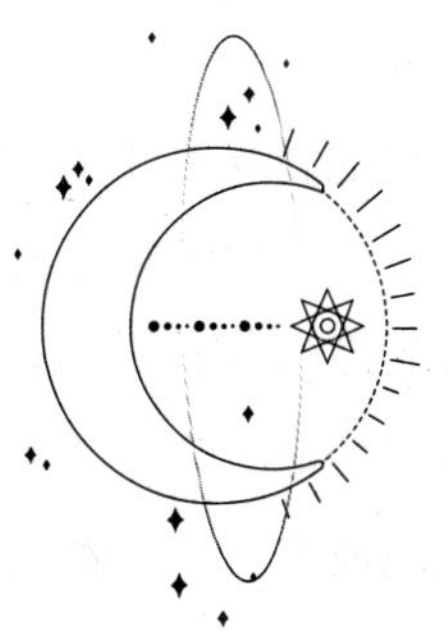

第一章 拼图游戏

动员大会上，还是当年的白虎教导主任发言，明明都是差不多的话，说来说去都逃不过“责任”两个字，可再次听到的卫桓，心境却完全不一样了。

“战备就是为战斗时刻做好准备，你们的背后是山海，前方是未知的危险。永远不要忘记你们的责任。在场的两千三百二十五名战备组新成员，欢迎你们加入这个大家庭。”林正则看向所有人，“希望送你们离开山海的那一天，这个数字不会有任何变化。”

“最后，”他站到了体育馆最前面，亲自升起山海的校旗，“战备组全体成员，山海的校训是什么？”

偌大的体育馆爆发出整齐而洪亮的声音，铿锵有力：“不破不立，仁者无敌！”

卫桓在心里默念了一遍：不破不立，仁者无敌。

过去听不懂的校训，他现在忽然就明白了。

卫桓不禁微笑，在队伍中抬起头望着那面飘扬的旗帜，温暖的阳光落在他脸上。

现在就是不破不立的时候。

动员大会结束，卫桓原本准备直接回去，却收到了燕山月的消息。他疑惑地转身看向距离他不到十米的燕山月，对方朝他使了个眼神——异族图纹的事今晚解决。

这个酷姐的行动力太强了。卫桓不禁感叹。

和景云一起吃饭的时候，卫桓一直在想套话的事，就算见到了燕山月的表哥，对方一个大少爷，肯定不会自己让他干什么他就干什么。

唉，他当时应该要个艾遥的联系方式。这么一想，卫桓有点后悔，但是转念一想，艾遥也不一定愿意帮自己。

去哪儿找那种让干什么就干什么，又可以逼供的很厉害的低等级异族呢？

冥思苦想的卫桓看见景云把眼镜取下来揉眼睛，还揉个没完，于是忍不住提醒："哎，你别揉。"

景云一抬眼，卫桓就看到了他的重瞳。

这不是现成的吗！真是踏破铁鞋无觅处。

被卫桓跟抓小鸡似的抓住的景云有点慌："干……干吗呀？"

"不干吗，哥哥准备带你出去见见世面。"卫桓飞快地给燕山月发了条消息，说自己要带个小朋友，然后就把事情的来龙去脉跟景云说了一遍。他本以为这事就这么成了，谁承想景云居然拒绝了。

景云胆子小，怕惹事，卫桓又没他不行，于是道："你想干什么，我都答应你。"听了这话，景云有点动摇："那……你陪我去一次云生结海楼？"

"你上次不是去了吗？"

景云支支吾吾地道："吃饭的时候碰到扬教官了，他把我带走了，我是真的很想去云生结海楼看看。"

"行，干完这票我就陪你去，我给你捉水母。"

就这么连哄带骗地，卫桓总算把景云带了出去。燕山月跟他约在山海的侧门，没穿校服的燕山月一身黑色一字肩连身裤，卫桓也是一身黑，唯独景云穿着一件粉色的T恤。

"我是不是穿得不太正式？"景云有点尴尬地开口。

燕山月笑了一声，没说话。她领着两人往外走，一边走一边交代："我表哥现在被软禁在家，我们可以直接用传送门过去。"说完，她看向卫桓，"你确定你见到他就可以？"

"我不行，"卫桓用大拇指指了指景云，"他可以。"

燕山月双臂环胸："暴力解决？"

"那哪儿行啊，"卫桓一副"你等着瞧"的表情，"他厉害着呢。"

燕山月没多问，伸出手在身前画出一个蓝色的光圈，光圈越变越大，最后变成了一扇椭圆形的光门。她率先走进去，卫桓和景云跟在后头。

刚踏出光圈，卫桓就发现周围的景色变成了相当漂亮的大花园，他们正前方是一个大理石喷泉。

“真有钱。”卫桓嘀咕了一句，却发现燕山月走到了他身后，手伸到光门里用力一拽，拽进来一个穿着黑色斗篷、戴着黑色兜帽的家伙，不过对方被拽进来时兜帽掉了下来。

这不是扬灵吗？

被当场抓获的扬灵一脸尴尬：“山月姐姐……”

燕山月无奈地叹了口气：“为什么要跟着？”

“我就是想来看看嘛。”扬灵委屈地撇着嘴，指着景云，“这个小弱鸟都来了，为什么我不能来？我可以帮你呀。”

卫桓连忙打圆场，把燕山月拽过来：“来都来了，算了算了。”接着他又朝扬灵使了个眼色，“她肯定会听话的。而且万一咱们被抓了，就让扬灵出手，炸死他们。”

他清清嗓子，抓过扬灵的手放在燕山月的手上，像老父亲一样拍了两下，语重心长地道：“这也算是咱们战备七组第一次非官方活动，大家培养培养团魂，七组冲呀。”

燕山月松开手：“走吧，别废话了。”扬灵本来还有点失望，手垂了下来，下一刻，燕山月就抓住了她的手腕，低声嘱咐：“小心一点。”

扬灵的嘴角立即不受控制地扬了起来。

燕山月在花园里再次画了个传送门，将几人带去了一个房间，踏进光圈之前她就交代：“一会儿你们会出现在燕山漠的房间里，我不确定他现在在干什么，所以大家动作一定要快，用最快的速度封住他的嘴。如果招来保镖和看守的人，我们就麻烦了。”

然而，他们没想到一进去就遇到了最坏的情况。

几人抵达燕山漠的房间时，穿着昂贵绸缎睡袍的燕山漠正端着杯酒从卧室往外走，吓得他们四散分布在客厅各处。卫桓躲在了一个乌木矮柜后。纨绔子一边往前走，一边打开全息屏幕，和一个不知道是什么的异族聊天。

卫桓瞟了燕山漠一眼，随即又看见不远处亮起的淡蓝色狐火托着一个洋酒瓶。燕山月的手指轻轻动着，冲躲在对面的卫桓使了个眼色。卫桓很快会意，动作极轻地脱下外套，在手里慢慢绞成一个长条。

三，二，一。酒瓶狠狠地砸向了燕山漠的后脑，把他砸得七荤八素。

燕山漠晕晕乎乎地回头，卫桓趁机用卷成长条的外套狠狠勒住他的嘴，两手往后一拉，抬脚踹上对方的腘窝，令其跪下。

燕山月趁机用狐火锁住燕山漠的手脚，景云找来绳子将燕山漠缠住，随后单手将人扛起，扔到了沙发上。

“呜呜呜！呜呜呜！”这个纨绔子还想挣扎，但是整个人都被燕山月控制住，只得老老实实地坐在沙发上。

扬灵眨眨眼，看了一眼各司其职的伙伴，小声道：“好像我真的没什么用。”刚说完，她就想到了自己的用处，骄傲地甩了一下自己的双马尾，然后一脚踩到燕山漠的腿间，吓得燕山漠一抖。

她转了一下手指，一朵不大不小的紫红色莲火在燕山漠腿间燃起。

扬灵笑得娇俏可爱：“你千万别乱动哦，也别吭声，不然这个莲火可能会控制不住自己。”她故意轻声在燕山漠耳边学爆炸的声音，“它可是会爆炸的，炸得你血肉模糊。”

卫桓听了都忍不住打个寒战，往后退了一步：“臣退了。”

“回来。”燕山月冷冷开口。

“是。”卫桓又往前一迈，“臣来了。”他揪住景云的领子，拽到燕山漠跟前，“占他的瞳！”

景云“哦”了一声，有点嫌弃地用手掌贴上对方的眼睛。对方挣扎了一下，忽然就不动了。

景云的手放下来的瞬间，燕山漠睁开眼，他那黑里透着点蓝的眼珠已经变成明黄色。这时，景云转过身看向其他人，问：“你们谁要看？”

三个人居然同时举起手。

“那好吧……”景云手腕上的异族图纹散发出强烈的光，“我们要快一点，如果借瞳的人比较多，时间的长短我就不能保证了，有可能会突然中断。”

卫桓看着景云施展借瞳，很快，他的左眼就看到了其他景象，可右眼所见还是身处的豪华房间。他伸出手在扬灵眼前晃了晃，然后飞快躲开，可扬灵居然没有反应。

“这个记忆可以调时间吗？”燕山月开口，“最好是可以，不然的话，他这个人有很多记忆你们大概都不太想看到。”

景云点点头：“可以。大概多久以前？”

卫桓算了算：“十二年前？”

“好。”景云话音刚落，众人眼前的景象就飞速倒退，像是按了快退键的视频一样，并且越来越快，最终变成闪烁的白光，然后停了下来。

此时，他们眼前的画面是仅围着一条浴巾在浴室里的镜子前扭动的燕山漠。

一时间，气氛有些尴尬。

“嗯……好像不对，不过时间上就是这样。我慢点调，阿恒你看着。”景云说着，画面开始缓缓移动。

扬灵道：“说真的，我现在就想点燃我的莲火。”

卫桓劝道：“冷静冷静。”

忽然，卫桓看到一个被绑起来的男孩子，鲜血顺着对方的额头流下，滑落到那双丹凤眼里，卫桓赶紧开口：“等一下。”

画面停住。果然，那个男孩子就是清和。

卫桓说：“你再往前调一下。”

画面一点点倒退，卫桓看到燕山漠眼中完整的清和，那个时候清和应该只有十一二岁，又瘦又小，全身上下几乎没有一块完整的皮肤。沾了血的麻绳似要勒进他的血肉，他甚至被人倒吊着鞭打。这些画面并没有停留太久，而且是透过一扇铁栅栏门看到的。

卫桓听见燕山漠发出声音：“给我住手，谁让你们这么打他的，毁容了你们赔？”

手执鞭子的中年男人低下头：“大少爷，这个人族太倔了，好几次企图自杀，但都被我们发现了，所以只能狠狠地打，打得他动不了才行。”

“谁让你说话了？”

中年男人抬头看向燕山漠，眼里闪过一丝复杂的情绪，而后后退两步，扇了自己一耳光。

卫桓看着中年男人的腿："是个跛子。"

燕山月开口："这就是你要找的人？"

她的语气有些意外，卫桓反问道："还不确定，怎么了？"

"这人是我表叔的心腹。"

视角不断地向前，他们离清和越来越近，视野里，一只干干净净的手握住清和的下巴，晃动清和的脸，左右打量："就这个了，我直接带走了。"

中年男人欲言又止，最后只道："好的少爷，我先跟老爷报告一下，不然我们少一个人奴……"

燕山漠一脚踹到那个男人身上，把对方踹到地上："我看你是当狗当太久，养出狗脾气了。我说了，我直接带走，你们有几百个人奴，少一个能怎么样？"

清和虚弱地睁开眼，直视前方。

由于视角的关系，卫桓甚至觉得自己在与清和对视。

燕山漠伸手去擦清和嘴角的血渍，清和空洞的眼神终于对上焦，瞬间透出一股子狠戾劲，狠狠地咬上燕山漠的手指，松口的时候牙齿上都是燕山漠的血。

燕山漠疼得叫出声："你！你！"他又气又没话说，转头看向一旁的男人，"看什么看，狗东西！"

燕山漠转过身，看向两个异仆："把这个人族的嘴堵上，然后带回去！"说完，他又转回去，按住自己的手指，恶狠狠地对那个男人道，"你最好给我识趣点，我爸那么大的产业，总有一天要交到我手上，别在这儿跟我装蒜，我哪天要是看你不顺眼，就把你干的那些恶心事全都抖落到凡洲，再把你逐出异域。我倒想看看，你这种贩卖自己族人的恶心玩意，会不会被凡洲的那些穷鬼千刀万剐。"

离开地下室后，燕山漠将清和带去了自己的住处，还赶走了那里本来住着的七八个人族。那些人族年龄都不大，身上烙着同样的异族图纹。

对小孩子下手……卫桓不自觉地咬紧后槽牙，忍不住喊停："别看了，我不想看了。"

扬灵也气得拳头紧握，咬牙切齿地道："我现在就想让我的莲火直接爆开。"

卫桓虽然很生气，甚至想直接弄死眼前这个渣滓，但他很清楚，如果他们现在对这个人做出什么事，连累的就是带他们过来的燕山月。

“别别别，冷静点大小姐，我们现在还不能对他动手，万一他死在这儿了，我们几个谁也跑不了。”卫桓抓住扬灵的手，“总有下手的机会，你可别忘了，他马上就要被公开庭审了。”

“相关的证据我都搜集得差不多了。”燕山月开口，“杀他容易，但是杀了他并改变不了什么。这些人该怎么样还是会怎么样。”

果然如卫桓所料，燕山月之所以愿意冒着风险带他过来，最重要的一个原因就是她本身就有和自己家族里这些恶势力对抗的想法。她也是想利用他，替她找出更多的线索。

景云运行异能，明黄色的能量波乍现，众人原以为占瞳会直接结束，不料眼前的画面不知怎的一下子变了，像是错乱的视频一样飞速快进，根本控制不了。

“等……等一下，不好意思、不好意思，我很少用占瞳，还不太熟练，你们等我一下，我马上就……”

忽然间，卫桓从燕山漠的视角中听到了什么。

“等等！”

听到卫桓叫停，景云停了下来：“怎么了？”

“再往前一点。”

视角里的画面逐渐慢了下来，他们所处的地方似乎是办公大楼。从燕山漠的视角来看，他正要进入一间办公室，听见里面的动静之后，又停下了推门的手。

“都是一群废物！”隔着门能听见里头那人的怒吼，“蠢货！177的那帮人族都能把你们耍得团团转？！”

177？卫桓心里一惊，只听燕山月在一旁开口：“这是我表叔，燕平，他就是你在模拟赛上看到的我的家属。”末了，燕山月又补充一句，“姑且算是我的家属。”

燕山月的表叔和177研究所有关系？卫桓想不通，九尾一族怎么说都是异域的高等级异族，也是族系最复杂、最庞大的异族之一，怎么会跟一个人族违法研究组织有关系？

他心里疑惑，于是开口问道：“你表叔也是生意人，他的企业和你们家的企业有什么关系？”

“没什么关系。我们家做的是异域的实业，比如资源勘探、重工业等。燕平表面上做的是食物业，但私底下全是黑色交易。要不是因为这些黑色交易，他现在都不可能翻身。”

景云想起刚才燕山漠对清和做的事，忍不住开口问道：“山月，你说的黑色交易是指……贩卖人奴？”

燕山月笑了笑：“贩卖人奴算什么，你知道现在异域还有部分吃人的异族吧？”

景云愣愣地点点头：“听说过，但不知道是不是真的。”

燕山月给出了肯定的答案：“我表叔他们会借着食品公司的壳子养殖和贩卖人族。”

养殖……这个词让卫桓打了个寒战。

在他眼里，人族和异族只是在种群上有所区分。人族即便没有异能，也是具有独立意志的一个群体。他们有自己的使命，有自己的种群意识，无论如何也不应该成为为满足另一个种族的口腹之欲而存活的生物。

“养殖，圈养，贩卖，走的都是地下网络，没有多少异族知道。不过如果你们去暗区的黑市，那里一半以上的人都是我表叔的手下。”

燕山月顿了顿，又道：“这些都是很早以前的事了，我最近还查到他们会收集在战场上死去的异族，尤其是没有亲属认领的尸体。但我不知道他们把那些尸体送去哪里了，也查不到。”

说到这里，燕山月停了会儿，然后继续道：“听有些人说……是因为凡洲有一部分人认为吃了异族会变强，所以才有了这样的市场。不过我觉得这只是其中一个原因，因为仅凭这一点，是撑不起这么完整的供应链的。”

“我要吐了。”扬灵觉得很不舒服，胃里一阵阵地难受。景云也吓得不敢说话。

燕山月叹了口气：“这个世界远比我们想象中黑暗。我们能看到的不过是粉饰后的表象，不戳破或许还好，一旦戳破，里面的黑水就会不断地涌出来，让你越来越绝望。”

最绝望的，大概是亲身证明这黑水的源头是自己的家族吧。

听到不知所终的异族尸体，卫桓不可避免地想到了自己九凤的躯壳。如果真像燕山月所说，这家公司已经开拓了一条完整的将异族的躯壳运送出去的供应链，绝对不可能只是为了满足一部分猎奇又迷信的人族的欲望，这更像是遮掩真相的幌子。

占瞳没有结束，他们的视角中出现了一个穿着得体的女秘书，女秘书身后是一条轻轻晃动着的狐尾。她低头，毕恭毕敬地向燕山漠问好：“少爷。”

卫桓听见燕山漠开口：“我爸干吗呢，一大早就发这么大的火？”

“好像是货源泄露了，现在正派人去那边查呢。”

燕山漠“嘁”了一声：“我也是搞不懂他，不知道为什么非要跟那帮下贱人族合作，还自以为是什么学者研究员，我看都是骗子。”

卫桓脑子里灵光一闪，难道他们输送出去的所谓的原料其实是供应给177研究所的？他想起阿祖找到的那份关于“异族傀儡”的实验报告，里面写着“将人族与异族融合，变成新的人形武器”。

如果真是这样，那逻辑就通了。

他之前一直不明白，这种既违背了人道主义，也在挑战异族底线的实验为什么可以继续下去，原来支撑他们的不仅仅是凡洲的部分反抗派，还有异域的权贵。

这些财阀集团的地下交易能够进行得如此顺畅，其中有多少黑暗交易，卫桓不敢想象。

刚才燕山月说，如果没有这些交易，燕平不可能翻身。之前卫桓还不明白，因为目前异域明文禁止圈养人族，就算真的存在这个市场，以这种暗地进行的规模来看，也不可能让燕平一夜暴富，但“异族傀儡计划”就不同了。

结束占瞳后，燕山漠晕了过去。扬灵强忍着想杀了他的心，解开了绑着他的绳子。

为了以防万一，卫桓对景云道：“他醒来后会记得这些事情吗？如果会的话，我们还是得想别的办法。”

景云有些不确定：“占瞳我只用过两次，所以我也不是很清楚。我妈妈说是会失去这一段时间的记忆，但是之前的可能……”

“不用管了，”燕山月从包里取出两瓶黄色液体，扔了一瓶给卫桓，“我有准备。”

卫桓拔开上面的软木塞，一股酒香扑鼻而来：“这是人族的酒吧？”

燕山月狐疑地看了他一眼。卫桓忽然意识到自己的措辞似乎不太对，他自己现在就是人族，不应该特意强调“人族的酒”，但已经晚了。

燕山月太聪明了，卫桓心里发慌。

“他喝人族的酒副作用非常大，会昏睡很久，像痴呆一样，连好几天前的事都不记得。”燕山月咬开瓶塞，一脚踩上沙发，用力捏住燕山漠的下巴，逼迫对方张嘴，随后不停地往他嘴里灌酒，灌了整整一瓶。

完事后，扬灵递给她一张纸巾。燕山月接过纸巾，细细地擦着自己的手指，道：“应该差不多了，这酒是我能买到的最烈的。”

卫桓道：“你俩看起来就像‘你杀人，我放火’的变态美女杀手组合。”

扬灵一挥手，卫桓立马㞞了：“其实我想说的重点是美女，美女。”

看见扬灵放弃攻击，卫桓傻笑两声，好奇地问燕山月：“你经常去暗区吗？”

“还好。”燕山月扫了他一眼，“难道这里有人没去过吗？”

扬灵举起手，一看剩下三个都没动，于是气急败坏地指着景云：“你！怎么连你这只小弱鸟都去过！”

景云小声地反驳：“我不弱，我可以举起一百个你……”

“行了行了，”卫桓打断他们，安慰扬灵，“等战备组开始出任务，你总会有机会去暗区的。”说完他看着手里的酒，想到了些别的。

“山月，这个酒可以让我拿回去吗？我好久没喝，有点馋了。”

燕山月打量了他一下，然后点点头。

回去的路上，卫桓向燕山月打听了之前那个瘸腿男人的信息。燕山月只知道大家都叫他“老黑”，他的真实姓名谁也不知道。

而且时过境迁，老黑已经不再是以前那个受燕山漠这个少爷的使唤的人贩子，摇身一变成了燕平的心腹，可见不是一般人。

清和要找的人不是燕山漠，而是那个老黑，卫桓猜测，这应该与清和被卖的经历有关。如果他现在把这些消息告诉清和，似乎也没有什么用。

老黑现在定居在异域，清和根本进不来，不如自己先查下去，等查清楚些再告诉清和，也算好事做到底。

众人回去的时候已经是凌晨四点，卫桓想起门禁的事："你们一会儿准备去哪儿啊？宿舍应该是进不去了吧。"

燕山月语气平淡地开口："我在附近有一套房子。"

不愧是富家小姐。卫桓抱拳："打扰了。"

扬灵抓住燕山月的胳膊："我跟山月姐姐一起。"

卫桓也学着她的语气道："那我也跟山月姐姐一起。"

扬灵掰着自己的手："你是不是觉得我今天的莲火没有爆炸有点可惜啊？"

"打扰了，打扰了，祝你们合家团圆。"目送燕山月和扬灵离开后，卫桓松了口气，一把揽住景云的肩膀，"小兄弟，今天跟哥哥走吧。"

谁知景云却将他的胳膊轻轻拿开："那个……阿恒啊……"

"你们完事了？"一道清朗的声音在他们身后响起。

卫桓回过头，就看见一个身穿黑色教官服的人，是扬昇。卫桓简直想一头撞死在凌晨的大马路上。

"您不会是专门来接他的吧，扬教官？"卫桓咬牙切齿地说出最后三个字，然后推了景云一把，直接把景云推到扬昇跟前。

景云一个没站稳，撞到了扬昇，愣了半晌才飞快站好，那模样就像只小仓鼠。

"倒也不是，最近不太平，我正好在附近执勤。听景云说他被你带出来了，没地方可去，就过来接他。"扬昇笑得痞里痞气，"小同学，我看你孤苦伶仃没去处，怪可怜的，要不去我宿舍将就一晚？"

卫桓眼睛一瞪："这怎么能是将就呢，您这是救我于水火啊，我何德何能能得到扬教官的眷顾。谢谢扬教官，扬教官真是我的救命恩人，您的大恩大德，小的……"

"闭嘴吧你。"扬昇打开传送门，只觉得耳朵被卫桓吵得生疼。

跟着扬昇回到山海教官宿舍，卫桓才发现扬昇和云永昼住得很近，就是上下楼的关系。

卫桓忽然想起自己第一次使用传心的时候，云永昼让他去自己宿舍，结果他不小心在图书馆睡着了。

大概是占瞳和借瞳太耗费体力，景云几乎是一秒入睡。可卫桓睡不着，他走出卧室，看见扬昇坐在沙发上。听见动静的扬昇抬起头，视线和卫桓对上。

“你们今天查到什么了？”扬昇懒得掩饰，整个人背靠在沙发上，双腿往茶几上一搭。

两人从小一同长大，默契十足，每次说话都是这样，开场白直接到旁人都听不懂。

卫桓坐到了扬昇身边，把关于清和的事简单说了一遍，包括晚上从燕山漠的记忆里得到的片段。

“你怀疑九尾家的燕平和人族反抗派暗地勾结？177 研究所正在进行的‘异族傀儡’研发是个大项目，需要用异族的身体来做研究，而燕平就在倒卖异族尸体，这绝对不是巧合。”扬昇思索着道，“我是不是跟你说过，我跟过暗区那个绿眼睛的小子一段时间？”

“没错。”

“我最近又碰到他了，你知道我看到了什么吗？”

卫桓挑了挑眉，问：“他的裸体？”

扬昇一个抱枕砸过去：“滚。”

卫桓笑得停不下来。

扬昇翻了个白眼，回到正题：“我看到他的时候，他正在杀一只低等级异族，那个时候，我感觉到了一股很强烈的净能能量波。那是我从来没有从他身上感受到的，所以我就跟着他，然后发现他的眼皮上残留着净能之后的痕迹，像是烙铁留下的异能密语图纹。”

卫桓猛地坐起来，净能可不是一般人能够做到的：“你的意思是，真的有除异师？”不过他很快就从扬昇给出的消息里找出了第二条线索。

不对，不对，人族怎么可能被净能？

“他不是单纯的人族……”卫桓喃喃自语，“眼睛……为什么是眼睛？”

他的眼睛是绿色的，难道……

“他是异族傀儡？”

他那只绿色眼睛根本不是人族的眼睛。

扬昇抱着抱枕：“不知道，我也只是猜测，否则他为什么会被净能？多半是被异族的能量波腐蚀，为了帮他才净化。”

说着，他微微皱起眉头：“刚刚听你说起这些，我就想起来这事了，是不是很巧？这些人和事看起来一点关联也没有，可抽丝剥茧地挖下去……”

卫桓接道：“都变成了同一件事。”

此刻的卫桓觉得头皮发麻。暗区组织里的黑客清和、神秘的绿眼除异师、九尾的黑交易、177 研究所的人体实验、异族傀儡计划，还有“死而复生”的自己，这些碎片在冥冥之中被拼凑起来，也让他越来越好奇事情的真相。

“你说，绿眼小哥真的是异族傀儡吗？如果是，那他的眼睛是什么异族的？”卫桓毫不客气地从茶几上拿了一袋零食，刚拆开就被扬昇抢了过去。

“反正不是你的蓝眼睛。”

这句话算是戳中了卫桓的痛处，即便他之前一直用欢快的语气谈论这事，但也掩饰不了内心的恐惧。

卫桓的声音沉了下来：“扬昇，我的身体会不会也……”

“不可能。”扬昇一口否决，“这么多年了，如果九凤的身体真的像其他异族一样被偷偷运去暗区，一定会留下痕迹。”

卫桓摇头，叹了口气：“你只有一个人、一双眼睛，不可能时时刻刻盯住所有的事。”

“并不是只有我一个。”扬昇脱口而出。

“那还有谁？”卫桓看向他。

扬昇不说话了，过了一会儿，他有些烦躁地抓了抓自己的头发：“不跟你扯了，我要睡觉。你自己慢慢想吧。”

“嘁，莫名其妙。”卫桓往沙发上一靠，倒着看见扬昇停下了脚步，半转过身，似乎想说什么。

“怎么？又舍不得我了？”

扬昇的表情有些严肃，语气也认真了起来：“你查了那么多，为什么不查一查你属于九凤的能量波为什么可以回来？”

他顿了顿，关上卧室门前又道：“你应该去找找答案。”

客厅里只剩下卫桓一人，他看着天花板，眼神空洞。

异族的能量波消散了收集不了，这是他一直以来都知道的事，可他却打破了这个规律，进入了人族的躯壳，回来了。

究竟是谁在背后操纵自己的命运呢？

这些纷繁复杂的线索令他不愿再想下去，他试图想些别的以转移自己的注意力。

这个扬昇也真是，卫桓还以为他会陪自己聊会儿天呢。

卫桓打了个哈欠，靠在沙发上，望着窗外的夜空。星星寥寥无几，夜色沉沉，很安静，他的思绪也一下子飘远，像团云雾，飞到天际。

多一些星星就好了，他睡不着，想看星星。

推门的声音打断了卫桓的遐思，他回过神，发现自己下意识地召唤出了许多光点，飘浮在四周。他将那些光收回，然后扭头去看从门口探出脑袋的扬昇，扬昇一脸无语：“开门，有人找你。”

卫桓一头雾水：“谁？”

咔的一声，玄关的大门被远程打开，扬昇关上卧室的门：“告诉他我要睡觉了，不要给我发消息了，都怪我自己多嘴……”

什么情况？卫桓坐起来，拖鞋只剩下一只，另一只怎么都找不到，他只好一蹦一蹦地跳到玄关，拉开房门，结果外面连个鬼都没有。

夜太深，楼道里没有灯，只有一片黑暗。

“扬昇，你逗我……”卫桓还没说完，夜色中飘来一粒光点，悠悠地出现在他面前。紧接着，一粒又一粒，光点如同碎金一般缓慢流动而来。

卫桓伸出手，轻轻地捉住那光点，就在他手指触及光点的那一刻，黑暗中又出现了更多的光点。

它们相聚、相连，最终汇成一条闪烁的线，不断向远处延伸，仿佛一种指引。

卫桓沿着悬浮的光线一步步向前，脚步轻缓。

随着他前行的步伐，他身后的光逐渐熄灭，而他身前却不断冒出新的光点，继续给予他指引。

光点如碎星般美丽，仿佛从天空坠落，控制住卫桓的思绪，让他无法拒绝。

不知不觉，卫桓来到一扇门前，门开着，他走了进去，一股冷气迎面而来。紧接着，他看见云永昼仰躺在沙发上，那姿势和刚才窝在扬昇家的沙发上的自己如出一辙。

房间里霎时间亮起许许多多光点，无数光点悬浮在沉黑的空间，如星辰一般，驱散夜色，充盈了整个房间。

卫桓回过神，敲了两下门："云教官，你找我有什么事吗？"

如碎钻般闪烁的光洒在云永昼的侧脸，勾勒出他漂亮的轮廓剪影。

比起遥不可及的天际，这间藏了满屋星辰的房子简直就像一个美轮美奂的梦境。有那么一瞬间，卫桓甚至以为这就是当年那片勿忘我花田。而当初说着想看萤火虫的少年，此刻也开口了："我失眠了，想看星星。"

卫桓原以为云永昼还和当年一样冷傲又倔强，可对方却转过头，落满星光的双眼坦荡地看向他："我猜你也是。"

心思被猜透，卫桓像雕塑一样僵在门边，不知道该怎么回应，等他低头一看，发现自己竟然只穿着一只拖鞋，于是更加尴尬了。

云永昼就这么看着他，他不知所措的样子尽数落在对方眼里，一定很傻。卫桓只好故作轻松地摸摸后脑勺，咧开嘴笑道："是因为传心，教官才猜到我的想法吗？"

云永昼摇了摇头："我随便猜的。"

卫桓又笑了笑："云教官真是料事如神，这都能盲狙到，真是什么事都瞒不过您。"

云永昼转过脸，淡淡地道了句："把门关上。"

云永昼说话时总有种令人无法违抗的感觉，卫桓听话地将门带上。他本想跳着过去，可转念一想，自己已经光着脚走了那么久，也就无所谓了。

他轻手轻脚地走到沙发边，屁股还没挨上去，就见云永昼直直地盯着他，一副很不满意的样子。

这是让他坐过去？卫桓干笑着用手摁了两下自己本来要坐的地方，装模作样地道："啊，这沙发好硬啊。"说完，他立刻挪到云永昼身边，与其隔着十厘米的距离，随后一屁股坐下去，惬意地靠在沙发背上，"还是这个沙发比较软。"云永昼这才收回视线。

卫桓心里松了口气，心想这家伙的脾气还是那么古怪。

两个人沉默地靠在沙发上，在扬昇那儿的时候，卫桓还有一点困意，现在一点也不困了，不仅不困，心里还直打鼓。

他觉得他是怕云永昼的，可又不是忌惮那种怕，更不是对师长的那种敬畏。

夏夜很静，云永昼的身上散发着一股阳光与云雾的味道。

这样的念头一从脑子里冒出来，卫桓就觉得不可思议。

他刚学会飞行的时候还是个天不怕地不怕的小孩子，总是喜欢飞得很高很高，飞进云里。晴空里的云朵被太阳晒得暖和松软，可终归还是水雾，触到皮肤上凉凉的，随后又被暖阳带走。

那种交织着温暖与微凉的奇妙混合体，和云永昼如出一辙。

"在想什么？"云永昼突然开口，打断了卫桓的思绪。

"没有，我就是好奇，你怎么知道我没有睡？"卫桓笑道，"一定是扬教官想把我赶走，才告诉教官你的。"

云永昼没有反驳，只是静静地望着天花板上的光。

卫桓习惯了他不回答。

"我今天去做了件事。"卫桓开口，又担心云永昼责难，"我绝对没有给您添麻烦……"

"我不认为你给我造成了麻烦。"

以前的他还不够麻烦吗？

"嗯……"他又想用以前的自己来试探云永昼，但他忍住了。

"你累吗？"云永昼忽然开口。

卫桓假装毫不在意，伸手抓住一个飘落到他眼前的光点，笑着问道："为什么这么问？我看起来很辛苦吗？"

云永昼没有说话，像是默认了。

卫桓的笑终于凝住，他松开那个光点："我只是感觉自己走在大雾里，什么也看不清。有时候就想，我干脆就坐在地上什么也不做好了，大不了一辈子走不出这场雾，浑浑噩噩地过下去，也不是不可以。"

"但是又好像不行，"卫桓抱住自己的膝盖，"我如果真的那样活下去，可能就不是我了。比起在雾中挣扎、受挫，我更害怕失去我自己。"

"那就去，"云永昼忽然开口，卫桓转过脸望向他，"去找回你自己。"

心忽然静了下来。卫桓垂眼，笑了笑。

"你需要帮助的时候，"云永昼开口，"可以告诉我。"

这个傲娇的家伙什么时候变得这么直接了？卫桓不禁笑起来："好啊。让我想一想，有什么事呢？"

他想到扬昇说的关于聚集能量波的事，想着云永昼会不会知道什么，于是试探性开口："对了教官，有一件事我想问你。"

他想了想，思索着该怎么说才会显得不那么直白："很久很久以前的人族迷信玄学，他们觉得人死后会堕入六道轮回，投胎转世，所以同样的魂魄，可能会有前世今生。不知道这个故事你有没有听说过？"

云永昼似乎知道他在暗示什么："所以？"

"所以……"卫桓笑起来，"其实我就是有点好奇异族有没有类似的说法。"

"没有。"云永昼回答得很干脆。

他的答案像是准备了很久，说出来的时候完全无须思考。

"异族的能量波来源于天地万物，只有远古时期流传下来的高等级异族血统可以通过繁殖维系，其他异族都是依靠天地间的能量成长。这么庞大的体系想要正常运转，唯一的可能就是循环往复。"

云永昼没有看卫桓，自顾自说下去。

"异族一旦失去生命，其体内的能量波便会回归天地之间，这样异界才能有源源不断的能量，才会有新的异族诞生。"

这些说辞，身为高等级异族的卫桓再清楚不过，但他想听的不是这些。

他觉得这个世界上真的有奇迹，而且就发生在自己身上。

“没有例外吗？”卫桓刚说完，便觉得自己这样似乎过于不依不饶，但他也不知道该怎么解释自己的坚持。

忽然，卫桓想到一个绝佳的例证：“教官，你不就拥有传说中的初代金乌的血统吗？我所知道的初代金乌是远古时期的高等级异族，那时候凡洲还只是荒原，人族文明还没有开化，就已经有了金乌的传说。”

“传说初代金乌最终化作了太阳。”云永昼看向卫桓，“你真的觉得天上的太阳就是他吗，还是你觉得天上的太阳是我？”

云永昼的咄咄逼人让卫桓愣了一下：“我不知道。”他很快又绕回来，“不，我不想知道太阳是不是金乌，我就是想知道，所有人都说你拥有初代金乌的血统，是不是真的？如果是真的，这不是与异族死后其能量波就消散于天地间的说法相悖了吗？”

他的追问换来的是一阵沉默，沉默过后，云永昼轻笑一声，终于开口：“谎话说多了，就会变成真的。”

卫桓有些惊讶。

他这句话是什么意思？是说他并没有初代金乌的血统，还是他发现自己说谎了？无论是哪一种，卫桓都觉得不可思议。

“你觉得光好看吗？”云永昼突然问道。

卫桓看向天花板与沙发之间的星河，对云永昼突兀地转移话题没有任何质疑，而是给出了肯定的答案：“当然好看。”他转过头，看向云永昼的侧脸，“你觉得不好看吗？”

在光芒的映照下，云永昼微微颤动的睫毛看上去像是半透明的，他垂下眼，开口时声音很沉，仿佛一片即将坠落的云。

他没有回答卫桓的问题，而是讲述了另一个故事：“我带着火的能力出生在一个偏僻的海边村庄，和母亲相依为命。虽然我没有父亲，但我母亲很爱我，让我像所有小孩一样快乐地长大，有一个幸福的童年。”

这是卫桓第一次听云永昼谈及自己的身世。可这个故事和他想象中相差甚远，他一直以为云永昼是大家口中那个从小锦衣玉食的少爷，从蓬莱搬入昆仑墟，又顺理成章以第一名的成绩考入山海，多年来一直顺风顺水。

“我并不是一生下来身上就有初代图腾，大概是……”他思考的时候，眼睛会微微眯起，视线聚集在某一点，像是陷入了回忆，“在我四五岁的时候，有一天，母亲发现我胸口多了一个太阳图腾。她当时很慌，告诉我，绝不能让任何人看到这个东西。我虽然什么都不懂，但还是照做了。”

“就这么过了几年，直到我上小学的时候。我上小学的地方很偏僻，不像蓬莱，也不像昆仑墟，周围也没有那么多高等级异族。因为靠近海，班上大多是一些水属性的小异族，我是整个班级里唯一拥有火属性的孩子。”说着，他轻笑一声，“所以我就成了众矢之的。”

卫桓的心沉了下去。

某些时候，优秀等同于孤独。

“我的特殊让我无法合群。不知道从什么时候起，他们抓住我没有父亲这一点来嘲笑我。那些话他们在家里可能听了很多，所以说出来的时候根本不需要经过思考。那时候的我被关进一个小黑屋里，他们绑住我的手脚，将那些可怜又弱小的能力用在我身上，攻击我，羞辱我。”

——你妈妈勾引别人才有了你。

——她被抛弃了。

——你们母子都是不要脸的东西。

“那个时候，我母亲几乎每天都会对我说：‘无论别人说什么，都不要在意，就当作听不见。’”云永昼抬眼，眼神冷厉，“可我那天没有听她的话，我反抗了，或者说，我的意识替我反抗了。”

说着，他轻轻摆动着自己的手指，漫天星光如同龙卷风一般汇聚在一起，勾勒出一个孩子的模样，孩子的身边则悬浮着无数锋利无比的光刃。

“那是我第一次唤醒光的能力。”

明明云永昼在对自己笑，可卫桓却觉得很难过。

“我伤了好几个孩子，从那个小黑屋跑了出来，也吓到了很多人，因为我的头发变得很长，还变成了白金色，连瞳孔也变成了金色，我的脸上还沾着他们的血。我甚至不敢回家。”

卫桓看着云永昼的侧脸，忍不住靠近一些：“然后呢？”

“然后……我妈妈想办法弥补他们，向他们道歉。等处理完那些事，我的身体也恢复之后，她带着我躲到了一个没有人认识我们的地方。我记得当时我还问她：‘妈妈，我是怪物吗？’”云永昼的声音虽然没有波澜，却像一双无形的手，攥住了卫桓的心。

“她说不是。可如果真的不是，为什么所有人都害怕我？连我母亲也害怕我。她没有回答我后面的问题，只是告诉我，以后绝对不可以使用光的能力，否则她就不要我了。

“我很怕被抛弃，但隐瞒也没有用，因为只要是发生过的事，就一定会有露出马脚的一天。最后我们还是被发现了。”

卫桓已经猜到发现云永昼的那个人是谁了。他伸手够到沙发边的一张毛毯，打开后盖到云永昼的身上，又扯了一个边角虚虚地盖住自己，侧着身子，面对着云永昼，问：“被谁发现了？”

“异域联邦政府的总理，金乌家主云霆，不对，他当初什么都不是。”云永昼的声音变得更冷了，“他带着几个亲信亲自向我母亲要走我，我母亲当然不愿意，用异能造了一个结界把我藏在里面。那个时候我才知道，那么多年来，她躲的人原来是他。我母亲极力阻止，他烦了，所以对我母亲下了手。”

那个由光凝聚而成的孩子瞬间碎裂开来，化作缓缓流淌的金色液体。

“他知道我看得到也听得到，所以告诉我，他就是我从未谋面的父亲，他想把我接回家，只要我愿意出来，他就放了我母亲，我们一起回家。”

卫桓能够想象到当时的云永昼有多么害怕，他似乎可以看到那个躲在结界后瑟瑟发抖的孱弱孩子。

“后来的事，你大概也能想象得到。”云永昼深吸一口气，“我出来了，我母亲也只剩下最后一口气。他为了胁迫我，想方设法将我母亲的能量波抽出来，封在我找不到的地方。他把我会说会笑的母亲，变成了一副半死不活的躯壳。”

云永昼说完就沉默了，大概是不知道该如何继续，过了好一会儿才再次开口：“我好像跑题了，本来要说初代金乌的事。

“总之，他把我这个原本应该被他抛弃的私生子带回蓬莱，变成他名正言顺的儿子，反正他的正妻也死了，没人能阻止他。他利用传闻和谣言，让所有人相信我有初代金乌的血统，因为我是这么多年来，唯一一个再度拥有光属性的异族。我成了天选之子，作为父亲的他也越来越有声望，一步步登上权力的顶峰。我的光属性和初代金乌并没有关系，它就这么萌生了，从那以后……”

——我的世界也彻底毁灭了。在其他人眼里，这些光芒纯粹、干净、耀眼、美好，是遥不可及的太阳的象征，但对我来说，这些都是我内心深处的黑暗催生出的产物，肮脏又恶心，像噩梦一样纠缠着我。在我愤怒恐慌的时候，它们自顾自出现，变得尖锐而锋利。

每个人都夸赞云永昼的能力，如同赞赏一件称手的兵器，听得多了，云永昼自己也麻木了，他也渐渐觉得，这就只是一件很适合杀生的武器而已。

武器是不辨善恶，也没有灵魂的，他也不过是自己父亲最具有威慑力的武器而已。他并不需要多么真诚的感情，只需要他们畏惧自己就够了。

唯独有一人，他从不会因为自己拥有独一无二的能力而畏惧自己，他甚至从不挑选时机，只要他们相遇，他就会靠近自己，缠着自己，用各种手段逼迫自己接受除自己以外的世界。

云永昼永远记得，身负重伤的他们被困在不死城，以为再也无法重见天光，再也无法回到山海，但即便到了最绝望的时候，那家伙依旧充满希望，缠着自己说话，神态和平常没半点区别，甚至还兴致勃勃地计算着逃出生天的可能。

云永昼终于忍不住，想要打碎他的希望。

——你究竟哪里来的自信？还是说和我一起死在这里，你很开心？

听到这句话，那家伙终于停了下来，脸色苍白地捂着身上的伤口，一点点靠近云永昼。

——小金乌，变个光给我看看。

得不到回应，他便一直要求，像撒娇一样，明明他已经虚弱到连说话都费力。

——就一下，给我看看嘛。

即便云永昼保持沉默、神色冷硬，他也不达目的不罢休。

——你就不能满足我这一个愿望吗？

云永昼终于妥协，摊开被血和尘土弄得脏污的掌心，变出一枚微弱的光。

他像是夙愿得偿一样，头靠在墙壁上，伸出手，动作轻柔地贴近那枚光芒，满足地笑了起来。

——云永昼，我喜欢你的光。

云永昼到现在都记得那一刻自己胸口涌动的情绪，仿佛一股冲破冰川的热流。

——虽然这里很黑，但是我有我的太阳。

他用那双幽蓝的澄澈瞳孔看着云永昼，笑得坚定。

——所以我不害怕。

对云永昼来说，这段回忆太过熟悉，熟悉到只要他闭上眼，那些画面便会一帧一帧地缓缓重放。

当时他的笑容、他的眼神、他说话时微微上扬的尾音，还有从他手心传递到自己手腕的温热，都反复出现在云永昼梦中。以至于在他死后，云永昼根本不敢合眼，不敢做梦。

每一个梦都和自己脆弱的意志进行残酷的对抗，那些情绪一点点收紧，一晃眼，七年就这样逃走了。

直到现在，云永昼也常常以为，卫桓回来这件事才是真正的梦。

云永昼转过脸，用那双淡漠的浅色瞳孔望着卫桓的双眼。

星光再一次出现。

“现在我再问一遍，你觉得……这些光好看吗？”

这一次，卫桓没有闪躲，他坦诚地回望着云永昼的双眼。

从十年前第一次见到云永昼的那一刻，他就觉得不解，心想哪有这么冷的太阳？直到这一刻，所有的问题才有了答案。

卫桓比任何人都清楚，其实云永昼并不认为是这些光带来了不幸，因为这光就属于他，在他心里，不幸的根源是他自己。

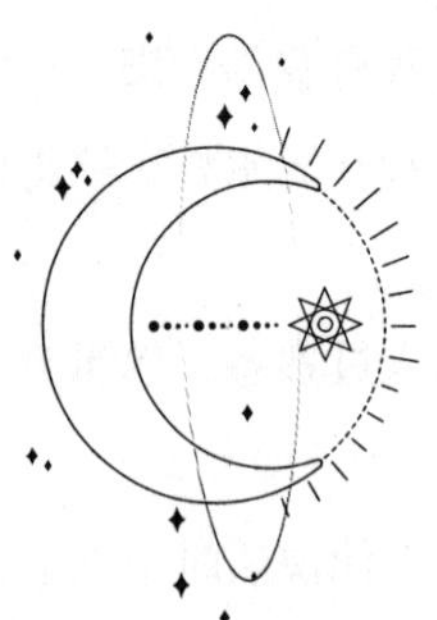

第二章 迷镜螺谷

卫桓没有回答云永昼的问题，他的眼睛被星光照得发亮，缩在毛毯里像某种可爱的小动物。

云永昼垂下眼，眉心微拧，闷声道：“如果你不想回答我的问题……”

他话还没说完，卫桓就拍了拍他的肩，打断了他：“我就知道你会这么说，我可不是这个意思。”

不知道为什么，这一刻卫桓有种夙愿达成的错觉。

两颗伤痕累累的心，它们跳动着，与各自的命运相抗争。

“我不是不想回答，”卫桓道，“我只是想默默支持你。”

“你的光很美。”卫桓的声音近在咫尺，近得可以直接落进云永昼心中那潭沉寂的湖水，将湿淋淋的他打捞出来，让他重见天日，“我喜欢你的光。”

果然，这人一点也没变。云永昼想，他说这些，大概就是仗着这个人善良，仗着这个人有着全世界最纯粹的同理心，所以才肆无忌惮地把伤口扒开给对方看。

这明明是他最不齿的行径。

但如果他这么做了，那也只是因为对方是卫桓。

云永昼道：“我不需要你同情我。”

“我没有同情你。”

和之前许多次一样，卫桓觉得这一切都很熟悉，他似乎在很久以前说过同样的话，做过同样的事。

他不是没有安慰过别人，但遇到云永昼后，他很怕自己的安慰是徒劳，明明云永昼的语气那么冷静，可他的眼睛却不受控制地酸涩起来。

这种忐忑的情绪甚至让他有些愧疚。

“我好像一直欠你一句谢谢。”卫桓闷闷地开口，“在我觉得我失去一切的时候，你出现了，把我拉起来。”

——你让我知道，即便我遭受非议与误解，即便我失去至亲与好友，失去我自己的身份，我依然没有失去你这个对手。

对卫桓来说，云永昼就像悬在空中的太阳，只要太阳不消失，他就始终有追赶的目标。

四周的光点一个接一个消失，黑夜逐渐恢复了它本来的样子。

“公平起见，我也应该告诉你一个秘密……”卫桓的声音沉了下去，云永昼听得出其中的迟疑，他的手抚上卫桓的头，声音温柔如夏风：“下次说吧，等你再也没有负担的时候。”

卫桓不记得自己是怎么睡着的，反正他醒来的时候云永昼已经不在了。沙发上空荡荡的，只剩下他一个人，他身上还盖着那张毛毯。

卫桓觉得云永昼好像每天都很忙，总是早出晚归，明明他们就在同一个学院，可总是碰不到面。

命运真是有趣。

卫桓以前从来没想过，自己有一天竟然会和云永昼结契，会和他一起坐在沙发上听他讲述往事。

卫桓发现自己越来越多地做出“如果云永昼知道真相会怎样”的假设，但他还不清楚这意味着什么。

难得的周末，卫桓决定在沙发上多发一会儿呆，让自己休息一下。他刚伸了个懒腰，就瞅见一个小东西跳到了自己的膝盖上。

“嘤！”小毛球晃着身上的绒毛，它背上还绑着一个小包，看起来就像背了一个背包。

“哟，您还知道回来啊？”卫桓伸出两根手指做出要把它弹走的样子，“我感觉有一个世纪没有看到你了，以为你跑路了呢。”

小毛球吓得瑟瑟发抖。

看它这样，卫桓扑哧一下笑出声，把手指收回来：“您这是去度假了？”

小毛球一边嘤嘤嘤地叫着，一边抖着自己圆滚滚的身体，把背包里的东西一个一个往外倒。

“这是什么啊？”卫桓看它倒出一小块烂木头，又急急忙忙地把木头顶在自己的脑袋上，跳到茶几上，身子一耸，就要把那块木头抛到茶几上的杯子里。

“哎哎哎，你干吗？”卫桓抓住小毛球，“云永昼要是知道你在他的水杯里泡烂木头，肯定一把火把你烧成灰。”

可小毛球还是嘤的一声，将自己头顶的木头抛了进去，神奇的是，那木头浮在水面，竟发出淡淡的光。

“这不是贯月查吗？”卫桓端起杯子，“你从哪儿搞到的？”

卫桓小时候，他的父亲曾给他带回一块贯月查的树干，还亲手给他做了条小船。夏天的晚上，他就会拖着自己的贯月查小船，放进河里。发着光的贯月查漂浮在水面上，载着卫桓去河里捉小鱼。

小毛球嘤嘤嘤地叫了几声，又从自己的小背包里抖落出一个东西——这次不是烂木头了，而是根快要枯掉的草。那草也是奇怪，刚掉到毛毯上，就缩成一条细细的红色枯草，还一拱一拱地直往地里钻。

卫桓弯腰将那根草拾起来，见它扭动着身子好像很难受的样子，便疑惑地问小毛球：“这又是什么玩意？”

小毛球一跳一跳的，似乎想从卫桓的手里夺回小枯草：“嘤嘤嘤！”

“我看你不是去度假，而是去捡垃圾了。”卫桓将那根破草扔回小毛球跟前，又用手戳了一下小毛球的小背包，“你这小垃圾桶看着不大，里头鼓鼓囊囊的还挺能装。”说完，卫桓又戳了一下小毛球，“你垃圾分类了吗？”

卫桓本来还想接着戏弄小毛球，这时门铃响了起来。

“谁啊？”自从被炎燧学院的小姑娘偷拍，照片还被传到论坛后，卫桓便对云永昼的住处心有余悸。他低头找拖鞋，结果发现自己原本仅剩的那只不见了，旁边倒是整整齐齐地摆了双浅蓝色的棉拖。

不管了，先穿上再说。

卫桓穿上棉拖，发现大小竟然正好。小毛球见卫桓要走，急忙跳到他肩膀上，一直抖着自己的小背包。

门铃还在响个不停，卫桓拍了拍小毛球："好好好，我一会儿再看你的宝贝。"说完，他赶紧过去，从玄关的监控影像中看到了景云和扬昇。

"你们怎么过来了？"卫桓打开门，扬昇伸长了脖子往里望，卫桓挡在门口，皮笑肉不笑地看着他，"扬教官，您找什么呢？"

扬昇也回了个皮笑肉不笑的表情："你说呢？"

景云瞪着大大的眼睛往里瞧。卫桓拍了一下他的脑门，才回道："云教官可是大忙人，一大早就走了。"卫桓靠在门边，"怎么，扬教官您找他有事吗？"

扬昇翻了个白眼，眼看着就要和卫桓吵起来，景云赶紧道："打住打住。"他也不知道为什么，这两人每次见面就会吵起来，一点也不像老师和学生。景云抓住卫桓的手臂，语气愉悦："阿恒，今天没课，我们一起去玩吧。"

扬昇把景云的手拽回来："好好说话，别上手。"

卫桓见状，一把拉住景云："去哪儿？"

最后，三人去了云生结海楼。

"景小云，你的执念也太深了。"被景云和扬昇带到上善，卫桓远远地就看到了苏不豫，他差一点直接挥手大喊"不豫"，又想起来苏不豫还不知道自己的身份，于是把伸了一半的手缩到身后，假模假样地伸了个懒腰，"今天天气不错。"

苏不豫打开上善的结界，脸上一如既往带着浅笑："周末云生结海楼没有课，你们来得正好。"

景云甜甜地叫了一声苏老师，卫桓看见扬昇无语的表情，也故意有样学样，叫了一声苏老师。苏不豫愣了一下，垂眸笑了。

"上次我专程调班，去看你的模拟赛对战。"苏不豫不动声色地走到卫桓身边，"你很厉害，比我当初厉害多了。"

听到苏不豫专程来看自己，卫桓很开心："我也看到你了，在上善的观众席。"

进入上善之后，周围都是穿着白色制服的学生。景云是头一次来这里，他发现这里和扶摇差别很大。

扶摇的楼基本上都是望不到顶的高楼，连操练场和对站场都是悬在半空的大小不一的场地。扶摇的树木也很少，大概是怕影响学生的飞行。可上善就不一样了，这里的楼并不多，一眼望去很空旷，但是每走一段路就会有一片或大或小的水域，如同一块块镶嵌在地面上的青色或蓝色的宝石。

“哪栋楼是云生结海楼？”景云好奇地道。

“都不是。”扬昇揽住他的肩膀，“云生结海楼不是楼，等下了水你就知道了。”

景云有些为难：“对了，我之前怕你们不带我来，所以一直不敢告诉你们……我其实不会游泳，所以我从来没有下过水……”

卫桓扑哧一下笑出声，故意逗他：“啊，那你完了，去不了咯。”

看着景云失望又震惊的模样，苏不豫的心一下子就软了，他朝景云摊开自己的手，掌心立刻出现三片半透明的鳞片，在阳光下闪烁着漂亮的光泽。

“他们逗你的。”苏不豫轻声道，“拿一片，贴在额头上。”

景云小心翼翼地捏起一片，对着光看了又看：“好漂亮。”

苏不豫没着急，扬昇倒是急了，直接拿了一片贴在景云的脑门上，又抓着景云的手把他手上那片贴在自己头上：“行了，小朋友，这就可以下水了。”

“这就可以了吗？”景云觉得有些不可思议，他还以为苏不豫会变出一个大泡泡，把他放在里面，然后让他们带着泡泡进到水里，没想到这么简单。

苏不豫耐心地解释：“这是我身上的鲛鳞，上面附着着我的能量波，在你们进入水中的时候可以为你们造出一个隐形的结界，让你们可以在水下自由呼吸。”

“好神奇啊！”景云摸了摸自己的额头，“所以只要有这个鲛鳞，所有异族都可以下水，是吗？”

苏不豫点点头：“绝大部分。”

卫桓忽然笑出声，其他三人看向他，他连忙摆手：“没事没事，我就是走神了。”

他只是听见苏不豫说绝大部分的时候想到了云永昼。在山海里，诸如不语楼、云生结海楼这样的奇观不胜枚举，考进来的学生大部分都图新鲜，喜欢参观一番，云永昼当初也不例外。那时候也是刚分完战备组，大家为了庆祝，约好一起去云生结海楼。

云永昼第一个反对："我不去。"

卫桓道："云永昼反对无效。还有人反对吗？"他右手握拳，左手手掌垫在下面，严肃地敲了三下，"云生结海楼一次，云生结海楼两次，云生结海楼三次，成交！"

云永昼："……"

卫桓生拉硬拽地把云永昼拽到了上善，死活不许他离开七组小分队。苏不豫给他们三人一人一片鲛鳞，大家乖乖贴好，一个接着一个下水。走在最后的云永昼看见卫桓要下去了，立刻转身离开。

"哎哎哎，你跑什么啊？"卫桓急忙跑回去拽住了云永昼，"不许跑！"

"松开！"

"我不！"

最终卫桓还是把云永昼拖下了水。

下去之后卫桓才知道，原来云永昼的火属性与苏不豫的水属性相克，所以苏不豫的鲛鳞维持不了多久，就被云永昼的能量波破掉了。

后来……哎，后来发生了什么来着？

卫桓忽然觉得脑子里的记忆缺了一块，怎么都想不起来。

"我给你贴上？"苏不豫温柔的声音将卫桓从回忆中拉出来，卫桓一抬眼看见苏不豫唇边浅浅的梨窝，恍惚了下："你说什么？"

苏不豫伸出手，指尖是一枚小小的鳞片："我替你贴上。"当看到卫桓眉心的那个金色小点时，苏不豫的手指不禁一滞，直到卫桓喊了他一声，他才回神，然后在卫桓额头上贴上自己的鳞片。

"下去的时候小心一点，跟紧我。"苏不豫轻声嘱咐。卫桓点头："知道了。"

四人继续往前，一路上都有学生跟苏不豫打招呼，叫着苏老师，卫桓心里觉得既欣慰又满足。卫桓当初几乎把不豫视作自己的亲弟弟，将自己的格斗本事全部教给了他，好让他不再受人欺负。那时候的苏不豫连说话都不敢太大声，生怕引人注意，半人半异族的身份令他心中迷茫，时时刻刻站在分岔路口，而卫桓总是会执拗地抓住他的手，带着他往前走。

——什么异族人族的，你就是苏不豫啊。

一想到苏不豫现在已经成为独当一面的老师，卫桓就发自内心地替他开心。

途经大大小小的湖泊，几人终于到了一片望不到边际的蓝色海域。海面上飘着水蓝色的烟雾，上面隐约可见几个字——云生结海，这是海女的蜃楼幻系异能。

“你想看的地方，到了。”扬昇伸了个懒腰，稍稍热了个身。景云跟着他做，像小雏鸟似的。

“准备好了吗？”扬昇做出跳水的准备动作，正要华丽入水，就听见卫桓在后头像广播似的大喊道：“性感扬昇，在线下海！”

扬昇没收住，扑通一下掉进去了。卫桓见状笑得肚子痛，景云也等笑够了才小心翼翼地跳进水里。

下水后，景云害怕地屏住呼吸，眼睛也紧紧闭着，不敢睁开，过了一会儿，他感觉自己被什么东西抓住，吓得不停挣扎。

“好了好了，没事了。”听见扬昇的声音，景云这才放下心，试着睁开眼。

扬昇戳了一下他因憋气而鼓起来的脸：“可以呼吸的，你看我还说话呢。”

的确，景云睁开眼才发现自己现在和在陆地上没有区别。在扬昇的逗弄下，他吐出一串泡泡，还打了个嗝。

卫桓也游了过来。他的皮肤在水里显得很白，泛着一层漂亮的水光。他指了一下景云身后：“快看，那里有水母！”

景云飞快地转过头，仔细瞅了瞅，皱起眉头：“没有啊。”话出口，他发现自己真的可以在水下说话，兴奋极了，立即转过身抓住卫桓的手，“阿恒，我可以游泳了！”

扬昇很不满意：“不是，是我先跟你说可以放心说话的吧？”

卫桓纠正了一下景云的措辞：“准确地说，你并没有学会游泳。”

一旁的苏不豫来到景云身边：“景云，你要是想学游泳，我可以教你。”

“别了，谢谢您。”扬昇将景云拽到自己身后，“咱们还是赶紧带孩子见世面吧。”

苏不豫和卫桓相视一笑，耸了耸肩。

云生结海楼的入口看起来就是普通的海域，有许多成群结队的鱼群。他们四人一路向下游，遇到一片巨大的紫色珊瑚礁，几乎挡住了去路。

苏不豫运能，珊瑚礁忽然发出强烈的光芒，并在能量波的指引下左右分开，如同一扇被人打开的大门。

“这是第一层楼。”苏不豫解释完就率先游了进去。

“好神奇啊。”景云扶着珊瑚礁大门往里瞧，眼睛都直了。

云生结海楼第一层里有许多他从未见过的鲛人，他们上身是人形，穿着上善校服，下身则是灵巧摆动着的颜色各异的鱼尾。

这里的空间很大，水波的光辉折射交织，闪亮如青空，无数神奇美丽的海底生物从他们身边游过。银色的鱼群如同水龙卷一样包裹着他们，从下往上，盘旋而去。

景云的发丝被水流带着向上漂起，他抬头看着银色的水龙卷向上散开。

下一刻，一群手掌大的红色鱼类笔直地游过来。它们周身是赤色的光，看起来像海底的火焰一样，十分新奇。

“苏老师，这是什么鱼？”景云抱住其中一小只，“好漂亮！”

苏不豫笑着靠近：“这叫丹鱼，被它亲过之后你就可以不用游行，而是像在陆地上一样自在地在海里行走了。”

“真的吗？”景云惊讶极了。

苏不豫点点头，唤了一声：“丹鱼。”他怀里的那条小鱼立刻钻出来，游到景云脸颊旁，轻轻地啄了景云一口。下一刻，景云感觉周身的阻力消失了，他试着迈了两步：“真的哎，我真的可以走路了！”

丹鱼又游到扬昇那儿，自作主张地亲了扬昇一口，随后又游到卫桓身边，啄了卫桓一下。

卫桓立刻捂住自己的脸，指着那条小鱼：“你这叫占便宜！”大家笑作一团，而后穿过鲛人聚集的区域。

鲛人们似乎正在举办露天音乐会，乐器全是贝壳和珊瑚，琴弦则是细细的海草。他们弹奏出来的音乐很是清新动人。

景云问：“鲛人都很擅长唱歌吗？”

“你记混了，鲛人不会唱歌，会唱歌的是海女。”卫桓揽住景云的肩膀，他们走入一条由水草编织而成的浅金色的隧道，水草上生长着数不清的神秘浆果。

景云看得入迷，卫桓随便摘了一个黑色的浆果塞进嘴里，再次张口的时候声音变成了女孩子的声音，他娇滴滴地对景云说："你等会儿可别被海女迷住哦，不然你可能就回不了家啦。"

景云打了个寒战："知……知道了。"

卫桓又转过头："你们也快点呀。"

扬昇面无表情地道："你的声音听起来像在拉客……"

苏不豫脸上的笑容止不住，轻声道了句："孩子气。"

海底青蓝色的光穿过浅金色的海草隧道，几人每走一步看到的光都不同，是无法还原和复刻的。等他们穿出倾斜隧道的瞬间，一阵狂浪呼啸而过，卫桓眼明手快地抓住了景云："小心。"

苏不豫从二人身后走出来，看到那个骑着海底摩托的学生，随即抬手运能，驱使周遭的海藻将对方拖了回来。

那个学生的额角生有蓝色鳞片，眼睛也是水一样的颜色，在看见苏不豫的第一眼他就讨好地笑道："苏……苏老师……"

苏不豫脸上虽然仍然带着笑，但语气比平日严肃了许多："违规了吧。"

"对，对，"那学生连忙解释，"我就是急着去找朋友，她在三十五层呢老师，我游过去太费劲了。"

"传送门呢？"苏不豫看着他，"你是要去隐藏结界的地方吧？"

学生尴尬地笑道："老师，苏老师，您最好了，我就这一次，求求您了，千万别记我大过啊老师，再这样我就得留校察看了！"

苏不豫挥挥手，那些将学生缠得死死的海草瞬间松散开来："摩托交给我。"

学生委屈地从摩托上下来，看着苏不豫用鲛珠将摩托收了进去，还想挣扎一下："苏老师，您行行好，我真的不能留校啊……"

苏不豫却道："我今天见过你吗？"说完，他又对身边几人轻声道了句，"走吧。"

大家离开隧道时，卫桓听见那个学生不停地大喊"老师我爱你"，笑得不行。

要是当年每个老师都像不豫这样，他简直能上天。

“小心一点，马上就要进入第二层了。”苏不豫解释道，“每两个楼层之间的结界都有一段迷雾海域，那里有一个很大的幻镜螺谷，如果不小心走进去，很难出来。”

“对，那里头让人晕晕乎乎的，一进去全是镜子，还是螺旋向下的，像是有无数个你，分都分不清……”卫桓极其自然地接过话茬，说着说着，他就愣住了。

他为什么有种很熟悉的感觉？就像他去过似的。

巨大的白色海螺内，楼梯般的螺纹层层向下，内壁则全是拼接在一起的大小不一的镜子，整体看上去就像一座巨大的镜子迷城。数不清的玻璃镜面在海水中折射出耀眼的光，交织在一起，似是凝成一片光网。

每一面镜子上都反射着卫桓的面容和身影，不，不止他一个。

——小金乌，我们是不是迷路了？

卫桓脑海中冒出熟悉的声音，模糊的画面一点点变得清晰。

云永昼的脸色不大好，薄荷色的海水令他的皮肤显现出一种艳丽的苍白，他浅棕色的发丝在水中轻轻摆动，澄澈的瞳孔在色彩的叠加之下泛着宝石一样的光泽。

“你没事吧？”卫桓游过去，“我怎么感觉你有点不对劲？”

“别过来。”云永昼双眼紧闭，顺着螺旋的地面一圈一圈往下走，“赶紧出去。”

卫桓赶到他身边，看着云永昼的侧脸。云永昼额角那枚火焰印记似乎更红了，在海底如同一簇灼灼的烛光。

走着走着，云永昼忽然膝盖一软，扶着墙壁单膝跪倒在地。

“喂，云永昼！”卫桓蹲下来，试图将云永昼拉起来，却发现云永昼额头贴着鲛鳞的那块皮肤散发出丝丝缕缕的红色能量波，鲛鳞在能量波的冲击下逐渐脱落。

卫桓试图去抓鲛鳞，指尖尚未触及，那枚鲛鳞就在红色的能量波中化作粉末，随着洋流消逝。云永昼的身子也很快沉下去，速度之快令卫桓措手不及。

穿着炎燧制服的云永昼被红色的能量波罩着，他不断下沉的身影如同一朵缓缓沉入海底的玫瑰，随后又在镜壁的折射中化成无数朵。

这一刻，迷镜螺谷仿佛在下一场玫瑰雨。

“云永昼！”卫桓俯身游去，试图追上下沉的云永昼，“你等一下……”

还有一点，还差一点。

卫桓伸出手，在薄荷色的海水鱼的迷幻光芒中，抓住了云永昼的手。

“抓住你了。”

镜子里，蓝与红交织在一起，螺谷谷底的玫瑰色海草柔柔地摆动着，将卫桓和云永昼掩蔽其中。

卫桓将云永昼放在螺谷中心的白色礁石上，轻轻晃着他的身体：“喂，云永昼，你没事吧？”

云永昼没有睁眼，好似沉沉地睡着了。

“你别吓我啊。”卫桓感觉云永昼的体温在不断下降，要知道云永昼的体温一向比他们都高，这让卫桓的心也跟着沉入谷底。他向上望了一眼，螺旋的天梯顶端透着一片天光。

不行，这样下去会出事的。自己会游泳，应该可以带他回去。

时间紧迫，由不得卫桓多想，他取下自己额间的鲛鳞，贴在了云永昼的眉心，随即心一横，将自己的气渡给了失去意识的云永昼。

幻境一样的光穿透薄荷色的海水，在镜子的指使下折射出斑斓的色彩，如同玻璃纸搭建的宫殿，将两个迷途的少年困住。

镜壁复刻出无数的影子，每一个影子都是红与蓝。

“我带你回去。”

赤诚，纯粹，热烈，危险。

隐秘的海底记得所有秘密。

“阿恒！”景云的声音将卫桓的思绪打断，卫桓抬起头，见其他三人都在看着他。

“你怎么了？”苏不豫问道，“是不是哪儿不舒服？”

卫桓神色恍惚，他脑子里特别乱，心跳得很快。

这些记忆他怎么会忘记。

“没事。”他摇了摇头，“我突然想起来还有一些事没有处理，你们继续玩，我可能要回去了。”

景云露出遗憾的表情：“你要丢下我们吗？”

卫桓看着景云，却想到了云永昼。

他似乎看见缓缓坠入海底的云永昼睁开那双琥珀色眼眸，望着他。

——你要丢下我吗？

不。他甩开脑子里的幻想，深吸一口气，对景云露出一个笑容：“我下次一定陪你捉水母，反正今天有扬教官和苏老师在。”

“那你回去的时候小心点。”扬昇交代两句，便去安抚景云，“我们走吧，十五层有一个水下游乐园，我带你去。”

苏不豫开口：“你们在这个潜艇站等一下吧，我先送他上去。”

卫桓没有拒绝，任苏不豫带着他回到第一层。一路上卫桓都没有说话，他满脑子都是迷镜螺谷里的场景，他将自己的气渡给云永昼，带着他往上游……

然后呢？后来发生什么了？

记忆又一次出现断点。

没有氧气，他在水中撑不了太久，所以最后的结果究竟是自己带着云永昼回到了水面，还是云永昼在鲛鳞的作用下先苏醒过来？

“为什么皱眉？”

听见苏不豫关切地发问，卫桓赶紧放松表情：“没有，我只是觉得有点可惜。”

苏不豫温柔地笑了笑：“其实你并没有什么要紧事，对吗？”

和刚才处罚学生一样，苏不豫连戳穿真相的方式都是柔和的，令人无法挣扎、反驳。

卫桓抬眼看他：“对。其实……”他摸了摸自己的眉心，“苏老师，我和云教官结契的事您应该也知道，我现在身体里还有他的能量波，可能会和鲛鳞的属性发生冲突，所以我还是不下去了，免得到时候给你们添麻烦。”

还是推到结契上吧，反正苏不豫也知道这事。

说完，卫桓游上岸，等到苏不豫也上来后，两人一起走到上善学院的入口。

苏不豫将结界打开，和卫桓一起走出去："你真的要回去了吗？"

卫桓点点头，将自己额头上的鲛鳞取下来还给他："谢谢您。"

苏不豫垂眸看着他指尖的鲛鳞，沉默了片刻。

"鲛鳞离开我之后就回不去了，你留着吧，"他抬眼，"或者替我扔掉。"

卫桓望着他的眼睛，收回手，脸上的笑容真诚而美好："那我会收好的。"

看着这个熟悉的笑容，苏不豫心口一窒。

就在卫桓准备转身离开的时候，苏不豫叫住了他。

卫桓回过头，苏不豫那双灰绿色的眸子盛满了他看不懂的情绪，好像有话要说，他忍不住开口："苏老师？"

苏不豫感觉自己已经快要控制不住流淌的情绪。他望着卫桓的双眼，脑子里有个声音在疯狂叫嚣：在这个毫不合适的时候将一切说出来吧，说出来就不一样了！

我知道你是谁，我知道一切，我……

"苏老师，你怎么了？"卫桓起了疑心，可苏不豫很快就从失态的边缘恢复过来。他努力让自己笑得不那么勉强，说话的语气也保持着以往的平和，尽管内心刚经历了一场海啸。

"我有点事想要找你帮忙，明晚七点，你能来一趟上善吗？"他没有说"我有些话想对你说"，而是改成了一位老师对学生更加自然的要求。

卫桓几乎没有犹豫，脸上是爽朗的笑："当然没问题，什么事？"

"来了我再告诉你。"苏不豫的眼里盛满了温柔，"就在这里，我等你来。"

"行。"就在此时，卫桓收到了一个通话请求，他飞快地查看了一下，是清和，于是顾不上和苏不豫说太多，急忙与对方分别，"老师，我现在是真的有要紧事了，我明天一定来！"

离开上善后，卫桓找到一个僻静的地方，确认四周无人后才接通通话。卫桓发现清和身后的背景和之前有些不同，于是先问道："怎么突然联系我？你现在在哪儿？"

"你找到那个人了吗？"清和根本没理会他的问题，而是直接索要结果。

卫桓还算有耐心，解释道："我帮你找了，是一个瘸了腿的中年男人，对吗？”

清和的表情变了变，似乎回忆起什么不太好的事，回答得很仓促：“对，是瘸了腿。他现在在哪儿？你找到他了吗？”

卫桓不明白清和为什么这么执着于找到那个男人，而不是给了他实际伤害的燕山漠，他好像根本不在乎燕山漠。

“我现在只查到一部分信息，他叫老黑，现在是九尾燕平的手下。你可能不知道，燕平的身份很复杂，他是异域的食品业巨擘，但是私底下和暗区以及凡洲有很频繁的灰色交易，比如人奴贩卖，他和177研究所的关系也很紧密。老黑现在是燕平的心腹，你如果非要见到他，我觉得比较难。”

“我必须找到他。”清和的语气不容置疑，他的目光飘向别处，似乎在思考什么。

“如果你需要帮助，我愿意帮忙。”卫桓不知道自己是不是同情心泛滥，他只是想起借瞳时看到的画面。当初还是孩子的清和被折磨成那个样子，照理来说他应该很恨燕山漠才对，或者说恨整个九尾一族，可他现在的样子根本不像要报仇。

不对，与其说他不恨燕山漠，不如说报仇并不是他当下的第一目标。

清和似乎从沉思中回过神来，恢复成之前的样子，很明显他还不愿意透露太多，只对卫桓道：“先说你的事。”

卫桓也能理解，毕竟他自己也有所隐瞒，到目前为止他们也只是将对方视作信息互换的工具而已。

“我记得之前跟你说过，你这副身体的身份信息被抹除了，我根据抹除的痕迹追踪到了几个断点，其中有一个是彻底屏障，而且这个屏障是隐形的，断点也完全追踪不到，但是我想了个别的办法。”

“什么办法？”卫桓问道。

“既然这个屏障建立者与177有关，而177又是一个研究生物科技的研究所，这个研究所里和网络有关的部门寥寥无几，我就只能逼他出来了。”

卫桓一下子就明白过来。在清和的设想里，最后一个断点的主导者与177有关，甚至有可能是其内部成员，所以他决定用挑衅的方式攻击他们的网络安全系统，逼出对方。

难怪他现在不在组织里，原来是因为这件事。卫桓没想到他为了帮自己查身份这么豁得出去，他还以为像清和这样的人不会把这件事放在心上。

“你这样做太危险了，你要是把他逼出来，他一定会追查你的。”

清和摇头：“我做得挺小心的，对方一时半会儿应该查不到我身上。”

很快，卫桓收到一封加密后传输过来的文件，他听见清和道：“这些是我查到的，就是他隐藏和抹除了的你的身份信息。他是177网安部的一个普通职工，你最好尽快去找他，我怕他发现我的目的。”

卫桓还是很担心清和：“那你现在怎么办？”

清和不以为然：“我最擅长的事就是隐藏身份，你还是保护好你自己吧，去找他的时候别再闹出那么大的动静了。自从上次你和阿祖去过大楼之后，他们的防御体系已经全面升级了。”

这些都在卫桓的意料之中：“那你现在是怎么打算的？”

“老大说找人把我带到异域避避风头。”清和皱了皱眉，“虽然我不怎么愿意去那个地方，跟他推了一阵子，但现在想想……”他忽然笑起来，“正好。”

难道他想自己来找老黑？

等等，他说的老大一定是他们这个秘密组织的领头人，对方为什么能把清和带到异域避风头？难不成他在异域有一定的地位，或者说根本就不是人族？

“你们老大可以把你带来异域？”卫桓提出疑问，“你们不是一个人族组织吗？”

清和也有些惊讶：“我们老大不是人族啊，阿祖没跟你说过？”

卫桓惊呆了：“不是人族？那他是异族？”

“半人半异族吧，”清和似乎也不是很确定，“我都没见他使用过异能，但是组织里的半人半异族说，老大身上有异族的能量波，但不是很重，可能也是一个半人半异族。”

“他叫什么名字？”卫桓问道。

清和扬了扬眉：“你问这么多干什么，我为什么要告诉你？”

他说得也有道理，比起自己这个并不算熟识的人，性格多疑的清和自然会选择保守组织的秘密。

“我就是对他太好奇了。如果你真的要来异域，一定要告诉我。”卫桓表情严肃，语气认真，“你要找老黑的话，也一定要叫上我，不要单独行动。”

“干吗？”清和露出玩世不恭的笑容，他把之前的面具换成了一个黑色的单边眼罩，基本上可以遮住他脸上的异族图纹，只露出一点边缘，“你干吗对我这么掏心掏肺？搞得好像生死之交似的，我们很熟吗？”

这话说得难听，但卫桓并没有被他的话激怒，反而更加冷静：“你会需要我的，毕竟那个时候我们就都是身在异域的人族了。”

清和神色微变，垂下头低声骂了一句：“啰唆。”

“你不是第一个这么骂我的人。”卫桓扬了扬眉，好似受了夸奖。

“懒得跟你说。”清和正准备挂断，无意中瞥了一眼桌子上胡乱写下的线索。

“哎？你不是要挂了吗？”卫桓没脸没皮，“我算是看出来了，你这个人就是刀子嘴豆腐心，你……”

“我的确还有一件事，可能要你帮我。”清和有些不情愿，“当然了，这件事其实很悬，我觉得就你也帮不上什么忙，但是既然你都主动请缨了那么多次，我就告诉你吧。”

合着还是我上赶着了。卫桓乐了：“那您先说，看看我能不能帮上忙。”

清和垂下眼：“我……我听说，有一种办法可以让死去的人族复生。”

光是这一句话，就让卫桓心下一惊。

“当然，我是不信的。其实我也不知道他是不是真的死了，我就是想试试看。”

清和很犹豫，仿佛陷入了某种痛苦的情绪之中，残存的理智让他把这些话说完：“我试过很多办法，可都没有用，但我听说异域有一种可以收集人族能量波的异能，叫‘回溯’。虽然我不知道真假，但既然有人这么说，我就想试试。”

清和还在说着，但卫桓一个字都听不进去了。

收集人族的能量波……原来真的有这样的说法！如果说人族的能量波可以被收集，那异族的能量波呢？他会不会就是因此回来的？

就在清和还在为自己几乎没有希望的要求而纠结时，卫桓回应了他：“这件事我会不遗余力地帮你查。”

通话结束，卫桓心神不定地走向宿舍。他满脑子都是关于回溯的事，刚进入炎燧的结界就听见了云永昼的声音。他猛地回头，但身后并没有人，他又四处望了望，也没有发现云永昼的身影。

[你在哪儿？]

声音又一次出现，卫桓这才发现原来是传心，他立刻回答：[在回宿舍的路上，怎么了？]

原以为云永昼有什么要紧事，谁知云永昼用一种极其别扭的语气对他说：[我现在都还没有吃饭，你上次做的那个面勉强能吃。]

什么？卫桓不由得笑出来，这个小少爷怎么回事，是不会好好说话吗？

他故意道：[我也觉得只是勉强能吃。云教官，您要是不想出门，可以点外卖啊，我去山海大门那儿守着，取上外卖给您拿过去，您看怎么样？]

那头沉默了好一会儿，才闷闷地道：[你上次做的面……挺好吃的，我想吃，过来找我。]

早这样不是挺好的吗，就应该好好治一治这个小金乌的傲娇病。卫桓的嘴角简直要咧到耳朵根。像这种福泽炎燧的光荣使命，也只有他小九凤愿意舍生取义，担此重任了。

[你不想来，是吗？]云永昼的声音再一次响起，沉沉的，像是憋了一场大雨的云朵。

[没有。]卫桓脱口而出。

否认得太快了，卫桓觉得有点没面子，心里传来云永昼的回应：[我等你。]

卫桓到了云永昼宿舍楼下，忽然听见有人在身后叫他。他回头一看，居然是他的班主任邢焰，那个风风火火的男人。

尽管卫桓极其不愿意，但碍于对方目前是他的班主任，还是被迫与对方上了同一部电梯。电梯门关上之后，两人都很尴尬。

率先打破沉默的竟然是邢焰：“你来找云教官？”

卫桓道：“那什么……我来给教官送个东西……”

“是吗？”邢焰一脸迷惑，“他不是说你来他这儿住一晚吗？”

“什么？！”卫桓一脸蒙。他什么时候说要在这儿住了？

可他不敢在邢焰面前驳云永昼的面子，毕竟他们现在是同事关系，谁知道会不会通气。他微笑着说着违心话：“邢老师，您是怎么知道的？”

邢焰爽朗地道：“也是巧，上午的时候我跟他碰了个面，那时候领导给我安排了一个活，让我晚上带学生巡逻，我当时随口说‘我班上那个人族小孩假期估计也没地方去，我就带他吧’，然后小云就过来了，”他的脸立刻拉下来，学着云永昼的招牌冰山脸，“一本正经地说‘他晚上要去我那儿’。”

说完，邢焰耸了耸肩：“所以我就换了个学生。”

上午的事？上午他还在云永昼的宿舍呢，合着他以为自己要在他这儿住一个周末啊。

叮的一声，电梯门打开，邢焰正要往外走，卫桓连忙抓住最后机会解释：“不是的邢老师，我没有要在云教官这儿过夜，我……”

“行了，周末我可不想继续当你们的管家，我还得休息呢，别事事跟我报备。”邢焰回头冲他眨了眨眼，“假期愉快啊。”

——这个油腻大叔一定不是我那个暴跳如雷的班主任。

卫桓来到云永昼的宿舍门前，刚站定，门就自己开了。卫桓走进去，自然而然地换上之前穿的浅蓝色棉拖鞋，关上门，原本想好的抱怨的话一下子抛到脑后，开口就成了：“您这门就没有好好关过吧？您也不怕进贼。”

云永昼从厨房端了一杯水走出来，他又戴了第一次传心时卫桓见他戴过的银丝框眼镜。

卫桓瞅了他一眼，还是觉得很好看。

“您现在就要吃吗？我给您做。”

云永昼往沙发上一坐：“对。”

“那行。”卫桓乖巧地应道，脱下薄外套搁在沙发扶手上，轻车熟路地朝厨房走去，“我一会儿做完就直接回去，不打扰您休息了。”

离厨房门口只差三步时，厨房门砰的一声关上了，卫桓一脸蒙，眼看着一条细长的光索从门把手那儿松开，绕过卫桓往他身后溜去。

云永昼道：“我现在不想吃了。”

这家伙怎么回事？这是什么意思啊？

卫桓的火气一下子就上来了。

我堂堂小九凤，自己送上门给你做牛做马，说做饭就做饭，一点也不含糊，你怎么还一会儿吃一会儿不吃的？欺负人呢吧！

他气呼呼地转过身，看见坐在沙发上的云永昼，在他转过来的时候扭头望向窗外，也不搭腔。

云永昼觉得自己说错话了，但又不清楚自己哪里说错了，他脑子飞快地转着，心想，自己统共也没说几句话，怎么就把他惹生气了呢？

“我看您也不想吃。”卫桓气鼓鼓地走到沙发边，弯腰拿起自己的衣服，“伺候不了您，我回去了。”

说时迟那时快，一条光索忽然蹿出来，唰唰唰几下就把卫桓从脚到头绑得死死的。卫桓被光索这么一拽，跟柱子似的直愣愣地倒在了云永昼身上。坐在沙发上的云永昼也被吓了一跳，手一抖，杯子里的水全洒在卫桓背上，跟下大雨似的。

“云永昼！”卫桓一着急，忘了身为学生的本分了，只能把脑袋转到一边，侧着头大叫云永昼的名字。

云永昼虽然没吭声，但心里也慌，卫桓倒下来的瞬间，他的脑子嗡地一下就炸开了，跟烧开了的水壶似的，又烫又吵。他手一抖，杯里的水全洒在了卫桓后背上。卫桓白色的 T 恤上洇开一大片深色水渍，湿掉的布料贴着他微微凸起的脊骨。

“快……松开我！”

听见卫桓这么一叫，云永昼才猛地反应过来，光索瞬间消失了。卫桓两条腿没了束缚，直接跪倒在地，手撑着云永昼的膝盖，抬起上半身。

他抬头的刹那，与云永昼四目相对。

说不清为什么，卫桓无法直视他的眼睛，甚至心虚地将手从他膝盖上拿开，视线也别到一边，喉结不安地上下滚动。

“那……那什么……”卫桓跟喝大了似的，摇摇晃晃地从地上爬起来，头也不抬地往厨房跑，“我煮面条去……”

“你不是要走吗？”云永昼清冷的声音在背后响起，卫桓脚步一滞。

对啊，他都说了要走了啊！

卫桓五官皱成一堆，可转过身的时候还是笑吟吟的：“我刚刚说的是气话，面还是要煮的。”说完，他溜进厨房，关上了门。

卫桓头昏脑涨地打开冰箱，拿出食材，开始烧水煮面。他身上的衣服湿湿的，贴在身上难受得很，于是单手脱下后扔到了一边。

切菜的时候，卫桓想起自己第一次来云永昼这儿时，云永昼差点把厨房炸了，等自己接盘时又不小心切了手。但是因为血契的痛觉转移，所以当时的他一点感觉也没有。

面条在锅里咕嘟咕嘟地煮着，卫桓靠在流理台上出神，直到沸腾的水和白色的泡沫将锅盖顶开，热气急不可待地四溢，他才回过神，连忙将火关掉。

只吃面总归有点单调，他想着还是炒点菜，但脑子和手似乎总是不同步，胡思乱想根本停不下来，他就炒了两道菜，一道撒了两次盐，另一道忘了放盐。

将菜端出去的时候，卫桓甚至忘了自己现在没穿上衣。他把盘子往桌上一搁，看见走过来的云永昼明显愣了一下，这才想起来自己把衣服脱了，习惯性找台阶的他抢先开口：“衣服太湿了，我就脱了，云教官可以借我件衣服吗？”

云永昼点了点头，坐到餐桌边。

“谢谢您。”卫桓如获大赦地去到云永昼的卧室。他本来想随便拿一件衣服往身上套，可不小心又看到了自己第一次来时穿的那件黑色衬衫。

他忽然想起了什么，拿出那件衬衫，翻出里面那一面，上面果然绣着两个字母，WH。

这真的是他的那件衬衫！

知道真相似乎并不是什么好事，尤其在他脑子已经足够乱的时候。卫桓将衬衣套在身上，动作迟缓地扣上扣子，走出卧室，坐到云永昼对面。

云永昼正安安静静地吃着面，眼镜被他取下来搁在一边。他吃东西的样子很斯文，低着头吃东西时没有发出一点声音。

卫桓拿起筷子，问：“好吃吗？”

“嗯。”云永昼还是没有抬头。

卫桓夹了一筷子菜，好淡，几乎没有味道。他皱着眉，又去夹另一道，结果咸得他差点吐出来。

“这哪里好吃了？”卫桓给自己倒了杯水，灌下去后心里有点抱歉，“别吃了云教官，今天这两道菜都做得太失败了。”

云永昼没有说话，卫桓以为他只是碍于面子，不好意思承认，所以自作主张地端起盘子：“我倒了，我们吃别的吧……”

谁知他手刚碰到盘子，身边就唰唰唰出现几十枚光刃，吓得他不敢动，还好那些可怕的武器只存在了一两秒就消失了。

卫桓没搞明白怎么回事，只得先把手收回来，然后才听见云永昼闷闷地说了句：“抱歉。”

气氛一下子变得有些奇怪。

“该说抱歉的是我，做的菜这么难吃。”卫桓搅动着碗里的面，顺时针将面缠到筷子上，又逆时针散开，“我绝对不是打击报复啊，就是一不小心……”

云永昼没说话，只夹了一筷子没放盐的菜放进卫桓的面碗里，又夹了一筷子放了两次盐的菜放上去，混着面一起拌了几下。

他明明还是那副冷冷的模样，此刻却让人觉得格外认真：“这样就刚好。”

卫桓看着自己碗里的面，嘴角不自觉地上扬，又抿了抿唇，咳嗽一声，压下那股笑意。

什么啊。

卫桓脑子里冒出一个形容词，尽管他知道这个词特别不适合云永昼，也特别不适合由他说出来。

但云永昼真的有点可爱。

他低头吃了一口，好像的确没有那么难吃了，不咸不淡，刚好。

第三章 锋芒烟火

两个人默默地吃面，这样的场景对卫桓来说很陌生，就算是以前，他也很少坐下来安安心心地和某个人好好吃顿饭。

自从父母殉职后，他就变得缺乏安全感，明明身边有很多人，有扬昇，有不豫，总是热闹无比，他却觉得心里空空的，很慌，好像这些陪伴在他身边的人总有一天也会一个一个离他而去。他始终还是一个人。

卫桓抬起头，看了一眼云永昼，见对方快要吃完了。他忽然发现，其实云永昼也没有那么冷漠，或者说好像没有以前那么冷漠了。

现在的卫桓终于有机会离云永昼更近一点，好好地观察他了。他也是现在才知道，原来云永昼可以有这么多表情，原来云永昼说话的时候会有细微的语气波动，如果认真一点，其实很容易分辨对方的情绪。

虽然他急了还是会放光刃，但至少现在维持的时间很短。

“你不吃了吗？”云永昼抬起头看着卫桓。

卫桓道：“我已经吃饱了。”

“所以你要走了吗？”云永昼又道。

相处的时间久了，卫桓其实也能明白云永昼的意思。他觉得自己就像一个天赋异禀的超能力者，可以和世界上最爱刁难人的小动物交流，这个小动物本身说的就不是人话，有时候还爱说反话，更多时候不爱说话，所以他需要耐心，还需要极高的智慧。

卫桓在心里郑重地点了点头：“我不走了。”

云永昼的嘴角微微上扬，要不是卫桓盯得紧，就错过了。

答案正确！卫桓在心里欢呼了一声。

卫桓站起来收拾碗筷，云永昼虽然没有说话，但也动手收拾了自己的。卫桓忽然看到自己身上的黑色衬衣，开口问道：“云教官，这件衣服我可以穿走吗？”

“可以。”云永昼将碗筷拿到厨房，像是想起什么似的，又补充道，“但是记得带回来。”

“不能送给我吗？”卫桓站到云永昼身后。

“不可以，这是我的。”云永昼斩钉截铁地道，说完就转过身。

卫桓下意识地道：“这明明是……”

正面迎上云永昼，这个厨房对他们两个来说多少有些逼仄，两人之间的距离一下子缩短，卫桓几乎可以感受到云永昼身上的温热。

云永昼伸手接过他手里的碗筷，淡淡地问道：“明明是什么？”

明明是我的衣服……卫桓笑嘻嘻地从云永昼和流理台之间钻出来：“明明……明明是我以前隔壁家小朋友养的一只猫，我给它取名叫明明。明明特别好看，就是脾气不好。”

这个人又开始胡言乱语了。云永昼将碗筷放进池子里，耳边是卫桓越来越小声的叨叨。

“因为长得好看，所以很多人喜欢摸它，它很生气，脸拉得老长，而且不说话。身为一只小猫，长得好看我们就原谅它吧……”

云永昼沉默地将两个人的碗筷洗好，再擦干净手。他似乎从来没有体验过这种感觉，很平淡，没有无休止的训练，没有不允许输的硬性规定，也没有生死不计的战斗本能。

他只需要坐在这里，安安静静地听卫桓说一些有的没的，不需要考虑下一刻自己要奔赴哪里，不需要想什么时候才能找到对方。

云永昼走出厨房，看着卫桓坐在沙发上，抱着变大了许多的小毛球，揪着小毛球的绒毛。卫桓在云永昼走出来时抬起了头，小毛球则趁机缩小，从卫桓怀里溜了出去，一跳一跳地朝云永昼奔去，好像要告状。

“喊，那么多毛，揪两根又不会秃。”

卫桓的小表情全部落在云永昼眼里，这一刻云永昼才明白，在大部分人眼里，自己一直是不食人间烟火的金乌。但事实上，自己比谁都迫切地渴求着这些最平淡、最温暖的东西。

只有在卫桓面前，他才不仅仅是一件漂亮的、例无虚发的武器，他存在的意义才不只是那些尖锐锋利的光刃，还可以是萤火，也可以是星辰。

锋芒就可以变成烟火。

卫桓虽然嘴上说了晚上不走，但是心里还是犯嘀咕。晚上不走的话他睡哪儿？又打地铺，还是睡床上？

他感觉自己的脑子乱得很，里头好像塞了两个小人，正在进行一场辩论。

好吵。

卫桓放弃了思考，他看见云永昼坐在另一张沙发上，手里拿着一本书。

都已经这个时代了，科技让娱乐活动丰富到了空前的程度，可云永昼却像几个世纪前的人，喜欢沉重的实体书。

如果看书的是其他人，卫桓会觉得很奇怪，但如果是云永昼，卫桓又能理解。

这种双重标准在云永昼身上似乎永远成立。

小毛球又一次跳到卫桓膝盖上，这一次它又背上了那个小包。卫桓觉得稀奇，拿手指头戳了它一下："你这没胳膊也没腿的，这包是怎么背上去的啊？"

小毛球气得"嘤"了一声，卫桓下意识地伸出食指竖在嘴唇前，做出噤声的手势，然后偷瞄了一眼云永昼，等到云永昼也看着自己，又尴尬地笑了笑，抱着小毛球站起来："我不打扰你看书，我先去卧室教育教育它。"说完，卫桓就带着小毛球飞快地跑进了卧室，把门也关上了。

"你一天天的怎么那么多事？"卫桓把小毛球往床上一扔，"我看你不是什么毛球精，而是个事精。"

小毛球虽然生气，但还是蹦跶到卫桓的膝盖上，无比坚持地将自己背包里的东西抖到卫桓的身上。

这次掉出来的是一根细细的黑条。

"你之前弄出来的那些玩意我还没有仔细看呢，这又是什么？"卫桓将黑条捡起来，搓了一下，有黑色的粉末留在手上，看起来像燃尽的灯芯。

下一刻，那个灯芯居然一扭一扭地变大变长了，颜色还越来越红，最后从卫桓的手上挣脱出去，落到了床上。

卫桓吓得伸手就想把那玩意弄下去："你别把我们小少爷的床单弄脏了啊。"

那灯芯最后变成了一个巴掌高的小人，准确地说是一个长得十分漂亮、美艳的红衣少女。她先是提着自己的小裙子朝卫桓行了个礼，然后站定，姿态端庄地盯着卫桓："您好，我是长明灯娘。"

卫桓一脸蒙："长明灯娘？"

他忽然想起来，之前上课的时候老师讲过，这是一个非常古老的异族，在远古时期还算常见，现在越来越少。据说，这种异族活了很久，所以见识和学识十分丰富，博古通今。老师还说，长明灯娘喜欢变成绝色美女的样子出现在他看上的男人家里，和他谈论古今。

绝色美人……卫桓仔细打量了对方一番，觉得还行吧。

卫桓先开了口："你好你好，久仰大名。"他伸出一只手，发现自己的手相对长明灯娘来说有点大，但长明灯娘并不觉得尴尬，她很有礼貌地握了握卫桓的食指。

"您好，您是人族吗？"长明灯娘狐疑地看了卫桓一眼，又使劲地嗅了嗅，"您身上有异族的能量波。"

卫桓尴尬地笑了一下："是，金乌的能量波。"

长明灯娘摇摇头："还有一种能量波，虽然很微弱，我暂时分辨不出，但是我可以肯定，是一个高等级异族。"

娘娘真厉害！

"您的宠物不远千里来寻找我，虽然我已很久不见世人，但见它至诚恳切，还是跑了一趟。"长明灯娘甩了两下自己的红袖，"您如果有什么问题，大可以问我，我一定知无不言，言无不尽。"

原来是小毛球请她来的，卫桓的心一下子软得一塌糊涂，把一直静悄悄地粘在身上的小毛球弄到指尖，摸了两下。

如果这个长明灯娘真的知道这么多事……

卫桓想了想，道："我的确有些问题想问你。我听人说异域有一种可以收集死者能量波的异能，这是真的吗？哪种异族有这样的能力呢？”

长明灯娘闻言，沉吟片刻：“的确有这样的异能，名叫回溯。”

顿了一下，她又补充道：“但这种异能已经很久没出现过了，而且也并不是某一种异族的能力。”

卫桓不解地问：“这是什么意思？”

“比如您屋子里那位金乌，他的能力是火，同时也拥有独一无二的光的能力，但他无法收集他人的能量波。回溯是一种特殊而危险的能力，当初发明这一异能的异族也给了它最严格的限制。您先等等，容我先翻阅一下笔记。”

啊，原来长明灯娘也要记笔记啊。

长明灯娘从袖子里拿出一个小本子，上面的字小到卫桓根本看不清，她翻了好一会儿，久到卫桓差点打起盹来。

“找到了，”长明灯娘举起自己的小本子，指着一处，“就是这个。”

卫桓眯起眼睛，努力辨认许久：“对不起，我看不清。”

“是这样的，”长明灯娘将小本子收起来，“这种异能只有异域的异祀才会，同时也是异祀们最禁忌的能力之一。”

“异祀？”卫桓不记得自己曾经听说过这类异族。

“没错。就像你们人族有人祀，异族里自然也有。这您应该清楚。”

卫桓心想：我还真不知道我们人族的事。

他盘腿坐在床上：“那我去哪儿可以找到异祀？现在还有异祀吗？”

“现在还有没有异祀我就不知道了，至于哪里能找到……”长明灯娘朝卫桓作了个揖，“恕小女子能力有限。”

卫桓叹了口气：“没关系，但我还有一个问题，如果这个异能真的可以收集人族的能量波，那可以收集死去的异族的能量波吗？”

长明灯娘抬起头，认真地思考了一下：“千百年前，曾有一异族尝试过。”

“谁？”卫桓急切地问。

“这……小女子不敢说。”长明灯娘的眼睛瞟向一边。

卫桓不理解，这是什么意思？他顺着长明灯娘的视线看过去，是卧室的门。

云永昼？千百年前哪有云永昼……等等！

卫桓忽然反应过来："你说的是初代金乌？"

长明灯娘退后几步，一脸惶恐："这并非小女子所言，是您自己说的。"

那看来就是了。

"初代金乌想收集谁的能量波？"

长明灯娘实在是没想到这个人族居然这么难缠，这么会套话，她一脸为难，最终还是心一横，走到卫桓身边："您低下头。"

卫桓依言趴下去，让长明灯娘靠到自己耳边，听见她小声开口："是谁以一己之力撑起昆仑墟而殒命？"

"凤凰。"卫桓好像知道了什么了不得的事，一下子坐了起来，"你的意思是，初代金乌曾收集凤凰的能量波？"

长明灯娘退了又退，裙子也来不及牵，一屁股坐在软软的床上："小女子没有说，您别胡说。"

"对对对，我瞎说的。"

看来真是这样。卫桓的鸡皮疙瘩都起来了。那可是高高在上的老祖宗，初代的金乌和大凤凰啊！

"那他成功了吗？"

长明灯娘只是看着他，没有说话。

哎，对，当然没有成功，凤凰已经"走了"几千年了。

不对不对，初代金乌为什么要收集凤凰的能量波啊？他们之间有什么关系吗？以前的人不都说金乌和凤凰王不见王？尤其是后来再也没有凤凰的时候……

看着卫桓陷入了沉思，长明灯娘起身又拜了一拜："如果您的问题问完了，小女子就先走了。"

"哎哎哎，你别走。"卫桓一时心急伸手捉住了她。

"谁别走？"身后忽然响起一个清冷的声音，卫桓被吓得一抖，感觉自己手里的小灯娘也抖个不停。

他转过头，挤出一个苦笑："没有谁啊，哈哈哈，我在跟小毛球说话呢。"

"你手里握着什么？"云永昼双臂环胸，"让我看看。"

卫桓脸上的笑容快僵住了："什么都没有，真的。"

云永昼严厉无比地重复了一遍自己的话："给我看。"没办法，卫桓只得闭着眼，硬着头皮摊开了手掌。

云永昼抓住他的手腕："你就是在跟这个东西说话？"

嗯？卫桓睁开眼，见手心里只剩下一根黑黑的灯芯，他才松了一口气："没有，我都说了我在跟小毛球说话。这是他随便给我捡回来的一根草，是吧，小毛球？"

小毛球"嘤"了一声，凑过来把自己的包放在床上，将小灯芯放回包里。

幸好长明灯娘机灵，不然要是被云永昼瞧见了，云永昼肯定会气死，责怪他们在自己的床上弄出来一个女性异族。

卫桓自觉愧疚，虽然不知道为何心虚，但还是立马站起来关心地道："你不看书了吗？是不是看累了？"

云永昼只是盯着他，没说话。

"你盯着我干什么？"卫桓笑起来像小动物一样可爱，"看书看累了，所以来看看我吗？"

他就这么一说，习惯性贫嘴而已，谁知道下一刻，云永昼居然真的回答："对啊。"

云永昼的回答不免让卫桓一愣。

这家伙怎么也学会顺着台阶下了？还下得这么溜。

云永昼这个人真是奇怪，有时候说话弯弯绕绕，有时候又特别直接，好像砸在脑袋上的苹果一样，咚地一下，把人砸得七荤八素，眼冒金星。

"我有什么好看的……"卫桓嘀咕了一句，从云永昼身边窜开，"我去洗澡。"

云永昼拽住他："等一下。"他拉着卫桓来到衣柜边，将衣柜门打开后蹲下，拉开最左边的柜子，里面整齐地摆放着许多衣物，"这些你可以穿。"

卫桓也跟着蹲下来："那除了这些，其他的我不能穿吗？"

本来云永昼就不会说话，现在被卫桓这么一问，更不知道说什么了，只道："可以。"

卫桓指了指小柜子里的衣服："那这些和那些什么区别？"

云永昼扭头看向他："这些是我新买的。"

卫桓一愣，自动帮他补全了他所说的话，把这句"这些是我新买的"变成"这些是我专门为你新买的"。

"哦。"卫桓从柜子里随便拿出一套衣服，夹着自己的小尾巴跑去了浴室。

他根本没注意到那个柜子里有多少衣服像他以前穿过的衣服。

山海的规定一向严格，学生只有在周末的时候才能想穿什么就穿什么。有时候云永昼在校园里遇上卫桓，虽然不会上去打招呼，但总会趁卫桓不注意的时候多看他一眼。

看他今天穿的什么颜色的衣服，整体搭配是什么风格，心情又是怎样的。

云永昼闭上眼，似乎还能听见卫桓远远地喊"小金乌"的声音，而他说话的时候，似乎连眼睛都在笑。

浴室就一个，等卫桓洗完澡出来，云永昼才进去。

卫桓拿了一条干毛巾胡乱地擦着自己的头发，然后一屁股坐到沙发上。坐下后，他看见地上有根草，觉得稀奇，于是捡起来仔细瞅了瞅。

"嘤嘤怪。"小毛球听见卫桓叫它，一跳一跳地蹦过来："嘤？"

卫桓将手里那根红色蒲草摇了摇："告诉我，这是什么？"

小毛球一边跳一边嘤嘤嘤地解释，甚至还演了起来。它蹦跶着将自己那个小布袋子弄出来。

"哦，布袋子里的，你带回来的。"

"嘤！"给出肯定的答案之后，小毛球又啪嗒一下趴在茶几上，变成一个长条毛绒球，扭来扭去。

卫桓宛如一个正在参加一场盛大的"你比画我猜"比赛的选手，他捏着那根小草冥思苦想，突然灵光乍现："哦！你说它是上午我看到的那根草，往地里钻那根。"

"嘤！"

卫桓伸出手，小毛球弹起来碰了一下他的掌心，权当击掌。

“它怎么好像和之前长得不太一样了？”卫桓仔细瞅了瞅，那根草好像变大了一点点，“这是什么草？”

小毛球跳到他的手背上，趴下后就闭上眼睡觉。

卫桓有点蒙：“你又演什么呢？”

睡觉？怀梦？

卫桓有些惊讶：“这是怀梦草？”

小毛球登时醒了，激动地抖着自己的毛毛：“嘤嘤嘤！”

卫桓真觉得自己现在掌握了各种生物的奇怪语言。

“你怎么把怀梦草弄来了？这玩意可不好找。”

小毛球身前鼓起一大块，像是骄傲地挺起胸膛一样。

卫桓第一次知道怀梦草这个东西，还是在念高中的时候。他的同桌桃女家里有一整片异草园，当时有好些女同学天天来问她：“你家有怀梦草吗？”

“你家的怀梦草什么时候才会来啊？”

“可以把你家的怀梦草借我一晚吗？求求你啦。”

本来卫桓对这些东西不怎么感兴趣，可一来二去，问的人多了，他也实在是好奇，于是问道：“怀梦草是什么？”

桃女解释道：“怀梦草是一种很少见的异草。白天的时候，它看起来就像枯草一样，会钻到地底下躲起来，等到天黑了才会再次出来。如果它喜欢你，而且能量波够用，就有可能在夜晚的时候悄悄变成人族形态。不过大部分时候怀梦草都是一棵红色的蒲草。”

卫桓不解：“不就是一棵草，有什么稀奇？谁还不能变个人族形态了？”

“当然稀奇了！”桃女一脸“你这只无知的鸟”的表情，“怀梦怀梦，就是怀抱着它做梦。听说，如果你抱着怀梦草睡觉，你就会梦到你最想见的人。”

“梦到最想见的人？”卫桓更加迷惑了，“为什么要梦到别人？”

“你这只没开窍的笨鸟。”桃女叹了口气，用手撑着自己的下巴，“算了，人见人爱的小九凤怎么会陷入少女怀春的苦恼呢。”

“嘁，怀春和做梦有什么关系，你们女孩子真是奇怪。”

“你什么都不懂。当你真的喜欢一个人的时候，你就会心跳加快，忐忑不安，方寸大乱，满脑子都是他，连梦里都是他……”

“我才不会。”

回忆就此打住，卫桓盯着自己手心里那株红色小草，没想到当初被同学们稀罕得不得了的怀梦，现在居然被小毛球捡垃圾似的给捡回来了。

卫桓笑着戳了一下小毛球：“可以啊你，异域捡垃圾大赛总冠军。”

怀梦，怀梦……他的脑子又一次有了自己的想法。

“哎，嘤嘤怪，你说如果我抱着这棵草睡觉，会梦到谁啊？”

在失去父母后，他就放弃了自己希望远离战场，只想过平凡生活的梦想。他逼迫自己去往一个又一个危险之地，无论遇到多难的任务都拼尽全力，只是希望可以保护更多的人。

每一次出完任务，他都会先回到那个冷冷清清的家，擦一擦父母那块碎掉又被他一点点粘好的命灵碑，和他们说一会儿话，再回山海复命。

没有人知道这些秘密，卫桓也从不将伤口展示给任何人看。他永远都是笑着的，无论发生什么。

走在一条没有归途的血路上，卫桓早就忘了自己想平凡度日的心。

可现在，他这颗心竟然又有些许死灰复燃。他想被人关心，想在和平年代做一些无聊的琐碎小事。

说句没有担当的话，他不想成为任何人的英雄，他就想做个被宠坏了的、不争气的小九凤。

想到这些，卫桓鼻子一酸，有点难过。

这时，云永昼走了出来，看见卫桓这样，便一直盯着他，没说话。但卫桓知道他是什么意思，他是在问自己怎么了。

“没事。”卫桓低头道。

他其实就是想躲一躲自己的命运。

自从他回来后，他遇到了很多新朋友，也与老友重逢，虽然心境多有变化，但云永昼似乎是不同的。

一遇上他，自己就又变回了那个被他彻底打败的十八岁少年。

周围安静了下来，只剩窗外的蝉鸣敲打着月光。

云永昼走近的时候，发现卫桓的眼睛已经快睁不开了，脑袋也一点一点的，和以前在不语楼上冥想课时一样。

“去屋里睡。”云永昼碰了碰卫桓的手，卫桓这才迷迷糊糊地睁开眼。

思考实在太费精力，卫桓下意识“哦”了一声，边打哈欠边往屋里走去，倒在了床上。云永昼跟进去，给卫桓盖上薄被，自己则拿了枕头和薄毯，准备去客厅的沙发上睡。

云永昼轻手轻脚地将床边的灯关掉，黑暗很快吞噬了卧室，他、卫桓和这张不大不小的床都进了夏夜的肚子里，谁也没法打扰。

小毛球缩成小甲虫大小，爬到卫桓的脸颊旁，弄得他一阵瘙痒。他本能地伸出手想把小毛球弄下去，说类似“别在我脸上”的话，但说出来的却只是黏黏糊糊的几声咕哝。

这哪里像九凤，明明是只掉进蜂蜜罐子里的小飞虫，又黏又甜，还不乐意。

卫桓睡得很熟，这一点云永昼早有预料，因为他每次都是这样，尤其是以前任务结束后，七组战备小队聚餐的时候。等待上菜的时间里，他总是会打个小盹，醒来的时候脑门上还会有一个红红的印子，看起来傻傻的。

不像现在，他的眉心只剩下一个金色的点。

除此之外，以前的他蓝色能量波四溢的时候，脸上就会出现三道异痕，配上他嚣张又可爱的笑，仿佛在告诉所有人，他是世界上最桀骜的九凤。

黑夜的精华令卫桓怀里的怀梦草开始生长，但卫桓所不知道的是，这棵怀梦草和长明灯娘一样，都会变成一个小小的人族形态。与长明灯娘不同的是，怀梦是一个漂亮的小男孩，有小臂那么高，身上裹着草叶，一双大眼睛看起来格外明亮。

在卫桓熟睡的时候，怀梦就冒了出来，从被子里钻出一个小脑袋。他正想看看四周，却一眼看到了还没来得及出去的云永昼，吓得赶紧钻了回去，哆嗦着小声道：“金乌……是金乌……”

原来卫桓刚才是在跟这个小异族说话？云永昼想到之前鬼鬼祟祟的卫桓，心里有些不高兴。

他将被子轻轻撩开，像拎小鸡一样拎起小怀梦，毫不客气地扔下床。

小怀梦从地上爬起来，眼泪啪嗒啪嗒地往下掉，拍着自己的屁股，委屈地撇着嘴：“金乌……可怕的金乌……”

小毛球眼看着云永昼狠心地将怀梦草扔出去，瑟瑟发抖，眼睛也瞪得大大的，差一点嘤出声。云永昼却将食指放在唇边：“嘘——”小毛球只得硬生生憋着。

床上，卫桓略显清瘦的后背成了一幅空白的画卷，被迫归还的月光将周围的影子投射上去，沉沉的暗影缓缓覆上去，如同墨色浸染一般，紧密地贴上他修长漂亮的后颈，沿着脊骨不断向下占领，直至裹住全身，如同一层无法分离的外壳。

炽热的火在夏夜燃烧着，焦灼的心跳被烧得噼啪作响，响过窗外的蝉鸣。

热切将清冷月光融化成胶着的影子，拥抱着少年的背影。

难得睡了个好觉，卫桓一大清早就醒了。

等等，他昨晚没有做梦啊！哎，他的怀梦草呢？

卫桓四处翻找，可那株红色的小草根本不在床上，他怎么也找不着。

骗子，说好的抱着怀梦草睡觉就可以梦到想见的人呢？根本就不会梦到，都是骗小姑娘的。

卫桓起身走到客厅，刚好看到睡在沙发上的云永昼翻了个身。云永昼身上的薄毯滑落了一大半，而那株红色的小草就被他压在身下。

看着那株扁扁的草，卫桓小声抱怨：“哎呀我的少爷，你快把我的草压死了……”不对，卫桓反应过来，“不是草，是小骗子。”

卫桓走近，视线扫过云永昼，发现云永昼的脖子和耳朵都是红的。

“云永昼？”卫桓试探性地靠近一点，对方一动不动，好像还没醒。

云永昼的体温很高，卫桓稍稍靠近些就跟贴近篝火一样。

“你这是做了什么梦啊，脖子红成这样……”卫桓嘟囔了一句，在旁边的单人沙发上坐下来，望着天花板。

唉，他感觉自己费心费力做了一套卷子，最后阅卷老师不小心把卷子弄丢了，他白做了。

他拿回那株草，在指间转动，心想要不再试试？不知道抱着它睡回笼觉有没有用。

卫桓心里这样想着，却怎么也睡不着。他手里的怀梦草见到阳光后又缩成一团，像株缺水过度的枯草一样萎靡不振。

算了，晚上再试试吧。

卫桓侧头看着云永昼，想起自己那么多的朋友，他却偏偏只缠着云永昼，起初是觉得云永昼很冷淡，总是一副高高在上的样子，所以想故意逗逗对方，但后来就成了习惯。只要云永昼在，他就习惯性地跟上去，无论云永昼的态度有多冷淡。

看着云永昼的背影，卫桓心想，这是他当初唯一认可的强者。

他就像一只趋光的飞蛾，在云永昼身边打转，惹云永昼厌烦。但其实他也想靠近对方的火焰与光芒，想成为可以被对方认可的势均力敌的对手。

算了，他现在怎么还有闲工夫去思考这些有的没的，云永昼可是肩负重任的金乌，以后指不定要子承父业，而他只是一个弱小的人族，就算曾经是个更为强大的异族，现在也只剩下叛徒的污名。

他本来就不太愿意告诉云永昼真相，现在更不敢了。

陷入苦思冥想的卫桓最终还是决定停止遐想。今天本来是一个可以放纵的周末，可他心里揣着太多事，反而无法好好休息。

就在卫桓用做早饭来转移自己的注意力时，云永昼醒来了。卫桓听见动静，想着一会儿应该找什么借口离开。

他还有好多事要做呢，要去查那个抹去他身份的黑客，要去弄明白回溯的事，要理顺这些线索，还有……

卫桓想起苏不豫的脸。

对，他还要去见不豫。

苏不豫欲言又止的模样出现在卫桓脑海里，令卫桓困惑又愧疚。他回来之后遇到了太多事，他明明应该将苏不豫视作和扬昇一样亲密的朋友，但他始终没有找到合适的机会说出这一切。今晚也许就是一个合适的时机。

他知道不豫一定不会相信那些谣言，或许他也在等自己坦白。

卫桓发着呆，听见浴室传来声响，他喊了一声，但没得到回应，于是关了火，将早餐端到桌上后便跑到浴室。

浴室地板上都是漂浮着泡泡的水，云永昼站在水里，看着轰隆隆作响的洗衣机往外冒着水，手足无措。他像个大男孩一样回头看了眼站在门口的卫桓，从对方眼中看到了惊讶，而他的第一反应竟然是关上门。

“哎哎哎，”卫桓用手把门抓住，一脸疑惑，“你在做什么？”

云永昼一顿：“洗毯子。”

“洗毯子？”卫桓皱起眉，“你们家洗毯子是一股脑塞进洗衣机里洗的？”他脱掉拖鞋，把裤腿卷到小腿，光着脚踩进积了一层水的浴室，关掉洗衣机，然后又将盖子掀开。随着他的动作，塞成一团的薄毯迫不及待地往外涌，像发酵过头的面团。

“好了，这个就先不管了。”卫桓拍了拍手。

云永昼似乎有些尴尬，感觉自己生活不能自理的形象在卫桓这里算是板上钉钉了，可他还是想挽回：“我家的人就是直接洗的。”

他不想让卫桓觉得自己不会做这些小事，这让他看起来很笨，像个无能的小少爷。但是他从小到大接受的训练就是为了成为出色的刺客与杀手，他唯一擅长的事就是战斗。

“这台洗衣机可能和教官你家那种先进的不一样，容量小，也没有压缩功能。”卫桓指着洗衣机上的功能按钮，“你看，这是老式的自动洗衣机，而且您为什么突然要洗……”

云永昼不打算听下去，他觉得自己像一个极度缺乏生活经验的傻子，而且他更无法面对卫桓接下来的问题，于是准备直接离开浴室。

卫桓见云永昼要走，拽了下他的胳膊：“哎，教官你生气了吗？”

他这么一拉，再加上泡泡水的作用，云永昼脚底不可避免地打滑，瞬间失去平衡，身体往后仰去。卫桓吓了一跳，想扶住云永昼，结果反倒被云永昼的重量带倒，两人栽倒下去，一阵天旋地转。

四周的泡泡被这股冲力扬了起来，随后又落下。

云永昼倒下时所产生的冲击力让泡沫四溅横飞，此时，他的后脑勺浸在泡沫里，白色泡沫覆盖在他嘴角、脸颊甚至右眼眼睫毛上，让他睁不开眼。

原本还很慌的卫桓看见云永昼这么惨，忍不住笑出声。他坐直身子，一只手撑在地上，另一只手举起来，道："我给你擦掉，别眨眼睛，一会儿进去了更难受。"他说着，伸出手指轻轻擦拭云永昼的睫毛，试图将那些泡沫擦掉。

突然，卫桓手指上的校戒响了。

卫桓按下校戒后，悬浮的屏幕上显示着清和的名字。

他有些意外，想到云永昼还在，又赶紧关掉了屏幕。

"怎么了？"云永昼从水里爬起来，浑身湿淋淋的很是狼狈。卫桓随口说了一句"没事"，可人已经往客厅走了，甚至激活了耳后的通信仪。云永昼看在眼里，什么也没说，只把自己的上衣脱掉。

没过一会儿，卫桓就急着要走："云教官，我突然想起来有件很要紧的事。早饭已经做好了，您先吃着，有什么事再联系我。"他刚走到玄关，就被在卧室的云永昼叫住了。

他换了一套黑色的衣服，走出来道："我跟你一起出去。"

"啊？"卫桓愣了一下，云永昼一副不容置喙的样子，径自打开了门，见卫桓不动，又道："我给你两个选择，第一，我陪你去。"

他的眼神很冷："第二，你待在这里，哪里都不许去。"

最后卫桓还是选择了第一种，因为清和真的出事了。他第二次打回去的时候清和那边已经无法接通了，但他收到了一个定位地址，上面显示了一个又像弓箭又像月亮的图标。

卫桓觉得那个图标很眼熟，然后才想起来，那是他和阿祖一起第一次去到他们口中的组织基地时看到的图标。

一定是清和发来的。

卫桓想着如何编出一个让云永昼信服的理由，可他怎么想都想不出来。明明这是他最拿手的，可现在面对云永昼，他却无法说谎。

"云教官，"借助体内的金乌之力打开传送门的卫桓眉心的金点亮起光芒，他一反常态，郑重地道，"我现在要去做一件很危险的事，而且我有很多事瞒着你，但现在也没办法跟你解释清楚。我其实不希望你参与进来，因为这件事真的非常复杂，假如你……”

云永昼抓住卫桓运能的手，一股更强大的金乌之力涌进卫桓的身体。卫桓愣了愣，看见云永昼挑起眉尾。

“没有假如。”

对上他那双琥珀色瞳孔，卫桓心头一热，感受到前所未有的安全感。

“谢谢。”

卫桓无法直接用传送门去往清和所在的地方，所以他准备先去暗区。云永昼像是读懂了他的心思一样，主动问：“在哪儿？”

“什么在哪儿？”卫桓看向他。云永昼直接打开卫桓的戒指，抓住卫桓的手进行操作，找出了定位，然后运能启动传送门。

这还是刚才那个洗薄毯时傻乎乎的小少爷吗？

卫桓不由得勾起嘴角。

这样的云永昼很有魅力。

照理说传送门只能在结界之间进行瞬移，但云永昼可以直接传送到清和定位的地点。

随着代表传送成功的金光亮起，卫桓好奇地道：“教官，这是怎么做的？”

“我在你定位的地方设下了结界。”

卫桓心下一惊，这种远程设定结界的方法他没见过多少人使用，以前也只有他的父亲使用过而已。

七年过去，云永昼已经变得这么强了？

他们眼前的光圈渐渐消失，云永昼双臂往外一展，手上瞬间出现两把窄长光刀，样式很像过去的唐刀。卫桓还没有反应过来，就见眼前刀光闪过，两个身形高大的人倒在了地上。那两人双腿和双臂都受了重伤，趴在地上爬不起来，来不及发射的枪支掉落在地，和血混在一起。

好快。

卫桓想起来了，以前七组训练的时候，扬教官就说过，云永昼的两把唐刀舞得出神入化，只是在热武器遍地的现代，刀剑已经没什么优势了，所以云永昼才使用光刃，进行大范围快攻，也没机会展示自己优秀的刺客能力。

云永昼一身煞气地朝前走去，手中的光刀随之消失，等新的杀手出现时，他才再次冲上前，如鬼魅一般出现在对方面前，同时手腕一翻，手中那两把光刀再次显现。

“别杀人！”卫桓下意识地叫出声，不过云永昼的光刀并非冲着对方喉咙去的，而是刺向了别处。云永昼滑步转身，双臂交错打开，手中的光刃再一次消失：“没杀人。”

两个高大的杀手倒了下去，光索适时出现，将地上七零八落的枪串了起来，然后飞到卫桓面前，仿佛任君挑选一般。

云永昼眼神冰冷，额角的火焰图纹却带着嚣张的气焰：“用哪把？”

卫桓唇角上扬，心想自己好久没有跟云永昼一起战斗了。他瞟了一眼那几把枪：“我嫌脏。”说完，他腕间的手环化作一把长刀，他则露出炫耀的笑容，像个可爱又嚣张的小孩子，“我也有光。”

云永昼后退两步，转身的时候，垂下的手中再次出现两把光刀：“人在哪儿？”

卫桓跟上去，看着越来越近的定位：“应该就在附近。”

话音刚落，两人身后的通道便燃起一堵火墙，是云永昼设下的防守。

这里似乎是一栋办公大楼，卫桓觉得有些眼熟，好像什么时候来过。等等，这个构造好像就是暗区和凡洲边界处那座研究所大楼。

清和为什么会来这里？

“云教官，你小心一点，”卫桓想起清和之前说过的话，“这里的防御系统很厉害。”

云永昼背后出现数不清的光刃，像一架架小型无人机一样飞出来，将那些隐藏在墙角的摄像头全部击碎。

“我只关心攻击系统。”

这人打起架来和以前真的是一模一样。卫桓再次试着联系清和，发现对方又发送了一个定位：“我们往这边走。”

两人踩着楼梯往上去，他们刚站稳，卫桓就听见一道细微的声响，下一秒，子弹如他预料般出现，不过他们的光盾更快，挡住了子弹的攻击。光盾实时跟随卫桓和云永昼，直到他们将埋伏者放倒。

“就是在这一层。”卫桓说完就要去推安全门，云永昼抓住了他的手：“等一等。”

不远处，急促又混乱的对话响起。

“刚刚是不是有开枪的声音？”

“陈队，监控显示有两个人上来了！”

“他们现在在哪儿？”

“不知道，监控全部失效了！我已经通知了技术组，正在抢修！”

“一群废物！你们两个，给我把那个人带走关好！你们五个，给我下楼去搜，把那两个人搜出来！”

听到这段对话，卫桓确定清和确实被抓了。此时，那群人的脚步声也越来越近。

卫桓看了云永昼一眼，对方比了个杀人的手势。卫桓皱眉摇头，比了个叉，然后双手握拳，又同时打开，像是撒什么东西似的，重复了两次。

云永昼无奈地摇头，安全门在这时被人打开，从里面出来的人看见他俩愣了一下。

“哈喽！”卫桓笑着打了声招呼，与此同时，无数光刃从他和云永昼身后飞出，如子弹一般穿透从里面出来的几人，对方来不及呼痛就跪倒在地。

云永昼在几人倒下的瞬间便来到了楼道正中，手中光刀挥动的速度快得可怕，一个又一个壮汉倒在他身后。卫桓则操纵光刃将其他人的手腕刺伤，让他们无法使用武器，同时将他们耳边的通信器毁掉。

“你们是什么人？”这是那个头目的声音，原来是个胖子，在他反应过来之前，两把光刀已经交叉架于他的颈间了。

胖子正瑟瑟发抖地看着地面，却发现自己的影子生出了一对翅膀——云永昼不知道什么时候去到了他身后。

卫桓操纵光索将其他人绑了起来，然后转过身，一步一步走到那个长着一张反派脸的胖子面前：“啧啧啧，我们云教官真是人美心善，特意让你把这句话说完。”

听见这话，云永昼多少有点不满意，他从那个头目身后走了出来，而那两把锋利窄长的光刀仍架在对方的脖子上。

那个头目被吓得不敢动弹，不停地咽着口水：“你们……你们是什么异族……”

卫桓现在这张脸看起来本就十分纯良，此时又笑得一脸天真，他靠近那人道：“你看看我，我是人族啊。”接着，他脸上的笑变了，他扬起右眉，“说，你们把他藏哪儿了？”

那个头目脸色一变：“我不会说的。他们很快就来了，你们根本不可能逃出去。”

“他们来之前……”卫桓伸出两只修长的手，停在云永昼架在那头目脖间的光刀上，轻轻朝里推了推，光刀刺破了那个头目的皮肤，血一下子就冒了出来，疼得那人哇哇乱叫，身子跟筛糠似的抖个不停。

卫桓的脸色冷下来，他道：“说不说？”

那个头目结结巴巴地道：“你们……你们……”

卫桓对云永昼道：“云教官，我没耐心了，你来吧，他一点也不怕我。”

云永昼的双眼霎时间变成金色，火焰从那个头目的双脚唰地一下烧起来，吓得他尖叫出声，他忙道：“我说！我说！我让他们把那人带到顶楼的禁闭室了！”

火焰消失，卫桓手一摆，原本架在那头目脖子上的光刀瞬间捅进了对方的腹部。

待光刀消失后，云永昼瞟了一眼不远处的通道口的玻璃窗，霎时间，大量光刃出现，将玻璃窗击碎。

云永昼看着卫桓，下巴朝通道口的方向抬了抬，紧接着，两人用差不多的速度跑了过去。在他们即将到达通道口的时候，云永昼却带着卫桓飞到了窗外。

“为什么要捅他？”云永昼快速朝上方飞去，气流令他身形不稳，卫桓不得不抓紧他的衣服，同时像个孩子一样抱怨：“谁让他浪费我的时间。”

云永昼嘴角勾了一下，带着卫桓直冲顶楼。

密布的光刃再次击碎顶楼的窗户，两人冲进去的时候，全副武装的防卫人员似乎已恭候多时，见两人一出现便疯狂开火。

云永昼收起右翼护住卫桓，自己则用光刃将那些家伙放倒。

卫桓被他放在地上的时候还觉得有点没意思，“啧”了一声。

云永昼问：“怎么？”

“跟你出来真没意思，”卫桓撇撇嘴，仗着自己现在的“学生”身份要赖，“别把我当小孩。”

云永昼眼带笑意地收回光刃，退到卫桓身后。卫桓侧头看他：“干吗？”

“让你表现。”

卫桓听到这话心里得意，没想到强力输出也有给自己当最强辅助的一天。七年不见，云永昼的觉悟提高了不少啊。

接下来，两人一路上遇到的杀手都是被卫桓放倒的，卫桓腕间的手环或变成光刃或变成长刀，遇到埋伏在远处、只露出一个头的杀手时，心血来潮的卫桓甚至变出一把弩，将对方一箭放倒。

好久没有打得这么痛快了，卫桓感觉自己似乎又回到了还在七组的时候。

云永昼掩护着他，两人一起来到了禁闭室。禁闭室的防御系统很厉害，卫桓有些头疼：“人族就喜欢搞这种复杂的密码。”忽然，他发现不对劲，赶紧补了句，“我们人族……”

云永昼懒得拆穿他，只当没听见，随后抬起手，掌心对准大门，手中蓄起赤色火焰。火焰的温度越来越高，如同一个火龙卷。卫桓很少见云永昼使用火的能力，因为光的杀伤力已经足够大了。

“要是小灵在就好了，直接炸。”卫桓话音刚落，面前就出现一个半圆形的防御结界，与此同时，云永昼掌心不断变大的火焰龙卷猛地撞上禁闭室大门。随着砰的一声，他们面前那扇看起来坚固无比的铁门就这么被云永昼的火生生炸开了。

卫桓一脸惊恐地看着云永昼，半天回不过神。

“怎么了？”硝烟里，暴力肇事者也看向他，显然不理解他为何这副表情。

卫桓被烟呛得咳个不停：“没有，咳咳咳……我怎么不知道你的火也有爆破效果？”

云永昼微微皱眉，一本正经地道：“这种低级能力也需要展示吗？”

卫桓道：“打扰了……”他一步踏进门内，想着清和不会被云永昼这种“低级能力”误伤吧，等他看清里面的景象后，更吃惊了。

清和竟然被罩在一个金色的球形结界里，自然也就毫发无损。

“你来了？”清和指了指金色的结界，“这是什么？”

“别碰，碰了就会被炸死，”卫桓跟他开玩笑，“听见刚刚的爆炸声了吗？”

清和翻了个白眼：“我信你个鬼。”

“走走走。”卫桓拉着他就往外跑，金色防御结界也一直跟着清和。

外面又出现一大批杀手，云永昼的光刃密密麻麻，卫桓则手持一把长刀，负责近身扫荡。两人简直就是这个世界上杀伤力最大的武器组合，清和看着他们快到几乎出现残影的速度，惊得说不出话来。

卫桓一个转身，利索地踹飞云永昼左侧的袭击者，与此同时，数发子弹朝着卫桓后背而去。就在子弹距离卫桓不过咫尺时，一把光刀突然出现。光刀飞速旋转，将子弹一一挡开，弹射到墙上。

“比子弹还快？！”清和震惊了。

卫桓这才发现云永昼帮自己守住了背后的位置，于是回复清和：“没有比光更快的东西。”随即他一转身，手中的光刀一甩，刺中墙角的暗杀者。

暗杀者倒地后，光刀也随之消失，而卫桓的手腕上则多了一个亚金色的手环。

明明时间没有过去多久，地上已经躺了一大片人，且都是被卫桓和云永昼放倒的。清和啧了几声，心想这两个家伙实在太可怕了，这种战斗力他从没见过，简直跟闹着玩似的。

卫桓并没有管清和，只是朝着云永昼露出一个意气风发的笑容，像一个邀功的孩子：“云教官，你学生厉害吗？”

云永昼瞟了他一眼，眼神带着说不出的意味。卫桓这个傻子看不透，可在清和这个明眼人眼里，那就是十足的信任。

“厉不厉害？”卫桓不依不饶。云永昼被他逼得紧了，这才淡淡地道：“厉害，走吧。”

卫桓拽着清和追上云永昼，心里美滋滋的，还不忘打趣："那也是老师教得好。"

"没想到你这个人族还挺强，"清和嘴上不饶人，"开了眼界了。"

"那是，"卫桓十分得意，"国服第一刺客都给我当辅助了，史上最牛师生双排。"

清和呵呵两声，想起刚才云永昼看向卫桓的眼神："得了吧。"

卫桓白了他一眼："少废话。"

清和的视线有意无意地扫向云永昼的背影，心里清楚对方是一个异族，而且是很强的异族。他偏过头对卫桓说："你不准备介绍介绍？"

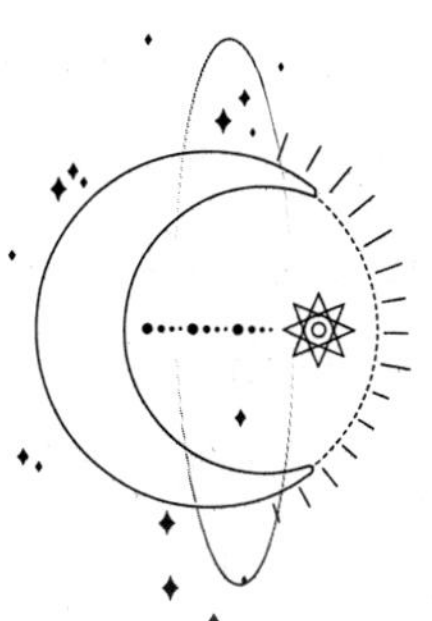

第四章　师生双排

“介绍？”卫桓语气自然地道，“我刚刚不是说了，这是我老师。”

清和冷笑道：“你当我是傻子吗，你们老师会陪着你来这么危险的地方？知道你做这种事，不罚你禁闭就算是轻的了。”

别说，还真是动不动就禁闭，清和怎么知道得这么清楚？

看着前方的高大背影，卫桓小声道：“是比师生的关系要近一点点，出去了再跟你说。”趁着清和没有开始新的提问，卫桓赶紧转移话题，“等一下，你为什么会出现在这里？你不是说要去异域吗？”

“我追踪到那个断点有新的动态数据，指向这边的一个地点，我想走之前亲自来看看。”

居然还是为了他的事？卫桓不免有些惊讶：“你怎么还在操心我的事？我还以为我们之间只是交易的关系……”

云永昼闻言，突然停下脚步，转过头盯着二人。

作为时刻保持头脑清醒的人，清和立马感受到云永昼眼神中的杀气，举起手解释：“这个憨憨说的交易是交换情报，绝对不是那种肮脏的交易。”

“你说谁肮脏？”卫桓推了清和一把。

清和尴尬地笑了两声：“你不肮脏，你蠢。”

“毒舌。”

“白痴。”清和懒得继续和他斗嘴，低下头点击了一下自己左手的尾戒，左手手掌瞬间出现一块虚拟屏，他一边走一边进行操作，“就在下下层楼。”

云永昼人还没到，光刃已经先一步毁掉了大楼的监控摄像。清和一开始还以为他是担心那些人追上来，但仔细一想，不管来多少人云永昼都不怕，凭他的战力，直接弄垮这一整栋楼都不成问题，所以他是不想暴露身份？

“你可以不用毁掉监控摄像，”清和在他身后道，“我可以黑掉数据，保证不泄露你身份。”

听到清和的话，云永昼侧头看了他一眼，但光刃还是没有停。卫桓笑道：“你让他弄。”

依照清和提供的定位，他们离目标越来越近。卫桓走上前和云永昼并肩而行，清和跟在后面低头看屏幕。他已经黑掉了这层楼的摄像头，所以可以清楚地看到各个方位的防守情况。

清和道：“东北角有一队，七八个人；办公室门口有十来个人；楼道里巡逻的有一个小队；电梯口有四人；安全通道口有六人。”

卫桓有点疑惑：“布置这么多人干什么？这层楼是干吗的？”

清和道：“好像是研究所老大的办公室。”

研究所老大？卫桓忽然想到阿祖跟他提过一嘴的杨疏，他问：“你说的是那个杨博士？”

“嗯。”清和解释道，“那个人的数据流其实是严格加密了的，我花了一点时间破解了路径，如果数据没错的话，应该就是这间办公室。”

卫桓心里多少有些激动，这样一来，说不定他就可以找到自己这副身体的身份了，这对他来说是一条突破性的线索。

“还是去安全通道？”听到云永昼的话，卫桓愣了一下。

“有方案吗？”云永昼又道，“没有我就随便来了。”

他的话令卫桓一愣。云永昼是教官，面对学生理应发号施令，可他询问作战方式的语气却太过熟稔。

但卫桓来不及多想，他道：“电梯里人少，不过空间太小，施展不开，还是走安全通道吧。光刃先开路，我带着清和进去，你帮我们守着外面，尽量不杀生。”

“嗯。”

清和听到两人的对话更疑惑了。这哪里是师生之间的对话，哪有老师听学生安排的，谁是谁老师？

三人来到安全通道外面，隔着门听见里面传出巡逻的声音。

[开门。] 卫桓对着云永昼使出传心。

云永昼看了他一眼，点点头，四团金乌之火骤现，贴上安全通道门的四个角，同时，卫桓和清和面前出现了一个金色的防御结界。下一刻，随着一声巨响，安全通道的大门被金乌之火炸开，在一片硝烟中倒下。在里面的人还没反应过来发生了什么事的时候，数之不尽的金色光刃从硝烟中飞出，精准无误地刺中他们的手脚，惨叫声此起彼伏。

卫桓直叹气：[我没让你这么开门！]

云永昼认真回应：[我以为你喜欢用炸的。]

[我什么时候……] 卫桓忽然想起来，自己之前是说过扬灵可以炸来着，但是也不是什么时候都……

“他不用这个罩子吗？”清和忽然开口打断了卫桓的思绪。

“他不用。”卫桓抬起右手，手腕上的亚金色手环瞬间变作一把半人高的长刀，“他是火属性里最强大的白羽金乌。”

清和一惊：“强过凤凰？”

“这种敏感的问题你猜我回不回答？”卫桓说话间，一个躲开了光刃的家伙朝他冲来。

那人看起来挺厉害，卫桓第一时间掷出手中的长刀，赶在那人扣动扳机前砍中他的手腕，随后又几步冲上前，趁对方因疼痛而松手时，伸手接住他掉落的手枪，紧接着一脚踹上他的头。

那人身后的几个人见状，忙冲上来一起朝卫桓开火。卫桓懒得将光刀变成光盾，干脆抓住那个被他踹得快昏迷的人，用他的身体作为掩护。

云永昼的光刃追上来，将那些家伙一一放倒。卫桓这才松手，任由那人倒在地上。卫桓回头对清和道：“会用枪吗？”

清和抬手：“拿来。”

卫桓刚把手里的枪抛给清和，背后就出现了三个黑衣人。他一转身，还没来得及出手，黑衣人就连中数枪，倒地不起。

卫桓转过身，看着清和将举枪的手放下，他朝对方笑了一下，心想，这么好的枪法，还真不是开玩笑的。

卫桓道："可以啊，蒙着一只眼睛都这么厉害。"

清和笑道："那是。"

三人继续前行，卫桓冲锋在前，转角处再次出现三个身穿黑衣的警卫，且一个比一个高大。卫桓动作轻盈地踩上墙边的消防箱，又以墙面为支点，整个人在空中转了半圈，最后用双腿绞住打头阵那个黑衣警卫的脖子，身子一拧，将对方放倒在地。

与此同时，他手里的光刀化作多柄光刃，飞射而出，刺得另外几人也跪地不起。

做完这一切，卫桓一个后空翻站稳，清和上前道："你太牛了！"

光刃回到卫桓手腕，他又听见清和补了一句："替您未来对象担心。"

卫桓一蒙："替谁？"

两人闲聊的时候，侧面楼道一扇暗门被人猛地打开，两个高大的黑影从里面闪现而出。卫桓和清和还没看清对方的模样，其中一人便带着晃眼的刀光，如鬼魅般来到他们面前。

突袭之人还没摸到两人的衣角就重伤倒地，卫桓和清和齐齐回头，就见到双手持唐刀的云永昼，能量波自他掌心溢出。刀幻化回光逐渐消失，刀刃上的血则滴落在地面上。

云永昼道："少说废话。"

整个楼层的人都被他们轻松放倒，清和与卫桓来到定位的房间，但打开这扇门需要人脸核验，而他们很明显都没有权限。

"现在怎么办？"卫桓已经被折腾得没脾气了，他叹气的时候瞟了一眼身后的云永昼，对方也看着他，用传心发出疑问：[炸吗？]

[不不不，暂时别炸，看看清和有没有办法。]

云永昼微微抿起唇，像一只不得主人重用的宠物：[如果他没有办法呢？]

卫桓耸耸肩：[他应该有办法吧。他特别厉害，一直帮我查很难查的东西，超级……]

清和正在试图更新电子面具数据库，两人说话间，他突然惊喜地道："开了！"

大门缓缓上移，卫桓把没说完的话咽回肚子里，跟着清和走了进去。

里面看起来并没有他们想象中那样防守严密，就像一间最普通的办公室，但卫桓总觉得哪里不对劲。

清和一进去就直奔办公室操作台，找了一圈才找到控制面板，然后飞快地操作起来。

“麻烦死了，操作这个面板时会录入指纹。”

“那怎么办？”卫桓跟了过去，“你的身份会不会马上就被查到啊？”

云永昼朝他们那儿望了一眼，然后就将注意力放到门外。

清和解开第一轮密码的时候，将双手抬起来递到卫桓跟前：“看。”

卫桓抓住他的手指，乍一看没看出什么不同，可手上的触感明显有些不对，于是又仔细看了看。

“你手指上的指纹呢？”

“磨没了。”清和轻描淡写地道。他调整了一下自己右眼上的眼罩，弯着腰继续操作。

联想起清和之前的经历，卫桓心里不免有些难过。这些年，清和为了追查真相，一定是煞费苦心，可他为什么会如此害怕自己的身份被人查出来呢？

难道他的身世有什么不可告人的秘密？

“这个安全系统的AI修复速度太快了。”清和解开几个上锁的柜子后道。随着他的话音落下，卫桓听见办公柜发出咔咔的声音。

清和走到解锁的柜子旁，蹲下后打开一看，发现里面只有一些纸质文件，他还来不及细看，就被卫桓全拿了出去。

最后一层似乎是个保险柜。

“这个打不开，该死。”清和有些急躁，额头上冒出了一层细密的汗珠，“为什么会解不开……”他连续试了几次都以失败告终。

云永昼盯着门外，视线聚焦到地面，然后蹲了下来，以手触地。

他感觉到一阵细微的震动。

保险柜外面没有密码锁之类，卫桓试着用手碰了一下，发现上面竟然出现一块全息面板，面板中心是一个陷入式的空位，其形状和大小正适合放进一个指尖。

卫桓伸出食指，按在那个嵌入式的空位中。他这个举动被清和看到，清和立即道：“别乱动，这个系统具有攻击功能。”

就在按上去的瞬间，卫桓感觉到指尖一痛。他迅速收回手，见指尖被什么东西戳破了，渗出了一滴血。

那血滴在全息操作台上后化作无数红色的细线，沿着数不清的缝隙四处流淌，最终在一阵蓝光中消失。

房间中忽然响起 AI 的声音：“正在核验身份和权限。”

卫桓道：“完了，我没有权限，怎么办？”

清和的表情也很凝重，他走回操作台边，道：“我看看能不能切断他们的攻击源，但我也只能试试看……”

卫桓手腕上的手环自动幻化成光盾，清和面前也出现了保护光罩，是云永昼布下的结界。

就在大家以为系统会因为权限入侵而进行反击的时候，保险柜的柜门竟然打开了。

AI 道：“核验成功，欢迎回来，小安。”

卫桓惊讶地看向清和，清和也一脸不可置信：“你居然有权限？这怎么可能？！”说话间，他又跑了回来，问，“保险箱里是什么？”

蹲在地上的卫桓拉开保险柜的门，里面只有一块手表，而且看起来像是电子儿童表。

不过小安是谁？

就在这时，一直没有作声的云永昼突然往外走去，并用火墙封住了门口，只留下一句：“别出来。”

卫桓拿出手表，站起来喊了云永昼一声，不过已经来不及了。他想追上去，可地板忽然剧烈地晃动了一下，如同地震一般。卫桓稳住身形，对清和大喊：“别慌，这个结界的承重能力很强！”

“地震了？还是爆炸？”清和将可以拿走的资料统统装进包里，然后把早就准备好的病毒移植到系统中。那些病毒以指数级增长的速率在千万个系统端口进行入侵。

半分钟后，连大楼里的电都断掉了。

“系统瘫痪了，不过可能只是暂时的，但能少一点麻烦是一点。”

卫桓点头：“你先在里面等着，这里比较安全，我得出去一下。”

清和抓住他：“他不是说别出去吗？”

“他喜欢独来独往，但是我不行。”卫桓几乎脱口而出，说出这句话的瞬间，他身体一僵。

这句话他是不是说过？

记忆断层的感觉再一次出现，他脑子里开始涌出他不熟悉的画面。

黑色战斗服，浑身是伤的云永昼，还有废墟与黑暗。

——虽然你这人喜欢独来独往，但我可不行。

——穿着一样的衣服，我们就是战友。

——你可以替我收尸，但我绝对不会丢下你。

卫桓的呼吸突然变得急促起来，胸口仿佛被什么堵住一样，闷痛不已。

“你怎么了？”清和也发现了他不对劲，走过来扶住他，“没事吧？”

卫桓摇头，抓住清和的手腕：“你的结界可以过火墙，但是你先别出来。”

“那你呢？你是人族啊。”

卫桓摇摇头，坚定地看着那扇门：“我有金乌之血。”

曾经对火焰十分恐惧的卫桓，此刻坚定地走向那面熊熊燃烧的火墙。清和眼睁睁地看着他毫发无损地穿过烈火，离开了房间。

系统瘫痪导致楼道一片漆黑，清和身上的光之结界是唯一的光源，因此，卫桓离开房间后，手环立刻变作一把光剑。

四周不见云永昼的身影，这让他心急如焚。

“云永昼！”就在他大喊出声的瞬间，左侧的墙壁轰然炸开。云永昼的羽翼在黑暗中散发着光，他的掌心凝出两条巨大的火龙，正对准墙壁里的某种东西，大概是他的攻击对象。

卫桓顺着火光跑过去，不顾云永昼的阻拦，踩着废墟上的石块，直奔金乌之火攻击的目标。火焰在卫桓的背后燃烧，他挥舞着光剑准备刺上对方的时候才发现，云永昼的攻击对象是个人族。

他的光剑没握稳，没刺中那人的胸膛，被对方用手挡住了，不过对方的双手也被斩断了。就在卫桓有些自责的时候，那个人族竟然重新生出一双手，一双黑色的如同兽爪的手。

“这不是人族！”云永昼知道卫桓上当了，羽翼一展，数不尽的光刃飞射而出，刺中那家伙的胸膛。

血溅在卫桓脸上，是人血没有错，可他看向那人的双手，以及那人脸上暴起的紫色血管，很明显不是人。

云永昼懒得试探，直接变出千百枚光刃，密集地飞射向目标，几乎让那人粉身碎骨。

浑身插满光刃的他倒下去，身上涌起一股紫色的异族能量波，而后消散于天地间。

结束了？就在卫桓将注意力放到面前的尸体上时，他和云永昼身后的墙壁被什么东西从里面重重地砸开了。石块飞溅，他飞快转身，在云永昼身后织出结界。

下一秒，黑暗的墙壁中出现了第二个目标。那人看起来和人族别无二致，一双眼睛却在黑暗中闪着红光。紧接着，他身后出现数十条粗壮有力的深绿色藤蔓，在被云永昼的光刃斩断后仍不断出现，仿佛除之不尽。

这样躲着不行，卫桓心想。

“别出去！”云永昼看出他的意图，大喊。

但卫桓没有听云永昼的话，径自走出了结界范围。他深吸一口气，想着云永昼刚才除掉那个人族的本体后，对方的生命就结束了，说不定这个也一样，但前提是，他的速度得比这藤蔓的生长速度快。

卫桓手中的光剑变得细长，如同暗夜中的一道闪电。而藤蔓在卫桓离开结界的瞬间就盯上他，如同巨蛇一般扭曲着朝他飞来。卫桓左躲右闪，手腕翻转的速度越来越快。一时间，黑暗中只剩下四溢的剑光。

藤蔓几乎将卫桓整个人包裹起来，看上去密不透风，好似蚕蛹。卫桓独自一人深入虎穴，艰难地斩断着试图阻挡他靠近的藤蔓。

果然和他想的一样，他越是靠近，那些藤蔓越是警惕地围住身为本体的那个人族的身体。

卫桓调动体内的异族能量波，让其涌入右臂，随后猛地劈开那个由粗壮藤蔓编织的壁垒，那张看起来纯良无害的人族面孔顿时露了出来。

卫桓心一横，用光刀砍向对方的身体，但那人似乎有着极强的自愈能力，就算被砍断手和脚，也很快就能将断肢接上，即便手脚错乱也丝毫无碍。

这样下去就没完没了了，难道说他猜错了？卫桓心中疑惑。

“找他的心脏！”云永昼的声音突然响起，卫桓瞬间惊醒。

卫桓闭上了双眼，一边动用自己体内的金乌之力去寻找对方体内的异族能量波，一边继续操控光刃劈砍对方。

黑暗中，他感觉自己身后有一道炽热无比的光源，如同太阳。

那是金乌燃烧的心。

耳边是混乱不堪的打斗声和凄厉的嘶鸣，眼前是茫茫一片黑暗，他努力地寻找着另外的异族能量波。

刹那间，一道墨绿色的光一闪而过。

卫桓再次凝神寻找，那道光又一次出现，且速度极快，“看”上去像是被一股力量甩到了右边。

他睁开双眼，心想原来如此。

“心脏在藤蔓上！”

一瞬间，卫桓全身的能量波都沸腾起来，金光从藤蔓缠绕出的甬道中四溢而出，爆发出的光刃如同万箭齐发，将那些藤蔓统统斩碎。

那个人族的身体倒了下去，并被碎掉的藤蔓裹住，那些藤蔓则像蠕虫般拼命进入他的皮肉之中。卫桓眉头紧皱，右手出现一把光刀。

他心想这威力还不够，转眼又看见最后一根断掉的碗口粗的藤蔓变成红色，刺入那人前额。

就是这个！

就在卫桓准备抬起光刀直接砍向那根藤蔓时，忽然感觉到一股炽热的力量将他包裹。

云永昼从背后环住他，两只手坚定地握住卫桓持刀的双手，道：“感受我。”

他的声音如同魔咒一般，瞬间控制住卫桓的全部意念，除了云永昼，卫桓感受不到任何事物。

下一刻，源源不断的光与热将卫桓包围，而从云永昼手心涌出的强大到不可违抗的能量波也全部灌入他的身体，令他的血液都沸腾起来。

卫桓手中幻化出一柄巨大的光刀，使命达成的云永昼则松开了手，任由卫桓高举光刀，狠狠劈向藤蔓。顷刻间，墨绿色的异族能量波陨灭于撕心裂肺的嘶鸣中。

这副人族身体终究无法抵抗这么强烈的战斗损耗。卫桓仿佛被这一刀抽干了气力，他身形不稳，手中的光刀消失的瞬间，整个人失控地向后仰去，倒在了云永昼怀里，身体痛到不停颤抖。

他甚至忍不住想，自己是不是快死了。

忽然，他身体里出现了一股很微弱、很渺小的力量。

那是一簇蓝色的光芒。

激荡的能量波在这脆弱而不合身的躯壳里肆无忌惮地冲撞，卫桓觉得自己每块骨骼都如同粉碎了一般。

他似乎出现了幻听，是风的声音……

“没事了，很快就好。”卫桓听见云永昼温柔的声音。

云永昼的手指轻轻按在卫桓的眉心，一股强大的治愈力涌进卫桓的身体。

卫桓感觉自己变成了一株可怕的植物，饥渴而贪婪地汲取着太阳的热流与养分，像一个快被私欲吞噬的光的信徒。

卫桓身体里强烈冲撞的能量波渐渐平息，继而被暖热的光充盈，意识也逐渐恢复清明。

他睁开眼，对云永昼道：“幸好有你，不然我刚刚没准会死在里面……哦对了，清和还在那边，我去看看他。”刚走了几步，卫桓忽然觉得自己的眼睛有些痛，他停下脚步，低头用手揉了两下。

好难受。算了，先过去再说。

就在卫桓准备离开的时候，云永昼叫住了他：“等一下。”

他走到卫桓面前，拿开卫桓揉眼睛的手，然后用拇指在他薄薄的眼睑上轻轻擦拭了两下。

不知道是不是心理作用，卫桓觉得好受多了。

云永昼道："去吧。"

卫桓"哦"了一声，办公室门口的火墙此时已经熄灭，正在里面翻找着什么的清和察觉到有人进来，非常警觉地把枪对准门口，等看清来人后才放下枪，问："你没事吧？"

卫桓摇摇头："我们得赶紧离开这里。"

清和将资料收好，又问："刚刚外面发生了什么？我还以为你们回不来了。"

卫桓看向清和的眼睛："我怀疑他们的异族傀儡计划已经成功了。"

"你说什么？！"清和不可置信，"你的意思是你刚刚看到了异族傀儡？"

云永昼插话道："我们已经交过手了，那的确是人族和异族的混合体。我们先找个安全的地方再说。"

就在云永昼准备打开传送门的时候，一道蓝光忽然闪过，原来是一柄弯月状的刀刃飞向了他的手腕。不过云永昼反应极快，瞬间凝出光刃，将那刀刃挡开。

"谁？！"清和很快警觉起来。他看了看四周，并没发现任何可疑之人，而那柄被挡开的蓝色刀刃插到了墙上。

云永昼想上前查看，刚迈出一步，蓝色的刀刃便幻化成风，消失得无影无踪。

那一刻，他感觉自己身上的汗毛都竖了起来，第一反应便是回头去看卫桓。

卫桓显然比云永昼更加震惊，连伪装都来不及，瞳孔猛地一缩。他手握成拳，脸上肌肉绷紧。

这怎么可能？一定是巧合，一定是……

忽然，数不清的蓝色刀刃飞射而来，瞬间将办公室的玻璃窗击碎。云永昼抬手一挥，织出一片结界挡住几人，但那刀刃的强度惊人，他的结界竟然渐渐出现裂缝。

毫不知情的清和看着那裂纹，诧异道："怎么会这么强？！"

卫桓已经快要失去思考的能力，他一步一步朝结界外走去。云永昼及时察觉，用光索缠住了他的胳膊："你先等等。"

卫桓低头看了眼自己的手臂，挣扎着想要扯开光索，结果却越扯越紧。

清和很快发现不对劲，问道："你怎么了，魏恒？"

"魏恒"这个名字让卫桓混沌的大脑有了片刻的清明，可下一秒他便觉得一阵恶心。

他红着眼看向那些企图刺穿结界的蓝色飞刃……不，是风刃，这原本是他的能力，是他九凤的御风造物。

窗外传来翅膀扇动的声音，卫桓第一时间感应到了，双手凝聚能量波，腕间的手环变作锋利的光锥，穿透结界飞向目标。

翅膀扇动的声音越来越近，刺中对方身体的光锥飞出去后又变作锁链，在半空中死死缠住那个盗窃者。

卫桓开口，声音都在颤抖："云永昼，杀了他。"

清和头一次见他如此失态，他这副样子完全就是想直接杀了那个人，可清和认识的卫桓做什么事都会留有余地。

他原本想看看那个隐藏起来的杀手是谁，竟然能让卫桓这么激动，但杀手戴着面罩，再加上距离太远，所以他根本看不清杀手的脸，不过那个身影……

光链缠住杀手后，原本攻击结界的风刃忽然汇聚成一点，然后再次狠狠刺向结界。

云永昼很快反应过来："小心！"

风刃刺破结界，随后又刺向卫桓操纵光链的手。云永昼正准备分出新的光去保护卫桓，原本缠住杀手的光链刹那间变成光盾替卫桓抵挡了风刃的攻击。可风刃的攻击太过密集，光盾瞬间出现裂痕。

云永昼心知这样不行，他变出新的结界护住卫桓和清和，自己则展开双翼追上杀手，并对清和道："清和，把他看好。"

那杀手被云永昼和卫桓的光刃伤得不轻，只不过云永昼因为心有疑惑，所以在攻击时留有余地。

云永昼能感觉到，对方比刚刚那两个异族傀儡要强很多，不止身形高大，连背后的翅膀都是九凤一族的黑羽，如果那杀手和先前那些人一样，都是异族傀儡……

云永昼害怕这个可能，因此无论如何他都没法下死手，只能先用金乌之火将对方团团围住，而他这一攻击方式似乎也令对方有些忌惮。

他知道那家伙已经受了很重的伤，虽然对方穿着黑色衣服，看不清伤口，但空气中弥漫着血腥味。可奇怪的是，这个异族傀儡完全没有躲避的意思，反而像没有痛感的机器，而对方的风刀也和过去卫桓的一模一样，甚至更强。

一番挣扎后，云永昼还是决定使用大规模袭击，当他幻化出的千百柄光锥即将没入那个异族傀儡的身体时，那家伙却忽然消失了。

云永昼眼神一暗。这个傀儡制造防御结界和开启传送门的速度太快了。

下一秒，他察觉到自己身后有异，就在他以最快的速度转身时，一柄窄长的风刀没入他的胸膛，刺中他的心脏。

云永昼吐出一口鲜血，血滴在刀刃上。很快，那柄蓝色的长刀幻化成风，连同那个神秘的异族傀儡一起消失不见。

“永昼！”卫桓大叫一声，一直蓄在发红的眼眶中的泪也掉了下来，“云永昼……”

云永昼低头捂住自己的心口，鲜血依旧汩汩而出，从他的指缝间不断地渗出来。他调整了一下呼吸，飞回大楼。

卫桓赶紧扶住他，清和也上前关心地问道：“你还好吗？”

云永昼没有说话，只是沉默地运能，打开传送门，几人瞬间离开了那栋危机四伏的研究所大楼，来到一个僻静的地方。

清和看了看四周，发现这里似乎是一栋单独的房子，透过窗户可以看到一片湖泊。

卫桓没发现这里就是云永昼之前带他来过的林中小屋，他心焦地将云永昼扶到卧室的床上，眼看着他的胸口不断往外渗血，道：“伤口为什么愈合不了？”

云永昼脸色苍白，但依旧努力安抚卫桓的情绪：“可以的，只是比较慢。”主要是那个人的异能太强了。

卫桓低着头，死死按着云永昼的胸口。清和感觉到他的情绪很不对劲，于是开口：“我去找找有没有止血的东西。”

他一离开，卧室就变得更加安静。卫桓的心情十分复杂，他极力隐忍着，装出一副冷静的模样，等清和拿着医药箱回来，他又忙着脱下云永昼浸满了血的上衣，为云永昼缠上绷带。

清和在一旁看着，只觉得触目惊心，心想如果是个人族心脏被这么狠狠刺上一刀，恐怕早就死了。

强大如云永昼也陷入了昏迷。他双眼紧闭，看起来和睡着时没什么不同，卫桓却不敢面对他这张脸。

为云永昼处理好伤口后，一直垂着头的卫桓看着自己满手的血，一句话也没说。

清和将东西收拾了一下，抓着自己的包，道："我先去外面，你们有什么事再叫我。"他离开的时候将门带上了，房里只剩下躺在床上的云永昼，以及沉默地坐在床边的卫桓。

床头柜上放着清和之前端来的一盆水，卫桓将自己的手浸没进去，一点点洗净手上的血。

这双手沾满了云永昼的血，这种感觉就好像用风刀刺中云永昼的人是他一样。

卫桓浑身发冷，紧紧地咬着后槽牙，水面倒映出他现在这张陌生的脸孔，而他只觉得讽刺。

他什么都没有了，没有异能，没有身份，没有原本属于自己的身体，没有了九凤之名。他花了很长一段时间去接受自己被剥夺了一切这个现实，他原以为自己已经可以泰然处之，但在看到风刃的那一刻，他好不容易筑建起来的一切瞬间被击垮。

他被夺走的天分嫁接到了另一个人身上，变成了武器。

卫桓脑子里一片混乱，他觉得自己就像一只可怜的蝼蚁，每当他拨开一点迷雾，以为自己离真相又近了一步的时候，命运就会狠狠地将他碾压在地，再给他重重一击。

他以为自己这副身体的身份很快就要浮出水面，没想到下一刻又出现了和他具有相同异能的异族傀儡。

前所未有的疲倦和痛苦压在卫桓的心上，他低垂着头，眼睛发涩。而他只要闭上眼，眼前就是他的尸体被拖走、分解，变成一个又一个实验品的画面。

他抬起颤抖的双手，抱住自己的胳膊，努力让自己冷静下来。

他刚刚已经够失态了，云永昼一定看出了什么，可他还不想让云永昼发现，至少不希望云永昼在这个时候发现。如果可以，他愿意找一个合适的时机，在云永昼心情不错的时候坦白真相，哪怕云永昼不接受，他也认了。

昏迷中的云永昼发出一声痛苦的闷哼，卫桓抬起头，看见云永昼眉头紧皱，嘴唇微微颤抖。

他一定很痛。卫桓这样想着，憋了很久的眼泪一下子就流了出来，他也不知道为什么。

卫桓用手背胡乱地擦去眼泪，可眼泪却越来越多。

他明明很难受，可这些难受比起看到痛苦中的云永昼来说，却不值一提。

如果他可以分担云永昼的痛苦，哪怕一点点……

卫桓忽然想到血契，想起之前自己曾失去痛觉。对，他也可以将云永昼的痛觉转移到自己身上。

没有过多思考，卫桓开始回忆在血契笔记上看到的密语。他记得不太确切，但为了云永昼，他还是想试一试。

运能后，默念心诀的卫桓周身散发出金色的金乌光芒，他眉间那一点也变成了红色，仿佛一滴血。

他握住云永昼的手，掌心的那一颗点也变成了红色，光芒瞬间汇聚，又瞬间消失。

结束了吗？为什么没有感觉？

原本以为自己失败了的卫桓忽然呼吸一滞，心脏爆发出密集的疼痛。他伸手撑在床上，努力让自己保持清醒。

他知道会很痛，但没有想到会这么痛，这并非一刀刺中心脏那种干脆的痛，而是仿佛被无数锋利的针扎进肉里的那种痛。他嘴唇苍白，呼吸困难，浑身直冒冷汗。

这究竟是什么？为什么会是这样的？还有……好冷。

卫桓冷得连牙齿都在打战，他的心脏里好像藏着一根根钢针，而这颗破碎的心让他的身体仿佛要裂开了。

他站起来，想走到外面去，但他每走一步就感受到了更多无法忍受的疼痛。

卫桓能感觉到自己的体温在不断下降，他哆嗦着伸出手，轻轻掀开了被子的一角，尽管他已经痛到快要失去意识，但还是尽可能地放轻动作，小心翼翼地爬上去，然后才将被子盖在自己身上。

他尚存一丝清醒的大脑告诉他，这太荒谬了，他竟然在云永昼不知情的情况下，把云永昼的痛觉转移到了自己身上。

但再怎么荒谬，也好过眼睁睁地看着云永昼痛。

卫桓侧躺在床上，蜷缩着身子，望着云永昼沉静的侧脸，像一只害怕打扰他又无家可归的小动物，心想，原来他这么痛。

夕阳沉了下去，融化在冰冷的黑暗中，屋子里也一点点变暗。卫桓用残存的意念变出一枚小小的光，悬浮于两人头顶。温柔的光笼罩着云永昼的脸，让卫桓在痛到极致的时候稍稍感到一丝心安。

云永昼的身体像太阳一样源源不断地散发着光和热，而卫桓的最后一点意识则在不知不觉中被痛觉剥离了躯壳。

他仿佛解脱了一般，再也感受不到锥心之痛，像无根之叶飘到了一片黑暗的湖水中。他抬头望着天空，一阵风吹过，蓝色的风幻化出另一个他。

不，应该说，那才是真正的他。

那个有着九凤面貌的卫桓朝漂浮在湖面上的他伸出一只手，他犹疑片刻，也伸出了手。

卫桓被拉起的瞬间，周遭的景致变成了一片混乱的战场，密雨般的子弹射入他的胸口，哭喊声裹着浓稠的血腥味，令他头晕目眩。

下一秒，他眼前出现了一个熟悉的高大背影，对方那双黑色羽翼在这片暗红色的天空下显得苍凉而悲壮。

那人回过头，是他的父亲。

“父亲……父亲！”卫桓向前跑去，从背后抱住父亲伤痕累累的身躯。

——我好想您。

他紧紧环抱住父亲的双臂，却被父亲抓住并扯开了。

卫桓疑惑地抬头，看着父亲转过身。父亲微微皱着眉，用一种陌生而疑惑的表情看着他，问："你是谁？"

卫桓的心脏仿佛被人狠狠一击，他当即愣在原地。

——我是谁？我是你的儿子，我是九凤。

当他再次抬起头时，父亲变成了一个蒙着脸的黑衣人，黑衣人的脸颊上隐约露出蓝色的异痕。

"你是谁？"

黑衣人嘲讽地反问："你说我是谁？"

卫桓来不及回答，只见黑衣人手中凝出一把锋利的风刀，随后毫不留情地刺入他的胸膛。卫桓眼睁睁地看着那刀刃没入自己的身体，痛得说不出一句话。

"原来你还活着？"这次是云永昼的声音。

卫桓再一次抬起头，对上云永昼那张冷漠的脸。

——对，我还活着。

"你还回来做什么？"那双琥珀色的瞳孔好似天上之物，不带一丝情绪，"明明什么都忘了。"

听到这句话的卫桓愣在原地。

忽然间，战场上血流成河的土壤变成冰层，而随着冰层的裂开，他脚下一空，毫无防备地坠入无止境的寒冷之中。

卫桓猛地睁开眼，大口大口地呼吸，仿佛离了水的鱼。

意识一点点从可怕的梦境中抽离，回到这副皮囊之中，卫桓这时候才发现，云永昼的手搭在自己的肩膀上。

云永昼在他无知无觉的时候，拽住了痛苦挣扎的他，温柔安抚他那颗残破的灵魂。

卫桓替自己感到悲哀。如果他可以一辈子躲在他人的庇护之下就好了，没有阴谋与挣扎，放弃九凤的身份，也不必再与命运做无谓的抗争。如果可以的话，或许他会轻松很多。

——但这不是我。

他内心深处有个声音响起，随之而来的是嘈杂不堪的议论声。

——你回不去了！

——你的异能被剥夺了，没有风的九凤算什么？连最低等的异族都不如！

——你现在还知道自己是个什么东西吗？人族？异族？你什么都不是！

无数声音在脑中炸开，几乎将卫桓淹没。

——不。

他捂住耳朵站起来，片刻后松开手，直面黑暗中的每一个声音。

——我知道我是谁。

所有的声音汇聚成一个。

——都已经死过一回了，你为什么就是不信命？

卫桓心中的那个自己抬起头，笑着反问。

——命运从没有一刻善待过我，我信它做什么？

他只相信自己。

风的声音再一次出现，卫桓很确信，这绝对不是幻觉。

他抬起头，看见自己周身开始出现蓝色的能量波，在金乌之光的照耀下，与云永昼的赤色能量波交融，如同极光。

他拿开云永昼的手，朝空中的蓝色能量波伸出手，在他的指尖触上蓝色能量波的瞬间，一股熟悉的力量灌入他的身体。

尽管只有一瞬。

卫桓坐起来，望向卧室的窗户。黑暗中的沉寂被打破，他清楚地听见夜风拂过窗棂的声音，又听着它一路飘荡，越来越近，越来越近。

他伸出手，抓住一缕风。

空中的蓝色光芒如流星般坠落到他紧握的手，卫桓眉心微微一皱，摊开自己的掌心，上面静静地躺着一朵蓝色的勿忘我，下一刻，那朵花便再次幻化成风。

虽然只握住了一瞬间的风，可这就够了，真的够了。

卫桓抬头望着空中渐渐消弭的蓝色光芒，一滴泪倔强地停在眼眶里，等他笑着垂下眼眸时才坠落。

后半夜的夜空有些暗淡，星光落在一方无人知晓的寂寞池塘。苏不豫独自一人坐在池塘边，沉默地看着一池静水中倒映出的自己。

当初囿于池中的他，遇到了属于天空的少年。而在他原本的计划里，他在上善等到卫桓的出现，再带着卫桓来到这个故地，在对方讶异的神色中告诉对方一切。

这些天对苏不豫来说太煎熬了，从云永昼与卫桓结契的那天起，他所有的怀疑都得到了确认。

哪怕再来一次，他还是迟了一步。明明他才是第一个发现端倪的人，明明他比谁都确信卫桓的身份，可最后还是晚了。

就在他鼓起勇气试探的时候，他发现卫桓似乎并不愿意让他知道自己的身份。卫桓犹豫的理由无外乎是不想拖累他，既然卫桓想瞒着，那他就随着对方。

然而，越瞒下去，他好像就把卫桓推得越远了。

苏不豫望着洒满水面的月光，他曾经悄悄在心里发过誓，不管未来发生什么，都不会欺骗卫桓，会永远站在卫桓身边。

但其实在卫桓第一次向他询问生日的时候，他就说谎了。

他试探性地对卫桓说出了一个虚假的日期，看着卫桓惊讶地开口："这不是我第一次遇到你的那一天吗，怎么会有这么巧的事？"

原来卫桓记得。

没有什么美好的巧合，都是私心堆砌起来的谎言罢了。

可一想到卫桓记得他们初遇的日子，苏不豫就觉得自己是世界上最幸运的人。原来他十几年来所受的痛苦与折辱，都是为了遇到对方。

"生日快乐！"卫桓笑着从身后变出一个礼物，"拆开看看。"

毫无预备的他惶恐地接过盒子，拆包装的时候手心都在冒汗。

他打开盖子，看见了一小片漆黑如墨的羽毛。他小心翼翼地将那片羽毛拿出来，对着阳光，看见羽毛顶端折射出一丝蓝色的光芒。

"这是九凤翎羽，是我从本体上取下来的。"卫桓露出自己尖尖的小虎牙，"你把它带着，可以辟邪。"

那时候的他惊得说不出话来，心想难怪这片羽毛上有这么强的能量波。

见他迟迟不收，卫桓撇了撇嘴："你是不是嫌弃我啊？你别小看这个啊，这是我能量最强的翎羽了。”

“这……这我不能……”

“你若是拒绝，我就生气了。”卫桓自作主张地将那片羽毛拿过去，又不知从哪儿弄出一条细细的绳子，将翎羽穿了起来。

卫桓走到苏不豫面前，把他傻傻捧着的盒子拿开，然后为他戴上翎羽。

“好了。”卫桓退开两步，满意地拍了拍手。

苏不豫永远记得卫桓当时说过的话，以及他的表情，还有他温柔又稚嫩的语气：“不豫，以后再也不会有人欺负你了。”

夜风拂过，将水中的倒影扭曲成一团涟漪，苏不豫紧紧握住掌心的鲛珠。

从一开始就错了，卫桓对所有人都报以怜悯，却只追随强者。

被卫桓保护是上天的恩赐，苏不豫曾经坚信不疑，哪怕他知道卫桓身边还有个一起长大的扬昇，也没有怀疑过自己在卫桓心中的特殊性。

“不豫是我见过的最善良、最温柔的男孩。”卫桓总是这样说。这话像是一个漂亮的壳，把苏不豫罩住，让他出不去。渐渐地，苏不豫也不愿意出去了。他努力地变得更善良、更温柔。

扬昇总爱与卫桓斗嘴，两个人常常因为一件小事就吵个没完。

“就不是你说的那样，你怎么这么轴呢？”

卫桓不乐意了：“谁轴？明明我说的就是对的，你非不信。”他说着说着，习惯性地拉住苏不豫，“不豫你来评评理，你说是不是？”

扬昇拽住苏不豫另一只胳膊：“不豫你讲实话，是不是他错了？”

卫桓道：“不豫，我给你买好吃的，一火车小虾干！”

扬昇道：“我买一飞机！”

苏不豫道：“我吃不了那么多……”

苏不豫一直觉得，他们三人这样刚刚好，一起吃，一起玩，一起训练。他知道卫桓喜欢在天上飞，喜欢成为人群中最耀眼的主战力，所以他一直藏在卫桓后面，哪怕他永远都是被人忽视的那一个，他也心甘情愿。

可是后来，云永昼出现了。

他从天而降，将卫桓最耀眼的光环夺走，一直以来都是天之骄子的卫桓如临大敌，就连自己屡试不爽的分身异能都被云永昼一眼识破，就好像遇到了天生相克的对手。

苏不豫原以为卫桓会讨厌云永昼，毕竟卫桓从没输过，而卫桓第一次遇到云永昼就输了个彻彻底底。

他以为卫桓会把云永昼推到对立面，可他错了，尽管他不愿意承认，可卫桓每次看向云永昼的眼神都是不一样的。卫桓追着云永昼跑，无论对方多么抵触、多么反感，卫桓好像根本不在意。

自那以后，他们之间的平衡就被打破了。他眼看着和自己说着话的卫桓忽然跑到云永昼身边，和云永昼插科打诨，把云永昼的耐心消耗完后再恶作剧一般逃开。明明云永昼那么冷淡，对着卫桓连一个笑容都没有，可卫桓的视线却时刻都在他身上。

那种钦慕的神色，他从没获得过。

苏不豫至今还记得，卫桓的父母离开的时候，他们七组刚好在外面出任务，当时扬昇和他都收到了学校的通知，但是卫桓还在扫荡残余势力，所以没有一个人敢告诉卫桓这事。

任务结束后，卫桓开开心心地揽住他们的肩膀："老规矩，喝酒去，今天我要喝上次没喝的那个樱桃味的。"

当时扬昇给了他一个眼神，然后才对卫桓开口："卫桓，你先回趟家吧。"

那个时候苏不豫不知道该怎么办，看着卫桓错愕又懵懂的表情，说出了这辈子对他说过的最艰难的一句话："卫叔叔他……出事了。"

愣了半秒的卫桓哆嗦着手打开结界，一句话都没说就离开了。

原以为受到这么大的打击，卫桓会陷入伤心、痛苦之中无法自拔，但没想到第二天他就回到了山海复命。

周围的人议论纷纷，那个时候卫桓的母亲还在战场上，无法回来，而卫桓则像什么都没发生一样，一如既往地说说笑笑。偶尔有人来安慰他，他也只微笑着说句"没事"。

卫桓有没有事，苏不豫很清楚。

某一天，训练结束后，卫桓独自一人坐在操练场外的台阶上，手抖得厉害，连水瓶都拿不住，但只要一有人靠近，他就笑，习惯性给自己的异常表现找借口。

苏不豫试着让卫桓将所有痛苦都倾诉、发泄出来，想让卫桓依赖自己，但无论什么时候，卫桓都只是笑着对他说："我真的没事，你别担心我。生死有命，我都知道。"

生死有命，这句话就像一个预兆，半个月之后，卫桓的母亲也走了，就这样，天地间只剩下一只九凤。

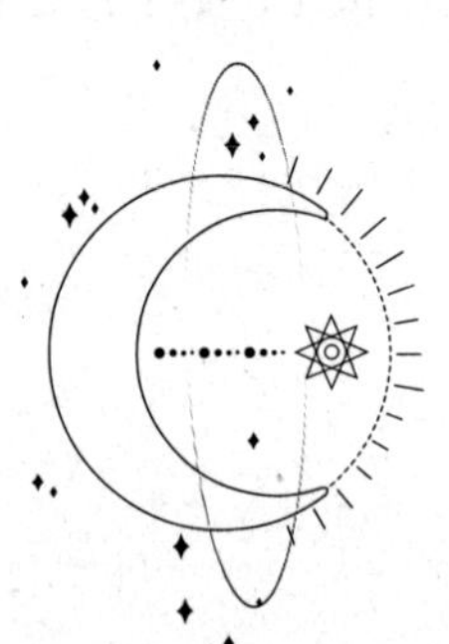

第五章　相似人生

苏不豫也没有想到，第一次见到卫桓西装革履的样子，竟然是在他父母的丧礼上。那个时候的卫桓妥帖地处理着所有事务，接待前来慰问的人，那个在别人眼里永远都没个正形的卫九一夜之间就长大了。

原本山海给卫桓放了假，让他三个月内都可以不用出勤，可卫桓直接拒绝了。他比以往任何时候都更加卖力地完成任务，每次遇到可以救的人，他都会尽力去救援。

“其实你可以不用做任务之外的事，这样你会很累的。”苏不豫也这么劝过卫桓，可卫桓却很认真地回道：“我救他只需要花几分钟，甚至更短时间，这样他就会活下来，他的家人就不会……”

那个时候苏不豫就懂了。每个人都在背后议论卫桓，认为他完全没因自己父母的死而伤心，反而说说笑笑，该做什么做什么，是个没心没肺的孩子。可事实是，卫桓每时每刻都在心里想“如果父母获救，一切会不会不一样”。

他在努力地变强大，只是希望世界上少一个像他这样的孩子。

丧礼后的第二次任务结束，卫桓忽然消失了，扬昇着急地道：“我怕他出事，我们分头行动。不豫你去祖墓，我去林阿姨出事的地方，云永昼你……”

云永昼一脸冷漠地转过身，什么都没说就走了。

“算了，”扬昇摇头，“本来也不关他的事。”

当时的苏不豫却不这么认为，他对着云永昼的背影伸出手，水墙平地而起，挡住了云永昼的去路：“卫桓对你那么好，你怎么这么冷漠？”

云永昼看都没看他一眼，便展开双羽离开了。

找了卫桓整整一晚的苏不豫在天亮前回到山海的时候，看见背着卫桓的云永昼走进了山海的结界。他当时觉得既讽刺又无力。

命运似乎总是如此，能率先找到卫桓的人永远是云永昼。

另一边，毫无睡意的卫桓起身走出了卧室，随后发现了在另一个房间里看资料看睡着的清和。清和一动不动地趴在桌上，卫桓原本想叫他去休息，谁知刚靠近清和就惊醒了，并且一脸防备。

卫桓后退半步："你吓我一跳。"

清和长舒一口气，没有说话。

看到这一幕，不知道为什么，卫桓有点心疼。或许是因为童年的经历，所以清和时时刻刻都保持着警惕。

卫桓搬了个凳子坐到清和面前，趴在桌子上，侧着脑袋望着他。

"看我干什么？"清和嫌弃地瞟他一眼，把卫桓压住的资料抽出来，又扫了眼门外，问，"他好了？"

卫桓垂下眼："好多了吧，伤口不疼了。"

清和打趣："你还知道他疼不疼呢？"他原以为卫桓会反驳，可等了好一会儿都不见卫桓开口。

"你别担心，我看你这个老师挺厉害的，看起来没那么脆弱。"他也不太会安慰人，只能想到什么说什么。

卫桓"嗯"了一声："他是很厉害，所以我才担心。"

清和明白他的意思："今天那个异族傀儡的确很强。我刚刚看资料，这些资料里提到一个保密协议，好像是要对所有异族傀儡的信息进行保密。"

卫桓接过资料："这很正常，一旦这些异族傀儡投入战场，就是他们的秘密武器了。"他把头埋在胳膊肘，闷声道，"如果所有的异族傀儡都是这种级别的……"

"你觉得这种可能性大吗？"清和反问，"我看你的战斗力很强，又在山海那种只有强大的异族才能进入的大学，以你的经验来看，这样的异族傀儡数量会多吗？"

清和说得没错，虽然那只异族傀儡非常厉害，但他承载的本身就是九凤这样强大的异族，所以才会有这么可怕的战力。异族傀儡的能力应当是受限于本体异族的能力的。

“应该不会多，但是如果靠数量来堆也会很麻烦。”卫桓抬头看着清和，“这些异族傀儡实际上就是人形兵器，没有思想，也没有身份，对那些操控他们的人来说，他们就算死掉也不足为惜。”

清和叹了口气：“那些异族傀儡出自 177，看起来是人族用来对抗异族强大兵团的武器，但是……”他的眼神冷了下来，“一旦有人掌握这样一支军队，无论是谁，都离权力的最高峰近了一步。”

权力才是摧毁人性的利器。

清和这番话令卫桓有些意外，他没想到清和想得这么远，毕竟清和只是一个人族，理应站在普通人的角度看待异族傀儡这件事，这也让他更加好奇清和的过去。

“你们那个组织……”他试探着开口，“有多少人啊？”

“你问这个干什么？”清和瞥了他一眼，“想打探什么就直说。”

卫桓将下巴抵在胳膊上：“我就是好奇。我觉得你很厉害，又是黑客又很会用枪，搜集情报的能力也不错，这些都是你进入组织之后学到的吗？”

清和转了转手中的笔：“算是吧。”

卫桓有些惊喜，没想到清和竟然愿意说。

“我离开异域之后，一个人在暗区躲躲藏藏生活了几年，跟老鼠没什么分别。后来我遇到了老大，他把我带进了组织，给了我一个住的地方，让我遇到了莉亚和阿祖，还有其他人。他问我喜欢做什么，对什么感兴趣。”清和把眼罩取下来，“我当时不愿意出去，所以就选了黑客。”

听起来那个老大是个不错的人。卫桓又道：“他对你们挺好的。你是怎么遇到他的？”

“暗区有一块区域，可以看到凡洲最高的那栋大楼的屏幕，我记得那天下着雨，我路过那里，看到一则新闻报道。”清和忽然笑起来，“那时候我本来买了一个星期的口粮，结果因为看新闻太专注，撞到一个半人半异族，然后他和他的同伴把我打得半死。”

卫桓听着听着，觉得眼前似乎浮现出了当时的画面。

“我被打得倒在地上起不来，等他们走了，我才爬起身，然后把地上的东西捡起来。周围的人怕惹祸上身，都走了，而那个新闻节目还没结束。节目里，那两个看起来衣冠楚楚的主播还在侃侃而谈，我就站在那儿把新闻看完了，然后老大就过来了，给了我一把伞。”清和耸了耸肩，“然后我就跟他走了。”

卫桓觉得疑惑：“所以……那个新闻是什么？”

“异族的新闻。”清和不以为然，从口袋里拿出一块口香糖，掰了一半递给卫桓，“其实我之前也不认识那个异族，但我知道九凤是很强的异族。我看到新闻里说，九凤一族灭族，年轻的那个一年内接连失去父母，最后自己也死在战场上……”他嚼了两下口香糖，似乎觉得不好吃，又吐回到包装纸上。

卫桓没想到清和当时看的竟然是有关自己的新闻，顿时愣住了。

“你为什么会在那儿看那么久？”他装出一副镇定又不理解的样子，“他应该算是人族的仇人吧？”

“人族就喜欢拿仇恨作为自己沦丧的借口。”清和低下头，“我那个时候只是觉得……我和他有点像。”

像？卫桓心有疑惑，却没有追问，不然以清和的聪明程度，很快就会发现他的反常，他只得从别的地方入手。

不过话说回来，如果清和与他们组织的老大是在那里相遇的，说明那个人也在看新闻，那么那个人又为什么会看呢？

卫桓问：“你们老大有名字吗？每次听你们这么叫，我都以为他没有名字。”

“当然有，”坐得太久有些累，清和伸了个懒腰，一边打哈欠一边道，“他叫雨生。”

“哪两个字？”

清和摇头：“我也不知道，应该是下雨的雨吧。我们只是听过，也没看他写过。”

卫桓心中疑惑，这个暗区组织的头目会不会是自己熟悉的人？

清和忽然想起些什么：“哎，今天那个保险箱里的东西呢？那块手表。”想起当时打开保险箱的情形，清和还是觉得不可思议，“你怎么会有打开保险箱的权限？”

卫桓伸手在口袋里摸了摸："不知道。开保险箱的时候我手还被扎了一下，流了血呢。"他把手表拿出来给清和看。清和沉思着道："你流血了？该不会开保险箱需要的是 DNA 吧？"

"有这么夸张吗？"卫桓有点不相信。

"怎么没有？177 那个姓杨的可是做生物科技发家的，而且我记得你的权限名叫小安……"清和皱眉道，"会不会你是这个小安的基因副本？"

卫桓很赞同他这个猜想："不过现在没有证据可以证明这一点，小安的身份也不明确。"

清和晃了晃手表："我总觉得这块表里会有线索。"说着，他开始检查那块电子表，刚看一会儿就发现不对劲，"等等，这表坏了，该不会是被你摔的吧？"

"怎么可能？我都没动它。"卫桓想把手表抢回来，可被清和躲开。

清和看了眼墙上的钟，又看了眼电子表："你看，现在都凌晨四点了，可这上面显示的却是八点十分，肯定坏了。"

八点十分？卫桓一下子惊醒，屁股立马离开了椅子："坏了坏了，真的坏了……"

"你学我干什么？你是鹦鹉转世吗？"清和把表收起来，"赶明我修修看能不能修好。"他说着，见卫桓准备开启传送门，忙问，"哎哎，你去哪儿？"

"我跟人有约来着……"卫桓有点着急，说话都顾不上看他，"发生了太多事，我给忘了。"

"你现在去应该看不着人了吧。"清和好奇地把手伸到卫桓画出的传送门光圈里，又缩出来仔细地看了看。

对啊，现在已经凌晨四点了……卫桓垂头丧气地关闭了传送门："我是不是应该给他打个电话？"

清和哈欠连天："现在吗？你要是现在这个点给我打电话，我一定弄死你。你可以给他发条消息，解释一下，道个歉，明天再当面说一下，下次别再放人鸽子了。"他懒得跟卫桓多说了，"哎，帮我跟你老师讲一声，我借这张床睡一会儿，太困了。"

他都这么说了，卫桓也不便多问，说了句“晚安”便离开了清和所在的房间。

关于忘记和苏不豫的约定这件事，卫桓心中愧疚，想来想去还是给对方发了消息：苏老师，我今天遇到了很棘手的事，所以没能去见您，对不起。我明天就去找您，如果您方便的话。

消息发出去后，卫桓坐在客厅发呆，不知过了多久，突然感觉胸口一阵拉扯般的疼痛。他一下子反应过来，捂着胸口回到云永昼的房间。

卫桓走到床边的时候，云永昼似乎刚翻了个身，此刻眉头紧皱，而卫桓胸口的疼痛也消退些许。

卫桓可以借助通感的能力获悉云永昼此刻的状况，还能替对方分担痛苦。可明明云永昼已经不疼了，为什么还皱着眉呢？

卫桓蹲下身，伸出手贴上云永昼的眉心，确认云永昼没有醒来，才抚开他紧皱的眉头，谁知云永昼竟突然捉住了他的手。

云永昼猛地睁开眼，他那双琥珀色的瞳孔映出卫桓惊慌失措的脸。

“云……云教官……你醒了啊？”卫桓有些尴尬，想收回自己的手，可又不知道说些什么。

云永昼的额角渗出些汗珠，眼里也有一丝迷茫，似乎刚从梦中惊醒，等他完全清醒后才松开卫桓的手。他翻过身子，手背搭在眼睛上，哑着嗓子开口：“你怎么没走？”

卫桓愣愣地收回自己的手，搓了搓被他握红的地方，不知道应该怎么说。他是该走是吗？好像是的。

不知道为什么，卫桓有点难过，胸口闷闷地痛，笑着解释道：“那什么，我本来是要走的，但是我醒来的时候已经很晚了，已经过了门禁……啊，这么说起来我也好困。云教官，你要是不介意，我就多待一会儿。”说着，卫桓站了起来，“我去和清和挤一挤，眯一会儿就回学校。”

他刚走了几步，手腕便被什么东西轻轻地缠住了，他低头一看，是云永昼的光索。比起缠，光索更像是软软地搭在他的手腕上，也没有用力拉拽，而是像只小朋友的手，软软的，带着挽留的意味。

“别去了。”云永昼的声音在卫桓背后响起，还是有些哑。

卫桓没有转身，面对着门，误解了云永昼的意思："那我、我……我现在就回学校？"

"就躺这儿吧。"云永昼说完，卫桓回过身，见对方已经坐了起来。

"过来。"云永昼又道。卫桓也不知道自己怎么了，闻言老老实实地走了回去。

光索绕着卫桓飘了一圈，最后叮地一下子消失了，他站到床边，傻愣愣跟柱子似的。

云永昼道："躺下。"

卫桓彻底蒙了："躺……躺下？"

云永昼表情冷淡，没说话。过了会儿卫桓才掀开被子，背对着云永昼躺下，离他远远的，跟块木头一样横在被窝里。

"转过来。"

卫桓不想转过去，他想起上一次云永昼也是这样，大半夜不睡觉，把他叫来自己的宿舍。

"干吗？你……你又睡不着要看星星吗？"

"我要看你。"

卫桓觉得自己的呼吸都变得困难了起来，他纠结着要不要转过去，如果转过去之后又该怎么办？

他不敢看云永昼，更不知道该说什么，也不知道云永昼会做些什么、说什么。云永昼是不是已经发现自己就是……

突然，云永昼揉了一把卫桓的头发，又轻轻地摸了摸他的发顶，像是在安慰他。

云永昼道："你累了。"

我……我是很累。卫桓抿着嘴，眼睛被云永昼的手挡住，他想起上一次和云永昼看星星时的场景。

所以云永昼是不是也想用这种方式安慰自己呢？可他有什么好安慰的，云永昼又不清楚发生了什么。

想通这一点的卫桓故作轻松地道："云教官，你是不是误会了？我不累，我刚刚跟清和说话去了，没有怎么样，你不用安慰我。”

云永昼清冷的声音中带着一丝叹息：“不是安慰，我只是想逗一逗我的宠物，不可以吗？”

“宠物？！”卫桓一着急，直接翻过身面对云永昼，可刚转过来，他就愣住了。

他怎么转过来了？

他的脸憋得通红，一向话痨的他竟语塞了：“你……”

见他这样，云永昼忽然笑了，卫桓的脑子则嗡一下停止运转了。

云永昼平时不爱笑是明智的！卫桓在心里想，不然他笑起来谁招架得住啊，那些说云永昼好看的人，根本没见过他最好看的样子。

只有我见过。

只有我。

云永昼眼角的笑意敛去，吹皱的春水退去涟漪，再一次恢复平静。他望着卫桓的双眼，问：“你心里难过吗？”

话题突然发生变化，卫桓心虚地反问：“为什么这么说？”

——你是不是已经知道了什么？

云永昼的睫毛轻轻颤动了一下：“你遇到异族傀儡的时候有点不对劲。”

卫桓有些恍惚，沉默了一下，打起精神笑道：“之前是有一点，因为那个傀儡和小九凤的能力一样。云教官你之前不是听人说过我的偶像是小九凤吗？”

卫桓有些心虚，见云永昼像是默认了一般眨了眨眼，他才继续道：“所以我看到那个异族傀儡就有点不舒服，感觉……”

“很珍贵的东西被偷走了。”云永昼接过话。

卫桓有些吃惊，有种内心的想法被人看穿了的错觉：“你怎么知道？”

因为这也是我的想法。云永昼没有回答，只是摸了一下卫桓的头：“没有被偷走，你最珍贵的东西永远都在。”

“什么东西？”卫桓问道。

云永昼望着他的眼睛：“你知道的。”

——是你自己那颗永不言败的心。

第二天，卫桓起来的时候清和已经走了，只给他留了一条语音信息，说自己老大已经给自己安排好住处了，有消息会再联系他的。

卫桓上午还有课，着急回炎燧，但传送门开到一半的时候，他就被云永昼拉住了。

“怎么了？”卫桓问。

云永昼看着他的眼睛：“你说呢？”

卫桓有点蒙，脑子飞快转着，忽然想到什么：“哦，对对对，你家被子我还没洗完，不过从洗衣机里拿出来就差不多了，您自己晾一晾哈。”

云永昼歪了歪脑袋，仍旧盯着卫桓，卫桓心想自己这个答案并没有令云永昼满意。

“不是啊……那还有什么？”卫桓想了想，一拍手，“嗨，我知道了，早饭！都赖我害得您一口没吃，对不起对不起，下次给您做。”

原以为这样就可以蒙混过关，可谁知云永昼双臂环胸，云淡风轻地道：“自己认了，别逼我动手。”

怎么回事？卫桓心里犯嘀咕，但就是想不起来自己有什么事没做。与此同时，云永昼缓缓逼近他，他则不断后退，直到后背贴上墙壁。

究竟要认什么啊……卫桓望着云永昼的眼睛，脑中灵光一闪，他知道了！

他一把抓住云永昼的手，拉过来在自己的头顶摸了两下。

云永昼愣在原地，心想这家伙又在耍什么小把戏。

云永昼问：“你干什么？”

卫桓还一脸“我可太厉害、太聪明、太乖巧可爱了，快点表扬我”的表情，笑得露出一排大白牙：“您不是让我认吗？我认啊，我就是您的宠物。您喜欢猫还是狗，要不然小兔子、小仓鼠？反正都有毛，您就可劲撸，撸够了我可要去上课了。”

他这一连串话说得云永昼哑口无言，云永昼本来要说的话都想不起来了，只能顺着卫桓说：“我喜欢鸟。”

鸟？敢情云永昼喜欢自己这类的啊，啧啧，真够自恋的。卫桓甜甜一笑：“行，那我就是您的小肥啾。”说完，卫桓就拿手指画出一个圈，“要迟到了，我去上课啦！”

眼看着卫桓消失在那个小白圈里，云永昼后知后觉地收回手，自言自语般把之前想说的话说完：“给我解除通感啊。”他无声地叹了口气，盯着自己的手掌，上面还残留着卫桓的体温。

真是拿他没办法。

“傻子……”

回到学校的卫桓想着应该把异族傀儡的事告诉扬昇，于是趁午饭时间跑去了扶摇。景云虽然不知道他要做什么，但还是把他领进了扶摇的结界。

扬昇刚下课，拆掉手上的训练手套，往景云的怀里一扔：“你先回去，我下午去找你。”

景云“哦”了一声，捧着扬昇的手套就出去了。

“你怎么知道……”卫桓还没问完，就被扬昇打断：“我要是连这都看不出来，白给你背这么多年锅了。少废话，快说，又怎么了？”

“这两天我去了一趟暗区。”卫桓走到扬昇身边，接过他从包里掏出来的一瓶饮料，顺手打开了，喝了一口后又递给他，“你猜怎么着？我真的碰到异族傀儡了。”

“真的？！”扬昇脸上露出讶异的表情，看来也没料到这茬，“是那个除异师？”

“不是，是新的，还不止一个。”

扬昇的表情逐渐凝重了起来：“麻烦了……你一个人去的？”

卫桓抓了抓头发：“那倒也不是……”

“哦，和云永昼一起。”扬昇灌了一大口饮料，喝的时候眼睛一直盯着卫桓，直盯得卫桓头皮发麻。

卫桓推了扬昇一把，夺过对方手里的瓶子，没好气地盖上盖子：“看你卫爷爷干吗？”

“啧。”扬昇忍住没翻白眼，“我只恨自己现在没法给你变出一面镜子，让你好好照一照，看看你现在是什么样。”

卫桓被对方的话一激，猛地站起身："我……我什么样？"

"不关你的事，我说魏恒行了吧？"扬昇拽着卫桓重新坐下，"言归正传，异族傀儡怎么回事？"

卫桓咳嗽了一声，把自己和云永昼去暗区一事统统告诉了扬昇，包括清和的事。扬昇听罢，觉得有些奇怪："你说你遇到的最后一个异族傀儡，拥有和你一样的异能，而且运用得很娴熟？"

卫桓点头："相对而言，之前那两个异族傀儡更像那些技术不够但有一定能力的异族，但最后一个不仅拥有九凤的御风化物的异能，还有很强的近战能力，连传送门都用得比绝大多数异族要好。"

"前两个异族傀儡被杀死是因为你找到了他们的心脏。"扬昇反问，"最后一个既然是九凤的异族傀儡，你应该能第一时间感应到对方的心脏才对啊？"

"我也纳闷啊，鬼知道是怎么回事。"卫桓的眼神黯淡下来，"没准我身为九凤的心脏现在就在他那副身体里。"

扬昇对这一假设提出了自己的疑问："你真的觉得九凤的躯壳会通过九尾燕平流入凡洲，被那些人族研制成所谓的异族傀儡？我不这么觉得。这要是真的，不可能没有留下丝毫痕迹。你要知道，寻找你'尸骨'的除了我，还有异域的联邦政府。"

"既然那个异族傀儡这么强，你有没有想过另一种可能……"扬昇看了卫桓一眼，犹豫着要不要把下面的话说出来。卫桓多聪明啊，光是听了他的前半句话，就已经反应过来了。

他满眼震惊，手脚冰凉："不会的……"

他怎么忘了，自己并不是唯一的九凤。

还有他的父母。

他的父母是高等级异族，又是因公殉职，享有最高级别的冰葬，百年内尸身都不会腐坏。

"九凤祖墓的结界那么强，根本不可能有人能随便出入！"卫桓的嘴唇微微颤抖起来，他低下头，"怎么可能，这不可能的……"

卫桓回来后不止一次想去祖墓看望父母，他尝试了很多次，也无法以现在的人族之躯启动祖墓结界，进入其中。

连他都不可以……

“我也只是猜测。”扬昇把手搭在他肩上，“只有这两种可能，我们也只能从这两种可能下手。那个异族傀儡是关键，通过他，也许我们就能找到你九凤之躯消失的真相了。”他想了想，又补了句，“你振作点。”

卫桓轻笑一声，抬头看向扬昇：“我还不够振作吗？”

扬昇抓起他的手腕，把他的手合成一个拳头，又拿自己的拳头和他碰了一下：“所以说，我扬昇可不是随随便便就交朋友的。”

两人正说着话，操练室的门忽然被人敲了两下，随后被推开了一条缝。卫桓抬眼望去，来人竟然是苏不豫。

他心里五味杂陈，又是心虚，又是抱歉，眼睛很快就垂了下去。

苏不豫的声音仍旧温柔似水：“原来还有一个，真巧。”

扬昇抬头：“怎么了？”

“没什么大事，副校长让我给你捎个东西，听说你刚下实战课，我就顺道跑个腿。”苏不豫从自己的鲛珠里拿出一个盒子递给扬昇，那双漂亮的灰绿色眼睛转向卫桓，嘴角弧度柔和，“你们继续。”

“说完了，不用继续了。”扬昇站起来揽住苏不豫的肩，“一起吃饭？”

苏不豫的目光落到卫桓身上，卫桓立刻起身：“我就……”

“你也去吧，反正都在这儿了。”扬昇故意打趣，“该不会……炎燧的学生嫌弃扶摇和上善的老师吧？”

卫桓露出一个虚情假意的微笑：“怎么会呢，那我先谢谢扬教官了。”说完，他看向苏不豫，对方还是笑着，这令他更加歉疚，“谢谢苏老师……”

“谢什么，”苏不豫的声音很温柔，“都还没吃到呢。”

三人一同前往学校的教工食堂，里头学生很少，卫桓又是人族，因而显得格外扎眼。扬昇在前面点餐，苏不豫和卫桓在后头。趁着这个机会，卫桓开口：“苏老师，那天晚上……”

“没事，”苏不豫打断他的话，一副并不在意的模样，“我只等了一会儿。我猜你可能有事来不了了，所以就叫了别人帮我，你不要放在心上。”

见苏不豫这样说了，卫桓也不知道该怎么办。他既愁不知怎么解释，又愁不能告诉他自己在暗区遇到的事。

“愣着干吗？”扬昇端了食物出来，冲苏不豫抬了抬下巴，“你也去拿点吃的啊。”说完，他找了个位置坐下，卫桓坐在他对面。

苏不豫刚买好饭就被上善学院的一个女老师缠上了，两人在一旁说了会儿话。

扬昇分开一次性筷子，开门见山地道：“你准备什么时候跟不豫说？”

卫桓刚端起碗喝了一口汤，闻言差点被呛到。他擦了擦嘴，放下碗，望向不远处的不豫：“我不知道，我怕说了让他担心。”卫桓用汤勺在汤中搅着，“以前都是我罩着他，现在我成了这样，只会给他添麻烦。”

“你这叫庸人自扰。”扬昇说得直白，“你真的觉得不告诉他会更好吗？你知不知道你走了之后，不豫花了多长时间才恢复正常？”

卫桓疑惑：“什么意思？”

扬昇叹了口气：“你走之后的半年里，不豫一直不跟人说话，整个人变得很消沉，连我都不理，好在后来他自己想开了。”他拿筷子敲着卫桓的汤勺，“你要知道，没有人会觉得你是累赘、灾星。我们七组并肩作战这么多年，上刀山下火海的，在你眼里我们都是尿包吗？”

卫桓感觉自己胸口堵着一口气。

其实他比谁都希望自己可以找回当初的朋友，他九凤自打出生以来，从没这么独孤过。

“那……我找个机会告诉他。”

扬昇这才罢休：“顺便也老实地跟云永昼说了。”

“什么？”卫桓抬头。

扬昇眼睛一瞪：“你不会还没有……”

扬昇的话还没有说话，苏不豫就走了过来，并坐到了他身边。苏不豫侧头看了一眼扬昇，又和卫桓对视片刻，有些尴尬地笑道：“我……是不是来得不是时候，打断你们说话了吧？”

扬昇想了想，懒得说下去。

“没有没有。”卫桓摆手。

“那就好。”苏不豫给卫桓夹了好些菜，“你多吃点，教工食堂的饭菜可不是什么时候都能吃上的。”

苏不豫的话让卫桓想到了他们以前。当初，他们还在念书的时候，只有扬昇的爸爸是山海的教官。谁都知道山海教工食堂的饭菜和学生餐厅的是一个天一个地，他们就总是借着扬昇的关系找扬教官蹭饭，次数多了，扬教官就不乐意了，觉得这样影响不好。

于是只有战备七组表现非常出色，得到学校表彰后，他们才能来教工食堂蹭一次饭。

其实这些饭菜也算不上山珍海味，或许是一起吃饭的人都太珍贵，所以每次想起来都会特别怀念。

“哎，刚刚那个女老师是不是对你有意思？”扬昇吃了一大口饭，腮帮子鼓鼓的也不忘跟苏不豫开玩笑，“长得挺漂亮啊，我看她的异族图纹很眼熟，也是鲛人吧？”

苏不豫苦笑道：“没有，只是随便说说话。”

“这你就不懂了。我扬昇身经百战，是随便说话还是搭讪，我一眼就能看出来。”

见扬昇越说越离谱，苏不豫瞟了一眼低头吃饭的卫桓，轻声道：“有学生在，别聊这些了。”

“没事没事，你们继续。”卫桓连忙抬起头，唇边还沾着一粒米饭，傻乎乎地笑着，“我也觉得刚刚那个女老师很漂亮，和苏老师您特般配。”

本来是句讨好的话，可话一出口，一向温和的苏不豫竟然眉头一蹙：“你真的觉得我和她很配？”

“不……不配吗？”卫桓手一松，筷子掉在桌上，又滚了两下，落在地上。

他正要弯腰去捡，一股强烈而熟悉的能量波袭来，他身子一顿。

真是屋漏偏逢连夜雨……

地上的筷子被一条光索缠住，随后轻飘飘地扬起来，搁到了桌上。扬昇给卫桓递过去一双新的筷子，然后抬头看向不远处。

嗬，七组的人齐全了。

感觉炽热的金乌气息越来越近，卫桓咽了一下口水，继续道：“苏老师，我刚刚是开玩笑，瞎说的，你们也不是特别配。您的人生大事得自己做主。”

云永昼拉了张凳子坐到卫桓身边，声音冷淡中又带着一丝戏谑：“经验之谈？”

什么玩意？！卫桓瞪大了眼睛看着云永昼。云永昼眉尾微扬，也不说话。气氛一下子变得微妙起来。

“我什么事没有自己做主啊？”卫桓转了一下眼珠子，“云教官你连前情提要都不知道，别跟这儿瞎掺和了。”

谁知云永昼十分淡定地接过话：“人生大事。”

听了这句，吃得正香的扬昇呛了一口，猛地咳嗽起来。

苏不豫盯着云永昼，拿起一个空杯子紧紧握着，等到里面的水从空荡荡的杯底开始一点点灌满，才将杯子递到扬昇面前。

“魏恒，你的人生大事已经定下来了？”

明明苏不豫没有笑，语气也很温和，可卫桓却觉得芒刺在背，他心虚地咧了下嘴：“没……没有啊，谁说的？瞎说，我怎么不知道？”

云永昼的视线从卫桓身上移到苏不豫身上：“我以为，大家都知道我和他结契的事。”

卫桓瞥了扬昇一眼，扬昇心虚地夹起一个小包子塞进嘴里，企图转移话题：“嗯，这个好吃，一会儿给景云带点……”

苏不豫笑起来：“原来你说的是结契，看来是我误会了。”

每次云永昼说话都是轻描淡写，可卫桓听着总觉得有种黑云压城城欲摧的错觉，他和扬昇尴尬地对视一眼。

吃完饭，云永昼打开传送门，和卫桓从教工食堂瞬移到了一处僻静的树林。想起刚才的吃饭过程，卫桓道：“我就不明白了，就是吃个饭，您为什么非得折腾我，是觉得生活太无聊，拿我寻开心吗？”

他噼里啪啦说了一大堆，云永昼靠在树干上，好半天才吐出俩字：“不是。”

“嘿，我就纳了闷了。”卫桓抓了抓自己的头发，想起云永昼以前是个自闭少年，脾气古怪也很正常，于是本着一颗关爱孤独患者的慈悲之心，语重心长地道，“云教官，云老师，您就应该多和您同事打交道，这样您就不至于无聊到拿我寻开心了。我每天事情可多了，又不是小狗，你高兴了就过来逗我一下。”

“你有什么事？”云永昼盯着他。

卫桓一愣，一想到他还瞒着云永昼自己的真实身份，就支支吾吾起来：“这……就跟您没关系了。”说到后面，他的声音越来越低。

云永昼脸上的表情以肉眼可见的速度冷了下来，卫桓看得很清楚，就在他思考怎么补救的时候，云永昼的通信器亮了。云永昼接通后听了一会儿，表情变了变，接着他伸出一只手画传送门，似乎准备立刻离开。

“哎……”卫桓忍不住开口，想拦住他，又不知道该说什么，只是心里怪不舒服的，也不知道是因为害怕云永昼生气，还是因为被他这样丢下而难受。

云永昼听见他这一声，回头道了句：“我有急事。”

卫桓后背抵着树干，忍不住一下一下拿自己的脊背去撞树干：“哦。”

“解开通感。”云永昼抓住他的手。

“啊？”卫桓抽回自己的手，“我不。”

“快。”

“就不。”卫桓推了他一把，“你快走。”

云永昼无奈地看了他一眼：“你扛不住。”

卫桓下意识地反驳：“那你不会小心点，别让自己受伤吗？”

云永昼愣了愣，漂亮的琥珀色瞳仁微微放大，一丝错愕一闪而过。

“那什么，我的意思是让你自己注意点，你要是受伤的话……”卫桓的声音越来越小，越说越没有底气。

“我会小心。”云永昼半个身子都进了传送门，闪烁着红色能量波的传送门将他吞没，只留下一句话，“等我回来。”

云永昼消失后，传送门缩小成一个小小的光点，随后消失在空中。

卫桓长舒一口气，正准备离开这个地方，却突然发现周围的植被看着有些眼熟，总觉得以前见过，但细看好像又和以前不一样。

眼前是一栋他没见过的高楼，没走几步，他便遇见两只异族蝴蝶，他脑子里突然闪过一些画面。

这个地方和之前山海祭时他抽中双人夜游大奖后来到的萤火之园好像啊。

他礼貌地和那两只蝴蝶打招呼，打听了一下这栋楼。

“这是前几年新建的科研楼呀。”小蝴蝶半透明的翅膀在空中不住地扇动，“之前这里一直荒废着，很少有人来，好多人都忘了这里的结界密令了。”

另一只蝴蝶说道：“对啊对啊，其实这里原本很漂亮的。”

卫桓问道：“这里以前是不是叫萤火之园？”

小蝴蝶惊了，一下子凑到卫桓跟前，额前的小触角都要抵上他的脑门了：“你怎么会知道？”

卫桓笑了一下：“我听说的。”

他低下头，看着如今已被夷平并被铺上水泥的地面，心想，我还知道，这里以前种满了勿忘我。

一连上了几天课，又到了战备小组出勤的日子。这些天，卫桓一直想着九凤祖墓的事，话都少了很多。他们出勤遇上了一帮不要命的异族蜘蛛，那些异族蜘蛛好像失去了自我意识，专门跑来繁华的商业地段，对幼年异族下手。

接收到信号的卫桓打开传送过来的实况视频，嚼着泡泡糖的嘴停了下来，他道：“真是活腻了。”

没过多久，七组小队到场。燕山月控制住异族蜘蛛，扬灵则炸断了他们的手足，正准备让景云上前把孩子们救下来，没想到景云还没跑过去，就有一枚子弹穿透那些蜘蛛的心脏。

“砰。”

“别！当心伤着小孩！”景云喊道。

“砰，砰，砰。”

卫桓冷冷地盯着目标，打出去的子弹一发接着一发，一点迟疑都没有。

随着作恶的异族一个个倒下，被抓住的小孩子立马逃开，哭叫着扑向焦灼的人群。

看着下手又狠又快的卫桓，景云咽了一下口水："今天阿恒怎么了？"

扬灵双手抱胸，一脸不满："鬼知道，他这样，搞得我都没机会下场了。"

那群狂徒一个接一个被放倒，卫桓干脆利落地把枪往背后一背，和燕山月对视一眼。燕山月动用玉藻镜，将目标统统收服。

燕山月将镜子别回腰间，对卫桓道："你今天这样很危险，好在没出事，万一哪一发子弹伤到孩子，到时候谁负责？"

卫桓调整着通信器，没有说话。他也知道自己今天太冲动了，就算他有百分之一百的把握，这种时候也不能轻易出手。

扬灵和景云高高兴兴地走在前面，商量着一会儿去哪儿逛逛再回山海。异域由诸多区域组成，每个区域拥有一定程度的自主管辖权，所以发展也各有不同。昆仑墟可以算是经济与政治中心，有"第一异都"的美誉。除了昆仑墟，也有很多其他的繁华都市，他们这次来到的不周便是其中之一。

不周经济繁荣，异族却不多，其街道宽敞，极富科技感，就是稍显冷清。

走着走着，燕山月再一次开口："你最近怎么了？"

卫桓没料到这个冷美人还会关心人，他侧头瞥了对方一眼，露出一个灿烂的笑容："没什么啊，我今天就是想要个帅，不行吗？你这么关心我，我好怕被小公主打啊。"

燕山月仍是那副冷冷的表情，直截了当地戳穿了卫桓的谎言："别装了。"

"明天燕山漠开庭。"她说这话像是顺口一提，然后又道，"对了，那天你走了之后又去哪儿了？见你那个被他圈养过的朋友？"九尾抬眼的时候，内眼角相对的那两颗痣十分显眼。这样的痣放在别人脸上肯定是风情万种，但在燕山月的脸上则更显独特，像是凌厉、冷艳中掺杂了一丝慵懒。

"你知道还问我？"卫桓掰了掰手掌，懒得装下去，"真想弄死那个狗东西。"

燕山月摇摇头，不疾不徐地道："他留着还有用。"她话里有话。

"那个纨绔子还有什么用？"

九尾并没有回答卫桓这个问题，反倒话锋一转："你知道七年前人族对异域发起的那场突袭战吗？"

卫桓心里一惊，没有说话。

“哦，我忘了，那个时候你应该还挺小的，十岁？十一岁？”她看着卫桓，露出一个笑，“那时候我也不大，不过我记得很多事。”

她语气缓慢，眼睛盯着不远处某人的身影：“比如殉职的扬灵父亲。”

卫桓停下脚步，九尾则继续往前走：“还有不止一次替我教训过那两个败家哥哥，当年山海的风云人物，卫九。”

言毕，她的脚步也顿住了，她转过头，望着卫桓的脸：“你知道他吗？”

卫桓抬眼对上她淡然的视线，嘴角扯动了一下：“知道。”说完他又笑起来，“上次扬灵不也说了吗，他还是我偶像呢。”

九尾缓缓点了下头，两人又一次并肩而行，她继续道：“我总觉得他当年的死很蹊跷，好像被人暗中推了一把，也有可能是我本性就多疑。我记得他刚死的时候，很多人都在找他的躯壳。那个时候，新闻里滚动播放着这件事，人族在找，异族也在找。”说完，她低声笑了一下，“连我那个做黑市交易的表叔都特别关心卫九的躯壳在哪儿。”

“特别”两个字被九尾咬得很重，听到这话的卫桓有些惊愕。

这件事果然跟九尾一族有关，难道九凤的躯壳真的被燕平卖给了 177 研究所？所以那个异族傀儡……

“不过很可惜，”燕山月如释重负般松了口气，接着道，“他好像没有找到，每次来我家的时候，他说起这件事都特别狂躁。”她用那双狐狸眼瞥了一眼卫桓，语气里难得地有了少女的俏皮感，“大概真的错过了一桩大生意吧。”

没有找到？那九凤的尸体在哪里？他该不该相信燕山月？

“所以你是想说，”卫桓开口，“留着那个纨绔子，或许能找到七年前的真相？”说完他自己都笑了，“不过我不明白，这对你有什么意义？你和七年前那个九凤很熟吗？他怎么死的和大小姐你有什么关系？你这不是胳膊肘往外拐吗？”

“他的死和我的确没关系，但是真相对我来说很有意义。”燕山月的视线从不远处的夕阳移到卫桓身上，说出的话坦率又直接，“它很可能决定我能不能扳倒燕平那些人。”

原来如此。

生在那样一个庞大又复杂的家族之中，支族与主族的势力既对抗又交错。不被家族重视甚至被打压的燕山月被牢牢地缠住，困在其中，没有任何出头的希望。

只有砍断那些藤蔓，她才有得见天光的机会。

“你朋友还想报仇吗？”燕山月挑了挑眉，似乎在暗示大家的目标是一致的。

卫桓伸了个懒腰：“比起报仇，他好像对别的事更感兴趣。”他忽然想到了什么，“对了大佬，我跟你打听个事，你知道异祀吗？”

燕山月愣了一下：“你问这个做什么？”

“我那朋友托我打听的，他想知道怎么聚集人族的能量波。”一辆飞车开过去，风卷起卫桓额前的头发，“这种异能好像只有异祀才能施展。”

“我还真知道。”燕山月嘴角一勾，“但如果我告诉你，你可就欠我两个人情了。”

她不说卫桓都快忘了，他笑嘻嘻地摆手：“一个也是欠，两个也是欠，人情这种东西，不多欠一点，还起来都没排面。”

燕山月轻笑一声：“成交。”

言毕，她伸出手，十指微微动了动，前面的两个小朋友一下子就被蓝色的狐火控制住，无法再往前迈步，只能按照她的意念回过头。

“先跟我去个地方。”

她话音刚落，一个巨大的蓝色光圈便从扬灵和景云面前滑过，将他俩罩住。随后，光圈又迅速移到卫桓面前，穿过他和燕山月，下一刻，他们就来到了一个狭窄又吵闹的街市。

和刚才那个充满科技感的街道不同，这里充斥着各种各样的异族，有的是小商贩，有的是学生，看起来十分热闹。

燕山月带着他们穿过狭窄的巷子，来到一个看起来生意不好的店铺，牌匾上写着“张婆婆娃娃铺”几个字，字迹歪歪扭扭的，仔细一看竟然是用风干的蚯蚓拼凑起来的，上头还刷了绿漆。

店铺的小铁门窄到只容一个人通过，里面光线很暗，一股子发霉的气味直往外涌。

“嗬，怪吓人的。”卫桓伸手在鼻前扇了扇，起了坏心眼，想吓唬人。燕山月肯定是不怕的，景云那小胆子没准会被吓坏，于是他推了扬灵一把，问：“怕不怕？”

扬灵连忙“嘁”了一声，可一双大眼睛却出卖了她。她打量着四周，实在是看不太清。卫桓咳了一声，暗处亮起几簇绿莹莹的火。这火不亮还好，一亮起来可真是把他们吓得够呛。

左右不过三四平方米的小屋子，四面墙壁上竟然都挂满了各式各样的娃娃，且大部分的娃娃都是仿照着异化后的异族模样做的，什么三只眼睛七个头的，再加上绿光一打，真是一个比一个吓人。

卫桓也被吓了一跳：“这……这生意做得下去吗？太刺激了吧……”

扬灵躲在燕山月身后，刚刚亮起绿火的时候她差点叫出声：“山……山月姐姐，咱们还是走吧……”

卫桓道：“你不是说你不怕？”

“我……我就是不怕。”扬灵虽然这么说，可抓住燕山月的衣服就是不撒手，“你刚刚还吓得结巴了呢，还说我！”

卫桓想反驳，面前突然出现一个仿真娃娃的脸，模样和人族几乎一模一样，吓得他猛地退后好几步：“啊啊啊！我的胆都要吓破了。”

“阿恒，你看这个娃娃做得好逼真啊。”景云捏着娃娃细细的脖子，跟捉小鸡崽似的，见卫桓退后，他还迎上去，“你看啊，这个脸都是软的。”

卫桓伸出手胡乱地摆了几下：“我不看我不看，你小子胆子怎么这么大啊？给我放下，当心老板出来打你。”

景云委屈地“哦”了一声，不情不愿地把那个小人偶放回到架子上，还嘟囔着：“这有什么好怕的……”

“你知不知道什么叫恐怖谷效应？我这是很正常的反应好不好！”卫桓翻了个白眼，又用胳膊肘戳了一下燕山月，“我寻思着能有多厉害呢，居然是这么小一破地方，我都伸不开腿。”

他话音刚落，房间里的娃娃同时开口道：“是哪个不识相的闯进来了？”各种各样的音色混合在一起，响彻整个房间。

“嗯？好新鲜的人肉味。”

人肉？卫桓一听腿就发软，和扬灵一起抓住燕山月的肩膀：“救……救命……”

满屋子的娃娃又开始叫唤：“哟，稀客啊，这不是九尾家的小丫头吗，什么风把您给吹来了？”

燕山月冷静地开口：“我有事找你。”

“啧啧啧。”墙壁上的娃娃们机械地动着嘴，“还是之前那个脾气，一点都没变。”

燕山月的耐心所剩无几：“别废话，开门。”

景云和扬灵都有点蒙，异口同声地道：“开门？”

娃娃们瞬间安静下来，三秒后，整个房间开始高速旋转，四面墙壁越转越快，站在中心的四人头发都飞了起来，等旋转结束，四周瞬间陷入一片黑暗。

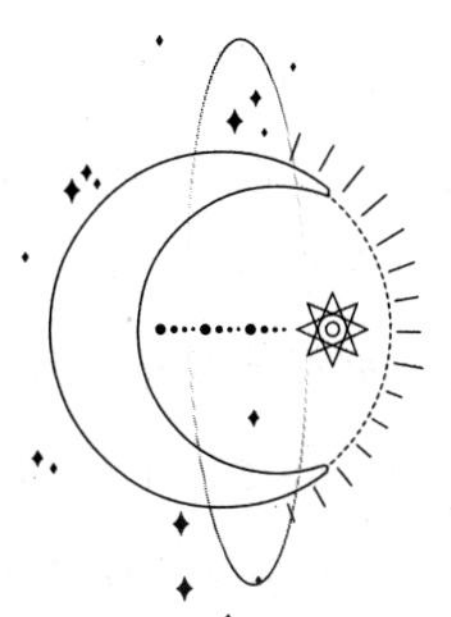

第六章　无启异祀

过了片刻，打响指的声音响起，距离几人三四米的地方出现了一个异族女性。对方端坐着，有一头及地的橙色长发，又编了麻花辫垂于身侧，十分夺目。

下一秒，女人面前出现了一张桃木桌子，随着又一声响指，他们四个不知怎么坐到了椅子上，随后连人带椅嗖地一下移动到桃木桌子前。

距离猛地拉近，这时候卫桓才看清楚那位异族女性的脸。

什么张婆婆、李婆婆，这女人看起来就跟三十岁的人族女性差不多，五官精致漂亮，只是嘴唇是深黑色，左右眼睑上各有一道橙色波纹印记，眼睫也是橙色的。

“怎么这么黑啊？”女人一开口，竟然是苍老的嗓音，她自己也被吓了一跳，像是忘了什么似的，接着从桃木桌上搁着的花瓶里揪了一片黑色花瓣，捏着它在自己的喉咙处轻扫两下，又清了清嗓子，这才重新开口，“欢迎光临。”

这回可算是声画同步了。

卫桓一时之间竟然辨认不出这女人究竟是什么异族，不过她身上的能量波令卫桓觉得很熟悉。看着她胸前坠着的一片橙色的羽毛，卫桓猜想她的异形形态大约和自己差不离。

“昨天晚上我给自己算了一卦，说是今日会有贵客登门。”她用那生着长长指甲的手虚虚捂住自己的嘴，“哎呀，真准，不愧是我，居然把九尾家大小姐给盼来了。这可真是三年不开张，开张吃三年啊。”

这人说话听着难受，卫桓侧头看了一眼景云和扬灵，两个小家伙盯着那异族女人看得入了迷。

见惯了燕山月冷淡的模样，女人决定跟新客打打招呼，她一下子变出好几只手，分别伸到卫桓、扬灵和景云跟前：“你们好呀，我叫张珏，但我不喜欢这个名字，所以你们还是叫我珏老板吧。”

景云乖巧地伸出两只手握了握对方的手：“珏老板。”

“哎，真乖。”珏老板又看向扬灵。扬灵抬起下巴，伸出右手握了握她指尖，立马松开。

珏老板不以为意地收回手：“毕方家的人果然架子大。”最后她看向了卫桓，那一眼从上到下、从里到外，几乎把他整个人看穿。

她甚至一口气变出二十双手，又是给自己扇风，又是扒开卫桓的头发和衣服。卫桓挣扎了好一番，对方才罢休，而后她支起两条胳膊，捧着自己的脸，手指头在脸上弹着：“我说呢，几年过去，小九尾怎么还是爱和人族交朋友，原来这个人族不是一般的人族啊。”

卫桓愣了愣，心想，这女人难不成是看出来什么了？

“看什么看？”珏老板冲卫桓眨了眨右眼，“你身上的金乌气味真香啊。我采访你一下，和全异域长得最帅、最好看的白羽金乌结契是什么感觉？”

扬灵忍不住扑哧一下笑出声。

卫桓却默默松了口气。幸好幸好，他还以为自己的真实身份被她看出来了。他敷衍地道：“倒也没什么特别的感觉。”

珏老板似乎对这个答案相当不满，她一把抓住卫桓的手：“怎么可能没感觉呢，他长得不好看吗？”

卫桓干笑两声，回答：“好看，好看……”

景云傻乎乎地抢着回答：“我也觉得好看，云教官长得可好看了。”

卫桓立刻指着他：“你完了，我要录下来给扬教官听。”

扬灵扳过景云的肩：“你只能觉得哥哥好看，不然我可要去告状了！”

“吵什么吵，我还没问完呢。”珏老板把卫桓的手抓得更紧，看着卫桓的时候，眼睛都在放光，“云永昼放着整个异域那么多异族、凡洲那么多人族不选，偏偏和你结契，你肯定有什么过人之处，让我仔细看看。”

“张婆婆，”燕山月睨了珏老板一眼，淡淡地开口，“你还做不做生意了？”

珏老板闻言立刻瞪了她一眼：“谁让你这么叫我了？不许这么叫我！你见过貌美如花的婆婆吗？小狐狸真不懂事。”

卫桓趁机抽出自己的手，假装无事发生般吹起口哨来。燕山月拿出玉藻镜，抛至空中，手指轻轻一摆，玉藻镜转了一个圈，在黑暗中投射出十个幻影镜面，里面都是不同的珍宝，有南海鲛珠，有雪山冰晶，琳琅满目。

“你只要好好做，这些东西任你挑。”

珏老板激动地戴上了眼镜，仔仔细细地打量，看得眼冒绿光，两只手也忍不住在桃木桌面上轻拍：“好好好，我就知道燕大小姐出手阔绰。话不多说，营业营业。”

“说吧，”珏老板两手交叠，“找本美女有什么事？”

燕山月刚要开口，珏老板又伸出手打断了她：“等等。”

珏老板的手上突然多了一条丝巾，她像揽客似的挥了挥：“着什么急，真的是。”话音刚落，珏老板便在众人的注视下敲了敲桌面，却没敲出什么玩意，她尴尬地笑了笑，“有点不好使了，稍等。”

说罢，她又敲了一下，这时，桃木桌面上出现了一阵灰色的烟雾，烟雾之中有一个小拇指大小的男孩。男孩生了四只耳朵，看见这些客人先是鞠了一躬，然后对着桌子另一头叫了声“老板”。珏老板点头应了：“乖，给我记着他们这些人说的话，都放在咱们店的档案里啊。”

“就您这破店还有档案呢。”卫桓忍不住吐槽。

“那是。”珏老板说着，拽住小男孩的白色衣角，扯卷纸似的拉出老长一段记录在册的档案。档案越来越长，在她的拉扯下，拇指男孩跟陀螺似的转着圈圈。

“所有的客人都登记在册，不管是低等级异族还是高等级异族，一个也跑不了。”钰老板手一松，长长的档案纸嗖一下消失不见，被转晕的小男孩则咚一下坐在桌面上，抱着自己晕乎乎的脑袋。

卫桓“喊”了一声：“这都什么年代了，还剥削小工，用纸质档案。”

“我乐意。”珏老板对着小男孩指了一下燕山月，“这个是客人。”

那个小男孩从桌面上爬起来，走到九尾跟前：“请您摸一下我的头。”

燕山月伸出食指摸了一下小男孩的头，小男孩的头顶散发出淡淡的白光，随后消失。

“谢谢您。”小男孩趴在桌子上，四只小耳朵一动一动的。

珏老板理了理自己浮夸的羽毛衣领：“说吧，小狐狸，这次又有什么事有求于我。”

燕山月思考了片刻才开口：“第一，我要问你一个问题，现在的异域还有谁会用回溯异能？”

“嗨，我以为什么呢，原来是回溯。”

燕山月补充道：“收集的是异族的能量波。”

“异……异族的能量波？”珏老板露出一副相当惊恐的表情，甚至用手捂住了自己的嘴，“这么隐秘的问题，我可……”

燕山月冷冷地道：“我付的酬劳够你吃五年。”

珏老板道：“好好好。”

卫桓看着这个不靠谱的异族女人，忍不住摇头叹气，这都什么人啊？

坐在一旁的扬灵忽然举手发问：“回溯是什么？”

珏老板跟她击了一下掌：“这你就不知道了吧，来，我来告诉你。”说着，她右手一挥，众人面前腾起一阵烟雾，随后化出一片幻境，跟播放电影似的，画面里是一个在床上沉睡的人族。

“回溯是异域里的异祀一族独有的异能，可以聚集逝者的能量波，当然了，得在人族的能量波完全消散之前。”

画面中，一个披着红色披风的异族出现，动用异能，将沉睡的人族的能量波一点点重新聚集回他的躯壳，等所有能量波都回到那个人族体内后，他睁开了双眼。

景云看得入迷，眼珠子都不带转的，直接开口问道：“所以说，是女性异祀在人族身上施展回溯异能？”

珏老板摆了摆手：“你这么说也可以。当然，男的也能当异祀。”说完，她看向燕山月，“但这是针对人族的回溯异能，你想回溯的可是异族。”

她抬手一挥，烟雾散去：“我可以告诉你你想知道的，但前提是你必须以自己宝贵的东西作为抵押，以保守这个秘密，并答应我绝不会将这个地方告诉别人。”

“果然是当过异祀的，”燕山月问道，“你想要什么？”

当过异祀？卫桓心中疑惑，燕山月这次来找钰老板是为了自己的事，他怎么好意思让燕山月拿出东西来抵押，于是抢先一步道：“抵押这事还是我来吧。”

“你？”珏老板不屑地打量了卫桓几眼，“你区区一个人族能有什么值钱的东西？”

卫桓摸遍全身，确实没有什么值钱的东西：“这样，我先欠着，等到时候我……”他话还没说完，珏老板便直接抓住了他的手腕，一脸财迷样地盯着他的手环：“这个金光闪闪的东西看起来倒是值钱。”

“你确定你要他的手环？”燕山月挑了挑眉。

珏老板疑惑地看了燕山月一眼，伸手摸了一把手环，随即吓了一大跳，松手道：“不要不要，你拿开。”

卫桓一脸茫然地问：“怎么回事？”

珏老板心痛地摸着自己心脏的位置：“我们永昼真是的，怎么能……”她话还没说完，燕山月就出言打断：“我押这个。”说着，她取下了自己耳垂上的狐绒。

“可以可以，胎毛的能量波最强。”

扬灵不乐意了：“山月姐姐，你怎么可以把胎毛给这个老女人。”

闻言，燕山月的语气瞬间温柔了起来：“没关系，一会儿她会还给我的。”说完，她又立刻恢复那副冷冰冰、不近人情的模样，对钰老板道，“现在可以说了吧？”

“你们四个都要听，照理我该押四份。唉，算了算了，看在你是老主顾的分上就这样吧，你可得替我好好管住这几个小屁孩的嘴。”珏老板顿了顿，又道，“刚刚我也说过了，回溯本是异祀对人族使用的法子，历史上也有不少人族通过这种方法延长寿命，当然了，其代价也是非常惨重的。有的人是拿一辈子的运势来交换，有的人甚至是以命换命，这些都说不准。回溯这种异能玄乎得很，一方面要看异祀的能力，另一方面就是看委托人的诚意了。”

景云又轻声插了句嘴：“那用在异族身上也需要付出代价吗？”

“当然了。”珏老板眨眨眼，“聚集异族的能量波可比聚集人族的能量波难多了。人族死后，起码七天内能量波都不会散，是完整的，只不过四处游荡罢了。异族的能量波可不是这样，异族的心脏一旦停止跳动，其体内的能量波就会四散开来，归于天地，想聚集这些能量波，必须在天地万物间一点点找回来，你说难不难？”

景云愣愣地点头：“难。”

卫桓不由得想到了自己。如果说能量波真的是一点点找回来的，是不是就可以解释他现在缺失某些记忆的状况了？

“正是因为难，所以可以聚集异族能量波的异祀少之又少。”珏老板面前忽然多出一杯咖啡，她抿了一口，继续道，“我师父算是其中之一。”

直脾气的扬灵一下子激动起来：“你的老师？那我们岂不是可以直接去找她？山月姐姐，赶紧把你的狐绒耳环拿回来！”

“你想得美，”珏老板淡淡地道，“我师父早死了。”

卫桓想了想，问道：“你师父是谁？她有没有把异能传下来？”

“我师父……”珏老板顿了顿，改口道，“算了，她早就把我赶出来了，也就我还觍着脸把她当成我老师。异域里有不少异祀，但派系有别，说白了就跟你打游戏有个工会一样，而且每个地方的规矩也不同。我跟的是无启的暗祀。”

无启是异域一个古老的都市，但与其说是都市，倒不如说是地下城。

无启的地面常年覆盖着熊熊烈火，所有的居民只能住在地下的洞穴之中。传闻生活在无启的异族是没有后嗣的，因为他们没有男女之别，以泥土为食，寿命到尽头了就被埋在土里。

“你们应该知道，无启的异族的能量波可以保存一百年不散。他们死后埋在土里，等待一百年，百年之后能量波再度回到他们身体中，他们就可以重新活过来。”

扬灵听了，觉得毛骨悚然：“这么神奇？”

“你是异族，你还怕啊？”珏老板笑道，“不过这些都成为历史了。几百年前，异族内部爆发了一场战争，无启地下城坍塌，绝大部分异族的躯壳都没能保存下来，已经脱离躯壳的能量波无处可去，最终泯灭了。无启后来就成了一个空城。”

燕山月开口："你的老师是无启的幸存者？"

"不是。"珏老板伸出食指摇了摇，"暗祀这个派系的祖师爷是无启的幸存者，但是后面的都不是，包括我师父。抽取能量波也好，聚集能量波也罢，这些异能都是当年的祖师爷利用无启的异族的天赋创造出来的。据我师父说，连高等级异族都有不得不死的一天，祖师爷过够了不死不灭的日子，所以就让他的徒弟在他的能量波离开身体的时候，毁掉了他的躯壳，这才实现了死去的心愿。"

珏老板叹了口气："虽然他老人家是走了，但是他的一身本事都留了下来。不过无启暗祀有个规矩，一代只能收一个徒弟，也只能有一个继承人。"

趴在桌上听故事听得入迷的景云一下子坐正："那你师父死了，无启暗祀不就断了？"

说到这个，珏老板一下子就沉下脸，像是跟谁置气似的，差点摔了杯子，开口也是阴阳怪气的："那可没有呢，她不知从哪儿找来一朵野花，把暗祀的继承权给了对方！"

燕山月微微皱眉："野花？"

珏老板叹了口气："我那时候确实犯了事，有人花重金请我干一件事，我师父不同意，可那家伙出手实在阔绰，我……我就去了。等我收完能量波回到无启，师父就把我赶出来了。"

她一边说，一边用手里的勺子搅着咖啡："我只是收个能量波而已，又不是什么要紧的事。我当时还以为她就是在气头上，撒撒气罢了，谁知道没过多久她就找了朵野花，还把连我都还没学的回溯教给了那野花！我真不知道师父究竟在想什么，那可是朵连人形都还不会变化的花！"

她噼里啪啦地说了一大通，其中有一点令卫桓疑惑，可他又不能当着所有人的面问，只得暂时忍着。他满心都是这件事，甚至手心冒汗，连对方后面的话都没怎么听进去。

扬灵开口道："什么叫连人形都不会变化的花？"

珏老板手里不知什么时候多了支圆珠笔，她按了按笔尾，右手变出一张白纸，在纸上胡乱画了几笔，很快那线条竟变成一朵散发着红色光芒的真实的花。

燕山月见了道：“曼珠沙华。”

“对，就是这破花。”珏老板一脸嫌恶，“这花身上一股子死人气味，没准就是开在哪个人族坟头上的。她跑到我师父跟前的时候，差点干死了，要不是异祀的异能，她现在连人形都没有。”

一朵没有人形的曼珠沙华，在张珏被赶出去的时候来到了异祀身边，继承了异祀的回溯异能，成了仅有的无启暗祀。卫桓心道，这里面不知道还有多少故事，只怕三天三夜都说不完。

“那你的意思是……”燕山月的狐狸眼盯着散发着红光的妖冶花朵，“现在整个异域，唯一一个会回溯异能的就是这曼珠沙华？”

“话是这么说没有错，”珏老板靠在椅子背上，“但我觉得你根本找不到她，暗祀可比我难找多了。”

卫桓故意使出激将法：“那可不是，人家是暗祀，你只不过是一个被逐出师门的老女人，或许连你都不知道她在哪儿呢。”

珏老板气得直拍桌子：“谁说我不知道？”

对面四个人直勾勾地盯着她。

景云尴尬地笑了一下：“你师父把你赶走可能不是因为别的……”

扬灵接道：“因为你傻。”

“你们！”珏老板气得不行，连趴在地上写个不停的档案小异族都停下手上的动作，抬起头来看她。

“珏老板，我可以再追加一笔报酬，让你十年内都不需要开张。”燕山月又一次抛出了金钱诱惑。

珏老板立马变了脸：“行啊，那大美女我就给你们这些无知小辈指条明路吧。”说着，她揉碎了那朵花，过一会儿再展开手掌时，掌心躺着一个拇指大小的橙色光点，“这是通往无启结界的密令。”

急性子的扬灵正要伸手，珏老板立马把手往回收了收：“哎哎哎，只能给你们其中一个。”

燕山月冷静地道：“给这个人族。”

“谢谢大佬。”卫桓笑嘻嘻地把手伸过去。珏老板虽然不情不愿，但还是把无启结界密令给了他，并道："不过你们别以为去了无启就能找到她，她已经很久没有出现过了。我可不能打包票你们一定可以在无启找到她。"

"没事，能进去就行。"卫桓看着手心的橙光逐渐消失，像是被自己的掌心吸收了一样，接着，他脑海里出现了一列密语，大约就是无启的结界。

"听见了吗？"珏老板用自己又长又尖的指甲戳了一下档案小异族的屁股，"都给我记好了，免得有人到时候回头来找我耍赖。"说罢，她双手交叠，看了他们几个一眼，"行了，小狐狸的问题我都回答了，现在轮到我提问了。"

"你们几个，哪个是通过回溯回来的？"她一开口，扬灵和景云都蒙了。卫桓则心下一惊，假装什么都不知道。九尾则盯着钰老板的眼睛，保持沉默。

"都不是？"珏老板有些奇怪，"还是说你们的朋友是通过回溯回来的？可以啊，能请得动那朵野花。"话虽这么说，她却拿起了桌上那面被她拉长拉大了的镜子，捏着镜柄转了转，瞟了一眼镜面。她这个动作被燕山月发现了，燕山月立刻用狐火将镜子按在桌上。

"哟，惹不起惹不起，我不问就是了。"珏老板理了理自己的衣领，"你们也不是第一个来找我的了，我还纳闷，难不成这些年流行起回溯了，怎么谁都来问一嘴，也不怕沾了这种异能，折了自己的寿。"

卫桓的心跳得飞快，他忙问："你说还有人来问过你？是谁？什么时候来问的？"

珏老板冷笑一声："我可是有职业道德的，你让我说我就说，以后我这生意还做不做了？"说罢，她面前的桌子消失无踪，她也赶起客来，"走吧走吧，这里打烊了。"

扬灵一脸不满："把我山月姐姐的狐绒给我！"

"给你给你。"珏老板将狐绒抛到扬灵怀里，又对着燕山月笑道，"大小姐，我的酬金。"

燕山月打开十个镜面任珏老板挑，钰老板笑得合不拢嘴，捧着宝贝不愿意撒手："行了行了，这笔生意不亏，慢走不送啊，各位。"

她一挥手，眼前四人消失不见，她正要走，突然感觉一只手抓住了自己的胳膊。钰老板回头一看，吓了一跳，竟然是一只戴着金色手环的手。

“你吓死我了！”珏老板又一挥手，卫桓才再度出现，她喘着气，瞪了卫桓一眼，“你怎么还在？”

卫桓也不知道自己为什么没被珏老板的异能赶走，可能是和云永昼这种高等级异族结契的缘故。

珏老板只觉得头疼：“难不成你还想知道是谁来找过我？我跟你说，找过我的人可不止一两个，我是不可能告诉你的。”

卫桓也没有继续纠缠，露出一个坦然的笑：“你知道你当初抽走的是谁的能量波吗？”

“我？”珏老板用手指绞着头发绕了几圈，“我怎么会知道是谁的，当初就是一个普普通通的异族过来找我。”

“普通的异族？”卫桓摇头，“你抽走的是不是一个女性异族的能量波？”

珏老板一惊：“你怎么知道？”

卫桓又道：“算一算日子，应该是二十年前吧？当时对方向你提出的要求是，取出这个异族的能量波，封印到一个容器里，不能放出来。我说得没错吧？”

珏老板惊得说不出话来：“你……”

“你知道你抽走的能量波是谁的吗？”卫桓说着，攥紧自己的拳头，心里涌上一阵难过，“是云永昼母亲的能量波。”

珏老板的身子晃了一下：“云永昼的母亲？”

“你不想告诉我谁找你问过回溯的事，我能理解。”卫桓看着她的眼睛，眼神恳切，“但是我想让你告诉我，他母亲的能量波是不是还可以被放出来，我又应该怎么做，才能让她的能量波获得自由。”

黑暗中，两人都陷入了沉默。珏老板显然不能接受自己当年因一时贪婪，竟然造成这样的后果。她低着头思索了一阵：“办法是有的，只是那能量波现在在当时那个客人手里，我如果拿不到，也就解不开封锁。”

卫桓语气坚定：“没关系，我一定会拿到它，你只需要给我一个承诺。”

珏老板虽然没有看他，但还是郑重地点了点头：“我就知道这笔债我迟早得还。”她皱了皱眉，抬眼看向卫桓，“但我不明白，照理说，抽出来的异族能量波即便放出来也没有什么用，很快就会消失，你何必费这个功夫？”

“像你这种逃离宿命还不自知的人，”卫桓的双眼垂了下来，笑得温柔而平静，和平日里的他判若两人，“怎么会明白自由有多宝贵？”

他这句话一说出口，气氛一下子就变了。

“你为什么会这样觉得？”珏老板开口道，“难不成在你眼里，异祀就这么可悲吗？”

卫桓笑笑，解释道：“你也说了，你们祖师爷为了逃离不死不灭的人生，甘愿自杀，甚至立下规矩，暗祀一派一代只许有一个。我一开始想着，他可能只是想守住这种独门异能，怕人多流传了出去。”

他背着手，在原地踏步：“可后来，连你自己都说，回溯是最阴损的异能，你师父迟迟不教给你，却教给了一个来历不明，甚至刚异化的曼珠沙华。那她究竟是想抛弃你，还是想帮你？”

张珏攥紧了拳头，没有说话。这些事她不是没想过，可她自从被赶出无启，这些年都没有机会再次见到师父，也就无从探究其中的真相。

真相如何，她也不愿去想。

她害怕想得太多，到头来只是自己的一厢情愿。

“当年的我也是在还不能变化人形的时候就跟了她。”珏老板抬了抬手，黑暗中飞出一只漂亮的小鸟，“很多年前，我飞过无启大陆的时候，因为高温晕厥，差一点就掉在火焰上被活活烧死，是她救了我一命。这些我都知道，所以后来她赶我走的时候，我怎么都不愿意，就想留在她身边。”

说着说着，卫桓眼前出现了一阵烟雾，烟雾散开后，出现了一位身披黑色斗篷的美丽女子，她身后跟着一只小鸟。小鸟欢欣雀跃地飞舞着，那女子轻轻伸出手，小鸟便落到了她的食指上，任她抚摸。

“我的人形也是她给的。如果不是血统强大的高等级异族子嗣，很难有漂亮的人形，而我的人形是她亲手画的。”珏老板说着，幻象中，那个披着黑色斗篷的女子坐在画板前，手持画笔，一点点勾勒出一个漂亮娇俏的人形。

她小心翼翼地将画揭下来，用异能将画焚烧，绿色的火焰飞舞到天空之中，将那只灵动的小鸟罩住。

忽然间，光芒乍现，小鸟变作一个亭亭玉立的女孩，体形比那暗祀小上一些，还不太会说话，只是时时刻刻缠着她，笑得像个孩子。

卫桓此刻也明白了，这个珏老板看起来很精明，甚至脾气有些古怪，可骨子里还是小女孩的心性，或许正是因为被保护得太好了。

“你师父是怎么死的，你知道吗？”卫桓问。

珏老板一挥手，幻境消失了：“暗祀向来寿命不长，甚至比人族的寿命还短，和一般的异族更无法相提并论。”

果然如此。

“如果我没猜错，”卫桓又道，“你的师父恐怕也是不得已才成为暗祀，这也是她不愿意将你困在那里的原因。”

珏老板沉默了一会儿，竟笑了起来：“你这小子，说得头头是道，不知道的还以为你才是她徒弟。”

卫桓耸了耸肩：“我只是在读你的心思。”

这话说得直白，珏老板收敛了情绪，反问道：“你知道她对我说的最后一句话是什么吗？”

她顿了顿，拿起刚才从燕山月那里得到的珍宝，仔细地欣赏：“她说，你从小就贪得无厌，没想到长大了还是没有半点长进，你这样的异族没资格继承暗祀，从今往后，你再也不是无启异祀。”她模仿着她师父决绝的语气，“外面天高海阔，数不尽的金银财宝等着你。别再回来，我不会再认你了。”

天高海阔，别再回来。

乍一听，这是几句冷酷的话，可卫桓却觉得感慨万分。看来他的猜想并没有错。

“她是什么时候死的？”

珏老板吸了一下鼻子，装出一副若无其事的样子：“什么时候？让我想想……”

她嘴上说着要想想，却很快转过了身子。紧接着，她面前出现了一个三层的柜子，她打开第一层，翻找了一通，一无所获，又接着往下翻找起来。她就这样翻箱倒柜，越找越着急，嘴里念叨着：“东西呢？去哪儿了？”

卫桓静静地看着她焦急的模样，没有出声，怕自己一说话会让她更加慌张。

片刻后，珏老板不知从哪儿翻出一个红丝绒的盒子，神色也放松下来：“吓我一跳……”

“这是什么？”卫桓走近一步，看见珏老板将盒子打开，里面是碎掉的命灵碑。

每一个异族都会有一块命灵碑，异族的心跳一停，命灵碑也就碎了。

“这是她的。五年前我收到这个盒子，没有寄件人的姓名，打开来就是这个。”

张珏将里面的碎片一块块重新摆好：“我一开始以为是那朵野花故意气我，她可能心里想着：‘你看，现在是我当上了暗祀，你什么都不是，连你的老师都死了，我就是唯一的无启暗祀了。’”

她将那种刻薄的神色学得惟妙惟肖，说到最后，挂在脸上的笑容却从得意渐渐变成苦涩，她喃喃道：“我一直觉得是这样。她就是气我，就是挑衅……”

卫桓看着盒子里碎得彻底的命灵碑，上面还罩着一股橙色的能量波，道：“如果你真的一直这么觉得，早就把她的命灵碑扔了。”卫桓直接戳穿了她的伪装，“你和你师父都太爱说谎了。”

“她说早把你看透了，说你贪得无厌。如果是真的，你现在不会藏在一个小小的街市里卖玩偶，还不让客人泄露你的踪迹。凭你的能力，你完全可以去投靠那些权势贵族，过着奢靡的生活。”卫桓拿起那个盒子，“你也说谎，你说你怨恨她，可你偏偏用自己的能量波护着这些已经没有任何意义的命灵碑碎片。人都死了，还留着这些有什么用？”

被戳穿的珏老板有些激动，夺回那个盒子：“和你没有关系！”

卫桓笑起来：“当然没有关系，我只不过是个看热闹的群众，闲得没事发发牢骚，你就当我胡言乱语好了。”

“你就是胡言乱语，她只是单纯想赶走我罢了！”

“你说得对，你说的都对，反正我也是胡乱猜测。”卫桓看着她将手中的盒子变走，又道，“哎，你知道我现在在想什么吗？”

珏老板没说话。

“我想你的师父在赶你走之前，或许就知道自己命不长了。”

语毕，他看见她的手颤了一下。

卫桓有些唏嘘，也许她真的从未想过这种可能。

“在那个几乎已经成为空城的无启，你陪在她身边，这么多年来你们一直相依为命。她在生命快要终结的时候，却把你赶走了。珏老板，你告诉我，这是为什么？”

卫桓望着珏老板低垂的双眸，看见一滴眼泪从她的脸颊滑落。

每个人都有自己的宿命，他不信命，所以选择反抗，而有的人早已接受了自己的命运。

有的人不做挣扎，接受因果，却把逃离命运的唯一希望给了另一个人，就连死讯都要处心积虑地计算着时间，只是怕某些人知道得太早，还放不下。

放不下，就会回来。

看着珏老板怅然若失的模样，卫桓淡然道：“你心里已经有答案了。”

说罢，他模仿打板的样子，啪一下拍了下手：“Cut（停止拍摄）！弱小人族的幻想剧场落幕，我便不打扰大美女了。”

他换了个话题，调节着气氛，给彼此找台阶下：“您可得记住我说的那个承诺啊。如果我把那个封印着异族能量波的容器带过来，您可一定得帮我解除封印啊。”

交代完，卫桓潇洒转身，正准备打开传送门的时候，珏老板叫住了他：“等等。”

卫桓回头看她，只见珏老板一脸坦然，不紧不慢地道：“你就是那个通过回溯回来的家伙。”

“你在说什么？”卫桓装出一副震惊模样，“你说我是通过回溯回来的？刚才九尾问的难道不是搜集异族的能量波吗？我区区一个人族，如果是通过回溯回来的，也该是人族的能量波才对啊。”

钰老板猜到卫桓会嘴硬，于是默默地摊开右手。她手中出现一面镜子，就是她之前变出来的那面：“这是化真镜，照物化真，如果是照异族，会出现对方的异形形态，照人族则会出现对方以前的生活。我刚刚照过你，”说着，她将手中的镜子对上卫桓，“你看，里面什么都没有。”

镜子分明对准了卫桓，镜子里却是一片黑暗。

“你不是人族。”珏老板手中的镜子消失了，“虽然燕山月出手阻止，但我还是看到了。我本来还奇怪，你明明就是人族之躯，为什么会没有前世。”

她都这么说了，卫桓也懒得再做辩驳：“是，我的确不是人族。”

珏老板若有所思地点点头，当卫桓还准备继续说的时候，她又一次伸出了自己的手：“哎哎哎，别说了，我不想听。”

这个女的怎么这么奇怪？卫桓有些无语。

“这世道，知道得越多死得越快，尤其是这种不需要付出代价就能得到的信息，最危险。”珏老板袖子一甩，大大咧咧地道，“行了，你可以走了。”

“说您傻吧，您有时候还挺聪明的。”卫桓不禁笑出声，转身离开了幻境，又一次回到了黑咕隆咚的玩偶商店。

搓了搓自己胳膊上的鸡皮疙瘩，卫桓飞快地从玩偶店里跑出去，心想着都过了这么长时间了，没准其他三人早就走了。谁知他刚推开店门，就看见七组其他三人并排坐在商店外面的台阶上。

景云手里拿了一大把烤串，自己没吃，而是一串接一串地给扬灵递过去。扬灵吃得正香，手里一大把吃剩的签子。燕山月坐在最边上，手里拿着一杯饮料默默地喝着。

来来往往的异族纷纷看过去，毕竟在这个穷乡僻壤，能见到山海的学生可不是件容易的事，更何况是九尾、毕方和重明这样的罕见高等级异族，那就更加难得，多瞅几眼也是好的。

“哎呀，我太感动了，”卫桓从他们背后走过去，蹲下，“快给我两串。”他从景云手里拿过两串烤串，边吃边说，“我还以为大佬你先走了呢，你也不进去救救我，真不怕那个张婆婆把我卖了啊？”

没等九尾开口，扬灵就截了话头：“你又不值钱。”

“嘿，你这小丫头片子，怎么说话呢？”

景云抓住卫桓手里的签子：“小心小心，别扎着。”他的力气实在太大，拽着签子一使劲，把卫桓整个人给拽了过去。

“哎哎哎，我去！”卫桓压住扬灵的小脑袋，扬灵差点直接甩出莲火，场面一度十分混乱。

燕山月淡定地咬着吸管，喝完最后一点饮料，空杯子被狐火控制住，离开她的手，慢悠悠地飘到不远处的垃圾桶里。仿佛和其他三人不在同一世界的她站起身，打开传送门，将那三个扭打在一起的小朋友带回了山海。

景云和扬灵为了赶紧吃完烤串，站在炎燧和扶摇的结界之间不敢动弹。燕山月打了声招呼，先进了炎燧结界。卫桓当然知道她这样做是什么意思，于是跟着燕山月走了进去。

果不其然，燕山月在结界里面等着他："你准备什么时候去无启？"

卫桓背着手，踢了踢地上的火石："你怎么知道是我要去，而不是我那个想打探回溯异能的朋友？"

燕山月并没有立刻回答，而是等了等。她知道卫桓已经开始怀疑了，或许就是因为之前自己的试探，也有可能是因为在珏老板那里露出的马脚，也好，她也懒得再继续打哑谜。

她走近几步，压低声音对卫桓道："你记得你欠我的第一个要求吗？"

卫桓一下子就明白她要说什么，不由得笑了起来："真不愧是狐狸。"

燕山月自然没否认，直接开口："我早就觉得你不是人族，只是我没有证据。我的第一个要求就是，告诉我你的真实身份。既然我们是可以相互帮助的队友关系，公开、透明应该是基本原则。"

卫桓耸了耸肩："你猜都猜到了，还要把这个要求浪费在这个问题上吗？"

燕山月很执着："求证真相永远不会是浪费。"

她这句话说出来，倒是让卫桓对面前这个比自己小上一辈的女孩子更为敬佩。

"好吧，我告诉你。"卫桓直视着她的眼睛，"你猜得没错，我的确回来了。"

即便这个答案在燕山月心头盘旋已久，但在得到确切答案的这一刻，她还是受到了极大的震动。

站在自己面前的这个全山海唯一的人族，竟然真的就是过去出身名门的天之骄子九凤。尽管聪明如她，从这个人族的一举一动中发现了蛛丝马迹，又在对云永昼的试探中得到更多信息，后又将所有的线索结合起来，推测出自己认为最有可能的答案。

可这个答案也足够荒谬。

一个被认定为为背叛异域、被折辱致死的高等级异族，竟然在七年之后以人族的身份进入了山海。

见她不说话，卫桓猜想她大概还是有些不敢相信，毕竟像他这么一个油嘴滑舌的家伙，没准就是给了台阶就顺着下了。

燕山月却忽然对他笑了，笑得那样明媚，像一个小女孩。

“我小时候见过你，你还记得吗？”

卫桓对此没有半点印象。瞧见卫桓脸上的困惑，燕山月心里也早有准备，她的食指微微一动，这让卫桓想到自己第一次去找燕山月讨要返魂果时的情景，和那次一样，她又造出一个幻境，将自己和他圈在里面。

周围的景致大变，不再是炎燧，而是一个人满为患的地方，那些人似乎都在往同一个方向逃跑，天际被火光映得通明，卫桓逆着人流张望，竟然在天空中看到了一个熟悉的身影。

“这是……”

“是你。”燕山月的语气听不出太多的情绪。

真的是他。

卫桓愣在原地，看着当年的自己从天空落到地面，收起那双黑色的羽翼。他身上还穿着扶摇学院的战斗服，怀里抱着一个漂亮的小女孩。小女孩的头上还流着血，卫桓伸手，化风为绸，将小女孩的伤口裹住：“这样多少能撑一会儿。你爸爸妈妈呢？哥哥带你去找他们。”

小女孩愣愣地摇头，也不说话，看起来很怕生。

看着这一幕，卫桓的记忆似乎被一点点唤醒：“这是……我进入战备七组后出的第二个任务，是青丘区一栋大厦的爆炸案？”

燕山月“嗯”了一声，逃跑的居民穿过他和卫桓的身体，哀叫哭喊，人群之中的九凤牵着小女孩的手，四处寻找她的亲人。

小女孩的手冰凉，怕她害怕，卫桓特意将她抱起来，轻言细语地问她：“你几岁了？上小学了吧？”小女孩仍旧沉默，垂着小脑袋不回答，但卫桓也不在意，拍了拍她的后背，“没事，一会儿爸爸妈妈就来接你了，哥哥陪着你。”

“你是谁？”小女孩忍不住开口。

“我？”卫桓笑起来，露出一对可爱的小犬牙，“我是九凤。”他晃了一下小姑娘，“你呢？”

这一晃，没想到晃出了小女孩的一条尾巴，卫桓像是抓住了她的把柄：“哦，我知道了，你是小狐狸。”

小女孩抿着嘴，抓住卫桓肩膀上的肩章：“你为什么在这里？”

卫桓笑得一脸灿烂，大言不惭地道：“因为我是英雄呀。”

听了这话，小女孩懵懂地眨眨眼：“英雄是什么？”

“嗯……”卫桓仔细思考了一下，“无论什么时候都敢于反抗，不害怕，不退缩，这就是英雄。”见小女孩似懂非懂地点头，他又笑着问，“你害怕吗？”

小女孩摇了摇头。

卫桓腾出一只手捏了捏她的鼻尖：“那你也是小英雄。”

“我可以当英雄吗？”小女孩看着卫桓的眼睛，比起之前无畏的样子，声音有些怯怯的。

“当然可以！”卫桓想都没想就给出了肯定的答案。

“可是我爸爸说，女孩子不可以……”

她话还没说完，一个穿着西装的中年男人便出现在他们面前，小女孩似乎是感应到了什么，立刻转过头，在看到来人的时候小声叫了声“爸爸”。

卫桓闻言赶忙将小女孩放下来：“您就是她的家长？太好了，小孩子没事，就是头上受了点皮外伤，您赶紧把她带回去包扎一下吧。”

那个中年男人连一句谢谢都没有说，直接拽起小女孩的手就开始骂：“谁让你放学后不上司机的车？我说过多少次了，你一个女孩子，平时能不出门就不要出门，你怎么这么贪玩？”

小女孩一句话都不说，只是静静地低着头。男人拽着小女孩就准备离开，同时带着怒气道：“女孩子就要守女孩子的规矩，别想着……”

他还没说完，手臂就被什么东西缠住，男人皱眉一看，竟然是一条散发着蓝色光芒的绳索。他顺着绳索回头望去，另一端被刚才那个穿着藏蓝色的扶摇战斗服的小子拽住，对方笑得一脸痞气，一改刚才客气有礼的模样，丝毫不掩饰脸上的嚣张表情。

“大叔，我拼命救下您女儿，可不是为了让您骂她的。”

女孩的父亲勃然大怒：“我管教自己的女儿，跟你小子有什么关系？”他话音刚落，一枚蓝色狐火便飞速朝卫桓奔去。卫桓一抬手，一面风盾将狐火阻挡在外。

“是没有关系，”卫桓语气淡淡的，眼神却变得锐利起来，“可我就是看不惯您这样的管教方式。”

小女孩愣愣地望着与自己父亲对抗的九凤，眼里映出熊熊的火光。

“什么女孩就要守女孩的规矩，放屁！”卫桓掏了掏自己的耳朵，“我都以为是我耳朵出问题听错了，现在都什么年代了，还搞性别歧视。您是从哪儿穿越过来的老古董？”

卫桓原本还想继续骂，可他的通信仪响了起来，耳边传来队友的声音，他低声回复：“九号收到，马上过去。”

无奈之下，他只得展开双翼。他飞到半空后并没有马上离开，而是笑着喊了一声，声音中带着少年的清冽：“小狐狸，这个世界上没有什么事是女孩不能做的，你也可以成为英雄。”

小女孩消失在熙熙攘攘的街头，而那个生着黑色羽翼的少年如箭矢一般射向橙红色天际，加入了战斗。

被火焰吞噬的大厦顶部，有仓皇逃窜的异族，有奋力作战的山海学子，在这个真实到几乎触手可及的幻境里，只剩下长大后的燕山月与已经变成人族的卫桓，两人静默而立，如同两个重逢的异乡人。

“你救过的异族和人族太多了，”燕山月淡淡地道，“不记得我也很正常。我让你知道这件事，只是想打消你的顾忌。”

卫桓了然一笑，心下很快明白了她的意思。

“我不知道其他人是怎么想的，说实话，我也不太在乎。但我很清楚，当年那个说着‘你也可以成为英雄’的九凤，一定不会叛变投降。”

风扬起她的马尾，黑色的发丝轻轻飘动着。燕山月的眼神中透着坚定：“他说过，无论什么时候他都会选择反抗，不投降，也不害怕。”

卫桓抬起头，和她对视，脸上露出轻松坦然的笑容：“这样看，我其实挺幸运的。”

尽管一生坎坷，但以前所有的善因都结出了善果。

如今他终于可以放下伪装，揭开假面，做回真正的自己。

燕山月走近两步，伸出那只烙印着鸢尾花的手：“欢迎回来。”

这是燕山月第一次对卫桓表现出完全信任的态度，不再冷傲，也没有试探。这和扬昇曾经说过的话一模一样，但一个是历经坎坷后冰释前嫌的老友，另一个则是时隔多年仍坚守初心的九尾。

卫桓从没想过，正是因为自己当年的一句话，让这个饱受原生家庭压迫的女孩试着反抗强大的父权。

她要争取属于自己的权利，过自己想要的生活，她也相信，身为女性的自己，也有成为自己的英雄的一天。

可命运总是无常。

燕山月因擅自放走被二哥圈养的人族而被关禁闭整整一年，就在她终于重获自由的时候，才得知九凤的死讯。

整个异域的新闻媒体无不恶意揣测这个年轻异族的所作所为，用看似犀利实则阴阳怪气的笔触，杜撰出一个天才沦丧的精彩故事。

大家爱议论，他们就编派，曾经为了异域无数次冲锋陷阵的人，到头来沦落为人们茶余饭后的谈资。一直以来代表着正义的九凤一族，也在他丧命的那一刻被剥夺了荣光。

燕山月比谁都清楚这些异族的心有多冷。

她曾经陪扬灵去九凤一族的祖墓，那里早已被结界封锁。蓝色的结界圈外满是充满恶毒的诅咒，留言一条接着一条，甚至连路过的人都会闲来无事唾骂两句。

大家好像失忆了一样，将九凤一族世代保护异域的功劳忘得一干二净。

扬灵很生气，却只能忍着，忍到莲火在指尖自动爆开。

当时的她摸了摸扬灵的头，道：“没事，真相总会大白。”

她盯着结界上那些恶毒的字眼，心想，错了，都错了，这个人分明连灵魂都不会屈服。

而今，眼前这个人虽然变了模样，但脸上的笑容和当年飞在天上的那人逐渐重合。

燕山月心中一暖，想着：我果然没猜错，欢迎回来，我心中的第一个英雄。

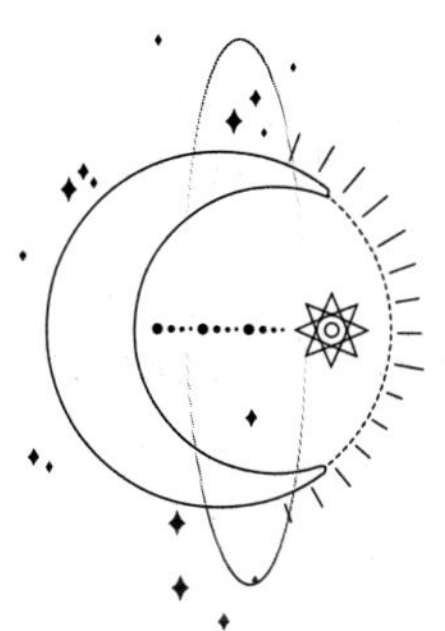

第七章　地下都市

“谢谢你信任我。”卫桓神情坦荡，用力回握住燕山月的手，说出燕山月最期待从他嘴里听到的称呼，“队友。”

燕山月眼睛亮了亮，随即又恢复了之前那副冷淡模样：“怎么样，想好什么时候去无启了吗？”

说起这个，卫桓也很头疼。他晃了晃手腕，无意中发现自己的手环上多了一道裂痕，他对着阳光凑近看，一边看一边对燕山月道：“你觉得我能找到那个暗祀吗？”

“不一定。”燕山月冷静地分析道，“无启现在几乎是一座空城，异域联邦去年已经取消了无启城的税收，可想而知现在那里是个什么模样。”

卫桓专心致志地盯着手环，发现裂痕里面的部分竟然不是金色的。

“你说得对，但是现在这条线索最明晰，只要找到了当年那个使用回溯的暗祀，我就可以搞清楚，究竟是谁出于什么样的目的让我回来。”

燕山月盯着他，心里有些犹豫，但还是忍不住开口：“珏老板也说了，找她打听过回溯的人不止一个，你就没有想过可能的人选吗？”

卫桓摸了摸自己的手环，看了一眼燕山月：“你在暗示什么吗？”

燕山月摇摇头，解除幻境，他们再度回到炎燧：“我没有暗示什么，只是觉得你这个人有时候聪明绝顶，有时候又十分迟钝。”

被比自己小一辈的丫头这样数落，卫桓难免有些不服气：“哎哎哎，你赶紧给我把后面半句收回了，我就当你没说过。”

身后传来扬灵的声音，卫桓一回头，见她跟个小导弹似的朝他们冲过来：“哟，小公主撸完串啦？”

扬灵抓住燕山月的胳膊，朝卫桓直翻白眼。

燕山月还在想着刚才的事:“如果你要去无启,至少要获得三天的任务期。”

卫桓点头道：“是，我一会儿去找班主任，但可能得找个理由。”

他又吊儿郎当地拽了一下扬灵的小辫子：“暗祀的异能可厉害着呢，到时候你就别去了，跟景云一起在家玩吧。”

扬灵气得眼睛都红了：“我堂堂毕方家大小姐，会怕区区一个异祀吗？没准到时候你还得求着本小姐，让我用莲火救你呢。”

“是是是，您最厉害，我可离不了您。”

和她们分开之后，卫桓原本准备先去找邢焰，在去往行政大楼的路上，他偶然一瞥，竟然看见一个熟悉的背影，于是忍不住走近些。

对方也感应到什么，微微转过身。

原来是校长白修诚。

“白校长好。”卫桓一步跨进影木丛，“您在这儿做什么呢？”卫桓凑近了才看清，原来白修诚手里捧着一只红色小鼠，他的声音沉郁又温柔：“我路过的时候看见这只火鼠躺在地上一动不动，想着给它一点能量波，好让它活下来，没想到没能救活它。”

卫桓伸出手指摸了摸那火鼠，它的身子已经冷了。

“白校长，您别难过。”他挽起袖子，接过白修诚手中的火鼠，“我帮您把它埋在这棵影木下面吧。”

白修诚点点头，心中很是惋惜：“世间万物都有自己的命数，异族也不过是生灵，有生就有死。任何生灵都各有天命，它如今死去也是一种造化。回归天地，返璞归真。”

卫桓静静听着，心中有疑，但没有开口。

白修诚抬了抬手，一阵强大的白色能量波如同仙雾般卷起，随后涌到地面，直至地上出现一个不深不浅的圆坑：“你将它放在这儿吧。”

卫桓应了一声，将火鼠轻轻放下，用手捧了一抔土撒上去。

“我一直很好奇，你身为人族，为什么会来山海求学？”

听见白修诚这话，半跪在地上的卫桓忍不住转过头：“因为我喜欢山海。”

“哦？”白修诚双手往背后一背，“这话如果是由异族说出来，我不觉得奇怪，可你是人族，怎么会有这样的想法？”

卫桓回过头，耐心地埋葬着火鼠，道：“其实异族和人族真的有那么大的区别吗？山海校训上的八个字——不破不立，仁者无敌，无论是对人族还是异族，都是金字箴言。”

“我知道，在很多人眼里，山海所谓的战备培养只不过是联邦军的培养皿，但我进入山海之后发现，山海的每一个战备小组都在努力维持着整个异域的和平，尽管大多数时候我们只是在做一些小事，但哪怕救了一个小朋友，抢救回来一条小小的生命，其意义也大过一切。”他拍了拍手上的尘土，站了起来，“我喜欢山海的自由气氛，更喜欢山海奉行的‘仁’的理念。”

卫桓转过身，朝白修诚笑了笑：“就算我是一个人族，也在这里找到了自己的价值。”

白修诚赞许地点点头：“你说得对，是我太狭隘了。人族和异族同为天地生灵，同根同源，共存共生已有千百年。”

“不不不，”卫桓赶紧摆手，“我就是随便说说，校长别放在心上。还有这只小火鼠，它的在天之灵一定会感激您的。”

“果然还是要和年轻人多聊聊天啊。”白修诚一脸欣慰，“我有时候也在思考，山海的使命究竟是什么。现在想想，时代不断变迁，如今看来，山海可以做到的事还有很多很多。”

卫桓从对方的话中读出了一丝感慨，他联想到最近的新闻，由于人族和异族之间的摩擦再次升级，异域联邦开始了新一轮的招兵。作为唯一一所拥有战备军团的学校，山海也少不了被联邦施压。

想想云永昼父亲那副强势的政治家嘴脸，卫桓都替白修诚头疼。

“不说了，耽误你这么长的时间替我干活，”白修诚走过来拍了拍卫桓的肩，“我请你喝茶，就当谢谢你帮我埋火鼠吧。”

校长虽然开了金口，但卫桓还是想赶紧解决申请任务期的事，于是连忙推托：“这都是小事，校长您别客气。您的好意我心领了，但我不能耽误您工作啊。”

白修诚笑得一脸慈祥，但还是戳穿了卫桓：“你是不是还有急事？”

“这……”卫桓抓了抓头发，“确实是，我得去找我们班主任批一个三天的任务期。”

“你们班主任……”白修诚想了想，“是邢焰吧，他今天不在学校，外派出差了。这件事我批准了，你就不用担心了。”

卫桓有些惊讶：“真的吗？校长您也太好了！”

“我也得帮学生实现自己的价值啊。”

话音刚落，忽起一阵缥缈白雾，白修诚的身影消失无踪。

卫桓站了一会儿，便准备离开。刚走了两步，他又忍不住回头，望了一眼被自己亲手埋葬的火鼠。小小一个坟包，看起来怪可怜的。

他走回去，半跪在地上，合上双眼，默默祈祷，眉心的金点连同他手腕上的金环一起散发出强大而通透的金光，将影木下的小小坟包照亮。

祈祷完毕，金光散去，他等了一会儿，坟包上竟然冒出一抹小小的红光，红光幻化出刚才那只火鼠的模样，伸出两只小小的爪子，抱在一起给卫桓作了个揖。

“去吧。”卫桓看着它，“虽然这金乌之力比不上我九凤的能力，但净能还是好使的，有了金乌之气护体，你的能量波一定能找个靠谱的地方，到时候说不定被高等级异族吸收了，能有个好归处。”

小鼠连连朝他鞠了几个躬，然后便如同烟雾般开始消散。卫桓看着那抹红光完全消散，小声说了句：“路上小心啊。”

语毕，卫桓心一动，手环化作光绸，从别处卷来一朵长命花，插在小坟包上。他拍拍手，站起来，看着光绸回到手腕，发觉上面的裂痕好像又大了一点。

卫桓有些疑惑，眯着眼睛凑近了仔细瞧，发现里头好像真的是白色的，像瓷器。

“这个云永昼，真是太小气了。”卫桓屈起手指敲了敲手环，“我还以为这是真金白银呢，没想到居然只是镀金！”

看着那道裂痕，他突然想起之前在暗区和那个异族傀儡对战的场景。

对了，之前的裂痕好像就是用光盾挡住对方的风刃时弄出来的。

怎么说都是云永昼给的东西，就这么弄破了，卫桓心中多少还是有些愧疚。

他仰着脖子想了一会儿，然后想到了一个地方。

科研处和战备处分别占据山海一南一北，平时很少有战备组的人来到这里，就算是要修补兵器，也有申请上报的流程，由专人统一负责，战备组成员亲自过来是一件稀奇事。

更稀奇的是，来的人穿着一身炎燧的红色战斗服，行事风风火火，还是个人族。

“这不是炎燧那个人族学生吗？”

“对对对，就是那个。我看过他模拟战，可厉害了。”

“这个人族怎么自己过来了，没人教他规矩吗？”

一抹光绸如游龙一般飞至说话人的面前，尾端蹭了一下对方的下巴，像是调戏。

“规矩？什么规矩？”卫桓按了一下中指上的戒指，身上的战斗服如剥鳞般，一点点变回炎燧的制服，“我可比你懂规矩。”

光绸回到卫桓身边，他四处张望了一下，这里的人都穿着银灰色制服，乍一看都差不离。

“哎，你见过一个瘦瘦瘪瘪的半人半异族没？那人看起来不太聪明的样子。”

被他抓住的那个异族连忙摇头：“没有没有。”

“不是同事吗？”卫桓无奈地别过头，“你呢？你见过吗？”

就这么一路找过来，卫桓总算找到了自己的目标。

戴着护目镜的半人半异族研究员正专心致志地修理着一副钢铁外骨骼。他的指尖可以放出电光，骨骼连接处被焊接在一起。他身边的一个机械手拿起手帕，灵巧地替他擦了擦汗。

“咚咚。”桌面被敲了两下。

“别吵。”半人半异族的研究员头也不抬，仍然全神贯注地盯着台面上的机械外骨骼。

“行，你先忙。”卫桓拉了张凳子坐下来，两手往台面上一叠，垫着自己的下巴，认真地看着对方干活。

时间一分一秒地过去，卫桓打了个哈欠。

“终于搞定了。”半人半异族研究员把护目镜往额头上一推，视线总算落到了趴在桌面上的人身上。对方头埋在胳膊里，睡得正香。

“哎，哎。”他伸手摇醒卫桓。卫桓皱着一张脸，站起身，晃了晃脑袋：“好困……”

“你来这儿就是为了找个地方睡觉？”那半人半异族打量着他，“你不是那个人族吗？”

“别一口一个人族，”卫桓揉了揉眼睛，脸上露出笑容，还冲对方眨了眨眼，“多生分，叫恒哥就行。”

那人皱了皱眉：“严格来说，我百分之一百比你大。”

“行吧，我叫魏恒。”卫桓顺着台阶就下了，顺便朝面前的人伸出手，“你怎么称呼？”

“我？我叫方程。”那人说完，伸手握了一下卫桓的手。

“那我叫你小程吧。”卫桓继续道，“在战备模拟赛之前，我们见过一面，准确地说是两面。第二次你给我送了枪，第一次你看到了我的手环。”说着，他晃了晃自己的手环，“就是这个，当时你好像很惊讶。”

方程先是恍然大悟，可很快又矢口否认：“没有，我可没有惊讶。”

卫桓立即戳穿他：“你有，你明明有。”

“这……这跟你今天找我有什么关系？”

卫桓一屁股坐回到椅子上，跷起二郎腿，腕间的手环幻化为虚渺的光，朝着方程飞舞而去，继而又凝结成一个手环，悬浮在他眼前。

“我来找你，是因为你上次看见这个手环很惊讶，八成知道这玩意是怎么做的。”他隔空挥了一下手指，悬浮的手环转了小半圈，裂痕对准方程，“你看，这个地方有条裂痕，好像是之前战斗的时候留下的，这几天越来越明显了，我怕如果不赶紧修复，这个手环会彻底裂开。”

他耸了耸肩：“你也知道，这东西是别人送给我的，我总不能把它弄坏了，到时候赔也没法赔。我今天特地来找你，就是想请你帮个忙。”

方程面露难色：“这个……”

“你先别急着拒绝啊，”卫桓坐直了，“我不让你白帮忙。我这人从来不占人便宜，你到时候想要我干什么，说一声就行。”

“不是我不愿意帮你，”方程叹了口气，接过那个金色手环，“像这种带着异族能量波的武器，修复起来和一般东西不一样，必须找到原本的铸造材料。你这个手环，我没有材料给你修补啊。”

卫桓腾地一下站起来，走到方程跟前：“这是什么材料？你告诉我哪儿有这种材料，我去找来给你。”

方程皱眉看着卫桓：“一个手环而已，你就这么想修复它？”

被他这么一问，卫桓一时语塞：“那什么……”

它不仅仅是一个手环，还是云永昼送给他的第一件礼物，也是到目前为止的唯一一件。

卫桓打心眼里不希望这个手环有一丝一毫的裂痕，这种感觉很奇怪，好像它一旦碎了，就会有什么东西走向不可逆转的破碎结局。

明明他是最不信这些的。

“反正你帮我修就是了。要什么材料，即便闯龙潭虎穴我也给你找来。”卫桓抓了抓头发，没来由地感到烦躁。

方程不知道怎么开口，那个手环沉甸甸地压在他手上，本来是他最想见到的宝贝，可现在卫桓让他修，他却觉得变成烫手山芋了。

方程无声地叹了口气，指尖冒出光电，对准手环的裂痕。渐渐地，裂痕处的金色磨砂一点点剥落。

卫桓一下子紧张起来，就差上去抢了：“哎，我是让你修，没让你拆！”

“你不是要看材料吗？”方程握紧手指，电光消失，而那块金色外层剥落后露出雪白的内层，在灯光明亮的实验室里散发着细腻的光泽。

“这就是材料。”手环缓缓飘到卫桓跟前，方程继续道，“其实这个手环是我的老师在七年前铸造的，那个时候我就在他身边，有幸看过几眼，所以记得。”

七年前……卫桓不由得问道：“七年？是突袭战后？”

方程摇了摇头：“战后我正式入组，我那时候只是学员，应该是战前。”

“战前……”卫桓喃喃自语，脑子里有些混乱。

这个手环竟然是七年前铸造的。

方程很笃定地道：“死心吧，你是不可能找到修补这个手环的材料的，龙潭虎穴也好，刀山火海也罢，都找不到。”

“为什么？”卫桓紧紧握住手环，望向他的双眼，“这究竟是什么做的？”

随后，他得到了一个从未想过的答案。

“金乌的肋骨。”

卫桓的脑子嗡地一下炸开，几乎失去了思考的能力。

“你这是什么意思？你是说……”他举起手中的亚金色手环，“这是云永昼的肋骨做的？”

没想到卫桓会直截了当地说出来，方程有些慌了。他四处张望了一下，然后打开了自己工位的结界环，拉住卫桓的胳膊：“嘘，你小声点，我告诉你这件事可不是让你随便说出去的。”

卫桓根本听不进去，他扭头看着方程，眉头紧皱：“你给我说清楚，这究竟是怎么一回事？他为什么会用自己的肋骨去做一个手环？他疯了吗？”

方程更为难了：“我也不知道啊。我刚刚不是跟你说了吗，我老师铸造这个手环的时候我还只是一个学员，只能偶尔偷偷看上一两眼。这个手环是我老师一个人负责的，具体是怎么回事，我根本不知道啊。”

卫桓将信将疑，瞥见他工作台边的操作面板：“所有的武器铸造不是都必须入库吗，我想查一下七年前这个手环的铸造记录。”说完，他看向方程，“你现在不是学员了，总有权限了吧？”

方程被他逼得没有办法，只能苦着脸走过去，一边操作一边给他打预防针：“先跟你说好，我不一定能帮你查到啊。”

“先试试。”卫桓看着他打开武器库，里面陈列着各式各样的武器，且每一种都清楚地记录着时间、铸造人和材料表，点开放大还可以看到设计图。方程首先输入了时间：“七年前入库的所有武器都在这里了。”

方程用手拨了拨全息屏幕：“你看，没有这个手环。”

卫桓一个一个仔细地看过去，果然没有。

“名字呢，按武器名字查。”

方程摇摇头：“我根本不知道这个武器的名字和编号。你知道吗？”

卫桓也不知道。

他低头看了看自己手上的手环，自云永昼将它送给自己的那天起，他就只是单纯地使用它而已，从未问过任何关于它的信息，甚至没有想过，或许这个武器也有自己的名字。

“我不知道。”卫桓垂下眼睛。

“那就查不到了。”方程抿了抿唇。

“我去问他。”卫桓说完，转身就要走，方程一把抓住他：“等等！等一下！你现在可别去问云教官啊。这个武器如果没有入库，很有可能是我老师私下铸造的。老师说了，如果是他以私人武器师的名义制作的东西，是一定要为客人保密的，我现在告诉你这件事就已经是泄露客人隐私了。”

方程说着，松开了卫桓的手：“如果让我老师知道了这事，我可能会被赶出实验室。你知道，我一个半人半异族，好不容易凭着自己的能力进入科研处……”

听他这么说，卫桓渐渐冷静了下来。

如果方程真的因为他一时冲动而失去了工作，他一定会心怀愧疚。

“好吧，我不会去问他。”卫桓妥协了，“你还知道什么，都告诉我。”

方程仔细回想了一遍，有些犹豫，但还是说了：“有一件事我一直觉得很奇怪，但我不知道该不该说……这个手环的确是七年前铸造的，我记得当时是约定了一个取货时间的。你知道的，制造这样的武器需要比较长的时间，所以会和客人约定好取货的日子。”

“然后呢？”卫桓问道。

“取货那天，云教官没有来。”方程解释道，“当时我正要去老师办公室里报告数据，听见老师说什么‘我会帮你收好，你什么时候来取都行’。我进去之后看见老师将一个红色的盒子放进了保险柜，就好奇地问了一句。老师说是个定制的武器，客人不想要了。”

卫桓的心猛地跳了一下。

他脑子里闪过一些画面，他依稀分辨出了云永昼的脸，可下一秒那些画面就消失了。

“他不想要了，可这个……”卫桓抓住手环，这个手环现在分明在他手上。

方程点头：“所以我才觉得奇怪，可能后来云教官又从老师那里取走了这个手环吧。想想也是，这么珍贵的东西，怎么可能说不要就不要了呢，太可惜了。”

可惜……

“我觉得你说得有道理。”卫桓露出一个笑容，却难掩眼中的苦涩，“我之前就觉得，他怎么会这么草率地把这个手环送给我，什么都不说，也不说这是什么做的，也不说这叫什么，就这么随便给我了。”

他越说越觉得没有底气，声音渐渐低下来：“可能……就是因为他本来就不想要了吧。”

不想要了，所以给谁都是一样的。

这么珍贵的东西，他原本是想送给谁？

“我觉得……可能不是你想的这样。”方程伸出手轻轻地放在他肩上，“你别这么想，云教官肯定不是不想要了才赏给你，哦不是，我不是这个意思，我觉得他当时可能就是想，反正放着也是放着，还不如……”

方程的声音越来越小，因为他发现自己无论怎么解释，都会越描越黑。

本来卫桓正难过着，听他磕磕巴巴地说了一通，心情反而好了许多，只是有点想笑。

“没事。”卫桓反手拍了一下他的肩膀，“我又不是小姑娘，你不用安慰我，我想知道的话一定会想办法搞清楚的。”他话锋一转，“所以这个东西没有金乌的肋骨就不能修了是吗？”

方程“嗯”了一声：“反正我做不到……要不你让云教官去找老师，说不定可以修复。但是我们老师最近休假了，连我都找不到他。”

“算了，我现在也没空管这些。”手环化作一阵金色光芒，最后一点点聚拢在卫桓的腕间，重新恢复成手环的形状，“走了。”

说完，卫桓转身，结界环自动打开，他举起手朝身后挥了挥，然后把手插到口袋里。

他听见方程在他身后道：“等我学会铸造骨器，我可以试试帮你修复！”

卫桓“嗯”了一声：“那你加油。”

离开科研处，卫桓准备用传送门直接回炎燧。还有好多事等着他做，还有好多好多谜团等着他去解开。他很快就要和小七组的其他三人一起去无启，他要去搞清楚当年的真相，还有这副身体的身份。

他没工夫，也没兴趣知道云永昼七年前做了什么。

七年前他们还没那么熟。

食指和中指并拢，卫桓在空中画圈，可传送门开到一半他又停住了。

前往炎燧的密令在他脑海中被替换为传心密语，卫桓忐忑地等待着，比任何时候都希望有人能接通这个隐秘的信号。

等待的时间似乎被拉长了。科研处大楼前有一棵通天木，虽然叫木，看起来却一点也不像树，而是两株纠缠在一起向上生长的巨藤，其颜色是漂亮通透的红色，被橙色的夕阳渲染后，泛着暖融融的光。

因为太漂亮，这里几乎成了山海校园情侣的圣地，这棵通天木也有了新的外号——情人藤。等待中的卫桓一步一步朝情人藤走去，心里越来越忐忑，忐忑过后又变得焦灼。

到了藤底，卫桓伸出手，掌心贴上其中一根藤蔓，藤蔓表面的绒毛轻轻蹭着他的手心，像是生命力的象征。

他过去很少来这里，虽然经常被女孩子约，且最常见的约会地点就是这里，但他从未赴约。

卫桓还记得，那个时候他经常收到女孩子的简讯。进入战备组后，为了不影响和队友的沟通，他们几个都开通了另外的通信信道，以便和日常生活分开，否则他在执行任务的时候不知道会收到多少表白简讯。

很长一段时间没有打开日常信道的他，某一天忽然想起来，于是打开看了一眼，不出意外，里面全是告白的简讯。

卫桓当时还当着七组另外三个人的面抱怨：“泡面都要泡三分钟呢，泡我就想用一条简讯？我爸当年可是给我妈写了十几封情书呢。”

扬昇打趣道：“你还知道是你爸写给你妈啊？你又不是女孩子，一天天瞎期待什么呢。”

“谁说我期待了？我是说要走心，你懂吗？”

她们的简讯里，最常约的告白地点就是这里，在这棵情人藤下。

卫桓仰头望去，见两根藤蔓纠缠、拥抱、旋转，如同一对恋人，双双从地面奔向无边无际的苍穹，朝着没有尽头的自由奔去。

[怎么了？]传心接通了，云永昼的声音如同一颗石子落在他心里。卫桓的思绪突然被拽回来，他愣了一下，立刻回复：[没……没事。]

暮色不断被稀释，时间也变得缓慢，使得卫桓格外缺乏耐心。

云永昼的声音淡淡的：[别告诉我，你只是因为好玩才接通传心。]

卫桓蹲下来，靠着藤蔓，揪了一撮地上的草，像小朋友泄愤般：[是又怎么样？]

话说完，他半晌没听到云永昼的声音。

传心最妙之处在于只能听见当事人的声音，听不到环境音，因此，卫桓不知道云永昼此刻在做什么，又和谁在一起。

或许他现在忙得很，他不应该耽误对方宝贵的时间。

[那什么，我就是随便闹着玩，我断开了啊。]卫桓打着哈哈，准备切断，可他话音刚落就听见了云永昼的声音：[等等。]

卫桓愣了愣，揪草的动作也略微一停。

[你不……多说两句吗？]云永昼的声音很好听。

卫桓的耳郭被夕阳晒得发烫，他用沾着青草香气的手揉了一下自己的鼻尖，问：[说什么？]

[都可以。]云永昼的声音好像带着一点笑意，卫桓不确定，但他总感觉云永昼的笑脸就在自己眼前。

卫桓换了个话题：[你在哪儿？什么时候回来？]

刚在心里说完这句话，他的戒指就亮了一下，他打开一看，是清和发来的消息。清和似乎是得到了新的情报，需要和卫桓当面谈谈。正好，清和之前一直想知道关于回溯的事，卫桓便想着不如趁此机会一并告诉他。

卫桓打着字，准备约清和半个小时后见面——今晚小七组就要出发去无启，留给他们讨论的时间不多。

[明天。]云永昼的声音又传来，他似乎犹豫了一下，[你要见我吗？]

卫桓的手顿了一下，回复的内容还差最后半句话没打，就错手发了出去。

他也不知道自己为什么会这么慌，这不就是一个简简单单、只有两个选项的疑问句而已吗？

不，不对，他根本没有时间见对方，今晚他就要离开山海了。

[我……我有事要做。]说出这句话时，卫桓十分忐忑。他站起来，最后看了一眼身旁的藤蔓，然后打开传送门，来到燕山月之前发给他的集合地点。等到了集合地点，他才等到云永昼的回复：[别去危险的地方。]

他好像把自己看透了，真可怕。

卫桓抬头，远远就看见景云冲自己招手，旁边站着燕山月和扬灵，他回道：[放心，你就在山海等着我回来吧。]

故作轻松地说完这句，卫桓便朝景云他们走去。

几人碰头后，燕山月开始交代一些事项。其间，景云和扬灵都在积极讨论，唯独卫桓一直沉默。

其实卫桓也想参与进去，但他更想在第一时间听到云永昼的声音。

"阿恒，你怎么了？"景云问。

卫桓回过道神："没事，我觉得咱们还是直接去吧。"他看向燕山月，"对了，我和那个被燕山漠圈养过的朋友约好要先见一面……"

[我不想等。]突如其来的一句话狠狠撞进心脏，卫桓忘记了自己未说完的话，愣在原地。

——我不想等。

——你不一定回得来。

"你怎么了？"一朵迷你火莲在卫桓面前炸开，发出砰的一声，卫桓瞬间回神。他抬起头，摇了摇："我没事，可能是有点累。"他说着笑了笑，"我虽然很强，但毕竟是人族，要说身体素质，肯定比不上你们啊。"

景云一脸担心地看着他："那……那我们还去吗？要不休息一晚上再说？"

卫桓笑道："当然得去。"

景云伸出手："要不我给你捏捏肩？"

扬灵嗤笑一声："你能把他活活捏死。"

"确实。"卫桓笑嘻嘻地躲过景云伸来的巨力小手，接着揽住他的肩，"早去早回啊。"

燕山月沉默地看着卫桓，见卫桓脸上的笑渐渐消失，眼睛再一次垂下，猜到他是因为谁露出这样的表情。

云永昼最后那句话始终盘踞在卫桓的心头，久久不散。

他说不想等，是什么意思？

一向能给自己找到台阶，无论发生什么事都能将其合理化的卫桓，一时间竟然不知道如何替云永昼找理由，好像无论怎么看，不想等就是不想等的意思。

[我开个玩笑而已。走啦，云教官。] 他用以往那种开心、快活的语气，将这句话用传心告诉云永昼，然后仓促地断开了他们之间的联系。

卫桓在心里告诉自己，没有什么比找到真相更重要。

"你确定邢老师知道我们出去的事了，对吗？"燕山月再次确认，"万一在无启真的遇到什么，我们要第一时间联系他。"

卫桓点点头，切换了战斗服："校长会转告他的。"

他说完，剩下三人也换上了战斗服，三红一蓝，从卫桓打开的传送门穿过去。不到片刻，他们就从炎燧的一个小角落来到了山海外。

四人刚出结界，卫桓就在角落里瞧见一个穿着一身黑还戴着黑色眼罩的家伙。对方靠在墙上，低头盯着自己手腕上投射出的全息屏幕。

卫桓叫道："清和？"

那人也看到了卫桓，手往兜里一插，走了过来："哟，你这一身红艳艳的还挺帅。"

"会不会说人话！"卫桓掰了一下手指，冲清和挑眉，"你是找到什么线索了吗？"

清和看了他一眼："这个一会儿说。不是要去无启吗，赶紧上路吧。"见清和一副准备就绪的样子，卫桓有些蒙：“等等，是我去，又不是你去。”

“你脑子抽风了吧？”清和有些生气，“是你跟我说让我跟你一起去无启的啊，不然我为什么冒着这么大的风险上街啊？”

卫桓闻言，忙调出自己的简讯记录。

——半个小时后见面，时间不多，今晚我们要出发去无启找暗祀查回溯的事。

确实少了“等我回来应该就可以知道有关回溯的一切了”这半句。

都怪云永昼害他心神不宁，发条简讯都出了错。

卫桓抬起头，不好意思地对清和道：“那什么，是我搞错了，我少打了半句话。”

后面三人都憋着笑，清和一副大爷样：“我不管，我都准备好了，枪都备上了。你们要是不带我去，我就不把我得到的情报告诉你。”

“你一个人族，去那种地方就是送命啊，”卫桓无奈皱眉，“那可是异祀。”

清和不搭理他，倒是景云凑上来，戳了戳清和的胳膊，问：“你……你是人族？”

“对啊。”清和瞅了他一眼，“有什么问题吗？”

景云摇摇头：“可是……你身上怎么会有异族的能量波呢？”

卫桓这才发现不对劲：“你该不会是骗人的吧？”他抓住清和的肩膀，又扯开他脸上的眼罩，眼罩随即又啪一下弹了回去，“你是什么异族？为什么要假扮成人族的样子？你是不是把我的清和吃了？”

“你傻了吗？”清和被卫桓折腾得直翻白眼，撸起袖子，露出手腕给卫桓看，“我一个人族，怎么可能随随便便在昆仑墟的大街上走动，你以为我是你啊，有个官二代高等级异族做靠山。”

扬灵一脸愉悦地拍拍手：“会说话就多说点，本小姐给你开场演唱会。”

卫桓每次跟清和说话都被气得半死：“嘿，你这小子怎么说话呢，什么官二代高等级异族。”

燕山月走过来，看见清和左右手腕上各有一道蓝色的横痕，于是伸出手指抹了一点，捻开后一看，道：“是异族的血。”

卫桓一下子就明白过来。他绕到清和背后一看，果然，清和后颈上也有相同的痕迹，脚腕上也有。

卫桓问："这是谁教你的？"

"还能有谁，当然是我们老大啊。"清和放下袖子。

"你们老大去见你了？"

"嗯，他还给了我一个小罐子，让我按照他说的那样在身上画几下，这样就可以掩盖人族的味道。"

"这是冰蚕血，异族气味很重，也没有毒。"卫桓解释道，"按照这个抹血的顺序，还可以在你身上结下冰蚕结界，虽然不是很强，但可以抵御轻度攻击。"

清和有些惊讶地撇了撇嘴："你还挺懂。"

这些东西一般异族都不知道，卫桓也是听自己父母说的。战场上，很多难民为了避免被异族攻击，都会抹上异族的血，但是大部分异族的血对人族来说都有毒，何况冰蚕稀有，不是一般的人族能得到的，哪怕是在山海的上善，冰蚕也不超过十只。

他越来越好奇这个名叫雨生的组织头目究竟是什么来历，不仅能把清和这样的人族带到昆仑墟这种连普通异族都来不了的地方，还能弄到冰蚕血。

对方绝对不简单。

"这些都不重要。"燕山月开口，"你想好了吗，要不要带你的朋友一起去？"

"谁是他朋友？"

"谁说他是我朋友？"

卫桓和清和异口同声，随后又尴尬地别开脸。

卫桓冲燕山月使眼色，小声道："你别当着他的面说啊，太给他脸了吧……"

清和"嘁"了一声："你甭废话了，赶紧的，走走走，天都黑了。"

没办法，卫桓只得妥协。清和虽然是人族，但各方面的能力都很强，枪法更是一绝。

"我可警告你啊，如果遇到危险，别哭着喊你爷爷我。"

“你爷爷我会保护你的。”清和道，拍了拍卫桓的肩。

卫桓气死了，懒得再跟清和斗嘴，默念上次从珏老板那里拿到的结界密令，打开传送门。

红色的光从卫桓指尖冒出，卫桓随意画了个圈，渐渐地，红色光圈越来越大，直至像大门那样高，然后才不疾不徐地朝几人平移过来，将他们吞没。

只一瞬的工夫，卫桓几人便从昆仑墟的街角来到无启的结界入口。

虽然卫桓从没来过这个地方，但这里的景色和他想象中差不多。结界圈的光芒逐渐淡去，四周开始变暗。

“这里好黑啊。”扬灵观察着四周，依稀可以辨认出他们身处的地方是个洞穴。景云拍了拍她的肩膀，小声说了句：“没关系的。”

“还行，”清和瞅了周围一圈，“一般般黑。”

“我用莲火照一照？”扬灵提出建议，“要不然用山月姐姐的狐火？”

“都有光了，还要什么火。”卫桓话音一落，腕间的手环便幻化成一个弥散开来的光圈。那光忽地飞射出去，如同流星，一瞬间，星星点点的光芒充盈着黑暗的洞穴，四周一片通明。

景云看呆了，忍不住感叹道：“和云教官结契可真好啊。”

扬灵的双马尾一甩，她揪住景云的脸颊：“你羡慕什么，我哥哥不好吗？”

两个小家伙又开始打闹了，卫桓环顾四周，见此处似乎只是一个普通的洞穴，里面什么都没有，四面也全是土。

他们现在站着的地方是一个土台，两层台阶下就是一片平地，隔着大约五百米的地方看起来像是洞穴的尽头。

卫桓微微摆了摆手，光芒在他的操控下汇聚起来，照亮洞穴的尽头，露出了一扇大门。

扬灵问：“那扇门后面是不是就是无启城？”

“应该是。”卫桓嘴上虽然这么说，但心里总觉得不对劲。于是他又摆动了一下手指，一抹金色光芒在半空中旋转，幻化成一柄金色匕首，猛地刺向地面。

“你在干什么？”扬灵性子急，问个不停，“为什么要捅地面？”

匕首嵌入泥土之中，卫桓皱了皱眉，手微微一抬，将匕首抽出，匕首悬浮片刻后回到他手中。卫桓用手指抹了抹刀刃上残留的泥土。

“别磨磨叽叽了，我们赶紧过去吧。”扬灵三步并作两步地下了台阶。

此时，卫桓指腹上的泥土消失了，他立即道：“等等！”

扬灵的脚刚踩到地面，一阵金光闪过，那把匕首瞬间变成光索，缠上扬灵的腰，将她从地上拽起来。

扬灵的身子在空中转了一圈，下意识地展开羽翼，而她方才踩过的地方顷刻间向下坍塌，妖异的红光涌现。

扬灵飞到半空中，墨蓝色的羽翼被红光映成紫色，她震惊地看着坍塌的地面：“这是怎么回事？”

卫桓看了一眼，见原本坚实的地面已经变成一个深坑，他道：“刚才我就觉得不对劲。这里常年不见光，也没有人，泥土却很新，就跟刚被人翻过一样。”

燕山月这时候才开口：“是幻系异能。”

景云忍不住道：“燕同学最擅长的不就是这种异能吗？”

卫桓摇头：“不一样。燕山月是九尾幻系异能，这个恐怕是异祀的幻系能力。”说罢，他朝扬灵喊了句，“大小姐，你先过来，着什么急。”

“我直接飞过去开门不就行了，你们在这儿讨论半天有什么用？”说着，扬灵就朝那扇门飞去。

卫桓本就担心扬灵，又听见清和在他身侧开口：“你听见什么声音没有？”

声音？卫桓凝神细听，果然有什么东西在发出声响，听起来……

他望向那个红色深坑，随即大喊：“扬灵，回来！”

刚才匕首没能激活，现在却出现了，这异能会辨认活物！

到底是晚了一步，深坑中有东西破土而出，众人定睛一看，竟是累累白骨，而那深坑俨然成了坟场。

嶙峋的骨手如同一只只破蛹而出的蝉，泥土再也掩盖不住它们的存在，完整的骨架一个接一个爬出来，空洞的眼眶和骨缝中透出身后的红光。

这些骨架的速度快得惊人，像是受过训练的异族一般，飞快地站定，然后朝着卫桓他们冲来。

“愣着干吗，打啊！”卫桓说完，挥了一下手臂，无数光刃狠狠地刺向那些骨架。

燕山月布下防御结界；清和取下背后的枪，站在卫桓身后对准朝他们扑来的骨架；扬灵则飞得更高，掌心对准深坑中尚未完全出土的白骨。

光刃、子弹和莲火将那些脆弱易折的骨头击得粉碎，一时间，整个洞穴里碎骨四溅，扬起浓浓的尘土与骨灰，仿佛人间炼狱一般触目惊心。

中枪后的骨架掉回到深坑中，但可怖的骨手仍然存在，不仅存在，甚至还可以动。那骨手抓住了卫桓的脚腕，令卫桓没想到的是，被骨手抓住的地方，战斗服竟被腐蚀掉了。

“这骨头有毒，千万别碰！”卫桓伸出右手，手中很快出现一把光剑，但他还没来得及出手，就听砰的一声，清和射出的子弹已经将骨手击碎。

“我去，你也不怕打中我的脚。”卫桓挥舞着光剑，劈向从右边扑向燕山月的骨架，将骨架从中间斩成两半。

清和笑道：“总比你拿剑砍靠谱。”

燕山月隐隐发觉不对，指尖释出的狐火将几人周围的所有碎骨控制住。

扬灵的火莲爆破力极强，那些还没出土的骷髅都被她的火莲炸得粉碎，再配合上卫桓铺天盖地的光刃，即使那白骨可以源源不断地从地下钻出来，应该也能被他们二人解决，可是……

“好奇怪。”没有承担主要攻击力的景云有些疑惑。

明明这些完整的骨架爬出来之前就被他们击得粉碎，七零八落地掉在地上，可下一刻这些碎骨竟然又一次聚拢，扭曲地拼凑在一起。

景云不禁发出疑问：“你们没发现这些骨头怎么劈都不会死吗？”

一直沉浸在对战情绪中的卫桓仔细观察了片刻，然后身上起了层鸡皮疙瘩。

他刚刚拦腰斩断的那副白骨，腿骨踉踉跄跄地从地面上立起来，胯骨上方原本空荡荡的，下一刻，另外半副白骨竟然飞了过来，和断掉的脊椎骨接合在一起，发出咔的一声响，而白骨那双空洞的眼眶就这么望着卫桓。

“它们本来就是死的。”卫桓说完，将面前那个再度“复活”的骷髅架子斩碎。

扬灵仍旧一刻不停地炸着，可那些骨架恢复的速度越来越快，它们张牙舞爪地扑过来，嶙峋的骨手几乎要扼住几人的咽喉。

燕山月控制住一部分骨架："这样下去不行。"

"我知道。"卫桓的脑子飞快地转着，这样下去当然不行，他们会被这些毒骨缠住，甚至受伤中毒。

就在他们说话间，那些浑身裂痕、粉碎又接合的白骨竟如同变异了一样，碎骨错乱地拼接起来，胫骨和肋骨交错接于后背，竟凭空生出翅膀，朝扬灵飞去。

每一条路都被堵住了，再这样下去，他们真的会困死在这里。

卫桓道："扬灵，先炸会飞的！"

扬灵的莲火一朵朵炸开，那些疯狂的骨架瞬间被击碎，重重地落回深坑之中，再组合起来，周而复始。

卫桓眉头一皱，盯着那些落下去的碎骨。

御光并不是他的能力，如果是风的话……

不，他打断了自己的幻想。别去想风的事，他早已不是当年的九凤了。

卫桓感觉自己的眉心一阵灼热，他想到了云永昼在危急关头出现在自己面前，用染着鲜血的手指结下契约的画面。

这是云永昼的光，如果他在这里，他会怎么做？

云永昼的面容似乎隐隐出现眼前，在这诡谲的红色洞穴之中，卫桓依稀能够看到他那双通透又漂亮的琥珀色瞳孔。

琥珀……卫桓脑中闪过一丝白光，忽然开口："山月，你能控制住多少白骨？"

虽然不知道卫桓为什么突然这么问，但燕山月还是认真地回答："所有，但是时间不会太长。"

"不需要很长，帮我堵住它们，别让这些骨头架子跑出这个坑。"说完，卫桓又回头交代景云，"景云，你飞上去，拉住我和清和。"

清和一脸不相信，开口时甚至有些嫌弃："他？他这么小的身板能拉得住……喂，哎哎哎！"话才说了一半，他就感觉自己衣服后领被人拽了起来，随即整个人飞到半空，"咳咳咳，咳咳，你能不能拉手！"

景云低头一看，见清和快被他勒死了："啊，不好意思，不好意思。"他猛然松手，眼看着清和就要掉进坑里，一道光索飞射而出，将清和卷住，往上一扔，景云再度伸手将清和的手臂抓住，“接住你了。”

清和被吓得半死：“你这叫接？！”

燕山月十指张开，冷蓝色的狐火唰地一下沿着洞穴两侧的圆壁燃起，如同两条半弧形的蓝色长蛇。深坑周围燃起冷蓝色的狐火，那些白骨刚要爬出来就被控制住，无法动弹。

“很好！扬灵，给我狠狠地炸！”

“还用你说！”企图从深渊中飞出来的骨架全部被扬灵炸得粉碎，落了回去。

清和仰头看着景云，问：“你累不累啊？”

景云连连摇头：“不累不累。”

“哦，好吧。”

景云又道：“我可以拽起一百个你。”

清和一时哑口无言，扭头看着卫桓，见卫桓紧紧盯着那个深坑，便问：“你在等什么？”

所有试图飞出来的变异白骨暂时被扬灵击碎落回去，燕山月的狐火则将那些企图爬出深坑的白骨控制住。

“就是等这个时候！”被景云抓住一只胳膊的卫桓悬在半空中，另一只手朝前伸出去，打开，“光。”

刹那间，卫桓眉心的金色光点爆发出强大的金乌之力，巨大的能量波荡开他额前的头发，露出他那双坚毅的眼。

洞穴中出现越来越多的光点，如同璀璨星河。

“不够。”

还不够。

卫桓手握成拳，闭上眼睛。

他耳边回荡着云永昼的声音，仿佛对方此刻就在他身后，将滚烫、炙热的金乌之力传递到他的心脏。

——感受我。

能量波瞬间达到巅峰，卫桓睁开眼，整个洞穴爆发出刺目的强光，无数光点好似流星一般从天而降，连成万缕光线，笔直地投入深渊之中。

所有人都被这强大的金乌之光震撼得几乎睁不开眼，唯有卫桓十分冷静，紧握的五指再次张开，随后狠狠向下一压。

所有的光线在顷刻间变作流动的物质，如同钢铁炼铸时浇灌的滚烫铁水一般，浓稠而厚重，深渊之中伺机而动的白骨被光流包裹，无法动弹。

燕山月惊呆了，她不是不知道卫桓和云永昼结契，也不是没有见识过卫桓对光的操控力，上一次在模拟战中她就已经吃过苦头了。

但这一次的御光比之前的更为强大，可变换的形体也不再局限于简单的兵刃武器，而是流体。

卫桓对金乌的能力运用越发自如了。

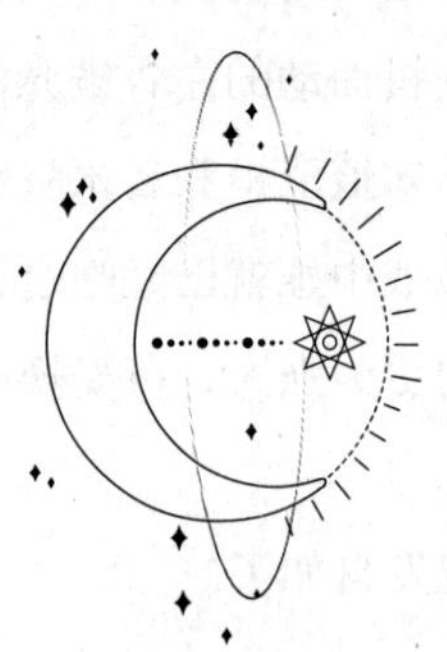

第八章 浮生若梦

燕山月看向悬在半空之中的卫桓，仿佛看到了多年前那个叱咤风云的九凤。

扬灵大大地松了一口气，手心的莲火熄灭：“你这个笨蛋人族还挺强啊。”

卫桓强大的意念让光流的密度变得更大，直到整个红色深坑都被光流凝住。

在泛着光泽的透明胶质之下，那些交错纠缠的可怖骷髅还在挣扎，但也只能挣扎，此时的他们像极了被树脂包裹住的飞虫，怎么也逃不出这个柔软的牢笼。

景云愣愣地望着那些扭曲的骷髅，忍不住发出惊叹：“阿恒真的好厉害！”

“这是什么？你为什么能想到这种办法？”清和看着那些被半透明的金色光流包裹住的累累白骨，心想这也太夸张了。

卫桓的瞳孔里倒映着粲然的金乌之光，他道：“因为我喜欢琥珀。”

“什么玩意？”清和眉头一皱，感觉卫桓在胡言乱语。

“琥珀都不知道？”卫桓翻了个白眼，“无知的人族。”

“你不是人族？”

“你……”卫桓一时语塞，抬头望向景云，“把他扔下去，我们去门边。”景云“嗯”了一声，但不仅没有扔掉清和，还扭头对燕山月说：“燕同学你等一下，我一会儿来背你。”

“不必了。”燕山月话音刚落，脚下就出现两团蓝色的狐火，将她整个人抬起，朝门边飞去。

清和仰着脖子：“小可爱，你就管好我们两个人族吧。”他故意把“人族”两个字咬得很重，好呛一呛卫桓。

听到“小可爱”这个称呼，景云脸一红，“哦”了一声。

小分队顺利在那扇门前集结，那个白骨坑已经完全凝固了，浅金色的透明胶质与狰狞可怖的白骨交织出一种诡异的美感。

“就这么放这儿吗？”扬灵看了一眼，“怪吓人的，你这光坚持不了多久吧？”

景云小声道：“只要我们打开门进去，再关上门，应该就没事了吧？它们肯定进不去的。”

“万一到时候我们还要从这个口出去呢？”清和双臂环胸，“到时候再来一次？”

燕山月蹲下身，歪着头仔细看着坑里的白骨，过了片刻才开口：“你觉得这像谁的尸骨？”

卫桓知道她是在问自己。

“你还记得珏老板讲的故事吗？”卫桓抬眼，摊开掌心，他能感觉到血脉间涌动的热流，仿佛正在熊熊燃烧着，一如无启城地面上那千年不灭的烈火，“这里的每一具尸骨在多年前的那场灾难里就已经死去了。不过很显然，它们又一次被推进了不死不灭的深渊。”

真讽刺，无启异族的骨骸最后成了无启暗祀为这座空城设下的封锁线。哪怕它们已经无法往生，无启暗祀也要榨干它们最后一点利用价值。

“这一任的暗祀活得像个反派。”卫桓走近，在骨坑的边缘蹲下，他的手掌贴上那通透的巨大琥珀，掌心的热与光流结合的瞬间，激发出巨大的能量。

刹那间，他掌心贴合处燃起一阵赤红的火，迅速变成燎原之势，那些被封存、凝固的累累骨骸便被能焚灭一切的金乌之火彻底吞没。

安息吧。

看着那无可逆转的火势，卫桓站了起来，拍了拍自己的手。

扬灵有些惊愕：“这还是我第一次看见你用火呢。”

“对对对，”景云也有些意外，“我还以为云教官只给了你光的能力。”

“血契是没有选择性的。”燕山月脸上露出一个微妙的笑容，“要给就都给了。”

卫桓则道：“我也是第一次用火。”

清和笑了笑：“可以啊，第一次就用来火化了，殡仪场级别的异能。”他刚说完，扬灵和景云就忍不住笑了。

卫桓咬牙切齿地假笑道："你就不能不拆我的台？我还没帅过三秒呢！"

"先进去吧。"燕山月也站了起来，走到了那扇门前。

那扇门很高，像是用石头打造的，上面刻满了他们看不懂的奇怪符号。景云想伸手去摸："这是什么？"

曾经去过异域各式各样的奇怪场所的卫桓凭经验判断那扇门有异，一把抓住了景云的手："哎哎哎，别碰。"

可还是晚了那么一点点，景云的指尖碰到了门上的密语，咔嚓一声，一丝微弱的光闪现。

"嘶——"景云吃痛，收回了手。

"外面的东西不能乱摸。"卫桓苦口婆心地道，"你就想想恐怖片里的角色，但凡乱摸乱碰的都死得早。"

景云连连点头，扬灵把他的手拽了过去："你可别出事啊小重明，否则我怎么跟我哥交代？"

清和皱眉："张口闭口都是你哥，你哥有这么恐怖吗？"

刚说完，他就看见卫桓冲自己竖起大拇指："您这张嘴真是开过光。"

"客气客气。"清和两手抱拳回了个礼。

"没事，就是好像被什么东西电了一下。"景云搓了两下手指头，"现在一点感觉都没有。"

燕山月警惕地盯着那扇门："可能是门上的结界。"

奇怪的是，方才被景云碰过的那一处密语竟然逐渐剥离了石门，明明是刻上去的字，可凿刻出来的沟壑中却像是有墨汁从中渗出。字迹逐渐浮出石面，从门上脱落，完完整整地悬浮于他们眼前。

"搞什么……"卫桓自言自语道。

就在所有人警惕地摆出防御姿态的时候，那一片密语竟然化成了一缕青烟，消失在空中。

卫桓后撤的步子缓缓挪回去，拧眉看着那扇怎么看怎么古怪的门。

"怎么才能打开这扇门呢？"扬灵有些烦躁，"怎么想进去就这么难啊。"

燕山月将手放在她肩上，虽然没有说话，但是令她心安了些。

“硬生生打开估计不太可能。”清和道，“你们不是说这是异祀的地盘，可能得用相关的异能吧。”

卫桓也觉得奇怪，但他不能随便触碰那扇门，以免出现更大的问题。他只是靠近了一些，发现那扇门上有一个小小的圆孔，因为和刻上去的密咒花纹融为一体，所以很难被发现。

扬灵道：“喂，笨蛋人族，你凑那么近做什么？”

“我就看……哎哎，啊——”话音刚落，卫桓就感觉到一股强大的力量将自己缠住，他低头一看，那石头门中竟然钻出一大堆藤蔓，将他的身体紧紧缠住，迫使他贴上冰冷的石门。

他的眼睛正好对上那个圆孔，里面一片漆黑，突然闪过一片猩红，令他晕眩难当。

“阿恒！”景云大喊，“你先忍忍，我们马上把你弄出来！”

几人连忙帮卫桓斩断藤蔓，突然，那些妖异的藤蔓竟然自动松开了，将卫桓放回到地面上，他并没有受到任何伤害。

此时，门内传来一道空灵的声音，听起来是一个妙龄少女：“好久不见。”

石门忽然朝两边打开，发出巨大的声响。就在众人还没反应过来究竟发生了什么的时候，那个声音再一次响起：“您又来了？”

这是怎么回事？谁又来了？

其他四人纷纷把目光投向卫桓，卫桓下意识地举起手：“我发誓我真的没有来过。”

石门内的景象终于展露在众人面前，和他们想象中诡异的异祀秘都大相径庭，他们面前是向下延伸的深不见底的台阶，好似有上千层。

这里没有任何邪异的场景，而是一片下陷式的、完好整洁的现代都市景象。林立的高楼被干净、交错的街道分隔开来，公共基础设施应有尽有，虽说无法与昆仑墟相比较，但绝不输给异域许多大都市。

只有一点不同，这里一个活物都没有。

“你召唤光了吗？”燕山月忽然开口。

“没有。”卫桓摸了摸自己腕间的手环。

清和也反应过来：“那下面为什么这么亮？这里明明不见天日。”

卫桓抬起头，上面分明就是一片封死了的厚壁，光是从哪里来的？

身后的石门缓缓合上，刚才那个空灵的声音没有再出现，他们也没有看到任何人影。

“我们先下去吧。”卫桓走在前面，扬灵懒得下楼梯，干脆打开翅膀俯冲下去，率先来到了这座地下都市的地面上。她转了一圈，忍不住发出惊叹：“原来地下城就是这样的。”

其他人也陆续抵达。卫桓觉得很奇怪，虽然这里很完整，可大概是因为一个异族都没有，整个城市十分冷清。

“难怪珏老板说这里是空城……”景云抱住自己的胳膊，“真的什么都没有啊。”

“喂。”清和用胳膊肘撞了一下卫桓，卫桓扭过头，清和伸出食指指了指上面，“你看。”

卫桓抬起头，猛地愣住：“这是……”

在他们头顶，在那些林立的高楼大厦的上方，竟然是一片蔚蓝的天空。

这怎么可能？

众人抬头，那片湛蓝的晴空未免过于真实，连云朵都会随风飘动。

景云疑惑地皱眉：“好奇怪，刚刚看的时候明明不是这样的。”

“对啊。”扬灵歪了下脑袋，“难不成这个也是变出来的？”

他们一路向前走着，这里的设施完备，贩卖异果的小商店、空中餐厅、豪华酒店、立交桥与天轨，所有异都该有的这里都有。

这个地下大都市明明整洁又漂亮，卫桓却觉得浑身不舒服。

忽然，卫桓耳边传来一个少女的轻笑，他猛地转过头，却什么都没看到。

“你们听见了吗？”卫桓问。但这一次和之前不一样，其他人并没有听见。清和问道：“什么声音？”

卫桓没有回答，只是摇了摇头。他刚走没两步，便又一次听见了女孩子的笑声，仿佛从很远的地方传来的。

“听见了。”清和在他身侧开口。

扬灵点头：“我也听见了。”

果然不是幻觉。

周遭瞬间从白昼变为黑夜，一轮孤月鸠占鹊巢，将之前还在空中的太阳逼退。冷冷的月光洒下来，为本就冰冷的城市镀上一层寒光。他们所在的街道失去了阳光带来的唯一一点生机，变得越发静谧孤寂。

忽然，周围起了一阵风，树影在地面上摇晃。

卫桓额前的头发被吹起，他将右手置于身前，腕间的手环刹那间化作一柄长刀，被他牢牢握住：“小心一点，这风有问题。”

他刚说完，空中飘来刚才那个女孩的声音：“有什么问题？”她的音色柔软而缥缈，“不漂亮吗？”

女孩声音还未消失，红色的细长花瓣便随风飘来，霎时漫天花雨。可这颜色太红了，红得像血。

卫桓开口：“你就是暗祀？”

他话音刚落，那些花瓣骤然静止于半空之中。

“这里太安静了，”她的声音带着点委屈，“你们来了，应该可以热闹点。虽然我看不见，但也可以……”她微微顿了顿。

那些静止的花瓣忽然间变成一张红色的剪纸。

“听听惨叫声。”

那红色剪纸渐渐成型，清和一惊：“这个是人的形状？”

卫桓烦躁地皱眉，心想刚消停又来了，嘴上道：“小心一点，是异祀的异能。”

燕山月想抢占先机，于是尽可能地用狐火将周遭的红剪纸控制住，可这一举动似乎激怒了暗祀，那暗祀的声音再次响起：“这么着急呀？”

忽然间，燕山月身后出现了密密麻麻的红色剪纸，那些剪纸铺天盖地地飞来，拧成一股，如龙卷风一般旋转着撞上燕山月。

燕山月左右侧身，连连躲避。扬灵护姐心切，一个又一个莲火飞掷过去，企图将那剪纸炸碎。

可它们似乎非常敏捷，在扬灵的莲火爆破之前便分开了，之后又聚拢袭来。燕山月一个后仰，看着那纸流从面前飞过去，在夜空中打了个转。

卫桓盯着那些红色剪纸，看着它们从一股完整的红色洪流分散开，逐渐布满夜空。

剪纸小人异口同声地发出稚嫩的声音：“欢迎来到无启。”

紧接着，它们像失去了控制一般，一个个飘落下来，一碰上地面，便开始蠕动、膨胀、弯折、扭曲，最后竟幻化成人形。

这些红色的“人”只有一张脸，没有五官，通体鲜红，身形瘦长，在地上诡异地爬动着。

景云觉得瘆得慌：“它们……它们变成人形了？”

扬灵的掌心啪啪地往外冒火，她站到了燕山月身边：“这是异族吧？”

清和拿着枪开始上膛：“还有这样的异族？”

“管他是什么，长得这么恶心，打就完事了。”一向对好看的事物情有独钟的卫桓看到这一幕，受到了巨大的冲击。他活动了一下脖子，两只手臂向外打开，一对金色长刀同时出现在他手中。

清和感叹道：“哇，你这一下跟你教官好像啊。”

卫桓：“……”

那些红色异物已经向他们冲来，其速度比卫桓想象中快得多，一旦确定了攻击目标，便飞快地爬过来。

一只异物朝卫桓扑了上来，同时伸出手。卫桓身子侧仰，躲过一击，却看见那只红色的手不再是手，而是从指头开始异变、分裂，接着又从手掌上长出许多尖利的长勾，如同盛开的彼岸花。

卫桓一剑将那恶心的“手”斩下来。

“扬灵飞上去，攻击最外层！”他手腕翻飞，刀光破开长夜与猩红，“山月，把这些恶心玩意拧到一起，让扬灵直接炸！”

“收到。”燕山月点头。

红色异物被蓝色狐火裹住，它们极力挣扎，但还是被燕山月强行聚在一起。一朵巨大的毕方莲火从天而降，随后轰然炸开，将那些异物炸得面目全非，落到地面，变成一种黏腻的汁液。

卫桓的刀剑飞快斩着，红色汁液从刀刃流淌到他虎口，他皱眉：“这味道……”

燕山月控制住偷袭卫桓的异物，手一甩，将其扔到空中，接着道：“植物的味道。”

没错。

卫桓一刻不停地挥动着长刀，四溢的金乌之光将他包裹住，如同坠落在血窟中的满月。

他看着越来越多的异物如同丧尸入境一般朝着他们涌来，且每一个都顶着一张没有五官的异形面孔，斩杀不尽，他忍不住咬紧了后槽牙。

如果放在以前，如果他还拥有从母亲身上继承的分身异能……

忽然，他的心脏猛地跳动了两下，卫桓不禁低下头，双眼不自觉地睁大，感觉身体要裂开了……

连清和都发觉卫桓不对劲，他扣住扳机的手指顿了顿：“喂，你身上怎么……是我眼睛花了吗？”他转头，看见燕山月也在看卫桓，问道，“狐狸，你看他身上是不是……”

“有幻影。”燕山月用手指比出一个阵法，在卫桓面前设下一面蓝色防御结界。

看着所有人都全身心投入战斗，景云内心的愧疚感越发强烈，他知道自己并不是主要战力，但他时时刻刻都替所有人悬着一颗心。

他飞快地看了一眼四周，街道、商店、楼房、树木……

树？景云愣了一下。

分裂的幻影和异常感并没有持续太久，心脏的异动转瞬即逝，卫桓晃了晃脑袋，手中再一次出现长刀：“我没事，刚刚有点晕。”

燕山月的防御结界没能撑太久，冷蓝色的半球形结界在卫桓清醒后就开始碎裂。

咔嚓一声，明明是极为细微的声音，对那些异物而言却仿佛是猎物出笼的信号。

它们没有眼睛也没有耳朵，仿佛凭着本能涌到卫桓身边，层层叠叠地围住他。那些扭曲、恶心的身体里爆发出巨大的嘶鸣声，张牙舞爪地向卫桓伸出尖利的手爪。

“阿恒，躲开！”卫桓猛地听见景云在身后大喝一声，但被包围的他无处可躲，手里的光刀在意念的操控下迅速变为两条带着钩子的光索。

他的目光锁定不远处那家店铺的二楼栏杆，胳膊一甩，飞出的光索牢牢钩住栏杆，他则起身一跳，拽住光索飞出了异物的包围。

荡在空中的卫桓回头一看，不禁吓了一跳，景云竟然把路边的一棵大树倒拔了起来，连人带树冲到那片猩红之中，抱住树根在里面转了整整三圈。那些缠人的鲜红异物被疯狂转动的树干冲撞、搅乱，根本没有还手的余地。

“我去……”卫桓吊在半空中，不禁咽了咽口水，“还是我温柔多了。”

清和也愣在一边傻看着：“人形绞肉机啊，牛。”

所有企图靠近的异物都被景云放倒，变回了剪纸的模样。

“结束了？”扬灵站在电线杆上往下望。

“应该是。”卫桓看了她一眼，“你能不站在电线杆上吗？看着像只鸟。”

明明消耗了那么多体力，景云却像个没事人似的，招呼都不打一声就将手里抱着的树直接扔在地上，发出嘭的一声巨响，有种地动山摇的感觉。

刚顺着光索荡到地面上的卫桓被震得一屁股坐在地上，怪尴尬的，他爬起来拍了拍屁股，老妈子一样对景云嘱咐：“轻拿轻放，轻拿轻放，你也不怕砸着脚。”

“抱歉抱歉。”景云下意识就想去拿那棵树，身子弯了一半又被卫桓叫住了：“别动，我刚站稳。”

燕山月看着一地狼藉：“这些纸怎么办？”

清和道：“殡仪馆火化组组长，是时候展示真正的技术了！”

卫桓懒得搭理他，光索又变回长刀的模样，他把刀背往肩上一扛：“别管了，我们又不是专程来打架的，浪费精力，还是先找暗祀吧。”

几个人集合到一起，往前走去，留下一地的红色剪纸，萧瑟的夜风拂过，吹得人后背发凉。

燕山月走在最前面，询问扬灵有没有受伤。清和边走边低头检查自己的弹药余量。卫桓心情尚可，哼着小曲。

哼到一半，他忽然停住了。

“怎么？”扬灵故意嘲讽他，“终于知道自己跑调啦？”

卫桓停了下来，眉头一皱，道：“烦死了。”

众人还不知道发生了什么，卫桓已经回头。

那些红色剪纸竟然凝成了一朵巨大的闭合的花，花藤以迅雷之势延伸至卫桓眼前，荡起的风将他额前的头发吹开了。

卫桓纹丝不动。

“小心！”扬灵大喊。

蛇信般的尖端刺上他眉心的金点，紧接着，轰的一声，卫桓眉心爆发出强大的金乌之气，激起一股可怕的气浪。其他人还没看清究竟发生了什么，就见花藤被赤红的火吞噬，变成一条熊熊燃烧的火线。

烈焰与热流让空气都扭曲变形了。

“好强的火。”扬灵忍不住惊叹道。

那火一路吞噬，一直烧到那朵完全封闭的巨型花朵上。

“我认错了。”那个空灵的声音再度出现，似乎带着一丝疑惑，“你身上的能量波……”

烈火之下，鲜红的花瓣一片又一片徐徐绽开。

不过她似乎很快想明白了：“我知道了，原来是你来了。”

卫桓终于看清，花蕊之中站着个一身红装的女子，她全身上下以白骨为饰，暗红色头纱将她面容半掩，只露出一双眼睛，美则美矣，却是一片白，没有瞳孔。

“你不是要找我吗，过来啊。”她用那双空洞的眼望着他们，感觉到没人靠近，于是伸出一只手，手指在半空中轻轻比画着。

“景云，你身上有印记！”扬灵站在后面，发现之前化作青烟的印记竟然从景云后背上再一次浮现出来。

燕山月皱眉道：“不好，那个印记潜伏在他身上。”

在红衣女子的操控之下，印记一分为五：“你们累了吧？先休息一下。”

印记穿透每一个人的心口，她的声音柔柔的，很是缥缈：“做个梦？”

“谁要做梦！”卫桓抬眼的瞬间，铺天盖地的锋利光刃飞至红衣女面前。

“虽然我认错了……”红衣女勾了勾嘴角，光刃穿透她，就像匕首投入湖中，荡起涟漪，又恢复如初，都是幻影，“但你和他真的很像。”

糟了，是幻系异能。

暗祀的声音轻飘飘的，远远地传过来：“我第一次见他的时候，他也射出这么多光刃，戾气重得很。”

她见过云永昼？卫桓忽然想到钰老板之前提起云永昼时的神情，她一定也是见过云永昼的，云永昼为什么会和这些异祀有瓜葛？

就在他走神的瞬间，脚下缠上来两条暗红色的毒蛇，盘旋而上，忽然又变作花藤，扎根于大地，让卫桓无法动弹。

卫桓回过头，想提醒其他人：“你们小心……”可他身后空无一人。

“你把他们弄到哪儿去了？”卫桓手中的光刀再一次出现，他奋力地砍着脚下的花藤，可一刀下去，那花藤竟然变成了坚硬的岩石。

他再一抬头，暗祀已经来到了他面前。不断延伸的花藤将她的身体托起，距离卫桓越来越近，而卫桓身上的花藤几乎将他整个人缠绕住，连手都无法动弹。

“我再问一遍，他们去哪儿了？”

红色面纱透出女人的面孔，很美，但是她的脸颊被花瓣罩住，花瓣与皮肉生长在一起。

她没有开口，可声音却在卫桓耳中响起：“我说了，他们正在休息。”她伸出手贴上卫桓的胸口，“别激动，我给了你回来的机会，你应该感谢我。”

果然是她。

她的手贴上来的瞬间，卫桓全身都无法动弹，他压下翻涌的情绪，这是他第一次离真相这么近，这种感觉让他全身都止不住地战栗。

“七年前是谁来找过你？为什么要把我带回来？”

“来找我的可不止一个，”她捧住卫桓的脸，那双没有瞳仁的眼睛好似可以看透他，“想你回来的也不止一个。”她的眼睛看不见任何东西，只能用那双苍白的手在卫桓的脸上摸索，自言自语道，“这张脸好像变了。”

“告诉我。”卫桓咬住后槽牙。

暗祀愣了一下，脸上浮现出天真的笑容：“可以呀，但你知道，天下没有一个异祀是会白白受人指使的。”她点了点卫桓的下巴，“你拿什么和我做交易呢？”

卫桓一言不发，盯着暗祀的脸，只见她又一次笑了，脚下的花藤绕着卫桓，盘旋一圈后再度回到他面前：“不过……你现在这副样子，又有什么是你可以拿出来交换的呢？”

她嗅了嗅，抬手掩面轻笑出声：“连能量波都不是自己的了。”

卫桓沉声开口：“你想要什么？”

暗祀闭上那双全白的眼，似乎在感受什么，一条长长的枯藤从她的红袖中延伸出来，探过卫桓的半边身子，最后停在他手腕上：“这个不错，是我喜欢的东西。”

卫桓瞬间警醒，心里仿佛有根弦断了：“你疯了！不许碰我的手环！”

枯藤变得越来越细，几乎要伸进那道裂痕之中。暗祀笑了笑，语气里满是质疑：“你的手环？虽然我是个瞎子，可我最喜欢的骨头还是能分辨出来的。”

她的语气令卫桓难堪：“这是你的东西吗？”

他想肯定地回答“是”，但话却哽在了喉咙。

他还是没有底气。

“是不是都与你无关。”卫桓的眼眶都红了，他咬牙切齿地道，“你要是敢动它，我一定会杀了你！”

手环瞬间化作一柄尖锐无比的光锥，刺向暗祀的太阳穴。

“你现在还有没有这个本事，我不确定。”暗祀丝毫不惧，反而眨了下眼，“但是你杀了我，就永远不会知道七年前的真相了。”说完，她转过身，背对着卫桓，“你猜猜，哪些人会来？猜对一个，我就告诉你他付出了什么代价。”

光锥消失，回到了卫桓的手腕，花藤逐渐延伸到他的脖颈，令他难以呼吸。

暗祀扭过头：“你可得快点，时间不多了。”

卫桓皱眉，他发现暗祀的裙摆闪着奇异的光，这光芒他很熟悉。

——有了这个鲛鳞，你们就可以在海底自由行走。

卫桓惊醒：“不豫？”

暗祀似乎没有想到他会给出这样一个答案，暗红色的长眉微微扬起，那花藤在她脚下畸形地生长延伸，最终变成一张座椅。她转身坐上去，懒懒地倚靠在上面：“原来你还记得有一个为了你掏心掏肺的半人半异族。”她拨弄着自己的面纱，“猜对了一个，想知道他为你做了什么吗？”

真的是苏不豫，他为什么会来这里？

卫桓的思绪一片混乱，他无法相信这个暗祀口中说出的话，她连真身都没有显现出来，只是用幻象和他拉扯，或许她在说谎，或许苏不豫根本没有来过这里。

“你害怕知道吧？”暗祀的声音一下一下敲打着卫桓的心，“你怕知道有人为了你付出惨痛的代价，你怕你这颗懦弱的心会对他产生愧疚，甚至会因为这样的愧疚和感恩而无法拒绝他提出的任何要求。”

“你在胡说什么？”卫桓的胸口止不住地剧烈起伏，那些藤蔓几乎要包裹住他全身，从脖子延伸到他脸上，令他不得喘息。

“我说错了吗？”暗祀的话平淡却字字诛心，“你敢发誓，你不会因为感动和感激而崇拜某人？”

卫桓忽然感觉自己的手腕灼热难当，这句话烧在他的心上。

他眼前出现云永昼的背影，自回来后，云永昼似乎一直在他身边。他因云永昼在自己陷入谷底时伸出的手而感动，也因云永昼每一次恰到时机的出现而心存感激。

真的像她说的这样吗？

藤蔓紧紧地绞着卫桓的脖子，体内空气渐渐变得稀薄，他感觉自己的意识徘徊在某个临界点，就快陷入昏迷。

暗祀的声音还在他耳边盘旋：“你现在想的恐怕不是苏不豫吧？”

不豫……卫桓奋力挣扎，但无法挣脱：“你……你把不豫怎么了？”

暗祀的脸冷了下来：“我真替他感到可悲。”说完，她弯下腰，用手指碰了碰花藤上盛开的一朵小花，“我替你们所有人感到悲哀。”

“你……你究竟……”他的手臂挣脱不开藤蔓，却召唤出无数金色的光刃。

暗祀笑了笑：“时间到了。”

她转过身，点缀在红裙之上的鲛鳞闪烁着微光。见她要走，卫桓闭上眼，用意念驱使那些光刃飞到她身边：“你不许走……你给我说清楚！”

无数道光刃刺入暗祀的身体，所有的藤蔓停止了生长。

被光刃刺中的她转身，说出最后一句话：“你的噩梦该醒了。”

光刃拔出，卫桓眼前爆发出强烈的光芒，耀眼如同白昼，他什么都听不见，什么也看不见。

意识一点点回归这副皮囊，沉重的眼睑微微动了动，卫桓睁开双眼，眼前一片黑暗。

“卫桓，吃饭了！”

听到这个声音，卫桓猛地惊醒，意识完全回笼。

一本书从他脸上掉下来，直直地落到地上，他一下子坐直身子，耳边是鸽子受到惊吓飞远的扑棱声。

他呆呆地转着脑袋，看了一下四周，熟悉到闭上眼都能描绘出的花园，两棵古老而巨大的并蒂树，还有父亲亲手给自己做的吊椅，他坐在吊椅上，一晃一晃的。

这是九凤家的空中楼阁。

“吃饭了！快下来！”

母亲的声音再一次传来，卫桓从吊椅上下来，一步一步踩在熟悉的草地上，走到了花园的边缘。

他站在悬浮于半空中的小花园，朝下望去，果然看到了自己的母亲。

依旧年轻美丽的母亲手里握着一只锅铲，另一只手遮在眼前挡住太阳：“你再不下来，我飞上去拿锅铲打你了啊。”

不知道为什么，卫桓的眼泪瞬间就掉了下来。

“怎么了？饿傻了啊？”母亲招了招手，“行了，我不打你，下来吧，你爸一会儿就回来了。”

卫桓没有想到自己竟然还有机会和父母坐在一起吃饭。

母亲夹了一大筷子菜放在他碗里："你是不是在上面偷偷睡觉了？怎么这么蒙？"

父亲打趣道："肯定是，花园的草坪上有好几本书，八成是你儿子搭在脸上睡觉时掉落的。"

"不是你儿子，是吧？"母亲用筷子敲了一下父亲的筷子，把他夹好的菜敲掉，埋怨道，"下次你俩都不许进花园。我好不容易回来休个假，即便有九个分身都不够用的。"

"听见没，你妈在明里暗里地抱怨呢。"父亲朝卫桓使了个眼色，"你也分出来九个帮帮你妈呗，算了，还是留一个陪我下象棋吧。"

说着说着，卫父停了下来，伸手在卫桓面前晃了晃："儿子，你怎么了，怎么直勾勾地盯着我俩啊？"

卫母也发现不对："你睡傻了吗？"

卫桓眼眶涩得很，鼻子也酸，他努力地忍着："我……我真的只是睡了一觉吗？"

"你看，"卫妈妈又敲了一下卫父的碗边，"承认了吧。"

卫父一脸疑惑："那不然呢？你睡了两觉？"他大概是觉得稀奇，说着自己都笑了，"吃饭吃饭，一会儿我们做大扫除啊。九个你妈，九个你，再加一个你爸我，我还不信打扫不干净。"

卫母道："人多有什么用，每次跟闹着玩似的。"

卫桓低着头，努力把饭菜扒进嘴里，眼泪也悄悄掉进去。

他感觉自己已经很久没有吃到妈妈做的菜了，也很久没有看着他们在自己面前斗嘴了，明明他以前最讨厌他们在饭桌上唠叨，可这一刻，他却觉得是那么珍贵。

"对了，"卫父抬头，"刚才老扬找我，让我告诉你他出差回来了，你吃完饭去毕方家一趟。对了，把我昨天带回来的那个异茶提过去，还有那条小犀犬，牵过去送给你小灵妹妹。"

扬教官……卫桓急急忙忙地咽下嘴里的饭菜："爸，现在是几几年？"

卫母伸手摸了一下卫桓的额头，喃喃自语："吓我一跳，我还以为你发烧了。"说完她又用手指戳了一下他额头，"没发烧说什么胡话。"

"天天在家玩疯了，玩得不知道日子了。"卫父摇摇头，"正好，下午去找老扬，让他考考你格斗。马上就要开学了，你也该收收心了。我听说扬昇为了入学考试早早地在家训练，从今天开始你跟他一起训练。"

入学考试……卫桓腾地一下站起来，离开餐桌四处走动，似乎在找什么。

"这孩子怎么了？"卫母小声问道。

卫父也不明所以，耸了耸肩："可能是压力太大？"

卫母道："你别催他。"

终于，四处翻找的卫桓在厨房看到砧板上的菜刀，他缓缓举到眼前，在刀面上看到了自己的脸。

他看到那张久违的面容，还有自己锁骨上的九转风纹。

卫母跟着他来到厨房，见他拿着一把菜刀，吓了一大跳，赶紧夺过来："你干吗呀？不想去就不去，好好说话，拿什么刀啊？"

卫桓转过来，望着母亲："妈，你打我一下。"

"打你？"卫母愣了一下，然后不好意思地笑出声，"你是不是还生气呢？妈妈刚刚开玩笑的，我不会拿锅铲打你的，你看妈妈什么时候……"

卫桓抓住她的手："你打我一下吧。"

听见他的声音都带上了哭腔，卫母虽然不知道究竟发生了什么，但也只得抬起手，轻之又轻地在他头上拍了两下："好好好，打了打了，感觉到了吗？"

卫桓忍着鼻酸，重重地点了点头。

"走走走，吃饭去。"

卫桓不知道究竟发生了什么，可眼前的父母真实地存在着，他们会说会笑，和他一起打扫房间。

爸爸还是像从前一样爱用风捉弄母亲，然后母亲就会变出好多个分身，对着父亲念经，而自己就像一根墙头草，一会儿冲母亲撒娇，一会儿和父亲站在同一阵营。

每一个触碰都真切无比，从指尖到心脏，都是真的。

“你说你做了个梦？”扬昇抬了下手，一阵风吹过，把卫桓没有关好的大门合上，他正要过来，就见卫桓牵了条小犀犬，那小东西冲他汪汪叫了两声，吓得他退了几步，声音都小了些，“做……做了什么梦？”

卫桓把东西放下，换了鞋，正要说话，就见小灵从房间里跑出来，一把抱住卫桓的腿。她仰着小脑袋，奶声奶气地喊他：“桓桓哥哥，你好久没有来我们家了，你不想小灵吗？”

见她这样，卫桓心里不知怎么有些难过：“当然想你啦。”他轻轻拽了一下扬灵的小辫子，“乖，这是给你的礼物，你抱抱它。”

“狗狗！”扬灵眼睛都放光了，一把将小犀犬搂进怀里，开心地蹦蹦跳跳，“谢谢桓桓哥哥。”

“快牵到你房间里去。”躲到一边的扬昇摇头叹气，“幸好要开学了，不然我天天回家家里都有狗，而且它指不定哪天就扑到我身上了。”他一屁股坐到沙发上，从茶几上拿了个丹果扔到卫桓怀里，“哎，你还没说完呢，那个梦。”

卫桓接住丹果，在手里握了握：“对，梦，特别长的一个梦。”

他坐到扬昇身边，把丹果放回到果盘里：“说起来有点吓人。”

扬昇咬了一大口丹果，含混不清地道：“能有多吓人？难不成梦到你死了啊？”

卫桓愣了一秒，低头笑起来：“对，我梦到我死了。”

卫桓将自己的梦原原本本地讲给扬昇听，扬昇听了之后笑得整个人瘫在沙发上起不来。

“你这做的都是什么梦啊，你的想象力这么丰富，怎么不去写小说啊？”扬昇揉了揉自己的肚子，“你死就死吧，还非得拖我下水。”

“谁拖你下水了？梦又不受我控制。”卫桓嘴里虽然这么说，可对梦中发生的事还是心有余悸，以至于看到扬昇和自己斗嘴都有一种久违的感觉。

他说着说着，垂下了眼睛：“我也不知道为什么，感觉那个梦特别真实，就好像在那个梦里我已经过完了一辈子。”

扬昇又道：“是不是因为要开学了，你压力有点大？要不然你上网查查，就查做梦梦到死全家意味着什么。”

卫桓朝他扔去一个抱枕，扬昇牢牢接住，笑着赔礼道歉："开玩笑开玩笑。"他脸上的表情正经了些，"不过，要是真的发生这样的事，我宁愿你和我反过来。"

卫桓抬眼看他："反过来？"

"嗯。"扬昇点点头，"我宁愿死的人是我。反正死了也就死了，什么都感觉不到。"他笑着看向卫桓，"可活着的人太难熬了，我不想做那一个。"

卫桓望着扬昇的脸，眼前忽然出现他另一副模样。

红色的眼，异化的面孔，歇斯底里的怒吼。

——你发誓，如果你有半句假话，我父亲的亡魂永世不得安息，你九凤一族永远被人唾弃。

——我扬昇日后在战场上身首异处，死无葬身之地。

"你发什么呆？"扬昇伸长了腿踢了卫桓一下，"还在想那个梦呢？一个噩梦有什么可想的，你就那么想死啊？"

被他这么一说，卫桓也觉得自己真的出了什么问题，于是使劲回踩了一下他的脚："你以为我愿意死啊？我小九凤的命这么值钱，活两百年都亏了。"

"可不是嘛，祸害遗万年呢。"说完，扬昇就把脚收了回来，小声骂道，"死九凤真下得去脚。"

卫桓把几把风刀扔到扬昇脸上："你再说？我让你说！"扬昇连躲都懒得躲，风刀的刀尖一触到他的脸，便化作一阵蓝色的风，消失不见。

"你这点小伎俩，从五六岁玩到现在还不腻。"扬昇手一摆，手心蓄出一阵风，扔到卫桓脸上，让卫桓眼睛都睁不开，"还给你。"

卫桓压了压被风吹得竖起来的头发："谢谢您嘞。"

两个人正闹着，听见外面有动静。卫桓朝玄关那儿瞅了一眼，看见扬昇的父亲推开了门。

"扬叔叔。"卫桓立刻站了起来。

扬昇在背后小声说了一句："平时也不见你这么会来事。"说着，他也扯着脖子喊了声"爸"。

"坐。"扬铮换了鞋，"今天来得挺早，你爸这次没受伤吧？"

卫桓摇了摇头："没有。"

他这时候才发现，扬教官比他想象中年轻很多，也温柔很多。

扬铮的眼角到颧骨有一道不是很明显的疤，要仔细看才能看到。他和扬昇坐在一起，简直是一个模子里刻出来的，一看就是父子。

过去十几年，他只知道在训练的时候偷懒耍滑，只知道扬教官的严苛教学有多么变态，这些小细节他却从没注意过。

"你盯着我看什么？我脸上有东西？"

卫桓回过神，摇摇头："没有。"

扬铮挽起袖子看了一眼手表："这个点你应该是吃了饭过来的吧？走，一个多月没有检查了，看看你俩谁松懈了。"

如果在做那个梦之前，遇到例行检查的卫桓一定是抵触的，可他现在望着这个男人高大的背影，竟然有种说不出的伤心。

耳边再一次出现扬昇歇斯底里的声音。

——就是到了临死前，他被无数人族围攻撕成碎片的最后一刻，还在试图联系战备总部，发出了信 号，就因为他想救你，他不想让你死在战场上！

——你呢，你当时在哪里？！

扬铮转过身，看见卫桓站在原地没动："卫桓，你发什么呆？"

"爸，他做了个噩梦，被吓坏了，估计还没缓过来呢。"扬昇憋着笑，"你猜他梦到了什么？"

卫桓想阻止扬昇，可还是赶不上他嘴快："他说他梦见他死在战场上，还连累了你。你说好不好笑，他都还没上大学呢就想着上战场了。"

扬铮听了，沉默了几秒。站在太阳底下的他坚毅得如同一尊铜像，沉声开口："卫桓，你会做这样的梦，是因为你害怕发生这样的事，对吗？"

对吗？卫桓也在心里问着自己，但他不知道答案。

"可你要知道，从你出生在九凤家族的那一天起，你就注定不会过普通小异族的生活，你注定是要投身战斗之中的。"扬铮说着，扭过头，神情严肃地看了一眼扬昇，"你也一样。你们将来会面临生死攸关的考验，会投身到最危险的战场。你们必须尽早做好准备，否则不如直接放弃。"

说完，扬铮转过身，背对他们："不要白日做梦，你们的命掌握在自己手里，生死关头没人会去救你们，就算是我也不会。"

强烈的阳光刺得卫桓睁不开眼，但他依旧坚定地望着这个亦师亦父的人的背影。

没错，一定是梦。

他没有死，扬教官也没有在生死关头去救他。

所有人都好好地活着，他还是那个不争气的小九凤。

集训开始的第二天，扬铮特意把苏不豫叫了过来。

"虽然你是水属性，但是入学考试毕竟要先考无异能近战，你还是要多加训练。"

尽管他的语气十分冷硬，可苏不豫很早就想和卫桓、扬昇一起训练了，所以在得知这个消息时高兴得说话都结巴了："谢……谢谢扬叔叔。"

"叫我扬教官。"

"扬……扬教官。"

扬昇在一旁道："爸，你把不豫结巴的老毛病都吓出来了。"

卫桓也忍不住笑出声，看着苏不豫朝他走过来，眼里的开心藏都藏不住。他感觉自己已经很久没见过这么害羞腼腆的不豫了。

"吃饭了吗？"他小声对不豫说。

苏不豫在他身边站定，和他们一样扎起马步，眼睛老老实实地盯着前方，压低声音回道："吃了。我知道要来训练，还多吃了一碗呢。"

卫桓挪了小半步，凑近些："一会儿去我家，我妈回来了，我让她给你做红烧大虾。"

"可是你对虾过敏呀。"苏不豫皱起眉头看向他。

"转过去，转过去。"卫桓疯狂地阻止他，生怕自己和他讲小话被发现，等确认正在检查器具的扬铮没有发现他们的小动作后，才再次开口，"给你吃啊，我又不吃。你这回就在我家多住几天，我妈上次还说好久没看见你了呢。"

扬昇在旁边竖起了耳朵，听得没头没尾，但还是忍不住插嘴："你们在说什么？"

“嘘——”卫桓脊背挺得直直的，装出一副心无旁骛的样子，控制住嘴巴张合的幅度，“有你什么事？”

“怎么没我事？”扬昇不乐意了，刚好马步扎得腿酸，于是叉着腿半站起来，“我要告诉我爸，有人孤立我。”

“扬昇。”收拾完器械的扬铮转过身，正好抓了扬昇个现行，厉声道，“你连一个马步都扎不好，才一个假期就变得这么浮躁，做事沉不下心。今天晚饭不用吃了，扎马步扎到你心静为止。”

苏不豫和卫桓拼了命憋笑，旁边的扬昇一个劲地求饶：“爸，我错了，刚刚是……”他本来想直接出卖自己的队友，可想着“做人留一线，日后好相见”的道理，最后还是妥协了，“我扎就是了。”

每天和苏不豫、扬昇一起训练，一起玩，甚至一起吃，一起睡，渐渐地，卫桓也就忘记了之前那个可怕的梦。

只是他偶尔还是会觉得自己的人生似乎缺失了什么，可和梦中失去一切的自己相比，那点微妙又捕捉不到的缺失感根本不值一提。

开学的前一天，卫桓、扬昇和苏不豫相约来到南海，想着痛痛快快地玩一场。

“不豫，快，把扬昇这个旱鸭子抓住。”卫桓挽起袖子和裤腿跳入水中，很快又浮出水面，抹了一把湿淋淋的脸，“我今天非得教会他游泳！”

扬昇死活不下去，被卫桓折磨得没有办法，只能去求苏不豫：“不豫啊，你最近有没有掉鲛鳞啊？多给我几片，省得我一天到晚被卫九折腾。”

不豫无奈地笑着，任由扬昇抱着他的胳膊：“不行啊扬昇，你不能总是依赖鲛鳞，这样你永远都学不会游泳。”

“就是！”卫桓游回岸边，“万一你以后遇到一个漂亮妹子，对方特别喜欢水，特别爱去海底，你却是个旱鸭子，那怎么办？”

说完，卫桓愣了一下。

好像哪里不太对，怪怪的，但他又说不出具体哪里不对。

扬昇翻了个白眼：“要你管。她喜欢游泳，自己去游就行了呗。”

“嘁，胆小鬼。”卫桓索性放弃这只拖不下水的旱鸭子，朝着苏不豫大喊，“不豫，快下来，我想看你的尾巴。”

苏不豫闻言，腼腆地低下头，从扬昇身边离开。

“真的要看尾巴吗？”苏不豫一步一步走过去，迟疑地看着卫桓。

浮在海面只露出一个脑袋的卫桓连连点头：“要！”

听到他肯定的回答，苏不豫这才纵身进入粼粼海水之中，两条细白的长腿于湛蓝的波浪间幻化成一条青蓝色的鲛尾，透过海水望去，鳞片泛起的奇妙光彩与波光交相辉映，漂亮极了。

卫桓感觉自己很久没有见到他的鲛尾了。

“真好看。”卫桓的手指触上光滑的鳞片，感觉恍如隔世。

他们玩累了，便并排躺在夕阳下的海滩上，望着远处绚烂的火烧云。一个刚学会飞行的小异族掠过他们的视野，翅膀在云层下晃动个不停，一个不稳，便直直地俯冲下来，在空中划出一道惊心动魄的弧线。

一阵暖风吹过，躺在沙滩上的卫桓抬起手掌，那个小异族便被一片柔软无比的蓝色风毯接住。他胆怯地跪在上面，小心翼翼地四下张望。

卫桓吹了声口哨，坐起来，两手拢在嘴边大喊：“我给你五秒钟的时间重新起飞！”

那个小异族被吓了一跳，不可置信地瞪大眼睛看着他。卫桓悠闲地坐在沙滩上，举起手开始比画数字：“五——四——”

那张蓝色风毯逐渐变得透明。

“三——二——”

卫桓听见翅膀展开的声音。

那只小小的青鸟再度振翅翱翔，穿过棉花糖般的云朵，快活地尖叫着。

卫桓笑着收回手，再度躺下来：“我们要是一辈子都这样就好了。”

扬昇开口：“哪样？天天被你逼着学游泳吗？”

苏不豫忍不住笑起来：“说不定还要天天帮小灵养小狗呢。”

“别，我申请退出。”

“哈哈哈，你怎么这么㞞？”

“有你㞞？能屈能伸卫小九。”

“见狗就愁扬旱鸭！”

“好了好了，你们别吵了……”

十八岁的小九凤，有世界上最好的父母，也有相伴长大的朋友，还有一直将他视如己出的师长，所有人在提及他的时候都会露出艳羡的目光。

他身处最美好的年华，实在没有什么好遗憾的。

真的没有吗？

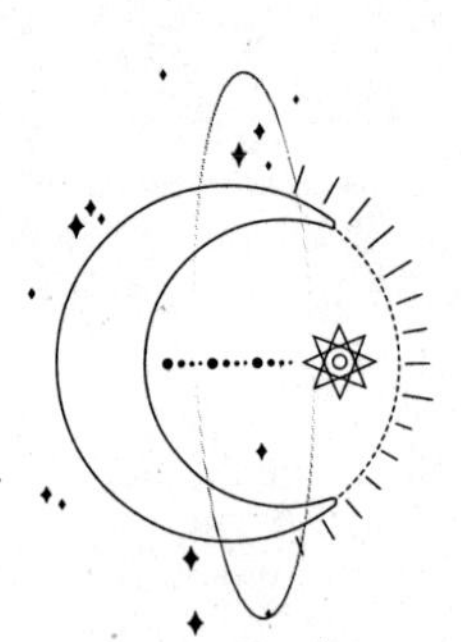

第九章　魔境之花

当卫桓从山海的考场里走出来的那一刻，他只觉得无比熟悉，尽管这种熟悉感从何而来无迹可寻。或许是因为他日思夜想着进入山海，在梦中就已经考过许多次了，所以才会这么胸有成竹。

考完，卫桓找到一个补觉的好去处，懒懒地睡了一觉，被扬昇叫醒的时候，他心中的熟悉感达到了顶峰。

这一幕他一定在哪里见过。

扬昇道："你笔试考得很好。"

卫桓下意识地回道："废话，我当然……"好熟悉，就连这句话他都好像说过。

记忆开始出现错乱，他眼前出现很多画面，就像倒放的电影，一帧一帧在他面前回放。他看到不服气的自己一气之下飞到山海笔试榜的最上方，还看见自己的名字屈居第二，而他上面还有一个人的名字。

"你也别这么傲，虽然你这次考了第一，可一会儿还有实战赛呢。"听见扬昇这么说，卫桓一惊，抓住扬昇的胳膊："我是第一？"

扬昇也有些莫名："对啊，不然呢？那边都放榜了，要不然你自己去看看？"

卫桓跌跌撞撞地从草坪上爬起来，没走两步便打开了黑色羽翼，飞向山海主教。他不知道自己在心慌什么，心脏好像根本不受他的控制，里面仿佛住了一只陌生的小兽。它生了重病，没完没了地撞着心脏瓣膜。

他毫不在意其他考生的目光，直接飞到山海笔试榜顶端，在榜首看到了自己的名字。

不见了，那个他觉得应该在这里，却怎么也记不起的名字消失了。

卫桓的视线一路向下，他从第一名看到最后一名都没有找到那个名字。这很可笑，他既然连那个名字都记不起，又怎么会在这个长长的名单中找到它的踪迹呢？

卫桓心里很慌，他沉默地往回走，一个又一个异族向他投来羡慕的目光。

“扬昇，你有没有那种时候……”卫桓试着向好友解释这些天来自己的异常，“就是你会觉得每天发生的事好像都经历过，但是好像又缺了点什么。”

扬昇摇头：“好像没有。怎么了，你不舒服吗？一会儿就是实战赛最后一场了，你可要坚持下去啊。”

竞技场上传来声响，卫桓听见了自己的考生号，于是对扬昇笑了笑：“放心，我没有不舒服，就是……”

——就是觉得心里空荡荡的，好像缺了一块。

站在入场口的卫桓听到了观众的欢呼声，听到了主持人的声音。他知道自己此刻应该深呼吸，静下心来比完最后一场，可心里的慌乱感却越发强烈。

他从阴影中一步一步走向万众瞩目的竞技场中心，眼睛不由自主地望向自己等待已久的对手，脑海中却忽然闪现出其他画面。

同样人山人海的观众席，同样空旷的竞技场，那个从阴影中走到阳光下的黑衣少年生了一对漂亮的琥珀色瞳孔，额角的火焰图纹鲜红如血。

卫桓闭上眼，又睁开，站在他面前的是一个完全陌生的人。对方友善地朝他微笑，说着“请多指教”这样的客套话，还彬彬有礼地鞠了一躬。

不是的，那个人不是这样的。

他很凶，不爱说话，戾气很重。

对，他赢了这场比赛。

不只是这场比赛。

心脏开始泛起密集的疼痛，卫桓盯着自己的对手，眼眶忽然就红了。酸涩的情绪从眼角流入心口，除了他，没有人感受得到。

他环视一圈，看着那些欢呼的人，看见为自己加油的扬昇和苏不豫，也看见了默默站在角落里的父母。

这一切已经足够美好了。

你要知足。

他的视线又回到自己的对手身上，看着他脸上的笑，心脏像是被重物狠狠打了一下，仿佛有人知道他不甘心，企图让他接受眼前这一切。可他这颗心就是不愿妥协，在一次又一次的钝痛中，仍旧有力地跳动着。

“比赛正式……”

站在竞技场中心的卫桓忽然开口：“错了。”

哪怕这颗饱受重挫的心脏此刻必须苟延残喘地跳动，它也要告诉所有人，这里就是缺了一块，它是不完整的。

“都是假的，”卫桓扯下腕间的考生条，手指一松，那张印有他姓名和考生号的纸条随风飘远，“你不是我的对手。”

他转身的同时，看见了自己的父母，他们并肩站着，温柔地看着自己。

“去比赛吧，比完我们就回家了。”父亲笑着说，“你妈妈做了一桌子好吃的，到时候把扬昇和不豫都叫来，我们一起吃。”

母亲向他伸出双手，展开一个怀抱，脸上露出一丝忧伤：“桓桓，你要走了吗？”

卫桓红着眼，咬着后槽牙，他听见了自己内心挣扎的声音。

“你要离开妈妈了吗？”

眼泪还是不争气地从眼眶里掉出来，卫桓伸手擦掉，一抬头看见扬铮走到了父亲的身边，他仍是一副严师姿态，语气郑重：“你现在放弃，就什么都没有了。”

对，我知道，如果我现在离开，就什么都没有了。

我的父母双双战死，我的恩师为我粉身碎骨，我的朋友为了我献祭，为我挣扎了七年。

而我自己，也将背负着洗刷不净的污名死去。

天地间再也没有九凤。

“我真的很想你们。”卫桓抬起头，流着泪，朝所有人露出一个孩子气的笑，“但这场梦该醒了。”

周遭的一切扭曲起来，所有色彩融化开来，最终化作一片沉不见底的黑暗。卫桓孤独地下坠，不断地下坠，最终坠入深渊，感受着死一样的寂静。

一切都结束了，他很清楚。

忽然间，以为早已失去一切感官的卫桓感到手腕一紧，恍惚中，他看见无数莹莹光点穿过黑暗，如流星般回到他身边，编织出一张繁复瑰丽的光网，将下坠的他接住。

卫桓站起来，站在这片光点的中心，低下头，茫然地望着自己空荡荡的手心。

下一刻，那双手上出现了两柄狭长的光刀。

——感受我。

卫桓攥紧手指，身体霎时间被生生灌入炙热的熔浆，强大的异族能量波在他血液中燃烧，光与热的力量源源不断地注入他的心脏。

梦很美好，但我不是懦夫。

手握双刀的他抬起手臂，果断决绝地划破无边无际的黑暗，刺穿自己的侥幸妄想。

——我要的是真实的我。

睁开双眼的瞬间，卫桓看见了被巨大的彼岸花包裹住的自己，妖冶的花蕊如同红线一般将他紧紧缠绕，宛如一个无法逃离的蚕蛹。

下一刻，封闭的彼岸花苞被金色的光芒刺穿，鲜红的花瓣落下去，他的视野逐渐变得清晰，看见了一个手握金色双刀的人。

卫桓看见，那双慌乱的琥珀色瞳孔在与他视线交汇的一瞬染上了错愕。

他好像比自己还慌。

从梦境中挣扎出来的卫桓，脸上还淌着两行泪，他虚弱地朝云永昼露出一个安心的笑："你来得……还不算晚嘛。"

闯进无启幻境的第一时间，云永昼就看到了暗祀纱华。

她好像还是和七年前一样，但又好像不一样了。

"你来晚了。"这句话让云永昼拼命稳住的心瞬间乱了。

纱华拽了拽自己的裙摆，从花枝交错而成的台阶上款款走下来，那双全白的眼寻着金乌的能量波，嘴角带笑道："你知道吗？我刚才差点把他当成你。"

云永昼攥着拳，隐忍着怒气，开口："他人呢？"

"我们金乌大人可真是转性了，不像七年前那样用光刃直接威胁我了。"

纱华伸手拨了拨自己脸侧的面纱，“这么在意他啊？”

云永昼额角的火焰愈发鲜红，几乎要顺着暴起的青筋蔓延开来。

“别着急，他和当初的你一样，在魔境里过着他最想要的生活。”纱华的声音听起来很远，又带着几分戏谑，“你当初不也是这样吗？这些梦魇并不是我创造的，是你们自己选择的。”

云永昼后背发冷。

他比任何人都清楚这个魔境有多么可怕，因为他切实经历过。那里是比天堂还要可怕的沼泽，一旦真正陷入其中，放弃了现世，意识就会永远困在彼岸花中，再也无法回来。

“他在哪里？”云永昼再一次开口，语气冷得像冰。

纱华的红纱在夜风中飘着，笑得狠毒：“你找找看？你不是很喜欢找他吗？”

云永昼的笑意渐渐敛去。

一枚光刃飞向纱华，直指她的咽喉，锋利的尖端挑开她的面纱，露出她雪白脖颈上的一道可怖伤疤。

“原来你连声音都没有了。”

光刃一瞬间穿过她的幻影，绕回到云永昼身边。

纱华的神色微微一变，却仍旧强撑着表现出高高在上的姿态：“彼此彼此，你又比我好到哪里去？”

“是，彼此彼此。”云永昼一步一步向她靠近，他额角的火焰图纹蔓延到右眼角，红色的印记衬得这张脸更加苍白，他极力隐藏的戾气在这一刻毫无顾忌地显露出来，仿佛只有在这个时候，他才真正成为一个令人生畏的高等异族，“你只需要知道两件事。”

“第一，我知道你的把柄是什么。”云永昼的嘴角微微上扬，泛起令人毛骨悚然的冷笑。

纱华的幻影开始不受控制地发颤：“你……你不过是在危言耸听！如果他们几个全部困在魔境里，他们的能量就都是我的了。你以为，到了那个时候我会害怕你吗？我会保护我要保护的人，你休想威胁我！”

云永昼仿佛听不见，仰头看了一眼无启城上虚假的蓝天。在低头的一瞬，周遭的地面凭空起了大火，且愈烧愈烈，将所有的幻象都吞没在熊熊大火之中，而身穿黑色战斗服的云永昼立于其中，和身处炼狱的死神没有区别。

纱华闭上眼，她能感受到自己创造的幻境被云永昼的金乌真火烧毁，再度睁眼的时候，她一向缥缈的声音都带了些许愤怒："就算你找到他又能怎么样？没有任何人可以帮他从魇境里逃出来，就算是你也不行。"

"第二……"云永昼无视她的话，面色淡然地将未说完的话说下去，"这个世界上没有我云永昼杀不了的异族。"

纱华最终还是妥协在云永昼的杀气之下。

幻境被打破，没有繁华整洁的城市，也没有什么蓝天碧树，曾经昌盛的无启城如今只剩下一片广袤的废墟，废墟之上开着无数朵巨大的彼岸花。花苞聚拢，在灰色的废土上红得触目惊心，而每一朵花都困着一个失去自我的意识体。

"找找吧，这么多呢。"纱华的声音远远飘来，"不过你最好遵守约定。"

云永昼的大脑几乎停止思考，他根本无暇顾及这个所谓的暗祀，只冷冷扔下一句："你不配。"说完便展开雪白羽翼，毫无犹疑地飞到那些花前。

纱华的声音愈来愈远："反正如果是我，我也不愿意从那么美的梦里醒过来。只要是快乐的，梦和现实又有什么区别？云永昼，看来你这次只能带走这个劣质仿冒的肉身了。"

"他会醒过来。"尽管云永昼这样说着，可他的手却在发抖，而且抖得厉害。

他也曾陷入其中，他知道，魇境就是来源于心底里最深的渴望和遗憾。它将你所有的求不得统统奉上，将你所有的意难平全部抹去。在魇境里，你可以幸福美满地度过一生。

七年前的他差一点就被困在这个所谓的美满结局之中。

他拼了命地在这废墟之中寻找着，用他的羲和之瞳探寻每一朵花中的真身，仿佛陷入了这个红色的迷宫之中。他的心跳越来越快，越来越慌，命运好像又一次重演，他的手中永远是握不住的流沙。

一朵，再一朵，全都不是他。

心口的火终于要熄灭的时候，云永昼忽然感应到一个相同的频率。那是属于他的金乌能量波，在废墟之中的另一个位置，火焰燃起，仿佛在告诉他“我在这里”。

云永昼循着那团炽热飞去。

找到了。

看着这朵黑暗中盛开的彼岸花，花瓣之下就是结果。

云永昼低下头，双手出现狭长的光刀。

——我真的不想失去你。

在看到卫桓睁开双眼的那一刻，云永昼慌乱的心终于安定下来，尽管他没有想到，卫桓竟然没有沉溺在那个美梦里。

太好了，他自己走出来了。

心中的那根紧绷的弦终于松开，冷汗涔涔的云永昼几乎说不出任何话，他感觉自己就像是被人从数九寒冬的冰窟中打捞出来，整个人都是冷的。直到这一刻他才知道，虚惊一场是多么美好的瞬间。时隔多年，他终于可以在最后一刻赶到对方的身边，没有错过。

或许是因为传心，卫桓睁眼看到云永昼的瞬间，丝毫没有怀疑这是不是暗祀设下的幻境。他能感觉得到，这就是云永昼，他的的确确来了。

包裹起来的红色花瓣被光刃在刹那间斩断，轻飘飘地落到地上。

云永昼手腕翻动，金色双刀斩断紧紧缠绕住卫桓的花蕊。没了支撑的卫桓有些发虚，腿一软，在意识将腕间手环化作长刀支撑住他之前，身体已经先一步倒下去，不过，是倒在云永昼的怀中。

卫桓的额头抵住云永昼的肩，感觉对方的臂膀环住自己的后背，心里缺失的那一块好像终于找了回来，严丝合缝地嵌进去，终于不再空荡。

“没事吧。”他听见云永昼的声音，于是抵在他肩上点了一下头。

他瞥见云永昼的手，道：“你的手在抖。”说完，又抬头看向云永昼，神色有些紧张，“刚刚你也遇到那些怪物了是吗？你没受伤吧？”

云永昼不由得将手往回收了一下：“没有。”

没抖，没有遇到怪物，还是没有受伤？三个选项从卫桓的脑子里冒了出来，让他做选择。

卫桓想了想，觉得既然想不通还不如验证一下，于是他抓住了云永昼的手。

“你看，抖了。”卫桓举着自己的“证据”，眉头微皱，“你的手好凉啊。”

云永昼刚要把手抽出来，就被卫桓用两只手抓住：“云教官，你以前的手都不是这样的，你身上可暖和了。你不是金乌吗，手怎么这么冷？”他认真搓了两下，看见云永昼的手被搓红了才松开，然后抬头望着云永昼，“是不是那个暗祀，她弄出很多冰冻着你了？肯定是的，她就仗着自己会点特殊的异能……”

卫桓话没说完就愣住了，因为云永昼正用袖口为他擦拭脸颊。方才他还说个不停，可现在就像个被人捏住脖子的小兔子，动也不敢动。

“我……脸上流血了？”卫桓尴尬地开口，想要抬手去擦。云永昼抓住了他的手腕：“别动。”

卫桓也没有挣扎，只是“哦”了一声，然后就没心没肺地笑起来：“应该就是一点皮外伤，我都不觉得疼。”

是吗？云永昼耐心地一点点替他擦去，心里想的却是，在梦里该有多痛才会流下血泪。

卫桓也不知道自己是怎么回事，明明没有盼着云永昼出现。其实就算云永昼不出现，也不会有什么改变，可云永昼现在真的出现在自己面前，卫桓反而觉得有点难过。

就好像真正受了委屈的时候，如果旁人不来安慰，挺一挺也就过去了，很快就可以当作无事发生。可一旦真的有人来询问关心，那种委屈和难过的情绪就会如泄洪般，止也止不住。

擦干卫桓脸上的血泪，云永昼放下了手。卫桓错开视线，低垂着眼，闷闷开口：“你为什么要来？”

“因为你不听劝。”

卫桓一下子抬起眼，眼睛雾蒙蒙的：“我听了，但是我不能不来啊，我……”

每次到了这种时候，苦衷就会堵住喉咙。

“而且我跟你交代了，还让你等我回去，结果呢，”卫桓抿了抿嘴，“你说你不想等我。”

“所以我来了。”

卫桓愣了一下，心想，原来不想等的意思是他想来找我。

卫桓忽然想到之前暗祀说过的话，于是问道：“你怎么知道这里？你之前是不是来过？你怎么找到我的？”一连串的问题问出来后，卫桓便紧紧盯着云永昼的眼睛，等看见他明显无可奉告的表情时，心里又有点想放弃。

谁知云永昼竟然开口了：“是，我来过，也被困过。”

卫桓的心一下子被什么击中了。

他真的来过，那……他是为了什么来的？又献祭了什么？

卫桓很想继续问下去，这在他心里已经成了一个疙瘩，似沉疴旧疾，每每想起这些，就恨不得能将其一刀切开，看看里面究竟藏着什么秘密。但他又害怕，怕这个疙瘩其实只是自己一厢情愿的妄想。

他又一次想到了自己刚才的梦，梦里一切都很圆满，大家都还在，他也还是那个要风得风、要雨得雨的小九凤。可是梦里唯独没有云永昼，他上辈子就追逐了好久的“对手”。

他不知道为什么这个梦会是这样，关于云永昼的记忆好像被剔除一样，彻底消失。这也偏偏成了他逃出梦境的唯一出口，不过……

如果换作是云永昼，梦里应该也不会有他吧。

“所以你最后也出来了。也是，你可是云永昼。”卫桓最后还是更换了自己的提问，故意笑得满不在乎，“那你梦到了什么？”

云永昼望着他的眼睛：“等你想把你的梦告诉我的时候，我再告诉你。”

卫桓的瞳孔微微放大了。

这……这个金乌也太狡诈了，这哪里是金乌？分明是狐狸！等等，狐狸？

“糟了！”卫桓猛地拍了一下自己的脑袋，“快去救山月他们！”

都怪云永昼来得太碰巧，他差一点就忘记自己的队友了。

“别怕。”云永昼还没来得及抓住卫桓的手，卫桓就一溜烟跑了出去，也没听见云永昼说的话。

一看到满废墟的花，卫桓头都大了：“我的天！怎么这么多啊？！”他回过头看向云永昼，问，“这些都是被暗祀困在彼岸花里的异族吗？”

云永昼点头："这是她的异能。你们的意识会陷入魇境里，如果出不来，能量波就会被她吸收。"

"太缺德了，上一代暗祀怎么会找到她来继承。"卫桓一面碎碎念，一面四处找其他人的踪迹。

忽然，他听见一个熟悉的声音："阿恒——小灵——"

卫桓和云永昼同时回头，望向声音的来源。

卫桓道："是景云。"

云永昼点了点头，展开翅膀，指间伸出一条光索将卫桓环住，一把将人拽到自己身边。没等卫桓反应过来，云永昼就带着他飞了起来："抓紧我。"

卫桓应道："……哦。"

越过一栋废弃侧倒着的大楼，他们终于看见一个身穿扶摇蓝色战斗服的背影，正在四处打转。

"景云！"被卫桓叫到名字的景云转过头，看见从天而降的云永昼和卫桓。他吓得眼泪都要出来了，泪眼汪汪地朝他们扑过来，但又在距离他们两步之遥的时候停住了，还打了个哭嗝。

"等等！你们不会是假的吧？"他举起拳头做出防御的姿态，"云教官怎么会来？你们肯定是那个异祀捏出来的人！"

"你也知道那是异祀，不是女娲娘娘啊？"卫桓的白眼都要翻上天，"开什么玩笑，她捏得出来这么帅气潇洒的我吗？"

"那……那云教官呢？"景云狐疑地盯着云永昼，"你怎么会在这里？我们明明是偷偷来的……"

云永昼冷淡地开口，没有过多解释："我来找他。"

卫桓搓了一下自己的耳朵尖，走到景云跟前："不是，你平时单纯得简直没救了，这会儿知道要多想一想了，你的防备心还真是会挑时候。"说归说，他还是有点害怕景云的拳头。

"放下来放下来。"卫桓伸出一根食指把景云的拳头摁下去，"你这一拳打下来，我可能会死。"

景云这时候才放下所有戒备，"哇"的一声扑倒在卫桓怀里："吓死我了！

我以为再也见不到你们了！”

卫桓下意识转过头，看见云永昼双臂环胸，脑袋别到一边。

“我刚刚做了个超级可怕的梦，你们都不见了，我还以为自己出不来了……”

卫桓有些惊讶：“不对，不应该是美梦吗？”

云永昼走过来：“魇境和现实是相对的，如果现实并没有什么遗憾，魇境就会变成噩梦。”说着，他试图伸手将景云缠在卫桓身上的胳膊拿开，但第一下居然没有扯动。

景云哭喊到一半，抬起头看向云永昼，卫桓也跟着望过去。突然被盯的云永昼松开手，把手背到身后，眼神躲闪，问：“还有三个，不去找吗？”

“对……嗝，对哎。”景云松开卫桓，“还有燕同学、小灵和清和，我们快去找。”说完他就愣头愣脑地往前跑，像个被人放进迷宫的仓鼠。

卫桓无奈地叹口气：“你会飞……”

“对，对，我会飞！”景云停下自己慌张的脚步，展开翅膀飞了起来。

看着他飞上天，卫桓头一偏，视线和同样已经展开翅膀的云永昼对上，挤出一个笑。

飞在前面的景云似乎已经找到了燕山月和扬灵，他喊了一声：“阿恒！在这边！”

云永昼带着卫桓飞过去，看到了被燕山月打横从花里抱出来的扬灵，卫桓小声嘀咕道：“现在的女孩子力气都这么大的吗？”

见云永昼不吭声，卫桓也没有再说什么，两人落了地，他便跑到扬灵跟前。

扬灵靠在废墟石壁上，脸色不太好看。不过卫桓一靠近，她还是像往常那样语气暴躁道：“你看我干什么？你是想看我的笑话吗？！”

卫桓笑嘻嘻地躲过扬灵抛来的迷你火莲：“谁敢看你的笑话呀。”

景云连忙说：“小灵，你没事吧？吓死我了……”

云永昼默默地走过去，一句话也没有说。他在乎的是，所有人中只有卫桓脸上有血泪。

看着卫桓和扬灵嬉闹的样子，云永昼只觉得难过。如果他再早一点，就可以阻止这些事发生。

"清和呢？"燕山月扶住扬灵站起来，"你们看到他了吗？"

卫桓有些奇怪，转头问云永昼："人族也会被困在魔境里吗？"

云永昼并不清楚，只能如实道："可能。"

景云有些为难："可是人族不像异族，身上的能量波很难被感应到，这就很难找了……"

对，这是一件麻烦事。卫桓舔了舔嘴唇，心里有些担心，却听见云永昼开口："他就在附近。"

所有人绕着这个废墟，搜查了一遍，都不敢贸然打开这些闭合的花。云永昼握着光刀缓缓地穿过这些红色花蕾间，锋利的刀尖摩擦在地上，发出刺耳的声响。

最终，他停在了一朵花前。

卫桓见状走过去，将自己的手贴在花苞上，低声对云永昼说："确实是人族的能量波。"他腕间的手环变成光刃，在花瓣上划开一道缝隙。

花瓣徐徐落下，内里的红色花蕊缠绕住的果然是清和。可他双眼紧紧阖着，花蕊的蕊丝已经将他整张脸都包裹住，甚至缠绕住他黑色的眼罩。

"魔境只能从内而外打破。"云永昼淡淡道，"你们帮不了他。"

燕山月开口："刚才扬灵醒不过来的时候，我试着对她说话，好像是可以干扰魔境里的幻象的。"

景云立刻问道："你说了什么？你试试对清和说说看，没准儿他就出来了呢。"

"不行。"扬灵抢着开口，"山月姐姐对我说的，是我曾经发生过的一些事。她的声音出现在魔境里改变了我的梦，所以我那个时候才发现不对，逃了出来。可是这些事清和又没有经历过，说了也起不到任何作用啊。"

扬灵说得没错，这种办法并不是人人适用，除非知道清和的过往。

他为什么会被困住，他的过去又发生了什么？

扬灵推了推卫桓的胳膊："你不是他的朋友吗？你不知道他发生了什么？"

景云附和道："对啊阿恒。"

“我不知道。”卫桓沉声开口，“我不知道他的过去。”

所有人再一次陷入了沉默。

“陷入魇境多久会彻底失去意识？”过了好一会儿，卫桓才又开口。

云永昼看了一眼清和身上密布的红色蕊丝：“他的时间不多了，等到蕊丝彻底缠住他，就来不及了。”

这样下去不行，卫桓无法眼睁睁看着清和变成空荡荡的躯壳。他咬咬牙，选择了最麻烦但也是不得不走的一条路：“景云，用占瞳。我们必须把他救出来。”

景云犹豫了几秒，知道时间不等人，于是果断上前。

他腕间的明黄色双圆家纹迸发出光亮，随后，他将掌心轻轻覆在清和紧闭的双眼上，心中默念密语。

景云问：“你们谁要借瞳？”

燕山月率先开口：“你上次说大范围借瞳可能会让异能时效缩短，我有一个解决办法。”她走到景云面前，“你只对我使用借瞳，我用我的九尾幻系异能编织幻境，让大家进去。”

语毕，一阵风乍起。燕山月背后出现九条巨大的雪白狐尾，这是卫桓第一次看到她完整的九尾，这是能力强大的象征。

扬灵有些担心：“这样的话，会不会消耗很多山月姐姐的能量？”

“没关系。”燕山月手背上的鸢尾图纹发出光亮，她眼神坚定地看着景云，“来。”

景云点点头，手掌覆上燕山月的双眼。

与此同时，燕山月腰间的玉藻镜飞上半空之中，旋转半圈后定住，而她指间出现浅蓝色的狐火，跳跃着如同盛开的鸢尾。

燕山月睁开双眼，她的瞳孔已然变成重明的明黄色，玉藻镜投射下虚渺的云雾，周遭的一切都开始发生变化，黑暗一点点露出光明的影子。

卫桓听见景云的声音：“我把时间调到更早以前，我们之前不是在燕山漠的记忆里看到过后来的清和吗？我觉得我们应该看看之前的清和发生了什么。”

燕山月轻轻“嗯”了一声。

所有的幻象都在倒流，周遭如同转动不息的万花筒，四周一片流光溢彩。片刻后，众人面前出现了一个五六岁的小孩。小孩被一个身穿女仆服装的中年女人抱到洗手间的镜子前，镜子映照出他完整的面孔。清和的眉眼是很特别的凤眼，即便是幼年时期，也能让人一眼就认出。

幻境停住，时间的沙漏反转过来，正向流动。

“这是他六岁的时候。”景云开口。

“小和，等等。”仆人在身后喊着清和的小名。

这和卫桓想象中很不一样。

幻境里的房子漂亮宽敞，他们站在清和的视角，随着他跌跌撞撞地奔跑。摇晃的视野中出现装修华丽的楼道、宽阔的楼梯台阶，还有富丽堂皇的大厅。

“我还以为清和是暗区长大的人族小孩呢。”扬灵有些惊讶，“居然不是，他的家庭条件看起来很好啊。”

不止是“很好”。卫桓注意到，这栋房子装修华丽，清和还有保姆，甚至每一层楼的角落都有身穿深灰色制服的警卫。

“他应该是政客的子女。”身为富家千金的燕山月道，“寻常富商的家里也不会有这么多保卫。”

没错。所以，卫桓第一时间想到了云永昼。

视线继续向前，他们看到了一个身穿西服的男人的腿，接着，清和被对方高高地抱起。

抱住清和的是一个中年男人，男人身边站着一个和清和极为相似的女性。对方面容姣好，神色温柔，应该是他的母亲。

“我看看，好像又重了点。”男人满眼都是慈爱，拿额头抵了抵清和的额头，“小家伙越长越大了。”

清和妈妈笑着伸手摸了摸清和的头：“我们小和到时候，说不定长得比爸爸还高呢。”

“那我们以后比一比。”清和的声音稚嫩又可爱，“等到我长大了，肯定比爸爸长得高。”

看着他们一家三口幸福美满的样子，刚从魇境中挣脱出来的卫桓心下不免一热，想起自己小时候的样子。

云永昼不知什么时候来到卫桓身边，卫桓扭头看过去。云永昼没有回头，只是用仅仅两人才可以听见的音量开口：“有点冷。”

怎么还冷？

卫桓自然而然地朝他迈近一步，小声问道：“现在呢？”

云永昼只摇头不说话。

“怎么回事？你不是金乌吗……”卫桓小声嘀咕，此刻也忘了关注幻境里一家三口的和美氛围。

景云似乎用异能加速了时间，一转眼，夕阳已然西沉。正在房间里拼着玩具机甲的清和听见楼下有人叫他，于是抱着玩具机甲站到门口，问：“怎么啦？”

“快下来，爸爸带你见一个人。”

即便爸爸是这么说了，清和也只是走到了走廊。

他怀里抱着玩具，隔着走廊精致的雕花栏杆朝下望去，视线里出现了一个陌生的、身穿人族军装的中年男人，男人旁边站着一个孩子。

清和现在的视角看不清那个孩子的脸，于是他迈着步子朝左边走了几步。隔着栏杆，楼下那个孩子的脸一点点显露出来。

他看起来虽然瘦瘦的，身材像刚抽了条的小树苗，但是后背挺得笔直，和他身边的男人一样——他穿着普通甚至有些陈旧的学校制服，看起来却活脱脱像个迷你军人。

楼下，清和父亲抬头瞥见了清和，朝他招了招手：“下来啊，站在那儿干吗？”

视线里，卫桓看见清和用他那双小小的手紧紧抓着栏杆，手指甲都恨不能抠进去，奶声奶气地开口：“下去干什么……”

和他交谈的对象分明是他的父亲，可这一刻，他望向的却是站在下面那个比他大了几岁的孩子。

“这是天伐。”清和父亲将那个孩子的手牵起来，把人拉出来了些，“你马上就要上小学了，这个天伐哥哥会和你一起去育成，你们也可以成为好朋友。快过来，和他打个招呼。”

卫桓忽然听见云永昼很轻声地重复了一下这个小学的名字，问道："育成怎么了？"

"这是凡洲首都成京最好的私人学校，不光是小学，它有一个完整的基础教育体系。"

听着云永昼解释，燕山月问道："所以是贵族小学？"

云永昼的答案是否定的："不如说是政客子女集中营。"

此时清和已然顺从地下去，但他仍躲在父亲身后，只露出半个脑袋，用一只眼睛看着距离他不过一米的那个男孩子。

这时候卫桓才彻底看清那个小孩的长相，明明也是个不大的孩子，五官却透着股英气，右眉上有一块不长的疤，大概在眉尾四分之一处，正好将右眉断开，看起来倒是挺酷。

"这孩子长得挺帅……"卫桓很小声地评价了一句。

那个被领来的孩子伸出自己的手，"小树苗"终于弯了弯，可开口时却没有小孩子的稚气，带着完全不属于他的成熟感："我叫谢天伐，认识你很开心。"

抱着父亲的腿的清和盯着那只手，最后还是伸出手与对方握了握，不过比起握，倒更像是捏："我叫尤清和，你为什么要和我一起上学？"

在听到尤清和的名字时，云永昼眉心一拧。

视线里，清和的父亲将清和从自己身后拽出来，笑道："谁教你这么说话的啊？你要叫天伐哥哥才对。你以前不总是嚷嚷着要一个哥哥吗？现在有了，你以后有哥哥了。"

那个领着谢天伐进来的军人朝清和父亲敬了个礼："我先走了，首相大人。"

"首相？"扬灵惊了，"清和是凡洲首相的儿子？现在的首相不是陈业吗？他……他难道是陈业的儿子？"

燕山月开口："陈业是七年前才上台，这明显比那个时候要早。"

"上一任是谁？"扬灵想了想，"哦！宋成康！"

"不对啊！"景云有点迷糊，"清和不是姓尤吗？你们说的两个姓氏都对不上啊。"

他们的年纪都不大，但卫桓和云永昼很清楚。算算年纪，这个时候清和六岁，那这应该是十八年前左右，那个时候的凡洲首相……

“尤肃。”云永昼开口道，“宋成康的上一任。”

卫桓想起来了，那个时候他估计还在上小学，当时只在新闻中看到过，偶尔也会听父母说起。但毕竟立场不同，卫桓的父母也会特意避开这些，不在他面前谈论。

“这就是当年那个……”他的话还没有说完，就看见云永昼点了一下头，也就没继续说下去了。

时间被拨快，大家这时候才知道，原来这个被带到清和身边的少年并不仅仅是一个所谓“哥哥”，他更像是一个可以时刻待在清和身边，又不会显得过于扎眼的保镖。他无论什么时候都守着清和，不管发生什么，都会在清和身边待命。但他的一举一动很难被卫桓他们看见，因为他永远在清和的身后。

如果不是地上的影子泄露了秘密，沉默的他几乎是隐形的。

他活得就像清和的影子，只有在清和回眸时，他们才能看见他的模样。

在时间的推移中，谢天伐长成十四五岁的少年，虽然他很少说话，但看向清和的目光永远是沉静而柔和的。

清和在学校里喜欢倒着走路，他摇晃的视野里，总是有谢天伐透着担忧的面孔。

“上个星期我同桌借走我一支钢笔，今天都没还我，那个小胖子真烦人。”

谢天伐隔空伸着手，像是时刻准备接住清和一样：“下午我去催。”

“嗯。”清和一步一步倒着走在操场的跑道上，“还有，刚刚上课的时候你同桌拿他的铅笔戳我。”他像受了天大的委屈似的，停下脚步，拼命扯过自己的后衣领，“你看你看，这里都弄脏了。”

谢天伐点头：“我一会儿就去说他，不许他把铅笔往前伸了。”

“还有……”清和说着，又开始后退，结果他刚迈出去一步，背后便飞快地跑过一个身影。他是看不见这一幕，可谢天伐却看得清楚，于是眼明手快地拉住他的胳膊，将他扯到自己身前。

视野变得狭窄，众人只能看到谢天伐的学生制服。

过了几秒，谢天伐才把清和放开，问：“没撞上吧？”

“没有。”清和孩子气地笑起来，“完全没撞上，天伐太厉害啦。”

谢天伐难得地主动开口：“你刚刚不是说，还有……”

“哦，对！”清和眼睛一亮，“还有，就是上次你给我捉的那个蚂蚱，它跑了……”说着，他的表情难过起来，“我怎么都找不到了，你可不可以，再帮我捉一只啊？”

谢天伐大概是没想到，清和会提这么个要求，有些错愕地点了点头：“可以。”

谢天伐将捉蚱蜢的地点选在了学校树林后面的一块草坪。学校建在地势较高的地方，这块小草坪过于偏僻，鲜少被这些小孩子开发。但他知道，在这里可以看见完整的夕阳。

谢天伐牵着清和的手一路走过来，将自己的书包垫在草上：“坐吧。”

“天伐天伐，你看那个太阳！像不像一个超大的蛋黄？”清和坐在谢天伐的书包上，望着天空，“可是我不喜欢吃蛋黄，你喜欢吗？我下次吃不完可以偷偷给你吗？”

天伐在清和旁边席地而坐，从地上拽了根草梗：“喜欢。”

“那我下次给你。”清和没来由地高兴起来，望着渐渐下沉的夕阳，暮色从天际坠入湖中，染红一池碧水，“你看，蛋黄掉到水里了，更难吃了。”

“没关系，我吃。”

清和正笑着，一只草扎的蚂蚱出现在他眼前。谢天伐晃了晃手上长长的草梗，草蚂蚱也跟着晃了晃，好像下一刻就会蹦跶着逃走一样。

“这是什么？！”清和小心翼翼地捧住草蚂蚱，眼睛都在放光，“这是给我的吗？”

“嗯。”谢天伐松了手，“这一只再也不会跑了。”

“我喜欢这个草蚂蚱！”清和连声音都透着笑意，句子的尾音也是上扬的。

原来清和以前是这样的。不知道为什么，卫桓心里渗出一丝酸楚。或许是因为他从一开始就已经知道了结局，所以无论中间的过程是怎样，命运的起承转合是怎样，似乎都没有意义了。

“一点礼貌都没有！”饭桌上，清和父亲尤肃又一次教训了清和，“爸爸跟你说了很多次，你不能因为他每天陪着你就忘了礼仪，照年纪来算，你应该叫他天伐哥哥。你现在每天这么开心，可以和其他小朋友一样好好地上学，这些都要谢谢天伐哥哥。”

清和不高兴地把碗一推：“为什么要谢谢他？我不要，我也不想叫他哥哥，他又不是我的亲哥哥。”

“你这孩子真是越来越不懂事，平时我……”

眼看尤肃要生气，清和的母亲忍不住开口打了圆场：“好了，小和不愿意就算了。天伐不会介意的。”

可清和父亲仍旧很坚持：“不能让他养成这种习惯，别人也是孩子，凭什么要天天守着你的小孩？本来这件事我就觉得有待商榷，最后这样也是迫不得已。如果小和把这当成理所应当，那就是我们的家教出了问题。”

“你也知道是迫不得已，如果不是因为你，清和需要每天提心吊胆吗？再说了，天伐这孩子，如果不是被我们接过来，没有父母也没有亲人，他很有可能提前上战场，到时候……”

“你这样想就是错的，我和你没法沟通……”

整个过程中，清和的视线一直垂着。卫桓他们看不见清和的父亲或母亲，只能听到他们的争论。

清和的手藏在漂亮的桌布下，手里紧紧攥着一个草扎的蚂蚱。

时间继续向前。在清和的视线里，谢天伐的身影越发挺拔，可卫桓也发现，他开始随身携带武器，制服外套的衣角偶尔被风掀起，腰间绑住的枪夹就会露出些许。

奇怪的是，越是长大他们之间的话似乎越少了。

小时候的清和偶尔还会叫谢天伐一句“哥哥”，可长大后几乎不再主动叫他，有时候甚至会刻意与他拉开距离。

“你今天不要跟着我了。”清和背对着谢天伐走在前面，两个人一前一后，谢天伐的影子就在他脚下，“我答应了别人出去玩。”

谢天伐的声音在他身后响起：“和谁一起？在哪里？”

“很安全，她会带保镖，很多保镖。”清和说话的语气带着些许泄愤的意味，“你不用跟着我，别跟着我。”

清和身后没了声音，可影子还在，只不过变成了一个安静的影子。

“我和你说话，你听不懂吗？”清和转过身，脸上似乎带着压抑已久的不满，“你是机器人吗？除了保护我之外，你难道什么都不懂吗？”

谢天伐的眼神黯下来，错开视线，但仍不言语。

“算了。”清和像是自暴自弃一般转过头去，“随便你。”

不知怎的，卫桓觉得清和这一刻似乎很委屈。他看起来是趾高气扬的那一个，可骨子里却是一个想要玩具却讨不到的小孩。

记忆被景云向后拨动，画面像是快进的电影一样飞速前进，周遭的幻影以一种光怪陆离的姿态飞速变化，直到混乱出现景云才停下："好像……出事了。"

他倒退了些许，众人眼前出现难得的混乱场景：涌动的人潮挤成一团，各种声音蜂拥而至。这里或许是发布会，又或许是别的什么公开活动。总之，在清和的视角里，他的父亲尤肃正站在演讲台前，严肃地说着什么。

下一刻，一枚子弹的出现将混乱推上巅峰。

嘈杂的人群与消音器让这场攻击来得几乎悄无声息，光明正大的行刺也变成暗杀。

清和只能看到父亲捂住心口后退的身影，还有迅速染红的衣襟。

出门前，他潦草地为父亲挑选出的蓝色领带，如今也已变成脏污的深紫。

大脑瞬间停止运转，清和只能任由那个活得像影子一样的人，拉拽着他上车，穿过彻底疯狂的人群，像个失败者一样逃离这个无序巢穴。

时间并不会为任何悲痛的灵魂开出特例，它冷酷而高高在上地大步迈进，一刻也不停留。

再往后，便是清和穿戴整齐地跪在灵堂前，身旁依旧是谢天伐的影子。

只是母亲似乎没有儿子坚强，没办法接受现实的清和母亲，不知从哪儿听说了所谓“通灵”的秘闻，从此这就成了她失去丈夫后的精神寄托。

“什么？”她在楼道里焦虑地来回走动，与心腹通话的语气愈发急躁，“我不要什么除异师！我不怕异族！我要他回来！”

“他们说可以聚集他的能量波，去给我找！异祀也好，神父也好……”

清和站在房间的阳台，隔着墙壁默默接受母亲的歇斯底里。听见卧室的门打开又关上的声音，他没有回头，只淡淡开口：“你说，世界上真的有这样的异能吗？”

望着那轮残缺的月亮，他知道自己得不到太多回应。

“如果哪一天我也死掉了，你的任务失败了……”清和笑着转过头，看着跟随自己多年的那个影子，“不，你自由了。”

谢天伐的眉头微微皱起。

“你会不会想要……把我找回来？”这句话问出后，清和似乎有些后悔。他握住阳台栏杆的手拍了一下，嘴角勾起，笑得像他这个年纪的小孩该有的模样：“开玩笑啦，随便问问。”

说完他转过身，背靠在栏杆上，歪了歪头：“其实你现在完全可以直接走了。你是我爸当年带回来的，他现在已经死了，你也没有雇主了，你们之间有什么合约呀协议啊，现在都失效了。”他的一双凤眼微微弯着，仿佛什么时候都不会难过似的，“你放心，我不会拦你。”

谢天伐的腿微微动了动，似乎想往前，但又顿住了。

他的沉默让卫桓想到了云永昼。

清和自嘲地笑了笑，低下头叹了口气：“我忘了，你听不懂我说话。”他的声音低下来，“我为什么要在这里自说自话呢？”

他自顾自地往房里走，背朝下，倒到冷冰冰的床上，姿态像极了中枪身亡的父亲。

黑暗中，两个人都不再言语。

清和躺在床上，看着洒进室内的月光，神色恍惚，开口时，仿佛吐出的每个字都十分沉重：“我要睡了，你走的时候声音轻点。”

——我不想知道你的想法了。

他说完，“啪”的一声关上灯。

但谢天伐没有走，他静静地站在墙边，望着清和的身影。

不知道是不是因为占瞳带来的共情力，卫桓此刻完全可以感受到清和低落的心情，他沉重的呼吸，他的恐惧、慌乱和一点点期待。

明明他还是一个十几岁的孩子，却要经历这些常人无法想象的痛。

等了很久，沉沉的黑暗中终于出现另一道声音："你不会死的。"谢天伐回应的是清和之前那个假设，"我不会让你死。"

清和背对着谢天伐睁开了眼，他根本没有睡着。

"我会的。"他的声音带着笑意，"我现在没了靠山，发生什么都有可能。假如哪一天我全家都被杀了呢？这不是没有可能的事。"

他越说仿佛越有精神："今天我跪在灵堂那里，满脑子都在想，哪种死亡方式比较干脆利落，不那么痛。吃药好像不行，时间太久了，听别人说吃安眠药如果被救回来，人就会变成精神病，可能像我妈那样，还是算了；上吊太古老了，一点也不酷；跳楼也是，死相很难看。想一想，好像还是枪好使……"

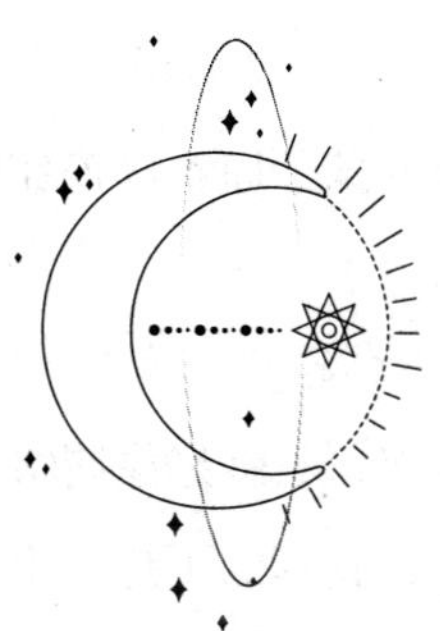

第十章 别放弃他

清和躺在床上，像他这样的孩子原本应该在睡前细数自己的快乐与梦想，而他却在讨论自己未来的死法。

说着说着，他顿住了。

卫桓能感觉到他情绪的突变，心脏好像堵塞了，血液无法流通。

“你不要以为我在开玩笑，我真的不想一个人孤零零地活着，等到了那一天，我一定一定会死掉的。”

这句话像是孩子气的赌咒，同时也更像一种软弱无力的威胁。

“别让我一个人活在世上。”

或许是因为卫桓已经知道了结局，所以在听到清和这句话后，有种一语成谶的感觉。

这个言之凿凿地说着自己一定会去寻死的孩子食言了，哪怕这十多年来，他历经生死，遭受了常人所不能忍受的屈辱和痛苦，如今仍旧顽强地活着。

时间越往后走，卫桓越感觉到悲剧的临近。

幻境变成雪夜。窗外，鹅毛大雪在黑暗中漫天飞舞，清和的视线里是他那个几近疯狂的母亲，不过这一次，她难得冷静下来。

她穿着一件美丽端庄的红色大衣，就像往日还是第一夫人那样，用戴着精致皮手套的手摸着清和的脸庞：“小和，妈妈对不起你。以后会好起来，妈妈保证。”

清和没有说话，也没有太多表情。

母亲似乎早已预料到这样的状况，所以也只是笑了笑。

门口，保姆敲了两下门：“夫人，衣服熨好了。”

“放下吧，我来就好。”母亲摸了摸清和的头，然后将保姆熨好的驼色大衣拿起，笑着开口，“你还记不记得，你小时候可调皮了，每次阿姨给你穿好衣服你都不满意，老是跑来找我。”她模仿着清和稚气的模样，“妈妈我这里不舒服，那里也不舒服。”

“你总是吵着让我亲手给你穿才行。”她温柔地理着大衣的衣领，满眼都是笑意，“一转眼你已经这么大了。”

清和低声说了“谢谢”，显得有些冷漠。

外面传来管家的声音：“夫人，车已经在外面等着了，您看是不是……”

“好。”清和的母亲站起来，取了桌上的围巾给清和悉心戴好，“马上就下去。”

“我们去哪儿？”清和终于开口。

母亲的手放在他的肩膀，轻声说：“搬家，搬到一个别人找不到我们的地方。”

“谢天伐呢？”清和脱口而出。

从他的视野里，卫桓可以看到他母亲的神情，仿佛早有预料：“我本来是不想带他的，但是他特意来找我，说希望可以带上他一起。他说他不需要酬劳，只是想完成之前的约定，所以我最后还是同意了。”

母亲牵起他的手，两人一同下楼：“他现在应该在车上。”

“约定……”清和喃喃自语。

原来还是因为约定。

管家将行李放进后备厢，又替二人拉开车门。

清和上了车，看见坐在副驾驶的谢天伐。他穿着一身黑，戴了顶毛毡质地的黑帽，并在清和进来的那一刻微微侧了侧头，用很低的声音喊了一声：“少爷。”

这个称呼很陌生，在卫桓进入这个记忆幻境以来，谢天伐几乎没有主动叫过清和，毕竟他是随时待命的那一个。

这样一个疏离的称呼大概会激怒清和，卫桓心想。

视线从前方转到侧面的车窗，清和只是扭过头，没有理会谢天伐。紧跟着，清和的母亲也上了车，坐在清和身边。清和这时候才开口：“为什么没有提前说一声就要搬家？”

母亲将手套摘下来：“提前说会很危险，你知道的。”

清和没有多问，他盯着中央后视镜，从那里观察坐在驾驶座的司机。

“刘叔叔呢？”清和又问，“今天怎么不是他开车？”

母亲解释：“刘叔叔提前过去了。这个是陈叔叔。”

“我知道。”清和很直接，“爸爸走后新来的一个警卫是吗？我见过。”

谢天伐侧过脸，看了一眼这个司机。

陈警卫只是点点头：“那我们出发吧，夫人。”

车子平稳地驶出他们的住所，经过市中心的时候，建筑群上的屏幕正在播放新闻，刚上任三个月的宋成康面对镜头侃侃而谈，终止战争、和平发展是他上台后说得最多的话。

清和冷哼一声，闭上了眼睛。

“睡一会儿吧，半夜两点就把你叫醒了，肯定很困吧。”清和的母亲温柔地用手臂环抱住清和，并让他的头靠在自己的肩上，“妈妈抱着你，醒了我们就到新家了。”

清和的意识渐渐恍惚，视野也黯下来。

景云加快了记忆流动。许是没有把握好时机，他们眼前的幻境忽然间天翻地覆，之前还是气氛平和的车内，现在却一片混乱，连前挡风玻璃都被子弹打碎了。

扬灵有些讶异：“发生什么了？”

云永昼开口：“暗杀，和之前尤肃那次一样。”

卫桓皱眉，他似乎听说过这件事，尽管异域和凡洲一直势如水火，但凡洲的换届对异域来说也是一件重大的事，异域里多少也会有讨论。当年，宋成康上台有很多的阴谋论，就连卫桓的父亲都对这件事进行了恶意定性。最讽刺的是，宋成康竟然还是和平派的领袖。

扬灵又道：“可是他现在已经上台了，为什么还要……”

“未雨绸缪，赶尽杀绝。”燕山月冷静地开口。

“当年的事涉及凡洲的内部政变，其实清和的母亲应该也意识到了这一点，所以才会想带着孩子离开。”云永昼顿了顿，“据我所知，当年播报过凡洲前首相家眷车祸遇害的新闻。”

景云有些迷惑：“可是清和他没死啊……”

记忆幻境变得很乱。清和的视野动荡摇晃，枪击声几乎没有间断，可外面夜黑风高，袭击者藏匿于暗处，根本找不到任何踪迹。

“夫人小心！”陈警卫猛地大转方向，差一点撞上人行道栏杆。此时，街道上终于出现了身穿黑衣、头戴面罩的刺杀者，他们将车子重重包围。随后，一发子弹射中陈警卫的右臂，方向盘一滑，整辆车都面临失去控制的危险。就在清和慌乱之中，他看见坐在副驾驶的谢天伐倾身抓住方向盘，在千钧一发的时候稳住了车身。

陈警卫捂着手臂坐正：“我来吧。”

将方向盘物归原主的谢天伐似乎听见了什么声音，他看向后视镜，后面一辆黑色汽车追了上来，他猛地警醒：“夫人弯腰！危险！”

一切都来得太快，快到冲锋枪扫射击碎窗玻璃的时候，清和的母亲都没有反应过来，尽管她从没接受过任何训练，但本能促使她在危险到来的第一时间紧紧抱住了清和，将他护在自己身下。

众人的视线瞬间暗下来，耳边是频繁的枪声和母亲身体中弹发出的声音。

清和的呼吸声都是抖的，他的大脑一片空白。车子越开越快，坐在前面的谢天伐拿出武器进行反击，清和却只能看着为自己挡下子弹的母亲身体逐渐滑落，像一片坠落的枯叶。

“妈妈，妈妈你别动……我给你包扎，我……我……”清和的声音里带了哭腔，他努力地稳住自己的情绪，可怎么都抑制不住颤抖的声线。

黑夜被人的欲望与杀戮点燃，燃烧出血红的光，照红一双双瞳孔。混乱之中，一个十几岁的少年再一次目睹自己的至亲死于非命，除了满手擦不净的鲜血，他什么都握不住。

好不容易甩开紧追的车辆，他们开入一条通道，陈警卫说的什么清和听不太清。恍惚又模糊的视线中，他只能看见那个永远许诺做自己影子的人打开车门，来到他旁边，握住他的肩膀。他努力去听，但只能听进只字片语，譬如“你先走”“快逃”这样的字眼。

清和摇头：“我妈妈怎么办？她怎么办？”

“这里很危险！清和！”谢天伐难得情绪失控，他紧紧地抓住清和的肩，“清和！你冷静一点！”

听到谢天伐喊出自己名字的瞬间，清和好像被一双手从混沌中拉出。

“我……”他冷静了许多，所以他很清楚地知道谢天伐要让他离开。他伸出那双染血的手，紧紧地抓住谢天伐身上的黑色外套：“你和我一起，你别丢下我。”

“你要活下来。”谢天伐冷静异常，根本不像是一个十几岁的孩子。

“我不！”清和几乎歇斯底里，不住地摇头，以乞求的姿态哭喊着，“我活不了！我一个人活不了！”

忽然之间，他们的视野黑了下来。

扬灵道：“怎么回事？”

景云操控着异能道：“他失去意识了。”

卫桓开口：“应该是被谢天伐弄晕了。”

景云迅速调整了记忆时间。在经历很长一段时间的黑暗，光明重现的时候，他们眼前的景象仍在车里，但车子换了一辆。眼下这辆车较之前那辆破旧许多，且满是灰尘。随着清和的意识复苏，他们的视线也一点点清晰起来，而坐在前面驾驶座的人还是之前的陈警卫。

他觉得哪里不对，低下头才发现自己被捆了。更令他没想到的是，他身上的衣服被换走了，此刻他穿着的，是之前谢天伐身上的黑色外套，甚至连那顶黑色毛毡帽也被戴到了他头上。

“这是怎么回事？！”清和朝坐在前面的陈警卫叫喊着，“谢天伐人呢？”

陈警卫从后视镜里瞥了他一眼，可就是这简简单单的一眼，敏感的清和就已经发现了对方的敌意。

就连卫桓都能够察觉到清和此刻的危险处境。

“你为什么这么看我？”他试着挣扎，却挣扎不开，只能再次重复自己最关心的问题，“谢天伐人呢？”

“他换了你的衣服，给你当替死鬼了。”

挣扎不停的清和忽然间不动了。

“你说什么……”

“他要当诱饵，我就让他当了。他还求我，让我一定要保护好你。”这个看起来正直老实的中年男人脸上浮现出一个笑，这个得逞的笑令清和心下生寒，“他知道那些人不斩草除根，一定不会善罢甘休，所以他干脆代你去做那个注定要被斩断的根。你应该感谢他，否则死的就是你了。”

清和身上的寒意透过占瞳传递到卫桓身上，这种共情或许还原不了原主情绪的十分之一，可即便如此，卫桓都无法忍受这种痛苦。

连景云都倒吸一口凉气：“原来是因为这样，清和才没有死……”

难怪，难怪。卫桓一直不明白，清和为什么要回溯，他到底要聚集谁的能量波。

多年来，支撑他在泥沼之中活下来的，大概就是这么一点微末的希望。

“你为什么要这样？”清和还是想不明白，“你究竟是谁？！又为什么要这么做？！”

陈警卫的笑渐渐敛去，他点了几下车前的控制面板，一张照片投映到半空。照片上是一个看起来七八岁的孩子，他抱着一棵大树，笑得见牙不见眼，天真可爱。

“这是我的孩子，如果他现在还活着，”陈警卫又从后视镜中瞥了清和一眼，“应该和你差不多大。”

清和盯着后视镜中的陈警卫，他紧紧皱着眉头，继续道：“他才刚上小学第二天，就是第二天的下午，回家的路上被黑市贩子掳走。我知道的第一时间就报了警，明明有监控显示，那辆车就是开到了暗区……”

他脸部的肌肉因为激动而抽搐：“我试过所有办法，可那个时候不允许个人去暗区！说是什么特殊时期。可那些警察呢？我去不了，难道他们也去不了吗？！他们没有任何行动，就这么一天一天地耗下去……”

“我没有办法，只能去首相府请愿。可我等在门口，那个该死的尤肃怎么都不出现！”他病态地笑起来，“我等啊等，等到我的孩子彻底回不了家。他那么小，那么可怜。你说，他一个人晚上该有多冷？我不敢想，我想都不敢想！我后来在新闻里看到你爸死了，我真是开心得不得了，心想老天爷总算开眼了，让这个短命鬼给我儿子偿命！”

“至于你……”他猛地踩住刹车，深吸一口气，看起来又回到了那副平和的模样，然后从驾驶座出来，打开清和旁边的门，捏住清和的下巴，“我想办法来到你家当警卫，就是为了让你也尝尝我儿子受过的苦！你爸一定到死都想不到，有一天也会像那个跪在首相府门前几天几夜的疯子一样，最宝贝的亲生儿子就这么下了地狱！哈哈哈，哈哈哈……”

清和正要开口，可下一秒就失去了意识，所有的记忆都变成空荡荡的黑暗。

一切来得太突然，卫桓没想到真相竟然这么讽刺——因为这种畸形变态的仇恨，所以清和成了无辜的牺牲品。

记忆再度运作的时候，清和已然被卖到了暗区。他像牲畜一样被捆起来趴在地上，身边站着那个所谓的陈警卫。

视线转向另一头，卫桓看到了熟悉的人影。

“这不是上次我们在燕山漠的记忆里看到的那个跛腿男人吗？”扬灵开口问道。

燕山月点头：“没错，就是他把清和卖给了燕山漠。”

卫桓缓缓开口：“所以这就是为什么清和一直想找到这个人。清和并不是要找他报仇，而是想要通过他找到这个陈警卫。”

扬灵问：“他真正的报仇对象是这个陈警卫？”

云永昼开口道：“不，他更多的是，想从陈警卫口中打探到当年谢天伐离开后的下落。”

尽管他很清楚，既然那些人没再继续追杀他，很显然是已经将假扮成他的谢天伐杀死了。毕竟在他父亲多年的精心保护下，真正的首相之子究竟长成什么样，没有多少人知道。

这一招绝境之中的狸猫换太子，让清和活了下来，也让他的命运从此天翻地覆。

一夜之间，他从凡洲的天之骄子变成黑市上明码标价的人奴，锦衣玉食的他从此要面对每天的拳打脚踢。而为了活下来，他必须学会像一条狗一样，和其他人奴争夺贩子施舍的一点点恶心到不配称之为食物的渣滓。哪怕他与生俱来的骄傲被踩在脚底，被人活活碾碎，他也必须活下来。

和十几个人奴一起被困在闷热的、密不透风的集装箱里，他恍惚间听见有人议论烙印异族图纹的事：

“听说烙印了家纹，就逃不走了。”

“你还想逃？你疯了！逃走是会死的！”

“你以为留在异族就可以活？多少人被活活折磨死，你不知道吗？”

“我听说，有些异主看到图纹烙印在脸上的人会觉得晦气，就会打发他们走。”

“可这都是随机的，你怎么知道会烙在脸上？而且那玩意儿太吓人了……”

“有人说，有种药吃了可以，只要你敢吃……”

清和为了弄到那个药，骗了倒卖禁药的家伙，将对方打晕后吃了半瓶，副作用差一点令他死在路上。

但他的狠心也让他得逞了，图纹果然烙在了他那漂亮得能让人一眼就记住的脸上。

众人的视野里，戴着镣铐的清和缓慢地走出人群，涣散的眼里映着光怪陆离的景色，周围形形色色的异族争做看客，他们或讶异或看戏的脸孔，显得滑稽又讽刺。

忽然，拥挤的人群中出现一个相貌非凡的少年，他胳膊下夹着一个篮球，远远地朝清和投来探究的目光。

清和抬起头，两人的视线有一瞬的交错。

他和别人都不一样，他的眼神里是无声的悲悯。

“是桓桓哥哥……”扬灵不可思议地看着眼前的少年。

卫桓浑身都僵住了。

这一刻擦肩而过的重演，变成睽违多年的重逢。

同样的天之骄子，同样的折傲骨、斩慧根，同样的不认命。只是当时谁也没有料到，眼前的过客，竟像是“世界上的另一个我”。

世间发生的一切，林林总总，看似破碎无序，可循着微妙的踪迹，就能一一拾起这些碎片，或许最后拼接出来的会是意料之外的结果。

卫桓也没有想到，原来有一天，他也可以借着别人的眼睛，和过去的自己擦肩而过。奇妙又令人难过的是，他都快认不出过去的自己了。

同样没有料到的人，还有云永昼。

那个夹着篮球，从汹涌的人潮中走来的十六岁少年，是连他都不曾见过的卫桓。青春，干净，浑身上下都透着少年人从未受挫的美好气息，像一个没有任何裂痕的小瓷人。

云永昼亲眼见到他被人砸得粉碎。可即便如此，云永昼还是像个傻子一样，四处寻找他的每一块碎片，殚精竭虑，一块一块粘好，一点点拼凑还原。

只是，这个小瓷人永远不可能恢复如初了。他身上永久地留下了粉身碎骨后的一道道裂痕，没有人会再去赞美他的完美无缺和光彩夺目。

残破就是残破，多少心血也无法弥补，但云永昼不在乎，只希望他回来。

而且云永昼坚持地认为，完美的他也好，破碎的他也罢，都是自由的。他云永昼所做的一切，从来就不是为了得到什么回报。

幻境里，过去的那个卫桓已经远去，此刻的卫桓心情却很复杂。他忍不住转过头，目光落到云永昼身上。就在同一时刻，云永昼将视线从过去的那个卫桓身上收回，望向正站在自己面前的卫桓。

视线相对，彼此都默契地感到心安。尽管他们都不知道对方所想，但这一刻，内心都被相同的情绪填满。

幸好回来了。

“等一下。”景云的声音响起，将卫桓抽离的思绪拽回。他发现幻境忽然异变，好像坍塌了一样，不断向前移动的人潮和建筑都在摇晃，逐渐变成模糊不清的色块。

“这是怎么回事？”扬灵抓住燕山月的手臂，“山月姐姐，怎么会这样？”

燕山月指尖的狐火愈燃愈烈，她的眼角甚至都出现蓝色上扬的异痕，如同眼线：“我不知道，好像不是幻境的问题。”

“是清和的记忆，他……他的记忆开始错乱了。”景云有些着急，眉头紧皱。

卫桓忽然惊醒："难道说是因为这个魔境？"

云永昼点头："可能是因为他陷得太深，以至于和现实的记忆发生交错。"

"山月，解除幻境。"卫桓走到清和身边，见他身上缠绕交错的蕊丝就快要将他的面孔完全遮掉。

这不行，这样下去他就完了。

卫桓手中出现了一柄光刀，但还没有来得及驱动就消失了。他错愕地看着自己的手，然后回过头。

云永昼站在他身后，握住了他的手腕："直接砍断蕊丝的话，他的意识很可能就回不来了。"

最后一丝念头也被斩断，卫桓的心坠落谷底。

"那怎么办……"他的手臂松弛下来，垂到一边，"你让我看着他这样下去吗？"

清和的眼角已经开始渗出鲜红的血。

扬灵有些慌："刚刚山月姐姐就是这样对我说话的！"她抓住清和的肩膀摇晃道，"喂，喂，你醒醒啊！那个梦是假的！都是假的！你快点醒过来！"

即便如此，清和仍旧迷失在魔境里。

"你不是要给谢天伐回溯吗？你快醒过来啊！你不醒过来，他就没救了！"扬灵说着说着，不知道应该如何说下去了。

任谁也做不到唤醒一个人心中最渴望的美梦。

"可以试试我的办法。"景云忽然开口，声音有些小，也有点抖，"我之前也没有试过，但这个能力我应该是继承了的。"

扬灵急忙问道："什么办法？你先用了再说！"

"不会对你造成伤害吧？"卫桓最担心的还是这一点。

景云咽了咽口水，眼神有些犹豫："我不知道，但是没有别的办法了。"他走到清和身边，手腕上再一次出现了明黄色的家纹。他用温热的手心覆住清和的双眼。

卫桓上前问："你先说，要做什么？"

"我想试试同时对他使用借瞳和占瞳。"景云看向卫桓的眼里已经出现了双瞳，“借瞳可以让他看到我所看到的，占瞳可以让我看到他所看到的，如果同时对他使用……”

“你们就交换了。”卫桓明白过来，“可是这样的话，你就进入魇境了。”

“没有关系，我们交换的只有视角而已。”景云摇头，“那个魇境不是我的魇境，我不会害怕的。只是我的能量实在不够，这种双瞳异能需要强大的能量和精神力支撑，我怕我连一分钟都撑不住。”他看向卫桓，“一旦成功了，阿恒，你一定要快一点，否则短时间内我都无法进行第二次了。”

这是一个只能成功不许失败的冒险。

说完，景云果断地将能量注入自己的手掌，合上双目。一阵明黄色的能量波如同光雾一般萦绕在他和清和之间，最终注入两人的双眼。

再一次睁开双眼的时候，景云眼眸中的双瞳已然消失。而低垂着头的清和，在重明能量波的驱使下竟然抬起头，那双上挑的凤眼终于睁开，里面分明是景云的异瞳。

卫桓试探性地抓住景云的肩：“清和？你可以看到我们吗？”

景云的眼睛忽然间变得湿润，他皱起眉，却一言不发，像是无法说话一般。

经历过魇境的卫桓瞬间就读懂了他的眼神。

——那是知晓自己美梦破碎的感觉。

“清和，你听我说，这一切都是梦，是暗祀设下的陷阱。如果你沉醉在那个梦里，就再也回不来了，你要找的人可能也永远都不能再回来了。”卫桓比任何人都知道，一个毫无遗憾的美梦有多么强大的诱惑力。在那个梦里，或许谢天伐和清和的父母都回来了，并和清和过着最平淡也最幸福的日子。

他也知道清和最在意的是什么，所以他只能狠下心，戳破这个泡沫。

“你刚才看到的都是假的。”卫桓冷静地看着清和的眼睛，“如果你愿意沉浸在这个梦里不出来，可以，反正出卖的是你自己的灵魂。但是你要知道，虽然你有一个完美的梦，可是他没有，他在现实中可能非常痛苦，他或许还在等着你找回他。”

看着这双不断溢出泪水的眼睛，卫桓深吸一口气：“你真的要放弃他吗？”

泪水淌在景云的脸上，他的瞳孔不断变换，在黑眸与明黄双瞳之间来回跳动，最终仿佛绝望了一样紧紧闭上。

卫桓有些慌，他又喊了几声清和的名字。

“他撑不住了。”看见景云再度睁开眼后仍在不断变化的瞳孔，云永昼伸手稳住他的肩，用自己的金乌之力帮他撑下去，“我的能量和他不同源，估计撑不了多久。”

果然，景云瞳孔变换的频率更快了，几十秒后，定格成双瞳。景云像是脱力一般低下头，大口大口喘着气。

“我……我尽力了，你们……你们看看他能不能醒过来。”

卫桓拍了拍景云的肩：“辛苦你了，我来吧。”说完，他来到清和面前，见清和仍旧低着头，被猩红的花蕊缠绕着，于是试探性地开口，“清和？”

语毕，清和缓缓地抬起了头，睁开双眼。

他眼中已然没了光，只有回到现实的自嘲。

云永昼朝清和投去目光的同时，数柄光刃齐齐飞出，奔向那朵破败的彼岸花。光芒交错，清和身上的红色蕊丝统统被斩断。

原本有些不稳的清和站定，抬手抹去眼角的泪。他看了一眼自己指尖的泪，笑了笑：“原来是梦。”

没人料到，他醒来后说的第一句话竟然是这样简单的四个字。可偏偏又是这四个字，听起来令人唏嘘无比。

清和一步一步走出那朵快要枯萎的巨大彼岸花，看了一眼其他人，脸上挂着勉强的笑：“谢谢你们把我救出来，不然我这次真的要死了。”

他的步伐很沉重，每一步都像是踩在了泥沼里，又艰难地拔出来。

卫桓明白清和此刻的心情，倘若换作他，也不愿意别人看到自己这样的过去。

骨子里的骄傲最怕的就是被践踏，可偏偏他已经被践踏太多次，甚至看不出原本的形状。

“我们……我们没有别的办法了，为了帮你才进入你过去的记忆……”景云带着些歉疚，“对不……”

没让景云把剩下的词说出口，清和直接打断：“不要抱歉，没什么。”他挤出一个笑，捏了捏景云的肩膀：“我感觉到你把我换出来了，麻烦你了。”

他转过身，取下脸上的眼罩，挂在食指上转了转，佯装出一脸轻松：“虽然我不是那么愿意把这些乱七八糟的恶心事告诉大家，但都是过命的交情了，知道就知道吧，就当看戏，剧情还是挺精彩的，对吧？”

花一样的异族图纹烙在右眼，眼前的清和一身黑，和幻境中那个锦衣玉食的小少爷完全不同，这世间再也没有当初那个任性又单纯的尤清和了。

攥住那个转了半天的眼罩，清和笑道：“这种感觉很奇怪吧，你们都是异族，却和凡洲的前首相的儿子待在一起。”

扬灵道：“这怎么了？我可没觉得有什么不好。再说了，这不还有一个笨蛋人族吗？”

被她点名的卫桓扯了扯嘴角，一脸无奈：“话是没错，但是请你以后慎用定语。”

“总而言之，是不是人族，根本不影响我们可不可以做朋友。”扬灵并没有发现，当她说出“朋友”一词时清和微变的表情，只自顾自道，“难不成你怕我们？”

清和垂眸，笑着摇头：“不。人族有时候比异族可怕多了。”

忽然间，他们四周开始剧烈晃动起来，这个地下废墟像是即将坍塌一样，震动不息。

云永昼第一时间抓住卫桓的手腕，将他拉到自己身边。

“这里该不会要塌了吧？”景云担忧地望着上方。

“可能只是某种异能造成的现象，不过此地不宜久留，还是早走为好。”燕山月用狐火打开蓝色结界圈，习惯性地看了一眼卫桓，仿佛他已然是这个小分队发号施令的队长一样，“去哪儿？”

卫桓朝清和喊了一声：“哎。”

被景云抓住的清和回头，与他相对。

“要不要去给你的哥哥回溯啊？”

众人穿过燕山月的结界圈，从动荡的无启地下城，来到之前他们途经的那个破乱的小巷。出了地下他们才发现，原来现在外面是清晨，小巷子里挤挤攘攘，摆着一个又一个早餐摊。

清和疑惑地望了一眼这条巷子："这是哪儿？你们把我带到这儿来回溯？"说完他又像是想起什么，嘴硬道，"我先声明一下，他不是我哥哥。"

卫桓笑起来："是是是，不是哥哥。"

清和懒得搭理他，扯开话题："不是我说，这地方可真不像会使用回溯的人住的地方。"

扬灵笑道："看不出来吧。"她抓住清和的胳膊，把他拽到了那个玩偶店，"是这里。"

清和看了一眼被锁上的玩偶店，又隔着门上的玻璃瞅了瞅，更奇怪了："关着呢，我们进都进不去吧，而且这种地方……"

"可以进去，她八成还在睡懒觉，无所谓。"燕山月再次画出一个结界圈，"都进去吗？"她回头，看见扬灵和景云齐齐点头，像两个小孩一样。

卫桓正要开口，忽然听见云永昼的传心。

[不要去。]

他疑惑地闭上嘴，对着燕山月摇了摇头。

"你不去？"清和皱眉。

因此而成了众人的焦点，卫桓立刻用传心问云永昼：[为什么不要我去？我也想去啊。]

他焦急地等待着结果，眼神躲避。终于，百般假笑的他听见了云永昼的声音：[我饿了，想吃早餐。]

卫桓差点笑出来，心想这家伙还真是个小少爷，他又一次问道：[所以……]

心里的话还没说完，云永昼的声音再次响起：[没有所以，我要你陪我。]

卫桓彻底愣住。

"你到底去不去呀？"扬灵"哎"了一声，"笨蛋人族。"

"我……"卫桓干笑几声，"我突然有点饿。"他捂住自己的肚子，"真的，我太饿了，我肚子都叫了。要不这样，你们先进去，我在门口吃碗面再去……"噼里啪啦说了一通，卫桓朝他们眨了眨眼，"给我留个门啊。"

清和瞥了一眼卫桓身后的云永昼，一脸了然："算了，你可别来了，免得到时候给我添一堆麻烦。”

燕山月也笑道：“那进去吧。”

卫桓看着朋友们一个个穿过结界圈，破旧的玩偶店门前只剩下他和云永昼，这才松了一口气。他转过身，两手一叉腰：“云教官，合着您每次传心都用在这种时候了？”说完，他往下蹦了一级台阶，离云永昼又近了些，他们之间的身高差被这一级台阶抹平，他还凑近了些，“为什么不直接说出来？”

在清晨阳光的照射下，云永昼眼珠的颜色看起来十分通透，像两颗漂亮的玻璃球，眼睫轻轻一眨，巧妙地遮掩住情绪的流动：“说什么？”

“说你要吃早餐啊。”卫桓一副理所当然的表情，双手卡在腰间的武器链上，两只脚吊儿郎当地踩在台阶边缘，身子前后晃着，没个正形，“这又不是什么不好意思的事，我真是搞不懂你。难不成云教官，你其实很想吃这种小脏摊儿，但是碍于面子，所以不好意思让大家……”

卫桓话没说完，脚下一滑，整个人往前栽去。

云永昼见状连手都没抬一下，稳稳地站在那里，任卫桓撞到他身上。

卫桓尴尬地抓着他肩膀，企图站稳：“那什么，这个台阶太滑了……”

云永昼顺着他的话接道：“我猜到你会摔。”

卫桓一下子抬起头：“那你也不提醒我？你还好意思说？就等着我摔呢吧？”

云永昼坦荡地点了一下头：“对。”

“你！”卫桓的拳头握紧又松开，“行，可以，没问题。”他假笑着走下台阶，拽了一把云永昼，“不是吃早饭吗？吃啊。”

云永昼没有说话，只默默走在他身边，偶尔瞥去一眼，看他脸上精彩纷呈的鲜活表情，就像在观察一种可爱又独特的小动物。

云永昼在看卫桓，可卫桓发现这个拥挤的小巷里的异族都在看他们，不过大多都是瞄准了云永昼。

也是，在这个地方，连九尾都稀奇得不得了，更不用说云永昼这种，在异域都独一无二的白羽金乌了。

“吃这个吗？”卫桓指了指一个卖面的小摊，“感觉这个挺香的，尝尝吧。”

云永昼打量了一下旁边的小摊，见摊面还算干净，于是点头应允。

看见他同意了，卫桓立刻钻到摊位前，问："老板，你们这儿有什么面？"

老板是个瘦瘦的、矮矮的树类异族，他闻到了卫桓身上的异族能量波，可更多的还是人族的。一个人类，不仅肆无忌惮地在异域行走，还穿着山海的战斗服，身边还有一只金乌，真是不简单。这么一想，他也不敢怠慢，客客气气地指了一下摊位侧面的菜单，回道："这些口味都有，您看看想吃什么？不过……"

卫桓抬起头："不过什么？"

老板不好意思地笑了笑："您是人族，这些面的配菜都是异族的食物，我怕您吃了出什么毛病，您最好还是吃素面。"

卫桓又道："我在学校里吃的也是异域的食物，大部分都没事儿。"

"那个……还是小心点吧，我这是小本买卖……"

看着老板为难的样子，卫桓只好妥协，心不甘情不愿地选择了素面，然后扭头去找云永昼，却见对方又一副不太想坐下的样子，跟个漂亮的雕花木头似的站在那里："你吃什么？"

得知卫桓无法吃配菜的云永昼豪气地选择了添加所有配菜，老板都惊了："这……帅哥，您放这么多卤肯定会齁着的，太咸了……"

云永昼淡淡道："你照做就好。"

"云永昼，你是故意的吧！"

难得听见他叫了自己的全名，云永昼脸上露出一丝难以察觉的欣喜。

入座时，卫桓发现桌上没有筷子，疑惑地自言自语，云永昼闻言掉头走到老板那边。

"两双筷子。"他说完，瞥见摊位后面一张不易发觉的菜单，又问道，"老板，这个上面的也可以点吗？"

等两碗面都做好，卫桓还在任劳任怨地替云永昼擦桌子。他一抬头，正巧瞧见老板笑容尴尬地将面放在他面前："您的素面。"

这可太素了！卫桓盯着自己的面，心想简直就是一团白细面浸在清水里，别说葱花了，连个油花都没有。

"你们这……"

老板咧着嘴将另一碗面端到云永昼面前，上头的菜码都堆成了一座小山。肉多得快要盛不下，看起来晃晃悠悠，没准儿戳一筷子就得弄到桌子上。

"这也太不公平了！"老板一走，卫桓就把筷子往桌上一拍，"这……这怎么吃啊？"

"看起来不错。"云永昼无视卫桓的撒气，将筷子仔细擦拭了一番，小心地夹起一块肉，尝了一下，"嗯，确实不错。"

卫桓本来没那么饿，可眼前对比鲜明的两碗面，超低配和超高配搁一块儿，活活把他看得又馋又气。

"我要吃你的！"卫桓的右手把筷子夹得啪啪响，刚要伸过手去，云永昼面前忽然出现一道光盾，卫桓手里的筷子"当"一声戳在光盾上，没能得逞。

"你！"卫桓气得一时语塞，瞪大了眼。

隔着一道金光闪闪的光盾，和这个小脏摊格格不入的云永昼从容地放下筷子，朝卫桓凑近了些，嘴角微微翘起："求我。"

卫桓抿了抿嘴："谁要求你，想得美。"

他低下头，夹起一大口面塞进嘴里，鼓鼓囊囊的，像个胆小的仓鼠。

见他这样，云永昼也垂下头，嘴角不受控制地扬起些许。他的左手虎口不动声色地掐住脸颊，用食指和拇指强行压了压唇边被牵动的肌肉，然后用筷子挑挑拣拣，择了好些菜码，一个又一个地往卫桓碗里夹。

卫桓抬起脑袋，眼神莫名："你干吗？"

"这些我不爱吃。"云永昼故作冷漠地将大块大块的肉扔进卫桓清汤寡水的面碗里。

"不爱吃，你还点那么多？"卫桓小声抱怨了一句。

不过，这家伙不爱吃的东西正好都是他爱吃的。

看着这碗素面也开始堆起"小山"，卫桓嘴上虽然抱怨，但心里倒是开心。

"那我就替你吃了吧，真是个麻烦的小少爷。"

卫桓虽然出身很好，但是从来不挑食，吃什么都有滋有味。明明称得上是天之骄子，却自带一股好相处的烟火气，让人不由得想亲近。

云永昼默默看着，想起了七年前的时光。那时候，他们同在一个小组，有时候出任务也会去异域一些小地方。不像昆仑墟或是蓬莱这种冰冷的钢筋森林，小城市的习俗更多，也更有生活气息。

当初的云永昼还没有完全融入小队。他还记得，有一次执行任务的时候，因为他不听卫桓指挥，自顾自冲在最前面，却不慎掉入对方的陷阱之中，导致小队损伤惨重——他本意是想速战速决。任务结束的时候，卫桓独自站在一边，用通信器向学校战备组报告情况。

他到现在都还记得那个画面。那天好像是某个节日，夏夜喧嚣，沉沉的天幕上绽放着璀璨的花火，散落的烟火光芒一阵一阵的，映照在卫桓受伤的脸上，忽明忽暗。

他当时料到卫桓一定会不高兴，八成还会因为这件事对他抱有成见，尽管他那个时候知道是自己不对，但从小没有朋友的他，也找不到一个好的解决方式。

对于所谓的队内友谊有些自暴自弃，云永昼就这么独自一人朝前走去，人流将他裹挟着前行，也藏住了他混乱的心。

他从来都没有参与到这些热闹活动中的机会，阶级这堵墙把他关在冰冷的上流社会。他也从来都没有可以像一个普通的小异族那样自由自在生活的机会。

烟火下，悬着灯火的摊位像一条长龙，云永昼被人流推着走，找不到出口。只是走着走着，他蓦地发现身边的异族都戴上了面具：有九尾的，有貔貅的，还有狴犴的。那些面具在绚烂的烟火中明暗交错，色彩变化，给人一种光怪陆离的感觉。

云永昼在一个贩卖面具的摊位前停下，有些心动。

如果戴上面具，就没有人知道自己的真实身份，或许会更自在一点。

“你可以试试看啊，那里有一面镜子。”老板娘是一只狐狸，为了这场庙会特意打扮成古代女子的模样，拿着一把劣质的小折扇扇个不停，又“啪”地一下合上，用扇尾指了指云永昼面前一个白龙面具，“这个，你戴肯定好看，和你这身红色衣服也配。”

云永昼犹豫着拿起那张白龙面具，然后转身对着挂在摊位侧面的镜子将面具戴好。

老板娘问："怎么样？不错吧。"

云永昼还在犹豫，忽然感觉肩膀被人拍了一下。他回头去看，并没见着疑似拍打自己的人，但就在这时，另一侧的肩膀又被人拍了一下。

一阵光出现，云永昼反应力迅速地用光索缠住了对方，只听得那个家伙在后面叫唤着："哎哎哎，快松开我。你这人怎么这样？我就是跟你开个玩笑而已。"

是卫桓的声音。

云永昼瞥了他一眼，只见他身上仍旧穿着扶摇的蓝色夏季制服，可头上却戴着一个凤凰的面具。

云永昼扭头付了钱，戴着面具准备离开。卫桓两腿一并，一跳一跳地跟在他身后，嘴里嚷嚷个不停："你等等我嘛，哎！你腿长了不起啊？跑那么快，你这么厉害怎么不飞呢？"

卫桓话音刚落，走在前面的云永昼便"哗"地一下展开了自己雪白的双翼，灿烂的烟火在那一瞬间化作漫天光屑，落在他的羽毛上，闪闪发亮。

看着周遭的普通小老百姓都朝他们这边看，卫桓赶紧蹦到云永昼跟前，用自己的脑袋拱着云永昼的翅膀："快收起来，大家都在看你。"见云永昼不搭理，他又道，"好好好，你能飞，你的翅膀最漂亮，可以收起来了吧？"

翅膀又忽然消失，一片雪白的羽毛落在卫桓头上。

"你解开我啊。"卫桓拿肩膀撞了云永昼两下，语气戏谑，"你这么喜欢绑人啊？"

云永昼气急之下将光索收了。卫桓活动了下身骨，像个牛皮糖一样跟在云永昼身边："哎，你想不想吃那个串？烤得好香啊，我想吃。"

"不想。"

虽然云永昼无情地拒绝了自己，可卫桓像是听不见似的，抓住云永昼就往那个方向走去，然后买了两大把。

老板热心肠地介绍："这个是火鼠肉，吃了就不怕火……"

卫桓笑道："我也不怕火，我可是凤凰。"

听见云永昼站在一旁冷哼一声，于是卫桓又扯着他的胳膊道：“他也不怕火，他还是龙呢，可以变出火来。”

旁边站着的一个小女孩赶紧把面具摘了下来，一脸兴奋：“真的吗？”

“当然了。”卫桓怕云永昼不答应，晃了晃他的胳膊，“快，变一个给小妹妹看看。”

云永昼充耳不闻，可卫桓不依不饶：“变一个，就一个。”

云永昼被缠得没有办法，心想反正自己戴着面具，旁人也不知道谁是谁，于是妥协了，食指上燃起一簇小小的火焰。

这对云永昼来说，简直不能算火。可那个小女孩却蹦得老高：“真的是火！真的是火！”

“我就说我没有骗你吧。”卫桓直起身子，面对老板，“还有什么肉？”

忐忑不安的情绪藏在精致的假面之下，云永昼变化的心跳藏在花火之中。

升空，盛放，四散，坠落。

老板认出山海的制服，知道面前两个都不是一般的异族，于是兴奋地搓了两下手，拿出自己的镇店之宝回应卫桓：“还有这个，这个可是好东西，讹兽的肉。”

“讹兽？”卫桓有些惊讶，在这里居然还有这种东西？他拍了拍云永昼：“哎，你吃过讹兽吗？”

走神的云永昼有些恍惚，摇了摇头。

卫桓说：“那要十串这个！”

买了一大堆吃的，卫桓心满意足地离开庙会摊位。他怕云永昼不跟着来，于是悄悄变出风绸，缠住了云永昼的小拇指。

蓝色的风绸温柔地牵住一颗别扭的心，将他带离了喧嚣的夜市。

他们最终停在夜市外的一条小河边，卫桓席地而坐，瞟见云永昼不愿坐下，于是变出一块风毯，自己先坐了上去：“我们这样像不像春游？你小时候有没有春游过？”

云永昼虽然不说话，但好歹坐了下来。

“我是小凤凰，你是小白龙。”卫桓朝他靠近了些，“都是天上飞的，我们可以做好朋友吧？”

云永昼懒得搭理他，只当他是胡闹，于是别过了头。谁知卫桓两手扶住他的肩，将他硬生生转了过去，让他正对着自己：“你别这么高冷嘛。”

隔着面具上的小孔，他们能够看见的，只有彼此的眼睛。卫桓黑色的眼珠透着一点点幽幽的蓝，看起来总是分外亮，好像这个人无论什么时候都充满了希望。

“我想和你做朋友。”卫桓的手仍旧扶着云永昼，“还有一只小毕方，一只小鲛人，他们也想和你做朋友。”

云永昼眼神躲避：“我不需要朋友。”

“可我需要！”

云永昼愣了一下，这个莫名的回答把他的目光再一次拉回去。

卫桓的眼睛里映着闪烁的花火：“我特别需要一只小白龙和我做朋友。”说完，他半个身子倾过来，凑到云永昼耳边，“放心，我没有说小金乌。”

“答应吗？”卫桓的声音里都透着顽皮的笑，他手动帮着云永昼点头，“答应吧，我不管，你这就是答应了啊。”说着，他松开云永昼，伸出自己的小拇指，“拉钩？”

云永昼明显一副不乐意的样子，坐在那里简直像一个木雕。但卫桓从来不会因为他的冷淡而怯弱。蓝色的风绸随着暖融融的夜风飘过去，在黑暗中熟稔地缠起云永昼的小指，另一端则缠上卫桓的。

拉近，拉紧。

“拉钩。”卫桓语气轻快，转而一口气将那个凤凰面具推到头顶，朝云永昼露出一个灿烂的笑。

烟火最懂时机，将他明朗的笑脸照得分外好看，连战后留下的伤口都闪闪发光。

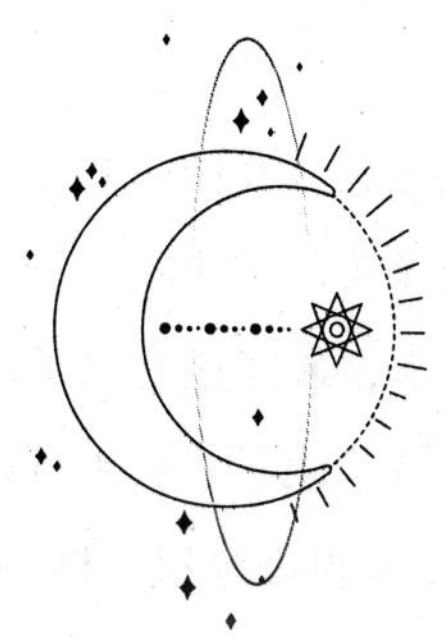

第十一章 步步为营

“饿死了，饿死了！”卫桓一口咬住一个小蛋糕，然后将纸筒里的烤肉拿出来递给云永昼，含混不清地说着，“快吃，一会儿凉了。”

云永昼接过来，打量了一下，最终还是取了面具，咬下一口。

味道比想象中好很多，大概是饿了。云永昼没有多想，三两下将手中的烤串吃了个干净。嘴里鼓鼓囊囊，塞得像仓鼠一样的卫桓又给他拿出好几串：“吃啊，快点儿。”

吃了三串之后，云永昼才发现卫桓一口也没吃，光盯着他看。

“你为什么不吃？”云永昼将举着肉串的胳膊放下来，看着卫桓，眼睛微眯，“你动了什么手脚？”

“没啊。”卫桓眼珠子转了转，“对了，我问你一个问题……”他一脸期待地望着云永昼，试探性地问出他准备好的问题，“你真的很讨厌我们吗？”

听到这个问题，云永昼下意识想否定。对这个小组的其他人，云永昼远远称不上讨厌，尤其是……

可脱口而出的答案却变成另一个：“讨厌。”

卫桓眼睛一亮，继续问道：“你是金乌吗？”

“不是。”话说出口，云永昼自己都惊了。

虽然云永昼说出的话和心里所想南辕北辙，可卫桓却觉得开心极了。他从纸筒里抽出一根肉串，开心地转了转：“没想到这个讹兽这么管用。”

他凑到云永昼跟前，问出最后一个问题：“那你想和我们做朋友吗？”

云永昼分明想忍住不说话，可嘴巴却违背了大脑意愿：“不想。”

卫桓长长地“哦”了一声：“都说吃了讹兽的人，就会不受控制地说反话，所以刚刚三个问题连在一起就变成……你是小金乌，你不讨厌我们，而且你想和我们做朋友。”

他笑起来的时候犬齿显眼极了，像只可爱的动物。

“一点也不可爱。”就在这句话也从云永昼嘴里脱口而出时，天空中炸开一朵盛大的烟花，漂亮得如同坠入银河。

“嗯？”卫桓蒙了一下，“你刚刚是不是说话了？我没听清。”

云永昼紧紧抿住嘴，别过头。

烟火落在湖心，照亮那些在黑暗里悄悄泛起的涟漪。

回忆结束。

“发什么呆？”卫桓拿着筷子敲了敲云永昼的碗边，面汤起了一圈涟漪，“你不是饿吗？怎么不吃？”

云永昼轻轻摇了下头：“我在等我的加餐。”他朝卫桓身后望去。

“还有加餐？”卫桓也跟着转过头，果然瞧见老板笑呵呵地端来了一小碟子切好的卤肉：“您请好。”

“这个看着好吃。”卫桓生怕云永昼又像之前那样竖起一个光盾，于是飞快地夹了一筷子塞进嘴里，含混不清道，“嗯！这个真的好好吃！”

“慢点。”云永昼见他吃得香，细心地倒了一杯水，递到他面前。

卫桓感激地接过，一口饮尽，忽然听见云永昼莫名发问：“你喜欢和我待在一起吗？”

卫桓放下杯子，一股奇异的力量令他出现心口不一的状况，埋在心里的答案被强行掉转了一个方向，像一匹拽不住的野马。

他不受控制地脱口而出：“不喜欢。”说完，他又飞快地捂住了嘴，睁大双眼。

卫桓紧紧捂住嘴巴，眼珠转来转去，最终落到了摆在自己面前的肉上。

“呜！”他腾出一只手，指着那盘肉，瞪着云永昼。

云永昼勾起嘴角，微微挑了下眉，一副阴谋得逞的模样。

卫桓真是没有想到云永昼竟然会做出这种事！这还是当年那个自闭傲娇怪吗？

云永昼又夹了两片讹兽的肉放在卫桓的碗里：“不好吃吗？”

“不好吃。”卫桓捂都捂不住自己的嘴，该说出来的答案还是在第一时间说出口，只不过答案跟心中所想是反着来的。

看着当初那个一步步把自己引入陷阱的小九凤如今阴沟里翻船，云永昼心里有种莫名的成就感。只是现在这家伙还以为自己不知道他的身份，如果不是因为这样，云永昼大概会多说上一句“以其人之道还治其人之身”，再逗一逗他。

不过装傻也有装傻的乐趣。

云永昼装出一副不知实情的淡漠神情：“真的不好吃？看来是老板骗我，还说这是店里的特色。”说完，他便把筷子收了，将那一小碟肉搁到桌子一角，“我也不吃了。”

别啊，你得吃啊！卫桓本来还等着云永昼也上钩，可现在只能眼巴巴地看着了。

“你别吃。”又一次心口不一。

云永昼点点头：“我知道。”他脸上的笑快要藏不住，只得握拳放在嘴边，假意咳嗽一声，“吃饱了，要走吗？”

卫桓猛点两下头，可嘴里说的却是：“不走。”

“不走？”云永昼左右一瞟，通透的瞳孔又一次对上卫桓的脸，“你想留在这儿？”

卫桓把脑袋摇得跟拨浪鼓似的，但是仍旧改变不了讹兽强大的功效：“想。”

云永昼的手轻轻在桌面点着：“可我累了，我想回山海休息。”说完，他抬眼看向卫桓，眼底藏着不易发觉的戏谑：“你要跟我回去吗？”

卫桓当然想回去，他快两天没合眼了，这个人族身体根本扛不住！

他一脸期待地点点头，可出口的话还是反的：“不要。”

云永昼抬了抬眉：“不要？”

卫桓在心里疯狂给自己做思想工作：要要要，快回答要！

“不要。”

云永昼一副若有所思的表情，点了点头，从钱包里拿出几张纸币，站起身，语气寻常地交代了一句：“那我自己走了？”

不好，不要自己走！

“好。”

卫桓真的撞死在这里的心都有了。这个该死的云永昼，明明知道这个是讹兽的肉，也知道讹兽究竟有什么功效，这不是故意把他当傻子耍吗？简直太无聊了。

云永昼抬手，像逗宠物一样：“我真的走了？”

卫桓都快自暴自弃了，可这张破嘴就是管不住：“走吧。”

大概是因为心口不一，实在让他憋屈得不行。又因为一直不想回答而撇着嘴，他坐在那里望着云永昼。

卫桓现在这副模样落在云永昼眼里，简直像一只委屈兮兮的小动物。

云永昼走近几步，站在卫桓的旁边，朝老板招了招手：“结账。”

卫桓心里憋得慌，一看还有这么多面没有吃，于是闷头狂吃，想趁着这会儿工夫把面解决掉。

老板兴高采烈地赶过来，一看云永昼递来好几张大面额的纸币，连忙推了推：“哎呀，这太多了，要不了这么多。”

“小费。”云永昼将钱塞到老板手里，然后顺理成章地摸了一下卫桓的头，“他很喜欢吃。”

才没有。

“对。”卫桓心里的吐槽也成了附和云永昼的话。

老板笑得褶子都出来了：“喜欢吃就再来，下次一定给这位小哥多弄点卤肉。”

卫桓在心里冷笑，不必了。

“好，谢谢。”

啊，这个该死的讹兽！

卫桓低垂着脑袋，就像一朵被太阳晒蔫了的小花，感觉云永昼把手收了回去，“花骨朵”想往上抬又不太敢。

他要走了吧？没准儿这会儿已经在开传送门了。走就走吧，没良心的，自己吃饱了就要扔下我。

卫桓腾地一下站起来，明明都是藏在心里的话，却还是没能忍住：“你别扔下我。”

背对着他的云永昼侧过脸看了他一眼。

虽然知道这句话是反话，卫桓心里不是这么想的，但云永昼莫名觉得很受用。他正想开口，就听见扬灵的声音从身后传来：“笨蛋人族！”

卫桓一抬头，看见大家都出来了，心想这可不好，谁知道这个讹兽的功效会持续多久，在云永昼跟前丢脸就算了，现在人更多了！

“你们吃了什么好吃的？”景云跑过来，推了推鼻梁上的眼镜，瞅了一眼桌面，“看起来好丰盛啊，我也有点饿了。”瞧见桌上还有一盘只吃了一点的卤肉，景云忍不住伸出手。

别吃啊！

“吃！”一开口又是反话，卫桓快要放弃了。

景云笑嘻嘻地“嗯”了一声，卫桓只能眼睁睁地看着景云把讹兽的肉吃进肚子里。他一脸无奈地扭头看向云永昼，可云永昼仍旧装作毫不知情的模样，面无表情。

卫桓心想，算了，也吃不出什么大毛病。

燕山月和清和后一步走过来，卫桓发现清和的表情不太对，皱着眉，看起来有些恍惚。

这是怎么了？可他现在不能正常说话……卫桓想了想，忽然想到了一个办法，尽管不知道能不能行得通。

他试着接通传心，云永昼像是早就等着他一样，瞬间就接通了。

[云教官，你帮我问问清和，问他怎么了。]

云永昼的声音懒懒地传来：[为什么要我问？]

你！卫桓忍住想要翻白眼的冲动。

[因为我现在说话有点不太利索，我吃饭烫着舌头了，现在特别特别难受。你帮我问一下吧。]

传心过去，卫桓还特意朝云永昼看了一眼，挤出一个可怜的笑。

云永昼两手往教官服的口袋里一插，那双富有攻击性的眼睛盯着卫桓。

[求我。]

这人真的是……卫桓没辙了，心想，反正传心只有他们两个人听得见，无所谓丢不丢人的，求就求吧，反正也不是没有求过别人。

[求求你了，帮我这个忙吧，你是世界上最好的人，你就是天使！求求你帮帮我吧。]

他求情的时候连语气都很配合，云永昼心里的满足值达到了顶峰。

他发现自己其实挺喜欢欺负卫桓。

[你拿什么回报我？]

听到这句，卫桓差点儿没直接奓毛了。就这么点要求，居然还要回报？云永昼以前就这么抠吗？他忍住情绪，和和气气地发问：[您想要什么回报都行，您说吧。]

那头顿了一下：[先欠着。]

卫桓没有办法，只能保持微笑。不过云永昼倒是说话算数，等清和走到他们面前便开口，时机正好："怎么样？成功了吗？"

清和抬头，看了卫桓和云永昼一眼，摇了摇头。

摇头是什么意思？卫桓不解，拿胳膊肘撞了一下云永昼，示意让他继续问。

"怎么回事？"

卫桓快晕过去了，他为什么要找一个天生有语言障碍的人来代替自己发言啊？急死了！

清和还没开口，扬灵往椅子上一坐，先搭了腔："珏老板试了一下，找不回来。"

找不回来？卫桓皱眉，抿着嘴又撞了一下云永昼的胳膊。接收到暗示的云永昼机械地开口："为什么找不回来？"

扬灵抢先答道："一开始，我还以为珏老板是故意的，她又坑走了我山月姐姐的一个宝贝，不过她试了三次都没成功。"

珏老板是前暗异的徒弟，既然连云永昼母亲的能量波都可以说封印就封印，照理说应该不会招不了一个人族的能量波才对。

清和叹了口气，眉头紧拧："她说她尽力了，找了很久也找不到他的能量波。"说完，他吸了一下鼻子，"说是有两种可能：第一种，他死了太久，可能能量波早就消散了。”

真的是这样吗？就在卫桓正要用胳膊肘第三次撞云永昼的时候，云永昼未雨绸缪地抓住了他的胳膊，随后钳住他的手腕，主动开口：“的确有这种可能，毕竟过去十几年了。第二种呢？”

说起第二种，清和反而不说话了。

扬灵看眼色似的瞅了一眼清和，又仰着脑袋看了一下云永昼，最后还是决定跟他们说：“珏老板说，还有一种概率很小的可能，就是他要找的人根本没有死。”她顿了顿，“她没有办法聚集活着的人族的能量波，所以找不到对方的位置。”

说完，她抓住清和的手腕，像是一种安抚：“这也是好事啊，说明他可能没死。”

清和的嘴角无力地扬了扬：“我当然希望他没死，比起第一种可能，我更希望是第二种。但是……”

他强撑着的样子令卫桓难过。

“但是，”清和的语气低沉下来，声音几乎要被埋在喧闹的早市，“无论哪一种，我好像都找不到他了。”

他垂下头。

“我想见他。”

卫桓愣了一下，他没想到清和可以这么坦诚地说出心里的想法。

买了好几份早餐的燕山月走回来了，将手里的东西分给扬灵、景云和清和，一向少言寡语的她也忍不住开口：“没关系，如果他真的死了，即便是找回来，也只剩下能量波。活着还有什么好怕的，总能找到。”

清和接过她手里的食物：“谢了。”他笑起来，“我受的那些苦大概终于积到福报了。”

吃得正开心的景云抬起头，对他的话表示疑惑：“嗯？”

清和坦诚道：“所以才会遇到你们这些家伙啊。”

扬灵傲娇地“哼”了一声：“遇到本小姐确实是你的福气。”说完她扭头对景云说，“少吃点，吃坏肚子，我回去可怎么跟我哥交代。”

景云咽下嘴里的东西，正要开口说“好”，可出口的话却变成：“我不。”

扬灵一下子站起来：“你怎么敢？！”

卫桓憋不住笑了起来，看来讹兽的功效开始发作了。

“我……”景云一脸惊慌失措，咽了咽口水，“我敢……”

“什么？”扬灵气笑了，“你在说什么啊？”

景云捂住自己的嘴，疯狂摇头：“我知道，我知道。”

“完了完了，小重明疯了。”扬灵拍了一下自己的脑门，“我怎么跟我哥交代啊。”

燕山月走过来，看了一眼桌子上的食物，抬眼看向景云：“你吃了什么？”

景云一只手捂着嘴，另一只手指着桌上的空盘子。

“是讹兽。”云永昼终于开口，给出了正确答案。

“讹兽？”燕山月皱眉，似乎想到了什么，“是那个吃了之后只能说反话的讹兽？”

清和有点感兴趣：“你们异域还有这种好东西？”

扬灵甩了甩自己的双马尾：“那是，我们异域好东西多了去了。”

桌上的盘子都空了，看来吃了不少。

“你这剂量估计是要维持大半天了，不过对身体没有什么伤害就是了。”看着景云用力抿着自己的嘴巴，燕山月忍不住笑出来，“走吧，先回学校。”

扬灵忍不住逗景云：“回去了我要告诉哥哥，你现在只能说反话。”

景云一个劲儿地摇头，明明心里想的是不要，可脱口而出却变成了“好好好”，把他急得满脸通红。

卫桓在一边看笑话看得不亦乐乎，完全忘记了十几分钟前他还是讹兽的受害者。

见燕山月已经打开传送门，云永昼的目光落到清和身上：“你去哪儿？”

清和耸耸肩：“回昆仑墟。”

扬灵眼珠子转了转：“哎，既然你身上已经带了异族的能量波，不如和我们一起去山海。怎么说山海都是大学，比昆仑墟外面安全得多。”

这也是个好主意。

清和却道：“可是山海不是你们异域最顶尖的大学，那里面应该管得挺严，我能随便进去吗？”

他们都是学生，帮不上什么忙。卫桓想到了云永昼，于是连忙扭头冲他使了个眼色。

即便不用传心，云永昼也立刻明白了卫桓的意思。

[帮他可以，你得再欠我一次。]

贪得无厌云永昼。卫桓没办法，只能答应：[行，我答应你，你给他找个落脚的地方。]

“我可以帮你。”云永昼开口时发现清和似乎一直在看他，他也看向清和，“我可以带你去一个地方，也很适合你。”

清和没想到云永昼会说出这样的话：“适合我？”他若有所思地点点头。

燕山月用传送门将大家一同带回山海，本来卫桓想和小伙伴们一起回炎燧，没想到被云永昼叫住了：“就在这里等我。”

没办法，卫桓转了转，见旁边就是落焰湖，于是走过去在湖前的草坪上坐下，背靠着假山，一颗一颗往湖中心投石子。他每投一颗，湖心就会升起一朵小小的橙色火焰。

另一边，清和没想到这辈子还可以来到异域的最高学府，觉得十分稀奇。不过云永昼没给他太多观光的时间，直接使用传送门，上一秒他们还在炎燧附近，下一秒就来到了新的大楼前。

清和抬头一看，见上面写着“科研处”三个字。

“你带我来这儿？”

云永昼点头，将他领到一扇实验室门前，里面站着一个正在研制机器人的半人半异族。对方一闻到金乌的味道，吓得赶紧抬头张望，等真的看见云永昼，更是毕恭毕敬：“云……云教官。”

“你就跟着他。”云永昼对清和道。

方程朝清和看去，发现这家伙身上似乎有冰蚕的能量波，但再仔细一闻，又有人族的气味，便以为和自己一样，于是和善地伸出手：“你好你好，我也是半人半异族。”

“我是人族。”清和直截了当。

“哎？”方程的手僵在半空，他慌张地看向云永昼。

云永昼却冷淡道：“你就把他当成和你一样的就好。”

“这地儿确实挺适合我。”清和走了两步，打量了一圈，对云永昼道，“行了，我知道你现在着急回去，走吧。”说完，他对方程笑了一下，“我会和这个半人半异族的小哥哥好好相处的。”

卫桓百无聊赖地投完了身边的石头，实在困得厉害，于是靠在假山上准备眯一会儿，谁知这么一眯，竟然睡着了。

云永昼回来的时候，来回找了一圈，最后还是凭着血契的感应，才找到躲在假山背后偷懒的卫桓。他放轻脚步走到卫桓跟前，半蹲下来。

夏日快要溜走，之前肆虐的溽热的气息，现在都遁入云永昼的心里，在里面持续不断地发热，发烫。

一片叶子慢悠悠地落下来，落到卫桓的头顶，令云永昼想起那年夏夜自己散落的白羽。

白羽落到卫桓的头上，最后不知怎的被卫桓发现，在他想要夺走之前，卫桓赶紧把那片羽毛藏好，笑道：“这个掉在我头上，就是我的啦！”

他到现在都记得那个笑容。

云永昼低下头，不经意间看到卫桓腕间的手环，上面缠了一圈胶带。

这个小瓷人，大概也是像这样企图粘住自己身上的裂缝，把它藏起来吧。

想到过去，云永昼就无可避免地想到当初的魇境，那些都是藏在他心里的渴望。有那么一瞬间，他也好奇。

卫桓在魇境里，有没有梦到他，他在其中又承担着怎样的角色，是朋友，还是对手？

又或者什么都没有。

他低下头，心里涌上一丝不甘。

大概是没有。

云永昼摘去卫桓头上的叶子的时候，卫桓好巧不巧地醒了过来。他睡眼惺忪地看着云永昼：“嗯？你来了，我好困……”

“正好，我也困了。”云永昼转了转指间的叶子，“跟我回去。”

“嗯……”卫桓迷迷糊糊地回答完，忽然发现心口不一的症状似乎已经失效了，他不小心说了真心话。

睡意一下子消失。

管他的，不管了，就当还在说假话。

红色的金乌传送门结界圈瞬间出现，云永昼将卫桓从地上拽起来，而没了支撑的卫桓惯性地往后倒去，却不想倒在了一张床上。

天旋地转，卫桓愣愣地盯了半天天花板，才明白这里是云永昼的宿舍。

“那个……云……云教官，我想回我自己的宿舍。”

云永昼抬了抬眼，缓缓道：“你现在说的是真话还是假话？”

“我……”卫桓不知应该怎么说才好，这次算是掉进坑里出不来了，索性用被子蒙住自己的头，闷声闷气地说，“我不知道，我好困，要睡了。”

隔着薄被，卫桓听到云永昼说：“我现在想要回报。”话说完，他掀开了卫桓的被子。

“什么回报？”除了遮住头部的被子被云永昼掀开，卫桓还保持着和之前一样的姿势。

云永昼从上至下看着他：“就在这里休息。”

过了会儿，云永昼补充道：“第二个回报，做个好梦。”

卫桓半天没回答，也没动静，但云永昼知道他没睡：“睡不着？”

卫桓皱了皱眉，嘴里像是塞了俩樱桃萝卜似的，含混不清道：“睡了……”

“睡了？那这是在……说梦话？”云永昼比卫桓想象中还配合，甚至让卫桓品出一点点捉弄的意味。

这倒好，搭什么台阶啊，戏台子都给他搭起来了，他就在上头站着，底下观众都吆喝了一声，叫他不演也得演。

云永昼听见卫桓假装迷糊地“嗯”了一声，心里的愉悦感蒸发成云，飘向天际，随后问道：“做梦了？”

“嗯……”

云永昼声音里带了不易察觉的笑意：“是好梦吗？”

“嗯……”

明明卫桓有好多好多问题需要得到解答，他应该和云永昼面对面坐下来谈清楚、聊明白，就像和扬昇、清和那样，把事情说开，可他办不到。

“是个什么样的梦？”

什么样的梦？或许梦里都是萤火虫，又或许是一道光。

卫桓一个走神，猛地咳嗽了起来。云永昼弯腰去看他，觉得他像是睡得迷糊被扔进水里又被救起来的仓鼠。

云永昼拍了拍卫桓的后背，脸上带着若有若无的笑。

不知从什么时候起，他竟然不在乎是否要戳穿卫桓的真实身份了。大概是因为他很清楚，他与卫桓，只有蒙着一层假面，才可以对彼此更坦诚。

就像当初的小凤凰和小白龙。

卫桓的咳嗽平复了一些，喉结上下一滚。

“看来是噩梦。”云永昼望向卫桓的眼睛，曾经他眼里满是戾气，如今对上卫桓，只剩下平和。

“不是。”卫桓别开视线。

云永昼还在安抚地拍着他的后背：“我在梦里面欺负你了？”

卫桓的嘴唇抿了起来，不说话，给了云永昼一个隐晦的信号。

“猜对了？”云永昼耐心地读着他的表情，“怎么欺负你的？”

卫桓觉得云永昼真的变了，明明他七年前还是一个什么都不懂，也什么都不想懂的自闭少年。而那时，无论自己说什么，做什么，在他面前怎样闹，他都只会躲开、避开，一言不发。

重活一世，换一副躯壳，他就可以获得新的对待吗？

“没欺负我。”不甘心的情绪让卫桓开始说胡话，“是我欺负你。”

云永昼嘴角的笑终于压不住，惊讶得略微抬了抬眉，没想到卫桓开始反击了，便问：“怎么欺负我的？”

卫桓报复心大起：“还能怎么欺负，打你、踹你呗。你在我梦里根本不是现在这个样子，你就是个小孩儿，打不还手骂不还口的。我还找异祀把你变成了一只小金乌，就是你本体的那种小鸟，雪白雪白的，跟个小天鹅似的。你想飞走，我就把你攥在手里，不让你飞。就是用这么大的力气，把你攥得一直叫一直叫，我就是不撒手……”

为了演示，卫桓一边描述一边用力去掐永昼的手臂：“就……就这么紧，知道了吧。”

“我可是很记仇的，不要以为我不记得你今天用讹兽捉弄我的事。”他故做凶狠的样子，“我就算现在打不赢你，我在梦里也会把你欺负得躲起来，让你见着我扭头就跑。”

说完这些，卫桓原以为云永昼这下总不会高兴到哪儿去了，就云永昼这种古怪的脾气，说不定会把他一个人丢下，然后自己跑出去生闷气了，反正云永昼以前总是这样。

可卫桓万万没有想到，云永昼竟然学会了他的顺杆爬绝技。

“真厉害。”云永昼用那双漂亮的眼睛望着卫桓，弯出一个好看的弧度。卫桓从这双琥珀色瞳孔里，清楚地看见了手足无措的自己。

“然后呢？你把我欺负哭了吗？”

卫桓把嘴抿成一条直线，自暴自弃地“嗯”了一声。

“啧。”云永昼嘴角勾起，弧度微妙，视线移到卫桓的锁骨。

锁骨对于卫桓来说，是全身上下最有意义的一处，象征着他九凤血统的九转风纹，从出生起就烙印在这里。在他异化时风纹会发光，会扩散，异族图纹中的力量也会渗进他的血液里，让他变得更强大。

尽管换了一副躯壳，锁骨仍旧是他最敏感的地方。不光是他，每个异族都是这样，即便是当初的云永昼也是如此。无论发生什么，云永昼都不允许任何人触碰他额角的火焰异族图纹。所以，更加没有人知道，云永昼身上和初代金乌一样的金色太阳异族图纹在哪里。

想到这里，卫桓的心情有些异动，因为他知道，云永昼的图纹在胸口。

他还知道，云永昼的胸口曾经取出过一块骨头，被打磨成了一个光滑漂亮的手环，作为防身武器给了他。

可现在，没有人能在卫桓的身体上看见过去的九凤图纹，它变得透明，变成一个秘密。所以当云永昼的视线落在这里时，他顿时觉得危险，似乎藏起来的蓝色灵魂在无声颤抖。

云永昼的手指点在卫桓的锁骨上，每点一下，都在卫桓暗沉的心里点亮一颗滚烫的星。

“既然你在梦里把我欺负哭了。”他的声音也是烫的，是坠落的火烧云，“公平起见，我是不是应该还回来？”

还……还回来……

卫桓试探性地看向云永昼，心想他是不是知道自己就是九凤了？

他不敢再往下想，慌乱地眨了几下眼睛，心里慌得藏都藏不住。如果九凤还是当初的九凤，或许他早就把这层“皮”扒下来了，可现在他真的不确定。本来这个家伙当初也没多喜欢他，更何况他最后被诬陷成叛徒。都是在战场上摸爬滚打的，云永昼应该也很讨厌叛徒吧。

越是这么想，卫桓心中越是郁结。如果不戳穿，他起码还能像现在这样，以结契对象的身份，和云永昼友好相处。

卫桓正想着，看见他皱着眉的云永昼问了一句：“你很排斥吗？”

排斥？听见云永昼开口，卫桓有些没有料到。他以为云永昼想做什么就会去做，不太考虑别人的想法，毕竟以前这人就是这么一意孤行。可他现在说的话，好像在征求自己的同意。

“排斥什么？”卫桓对上云永昼的视线，表情一下子变得坦荡起来，“如果你说的欺负是拳打脚踢那种，那我还是有点排斥的。我长这么大，还没被人打哭过呢。”

见他这样，云永昼的嘴角扬起些许，随后又无声地叹了口气，道：“你受伤了。”

“嗯？真的吗？”卫桓低下头，小心翼翼地拉开一点衣服，朝里面瞄了瞄。

云永昼语气平淡，陈述事实般说道：“你脖子有伤，我看一下。”

卫桓抬起头，有些没有底气地笑起来：“哎，我自己来就行。出任务谁还不受个伤啊，不劳您大驾了。”说完，他小声地补了一句，“吓我一跳……”

“还是我来。”云永昼坚持己见，卫桓只好妥协。

云永昼帮他这么多，他现在根本说不出拒绝的话，就连手指都不听控制地自动松开了。

卫桓果然受了伤，肋骨下有一片不小的瘀青，腰侧也有伤口，应该是之前在无启被那些无脸怪伤到的。伤口虽然不算深，但还挺长，从腰侧延伸到后背——大概是因为后来见到了云永昼，之前发生的事都被他抛到脑后，连受伤也不自知。

云永昼的手一伸，一道金光闪过，光索将放在卧室桌下的医药箱卷起，拽到两人身边。云永昼打开箱子，取出药物，用棉棒蘸了药粉。

“会有点疼。”

他说这话的时候，卫桓的心是真的揪了一下。他没来由地想到了自己死前，那些画面再一次涌现，无比清晰。子弹笔直地穿透他的血肉，留下一个又一个空洞，有的还留在里面，他别说走了，一动就疼。还有那些战斗机射出来的金属索，每一条的顶端都带着尖利的钩子，穿透他的翅膀，再借着飞行的动力企图将它们生生撕下来。

那个时候没有人告诉他，这会有点疼，他也不觉得多疼。毕竟都上了战场，死都不怕了，怎么会怕疼？

可现在云永昼小心翼翼地给他上药，他反而觉得好疼，疼得他想掉眼泪。

发现卫桓别过头没说话，云永昼停下手里的动作，抬头看他：“疼？”

卫桓摇摇头，咧嘴笑道：“这怎么会疼，这么小一道口子，跟蚯蚓似的。”

云永昼还是觉得不太对，低头看了眼自己手上握着的棉签：“是我手重？”

他这么一说，卫桓觉得酸涩的液体直往外淌。他吸了一下鼻子：“没有，比之前强多了，虽然你确实有点‘手残’。没办法，你是小少爷嘛，异域第一公子呢。”说着，他笑了起来，想从云永昼手里把棉签拿过来，可云永昼却先他一步将手移开。

“行吧行吧，不跟你抢。”卫桓收回手，心想云永昼总算没有像刚结契那会儿似的，一言不合就唰唰唰地放光刃威胁他。

云永昼给他上完药，又一圈一圈地将伤口仔细包扎好——虽然还是包得不那么好看，但至少比以前强太多了。他忍不住想，云永昼这七年是不是都是自己给自己包扎的？毕竟没有他在旁边烦着，上赶着给人上药了。

“我看看后背。”云永昼开口。

“哦。”卫桓转过去，“后背好像有一点疼，刚刚躺着的时候就感觉到了。”

云永昼一眼就看到了卫桓腰窝中间的金色太阳图腾，而后视线向上，看到卫桓后背好几处瘀青，尤其是凸起的肩胛骨附近，青紫一片，大概是撞伤的。

“严重吗？”卫桓转过头，看见云永昼正将药油倒在手心，“这是什么？”

“人族的药油。”

卫桓一惊，他怎么会问出这种问题，感觉自己差点露馅，于是赶紧补救：“哦，对对对，药油，我以前经常用。”

云永昼没有戳穿他的失误，自顾自地将药油在瘀伤处揉开。

“疼吗？”他看到卫桓轻轻抖了一下。

卫桓摇摇头。云永昼只好继续，但动作更轻了些。

或许是有风溜了进来，卫桓起了一层鸡皮疙瘩，过了会儿，他连连道：“好了，真的可以了。”他急急转过身，将衣服穿好，低头扣扣子的时候手还有点抖，“没伤着骨头，过两天就好了。”

云永昼擦净手上的药，随后抓住卫桓的手腕。

扣子扣到一半的卫桓疑惑地抬头，看见云永昼额角的火焰异族图纹正发着红光，下一瞬间，他感觉一股滚烫的异族能量波注入自己眉心。

“你，”卫桓瞪大眼睛看着云永昼，“你把通感解除了？！”

云永昼不说话，似是默认。见他这样，卫桓有些不乐意：“为什么？”

“你又是为什么？”云永昼的话竟然多了许多，“是因为我在暗区受伤，还是你想要公平，一人帮对方一次？”

都不是，我就是想这么做。但卫桓懒得回答，最后只压低嗓子“嗯”了一声，等云永昼松手后，还一副“不想跟你说话”的较劲模样。

云永昼忍不住轻笑出声，视线垂了下去。

他很少笑，但是笑起来特别好看，比山海选出来的所有校草加起来都好看。

卫桓想了好久，最后还是试探性地开口：“那个，你为什么会知道我在无启，还一下子就找到我了？”他感觉自己像是一只胆战心惊的仓鼠，从房间里堆成山的彩球里挑出一个，把房门拉开一道小小的缝，扔出小球，然后又“砰”

地一下迅速关上，就等着外面的小金乌去捡。

“很难吗？”云永昼将医药箱整理了一下，“啪”的一声扣上盖子，“我哪一次不是这样？”

说的也是。这颗球废了，不中用了。

“那……可是，”卫桓纠结着自己的措辞，“可是我听那个暗祀说，你之前去过。”

在这个问题问出之后，卫桓见云永昼的眼神变了，像是有些不高兴似的，但是只有一瞬间便又恢复如常：“她说你就信？”

“啊，因为她看起来很惨的样子，”卫桓直接戳穿，“就像全世界都欠了她几百万似的，不像在说谎。而且，你看起来也很熟悉那里，还说自己也陷入过魔境。”

说着说着，他忽然起了八卦的坏心眼，望着云永昼，问道：“你的魔境是什么样的？”

他本来以为云永昼会别过头不理自己，又或者是沉默不语，毕竟这些都是云永昼以往惯使的招数，可他没想到的是，云永昼竟回答了他。

“很美。”云永昼的睫毛垂下来，轻声开口。

夏末的风带着快要力竭的暑热，吹开卫桓制服衬衫的一角，露出他后腰的金色小太阳。就在这时，他中指上的戒指发出声响，随后又不小心被他接通。

又是清和。卫桓生无可恋地背过身，病恹恹地出声：“喂，干什么？”

“干吗？你怎么一副我很烦的语气？”

卫桓把外放音量调低，又转了耳边的通信仪，扭头飞快地看一眼云永昼，见他冷着一张脸也不说话，便转身往客厅走去：“有话快说，有屁快放，我没工夫跟你打嘴炮。”

清和“嘁”了一声，但很快就进入正题：“上次你在177研究所找到的那个电子手表，我修好了。你现在要是没什么事儿，就来一趟科研处，我觉得你得当面看看这玩意儿。”

还真是重要的事。卫桓坐在沙发上，头恨不得垂到膝盖间。他抓了抓自己蓬松的头发，“嗯”了一声：“知道了，我马上过去。”说完便挂断了电话。

卫桓就这么垂头丧气地坐了一会儿，忽然间被一大片阴影笼罩住。他一抬头，看见云永昼正站在自己跟前，心想这人悄没声儿就来了，不愧是刺客。

云永昼手里拿着一双蓝色棉拖鞋，声音还是冷冷淡淡的，像是融化的雪水，缓缓淌下来，杂糅着冰与暖阳："不要光脚。"

等卫桓主动穿好鞋后，云永昼开口道："又要走了？"

卫桓闻言不由得产生些许歉意，想起上一次也是这样，他说走就走，还带了一帮小辈去闯无启。

"不是，我就是去科研处。"卫桓解释道，"清和打来电话，说有事告诉我。"

"然后呢？"云永昼早就看穿一切，"接下来是哪里？"

卫桓抓着沙发边缘，他也不知道接下来是哪里，气氛顿时陷入沉默。

沉默令云永昼开始思考，他想，如果卫桓不执着于过去，不执着于找回真相，也很好。可偏偏他比谁都清楚，不执着于真相的卫桓就不是卫桓了。

就在云永昼觉得等不到结果的时候，听见了卫桓的声音："你和我一起吧。"

他抬起头，卫桓又补了长长的条件："如果你没课，有时间，还不太困，而且……不嫌麻烦的话。"

云永昼站起来，走进房间，背对着卫桓的时候，嘴角终于忍不住勾起。

卫桓还没等到答案呢，看见云永昼就这么走开，心里慌得不行。

他可是好不容易才鼓足勇气提出邀请啊，还冒着在没有做好准备之前，提前暴露自己身份的危险，这个人怎么……

"哎，你怎么进去了……"

"换衣服。"

哦。卫桓的心终于放回肚子里，手指在沙发上点了点，心想，真不愧是公子哥，出趟门还要换衣服。

刚在心里吐槽完，他就看见云永昼套上一件宽松的白色 T 恤出来了，还问了他一句："你要换吗？"

"我？"卫桓看了看自己，"换吧。"

"衣柜最下面一排，都可以。"

卫桓“哦”了一声，趿着拖鞋就过去了。经过云永昼身边的时候，卫桓看见被他理正的衣服前胸处有一抹深蓝色的痕迹，那线条看上去颇为飘逸。

走进卧室后，卫桓随手从衣柜里拿了一件放在最上面的黑色短袖套上。衣服上什么花纹都没有。他照了一下镜子，觉得稍微有一点大。

算了，凑合吧。

云永昼看他走出来，神情颇为满意。

“这不是你的衣服吧，”卫桓摊开手，“你穿有点小。”——我穿又有点大。

“新的。”

他们本来可以直接用传送门离开，但云永昼似乎不太爱用。而不用传送门就意味着，他们要从学院教职工区穿到科研区，跨越几乎大半个山海。

卫桓出门前还是找了顶帽子扣在脑袋上，虽然他和云永昼结契了，但是多少得低调点，不然到时候景云又要天天在山海论坛上替他反黑了。

出门前，云永昼忽然定住了脚步，卫桓莫名地也停下来。

云永昼把他压得很低的帽子往上拽了拽，看着他的眼睛：“你欠我一个。”

“又欠？”卫桓自己都不知道自己什么时候欠他那么多，“我又欠什么了？”

云永昼往前走去，轻飘飘地留下一句：“把你欺负哭。”

“那是做梦！”卫桓追在他后面，“呸，我根本没睡，没做梦，你别装了。其实你知道我是骗你的，我没在梦里欺负你！”

云永昼仍旧不吭气，两手往兜里一插，冷酷无情地走在前头。卫桓觉得自己亏大了，他就不该乱说话。

从教职工区出来，云永昼和卫桓在众目睽睽之下穿过了炎燧学院，路上几乎没有一个人不看他们。本来便装的云教官就已经是稀世珍品了，再加上还带着跟他结契的人族，简直是稀奇事中的稀奇事。

一路上都是学生向云永昼问好，他一反过去冷冰冰的常态，和对方点头示意。面对围观压力，卫桓的帽檐都快压到脸上，生怕别人看清自己的脸。好不容易到了科研处大楼，他们就直奔清和所在的实验室。

清和正和方程打游戏，热闹得要命。卫桓走过去取下他的眼镜，他这才从游戏情境里出来：“哟，这么快呢。”他揉了一下眼睛，轻轻撞了一下卫桓，小声道，“哎，你还带帮手啊。”

卫桓没理他。

清和从椅子上起来，绕着卫桓转了一圈，揪起他后背的一块布料：“你这后背，这个纹路……是火焰？”

火焰？卫桓倒是惊了，一直扭着脖子想看自己衣服背后的花纹，却怎么看都看不到，像只追着自己尾巴跑的小狗。

“不是说有正事吗？”云永昼出声。卫桓这才罢休，一下子想到正题：“对啊，你说要给我看什么来着？”

清和也才想起来：“哎，对了。”他从桌子上拿出上次找到的那个儿童电子表，“我修好了这个。这个手表我看着眼熟，特别像我小时候玩过的，那种可以通信以及全息投影的表。”他按了一下表盘边缘的按钮，第三个按钮被按下的时候，表盘上方出现了一个全息投影的影像。

看起来像一个很短的视频。

卫桓走近，眼睛盯着变换的画面。那是一个看起来十岁左右的小孩，背景似乎是游乐园，陪在他身边的女人应该是他的母亲，小孩正对着镜头说话：“爸爸，爸爸你过来，我给你吃一口这个，很好吃。”

一旁的母亲伸手去接手表：“我来拍。”

终于，画面中出现一个男人，他一把将那个小孩抱起来，吃掉儿子递过来的东西。整体画面看起来父慈子孝，美满非常。

卫桓忽然间皱起眉：“等等，这个人不是……”

“没错。”清和已经提前将影像进行了分析，他打开操作台，实验室的大屏幕出现这一幕的截图，在数据加强的效果下，男人的面孔变得非常清晰。

清和低头一边操作一边开口：“你猜这个人是谁？”屏幕的左边出现了另一张照片，看起来像是一张证件照，上面的男人年纪稍大些，身上穿着白色的研究服。

“177的杨疏？”卫桓恍然大悟，难怪这个手表会出现在他的保险箱里，这是他儿子的手表。

清和点点头：“没错，就是这个丧尽天良的杨疏。”他半倚在操作台上，抬眼看向卫桓，又拉出另一张截图，在屏幕上放大，“你再看看这个孩子，不觉得很眼熟吗？”

这个孩子……卫桓盯着屏幕上那张稚嫩的脸，没有说话，只不动声色地朝清和投去一个眼神。

清和也是极聪明的人，看见卫桓的神色大概也猜到了。他移开手指，原本已经用AI模拟出了这个孩子成年之后的模样，但此刻却没再继续讨论，转而道：“我搜索到了有关他儿子的一些消息。”说完，大屏幕上出现好几条检索信息。

卫桓心情忐忑，同时又有些庆幸。虽然这个孩子和他有些神似，但不至于一眼就能认出。他也没想到，修好这块手表，就意味着这副人族躯壳的身份会暴露，不然他一定不会把云永昼带来。

“网上的信息并不算多，但拔出萝卜总会带些泥，一定可以查到我们想要的东西。”他的手指飞快操作着，屏幕上又出现了一张图片，“这是别人之前拍摄后发布到社交网络上的。”

那是杨疏身着便装、戴着口罩的照片，配文是：这不是刚获得基因编码奖的杨疏博士？他这是病了？

“他所在的这家医院以治疗恶性肿瘤和白血病为名，虽然这条社交博文并没有引起大部分人的关注，但我顺着这个查下去，查到他在这一年给医院支付了大额的医疗费用，可以说是天文数字。”清和抬头看看卫桓，“也就是在这一年，他因为恶性人体实验被凡洲科学研究院辞退。”

卫桓没想到其中会有这样的缘由：“所以他就转移到了暗区？”

清和摇头：“没有这么简单。他离职后，凡洲很多财阀公司想拉拢他，但他没去，自己组建了一家研究所，也就是177的前身，但这个研究所在七年前倒闭了。”

七年前，这个数字对卫桓来说太敏感了。

他听见身后发出声响，是云永昼拉开一张椅子坐下了。看见他回头，云永昼又抬眼道：“坐。”

卫桓摇摇头：“七年前，和人族突袭战有没有关系？”

“怎么说呢，应该是有关系的。他的公司是在年初倒闭的，当年爆发了人族突袭战。”他瞟了一眼卫桓，“现在网络上普遍猜测，当年那一场突袭战之所以可以重创异族军团，很大一部分原因是生物科技的加持。现在凡洲普遍使用的愈合抑制剂也是从那一场战役上沿用下来的，除此之外……”

卫桓忽然想到了什么。

他当年在战场上遇到的人族敌军，的确比之前的难对付很多，不光是他们身上的外骨骼，还有几乎翻倍提升的体能。

“这些人类战士都是改造过的？”

清和点头，他看了一眼云永昼，笑道：“感觉我们两个人族当着一个异族战备教官说这些，有点奇怪。”

他本来是想开个玩笑缓和一下气氛，谁知云永昼真的接茬道：“我经历过这场战争，当初我是支援方。”他的头微微垂下，“但是我去晚了。”

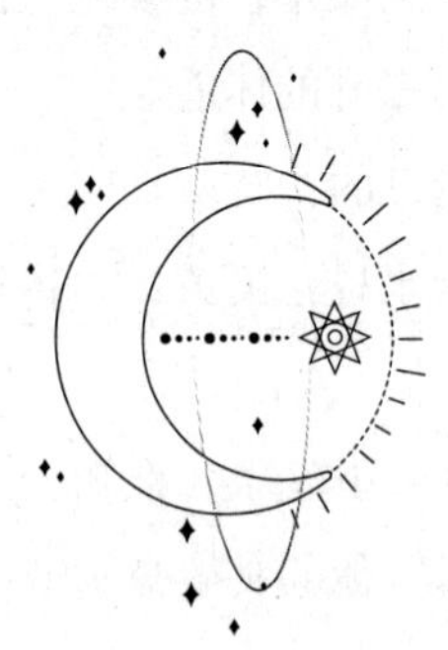

第十二章　九凤结界

这句话对卫桓像是一记重拳。

他并不知道原来云永昼也参与了反击战，或许那是他遇难后的事了。当年，所有人都以为那只是一个小的边境摩擦。

由于传送门只能在没有设置结界障碍的地方使用，而频繁发生战争的地方几乎都设有结界障碍，所以他们只能就近派遣。

卫桓接到申援通知的时候，没多想就飞了过去。等到了那里才发现，人数并不多，只是小摩擦。可他没想到，这竟然是一个陷阱，也没有想到收到申援通知的只有自己。

他记得当时自己无法使用信号术异能，通信仪也完全损坏。

卫桓仔细回忆，当初扬教官之所以可以在第一时间赶去救他，似乎是因为在他接到申援书的时候，正好在跟扬教官报告任务情况，所以扬教官才成为唯一一个得知他落入包围圈的人。

那云永昼呢？为什么他也会成为支援方？难道说是扬教官告诉了七组？可是其他人似乎并没有说过这样的话，就连扬昇都是在战后才赶到边境峡谷。

这些疑点不禁让卫桓产生了怀疑。

清和又将一则新闻报道拖拽到大屏幕上："这个记者播报和记录的是当时一场抗议，抗议的人大部分是参加过人族突击战的士兵和他们的家属。"

卫桓看着屏幕中的人群，听着他们说的话，问："这是战后？他们的身体出现了问题？"

"对。"清和解释，"这些幸存者在战后都或多或少出现了基因排异反应，比较严重的一些案例是免疫系统紊乱，导致死亡。他们这些人基本都是二十多岁的青年，大部分在服役期还没有结束就被赶出了军队。但其实，他们在战前有签订保密协议和其他相关协议，所以当抗议声出现的时候，凡洲首相府没有给出任何解释。顺便一提，当时的首相还是宋成康。”

一旁的方程弱弱举起手：“其实这件事我也知道，当年我和同门有关注过，因为我们都是半人半异族。你们应该知道，半人半异族里有很大一部分拥有的是未开发异能，换句话说就是没有异能，但就算是这样，这些半人半异族的体能、反应力，还有爆发力，都远超普通人族。我觉得，七年前突袭战上的那些士兵改造的样本和标准，就是这些无异能的半人半异族。”

但他们现在的野心远不止于此了。

云永昼开口：“这个基因改造项目可能本来就只是半成品。”

清和打了个响指：“我和云教官想的一样。反正呢，当年这件事闹得非常大，有记者深入调查走访，将当年突袭战士兵基因改造的隐情曝光出来，这个项目也就自然而然地黄了，杨疏的第一个研究所也跟着关门大吉。”

他耸耸肩，接道：“但是后来，你们也知道，凡洲现在的经济基本是财阀垄断，有传闻说，部分大财阀在背后支持杨疏，给他新研究所的启动和周转资金，而且为了规避政府管辖，将地点选在了暗区。”

卫桓冷笑一声：“与其说是他们主动规避，不如说是凡洲也睁一只眼闭一只眼罢了。他们新的异族傀儡计划，其实就是当年的基因改造士兵 2.0 版本，只不过当年的士兵还会反抗。现在的异族傀儡，说白了就是纯粹的人形兵器。”

云永昼忽然指了一下那个电子手表：“这些和这个孩子有什么关系？”

清和与卫桓对视一眼：“我是这么觉得的，杨疏在事业上受挫，孩子又身患重病的双重打击下，生出了报复社会的心思。当然，我不是要把恶人合理化，但是我觉得这个心路历程是合逻辑的。”

卫桓心里已经非常明白了，虽然清和无法在云永昼的面前把话说透，但结合他们之前找到的线索，串一串也就理出来了。

卫桓的这副身体一定就是杨疏儿子的基因副本，当初他在仓库中找到那么多冰冻的克隆体，想必也都是和他一样。杨疏恐怕是想利用生物科技让自己的孩子活过来，但是之前的实验全部失败了。

唯独他，是唯一成功的实验品。

七年前，他在杨疏操控下的突袭战中死去，七年过后，被回溯召回的他，竟然在杨疏儿子的克隆体里重生。

太讽刺了。

卫桓深吸一口气："所以这个手表，他现在一定在找吧。"

清和双臂环胸，靠在操作台上："找呗，他的手还能伸到异域？"

不过杨疏肯定会有下一步行动。

卫桓想，当初他逃出来后，被研究所的人追杀了一段时间，对方就没大动静了，大概率是以为，身中钩吻异毒的他肯定离死不远了。而人族想要获悉异域第一学府的学生信息也没那么简单。或许杨疏想都没想过，那个从实验室里逃出来的实验品会去山海，因为这简直是天方夜谭。

但是现在，他们把手表盗走，这个隐藏的项目也算走漏了风声。因此，杨疏一定知道他还活着，并且应该也猜到他知晓了这副身体的身份。

"哎呀，气氛怎么这么凝重。喝不喝茶？吃不吃小蛋糕？"方程在自己的操作台上按了一下，蹲在墙角的一个小机器人站了起来，随后拉开了冰箱。

卫桓摇头："谢了，我不吃了。"他扭头看了一眼云永昼，见对方似乎在想着什么，手指上还燃着火苗。

卫桓走过去，一把弄灭云永昼手指上的小火苗。

"哎哟，酸死了这个蛋糕。"旁边，清和嘴里塞了一大口蛋糕，含混不清地数落方程，"你是怎么想的？买柠檬味儿的蛋糕。"

方程一脸茫然："啊……我觉得还好哎。"

"那肯定是我的问题，我觉得太酸了。"清和"啧啧啧"好几声，一屁股坐在靠椅上，"我怎么觉得这么酸？我上辈子肯定是一个漂亮的小柠檬。"

卫桓一脸嫌弃："待不下去了，我要走了，方程你保重，这家伙能把人活活气死想不开了，你就来找我，我免费给你开导。"

他刚说完，方程连忙放下手里的小蛋糕："等……等等，我有个东西要给你。"他一路小跑到实验室的另一头，在一个小铁皮柜子前站定，凑近后似乎在用瞳孔解锁。"咔嗒"一声，小柜子打开，他擦了擦手，从里面拿出一个盒子。

见方程小心翼翼地把盒子端过来，卫桓走过去："这是什么？"

方程打开盒子，里面装着一个黑色亚光金属立方体，看起来非常规整。他将这个立方体拿出来，关上盒子：“这个嘛，上次……”

云永昼忽然咳嗽了一声。

三个人都朝他看去，眼神各有不同。他握拳放在嘴边：“抱歉。”

卫桓觉得怪怪的，转过头继续看小立方体。清和捧着手里的小蛋糕看戏，眼睛在方程和云永昼两人身上来回瞟。

而卫桓刚转过去，云永昼的眼神就变了，自卫桓回来后，几乎从没展示给人看的那么一点戾气统统冒了出来，满脸都写着威胁。

方程咽了咽口水，立刻改口：“那个……这个是我专门为你研发的。你在学校的每一次实战我都有去观摩，我专门对你的战斗偏好进行了数据分析，然后做出了这个轻量型外骨骼。”

“外骨骼？”卫桓有些疑惑，这看起来不太像啊。

“对了，你得录入你的指纹。”方程没多想，准备直接抓过卫桓的食指放到立方体上，但想了想，又道，“你自己录，自己录。”

这孩子怎么这么怪？卫桓皱眉。旁边的清和却突然大笑起来，整个人都往后仰去：“哈哈哈，你是触电了吗，方程？”

神经兮兮。卫桓心里吐槽，而后伸出食指，触上方程隔空指着的立方体最上端。下一刻，黑色的立方体忽然从内而外开始分解、拉长、伸展、扭曲、旋转，变成异形结构，如同一朵绽放的花，与他食指接触的那一部分直接贴上他的手，沿着他的手臂自动附在他身上，一一嵌合起来，乍一看，天衣无缝。

“哇！”清和吃掉最后一口蛋糕，从椅子上站起来，“这也太酷了吧。”

“对很多异族学生来说，这个提升力可能没有那么高，但如果是人族，应该会很有用。”方程扭头看向清和，“如果你想要，我也可以给你做一个。”

“咱俩合作吧，里面的系统我自己弄，你帮我搭建硬件。”清和转着圈打量卫桓身上的外骨骼，“这个材料应该很难搞到吧？”

“对，这个异态金属是之前……”方程像是噎住了一样，生硬地顿了顿，“我那儿还有多的。”

清和笑出声：“煞费苦心。”他拍了一下卫桓的肩膀，“你不试试性能？”

卫桓上下摇摆着自己的手臂。的确，有了这个外骨骼，他的速度有了质的飞跃，爆发力应该也是不错的。

“其实我设计了一套比较完整的测试，你要是有时间，这两天我们借一下操练室。”

“那直接找云教官借呗。”卫桓扭过头，脸上带笑，“可以吗？”

云永昼的眼神一下子柔和起来，点头默许。

“你的测试项目里包含和真人对战吗？”卫桓按照方程教他的卸除方法按下暗钮，外骨骼释放还原，最终变回一开始那个小立方体。

方程摇摇头，俯下身子记下这一条：“你说得有道理，其实应该添加一个。但是，在近战技术水平上可以帮助你进行测试的学生，好像……”

“云教官帮我测。”卫桓朝云永昼迈过去一步，歪了歪头。

方程惊慌失措地抬头看向云永昼，见他点头，这才喘口气，心想，这个云教官也太区别对待了。

清和看着两人，眼睛垂下来，一屁股坐在椅子上，看向窗外的蓝天。

两人离开科研处的时候，卫桓再次看到了小广场上的情人藤，便想到自己曾经蹲在那里揪那些无辜的草。

和那天一样，今天的广场上也到处都是人，卫桓见了直接想绕道而行，但被云永昼拽住了衣服后领：“躲什么？”

卫桓回头，压了压自己的帽檐：“没有啊，没躲，谁躲了。”他四处看了看，“我就是觉得这里好多人，吵得很，想换条路。”

云永昼松开手，抬眼看向通天的红色情人藤：“你知道这是什么吗？”

卫桓没有料到他会问这个，一下子有些慌：“啊？这个，这个不就是一棵异树吗？只是长得奇怪了点。”他故意恶搞，“你看这个像不像那种缠在一起的 DNA 链？”

起了风，云永昼的白色短袖随风鼓动，他看起来很柔软的头发也被吹开，他抬头望着情人藤，在这个绿茵茵的小广场，看起来像幅风和日丽的油画。卫桓心想，这样子的云永昼，一点也不像每天刀口舔血、有着杀伐决断的金乌。

“这是通天树。”云永昼的眼神垂了下来，难得地说了许多，“大家更喜欢叫它情人藤。这个地方在山海很有名，所以人这么多。”

这些卫桓都清楚得不行，他心里忽然起了一些小心思，于是故意问道：“云教官，你以前上学的时候是不是很多人追？这里这么有名的话，你应该有被女生约在这里表白过吧？”

云永昼的目光落回到卫桓的身上，只看着他不说话，把他看得心里有些发毛，于是他又匆忙补充：“我听说的，说您当时可受欢迎了，校草级别的，追您的人恐怕都要从这儿排到炎燧了。”

说完这句话，卫桓发现周围已经有很多人在朝这边看了。没办法，云永昼实在是太扎眼了。没等云永昼接话，卫桓就把自己头上的帽子摘下来，扣在了云永昼头上，给他戴好。

云永昼有些莫名，一下子也没反应过来，任由他给自己戴好帽子，压低帽檐。

“太多人看您了。”卫桓解释，“我们得低调一点。”

“你不怕别人看你吗？”

“看呗。”卫桓骄傲地扬了扬眉，“我好看，不怕他们看。”

他这样子，和七年前那个没脸没皮的小九凤一模一样。云永昼心里升起一股暖融融的情绪，帽檐的阴影遮住了他的神色变化。

“听说站在通天树下面许愿会失败。”卫桓忽然听到云永昼开口。

卫桓有些惊讶：“真的吗？您听谁说的？”不过他更惊讶的是，像云永昼这样的人，居然也会道听途说。

“很多人。”云永昼模糊带过。

“您……有试过吗？”卫桓刚问出口就觉得有点后悔。

云永昼沉默了一会儿，大约十秒，或者更久一点：“没有。”

卫桓轻轻“哦”了一声。

“飞！”身后忽然传来小孩的声音，卫桓回头，看见一个穿着教职工制服的女人蹲在一个小宝宝的面前，食指比在嘴边：“嘘，宝宝乖，不要大声说话。”

可那个孩子还是伸着肉乎乎的小手，指着通天树：“飞！好高呀！”

卫桓忽然想到自己小时候，他那时还没有学会飞行，每天都想着如果可以飞就好了，所以爸爸特意把他带到昆仑边境。那也是他第一次知道，原来自己生活的城市是一个悬浮在半空的天空之城。他站在城市的边缘胆怯地往下望，好像伸出手就可以抓住云朵。

眼下，卫桓仰起头，看着交错向上、延伸到天空的情人藤，不禁轻声道：“从上面往下看，应该很漂亮。”

如果可以飞就好了。

哗，耳边忽然出现羽翼展开的声音。

他有些错愕，侧过头，阳光肆意地流淌在那双巨大的雪白羽翼之上，他好像又回到了第一次见到云永昼的时候。

——这家伙一点也不像异族，倒像个神仙。

那时候他是这么想的。

没错，像个天神。

云永昼带着卫桓直上云霄，风在耳边呼啸而过，仿佛有无数列藏在空气中的列车从他耳畔驶过，再穿入他的胸膛。

这是风，他曾经最熟悉如今也最陌生的风。他这副沉重的躯壳终于再一次被风包裹住，他觉得自己浑身上下每一个关节，四肢的每一个神经末梢，都好似飘着，飞着。

流动的空气穿过缝隙，胸口有一股力量在涌动。

巨大的通天树好像要延伸到天堂似的，两抹深刻的红劈开了淡薄的天空，执拗地缠绕。但它们也有尽头，它们的尽头被云永昼追赶上了。

卫桓觉得神奇，曾经作为九凤的他，多少次从这里走过，却从没试过飞到最上面来看看，没想到第一次飞上来，竟然是和云永昼一起。

雪白羽翼停在高空中，通天树的顶端竟然是红色藤蔓缠绕出的一小片平台，巧的是，似乎也就只能坐下两人。

云永昼将卫桓小心放在上面，然后自己也坐下，其间他的翅膀一直没收，害怕有什么意外。

云永昼说：“小心点。”

卫桓“嗯”了一声。

大概是从小飞在空中，卫桓一点也不怕高，两条腿愉悦地晃动着，眼睛看向下面："真的很漂亮。"

山海的全貌，或者说整个昆仑墟的全貌，城市山川，飞禽走兽，还有各种各样的异族，尽收眼底。他们甚至可以看到许多不同颜色的结界散发出来的光，美好得像极光。

"你可得保护我啊。"卫桓故意装出害怕的样子，"我又不会飞，这么高的地方摔下去肯定会死，到时候你可就得另找一个宠物来养了。"

云永昼没回答，却对他更留心了。帽檐在云永昼的脸上投下一小片乌云。

"好看吗？"他低声问道。

"好看啊。"卫桓想也没想，直接回答。

云永昼沉默了一会儿，还是开口："我以前经常坐在这里。"

卫桓有些惊讶，这些他从不知道："为什么？你一个人吗？"

"只要在这里，就没有人能找到我。"云永昼望着远方，望着昆仑墟中心那栋高顶建筑。

卫桓顺着云永昼的视线望过去，才发现那是金乌的府邸。他忽然间感觉，自己身边坐着的并不是二十八岁的云永昼，而是初见时那个十八岁的少年，那个被禁锢的小金丝雀。跨越了十年的时空，他陪着云永昼坐在这里，看对方看过的风景。

卫桓轻轻地拍了拍云永昼。

"你听到了吗？"云永昼转过脸，看向他。

"风的声音。"卫桓闭上眼睛。高空之中，干净的风将他的头发吹乱，吹得蓬松。恍惚间，云永昼好像看到了过去的那个九凤，那个曾经让他无比羡慕的、放肆又自由的灵魂。

之前那股涌动在胸口的力量似乎越发明朗，卫桓感受到一种冲撞，灵魂与皮囊之间的冲撞，闭上眼睛，是红与蓝，也是光与风的冲撞。

如果这个时候他还能御风化物就好了……

卫桓睁开眼睛，眉头微微一皱，他的指尖出现了微弱的蓝光，浅得几乎看不见。他握住自己的手，感觉握住了风的实体，这种感觉好熟悉。

他再张开，掌心出现了一朵蓝色的勿忘我。他心里有些错愕，再次仓皇地收拢掌心，瞥了一眼云永昼，发现对方还望着远处。于是他悄悄将手松开，心底的雀跃却像是破瓶而出的气泡水，压也压不住。

他的能力真的在恢复。

在这透明的上空中，卫桓甚至觉得自己的肩胛骨传来阵阵灼热，好像下一刻就会生出翅膀，他可以俯冲下去，再飞回来，飞到云永昼的面前。尽管他知道，还没有这么快。

“我要是会飞就好了。”卫桓开口，“像你一样。”

云永昼的侧影被光剪出一个漂亮的剪影，在风中舒展。

“你会的。”

这个答案超出了卫桓的预料。

“你属于天空。”

卫桓仰起头，阳光铺洒下来，柔软得好像他们在萤火之园里时，云永昼变出的光绸。

“今天的光很温柔。”卫桓的嘴角是无法落下的笑意。

云永昼闭上眼睛，轻声回应：“今天的风，也很温柔。”

自打上次感受到风的存在，卫桓总是找机会去科研处看清和，中途经过情人藤就会抬头看一看，觉得一切都会好起来。

他会等到可以自己飞上去的那一天。

上学期间，卫桓不能随便离开山海，但清和在这里，就等于和暗区的人有了直接联系。偶尔他也会从清和那里打听暗区组织的事。清和心眼多，有时候说，有时候糊弄了过去。

但他知道的是，清和自己也不清楚暗区组织头目的真实身份。

“我也试着查过，”清和说，“但是他的身份隐藏得很好，不光每次都戴面具，声音都是处理过的。但我总觉得他不是人族，可如果他不是人族，为什么会跑到暗区成立这样一个组织？”

立场上的确有些奇怪。卫桓缓缓道：“这么说，半人半异族的可能性最大。毕竟身体里流着人族和异族的血，两边都不能完全融合，倒如不自立门户。”

“可半人半异族为什么会一直追查177的事？”

这个问题倒是把卫桓问住了：“你说的也是。”

究竟会是谁？卫桓越查下去，越觉得自己的死可能只是势力争斗中的冰山一角。这个神秘的暗区组织，会不会也是这些角斗势力的其中之一？

时间一晃，就快入秋。

秋天像是一个信号，越临近，卫桓心头的痛苦便多一分。他的心情不可避免地变差，话也少了很多，连扬灵这样神经大条的人都发现了不对。

“最近笨蛋人族话变得好少。”趁着卫桓还在打菜，扬灵和景云说着悄悄话。

景云远远地看着卫桓：“好像是哎，最近小组训练的时候，他都不揪你辫子了。”

“是吧。”扬灵咬着筷子头，“最近发生了什么吗？还是说有什么重要的日子？”

燕山月默默吃饭，没有作声。

吃完饭，卫桓独自走在学校里。他原本想去找扬昇说说话，可得知扬昇正带学生出任务，现在还没有返校，只能从教学区出来。

云永昼呢？不知道他现在在干什么，他最近好像也很忙，卫桓已经有好几天没有和他见面了。

卫桓叹了口气，在教学区前面的长椅上坐下。秋天的风吹在身上凉凉的，他闭上眼，用血契的感应力去寻找云永昼的踪迹——那个房子，好熟悉……

是异域联邦总理府。

他回家了吗？还是又被云霆关起来了？

卫桓着急地想接通传心，可刚要默念密语，一个熟悉的声音便在耳边响起：“在这里打瞌睡吗？”

卫桓讶异地睁开眼，看见了苏不豫的笑脸。他还是一如既往的温柔，指了指行政楼：“我在楼上的时候就看到你朝这边走，还以为你有什么事，结果就坐在这里了。”

害怕被对方看出破绽，卫桓装出平日的那种嬉笑模样：“我什么时候有过正经事？我都是闲得无聊随便乱逛。苏老师今天不忙吗？”

“嗯，”苏不豫点头，“今天的课都上完了。你呢，最近怎么样？”

他忽然这么问，卫桓心里多少有些意外，但还是嘴硬：“挺好的啊，吃得好，睡得好。”

风吹过来，带着苏不豫身上特有的水生植物的清香，卫桓忽然间觉得有些奇怪，但说不出哪里奇怪。

这气味里好像多了点什么。

“那就好，我还担心……”说到一半，苏不豫忽然转口，“不过我最近有点难过。”

卫桓莫名：“为什么难过？发生什么了？”

苏不豫伸手握住自己胸前的鲛珠：“我以前没有感受过太多家庭的温暖，直到我认识了一个人，他无条件地包容我，他的父母也是一样，几乎像亲生父母那样关心我。”

卫桓没有想到他会说这些，这几乎精准无误地戳中他最近的痛点。

“每次我去他家，阿姨都会给我做一桌子好吃的。他们会给我过生日，为我准备惊喜。”苏不豫的声音里满是怀念，“不过他们已经不在了。我有时候想到这件事，还是会觉得很不可思议，好像做了一场噩梦，这都不是真的，只是我还没有醒过来。”

卫桓胸口一窒，紧紧抓住长椅的边缘，努力调整自己的呼吸。

“明天是他们的忌日。”苏不豫终于将他多日来的郁结宣之于口。

他侧过脸，看向卫桓：“我不想一个人去祭拜他们，你有时间陪我吗？”

一时间，卫桓像是失去了言语能力似的愣在原地，他没有想到苏不豫会这样坦荡地提议。

不豫是不是知道了？他猜到了吧。自己要不要告诉他？又该不该告诉他？

“怎么不说话？”苏不豫的嘴角勾起，露出小小的梨窝，“我找不到其他人了。我理解的，这样的事一般人都不会愿意去吧。”他说着，笑了起来，“没关系的，如果你不愿意，我自己去也没关系。”

卫桓摇头，眉头拧起：“怎么会，我当然……不过，如果是祭拜的话，我只是人族，大概是进不去结界的。”

苏不豫似乎早就料到，神色变得柔和："没关系，我也进不去，我们就在外面，去看看他们也好。"

就算他没有确定，大概也怀疑自己的身份了。卫桓知道瞒不过苏不豫，毕竟他俩从高中就在一起，对方就像他的亲弟弟一样，怎么可能看不出一点破绽。

这些天，卫桓沉浸在自己的情绪里，苏不豫在这个时候提出邀请，就像是给了他一根救命稻草，把他从泥沼之中拉出来，也让他知道，难过的并不是只有他一个，他永远不孤单。

这个身份的秘密成了心照不宣的暗语，卫桓临睡前想着，或许明天是一个坦白的好时机。

第二天一早，卫桓就试着用传心接通云永昼，但失败了，所以他又试着编辑了一条信息：云教官，您在忙吗？我今天要陪别人去一趟昆仑墟，听说有个新开的蛋糕店，我去给您带点儿回来？

总觉得哪里不对，卫桓一个一个字删除，又重新编辑，思来想去，最后定下来：云教官，我今天要出校，去一趟昆仑墟。

点击发送。

感觉像是在报备任务。卫桓叹口气，推开宿舍的门。

不知道为什么，他心里总有些不安，他也不清楚是不是应该把这种不安归结于血契的相连上。

苏不豫很早就来到了炎燧学生宿舍的楼下，今天是周末，他也穿了一身便装，路过的女孩子都会多看几眼。

"早。"看见卫桓出来，苏不豫冲他笑了笑，将手里的早餐递给他，"吃点东西。"

"谢谢。"卫桓有点没胃口，但多少还是吃了一些。

苏不豫打开传送门，卫桓心想，果然只有云永昼是最奇怪的，只有云永昼不喜欢用传送门。

再回神的时候，他们已经来到了昆仑墟的北极天柜，卫桓的手不自觉握成拳。这里本来是他的家，可他现在却要依靠其他人才可以进入。

北极天柜过去是昆仑墟最繁华的一个区，也是昆仑墟非常重要的一个军事训练基地，其中很大一部分原因在于九凤一族，而随着九凤的没落，北极天柜也泯然于这座天空之城。经年之后，卫桓重回故里，心境已经大不如前。

他真真切切地明白，自己再也不是当年的天之骄子了。

"苏老师，"两人走着，卫桓忽然间开口，"您为什么不找扬教官？"刚问完，他又有点后悔，扬昇当初还没有和他和解，想必是不愿意来看他父母的。

街道上，一个孩子朝他们相反的方向跑去，苏不豫稍稍让了让："扬昇这几天在执行任务，还没有回来，他还叫我替他拜一拜。其实这些年，因为一些误会，扬昇很少和我一起来祭拜叔叔阿姨。但是我知道，他会偷偷过来，九凤家的事……"

苏不豫顿了顿："我猜你多少知道一点，有时候一些无理取闹的人会在九凤家的故居门口放一些不太好的东西，都是被扬昇清理掉的。"

卫桓心里说不出是什么滋味，难过又庆幸。

想到刚才苏不豫说执行任务时的语气，他又忍不住发问："苏老师，您和扬教官以前都是战备小组的，为什么您最后没有去当教官，而是选择做普通教师呢？"

苏不豫笑了笑："我以前虽然在战备组，但是我那个时候就不是主要战力，一般都是替大家收拾残局。无论是近身技巧、战斗力，还是攻守策略，我都差很多，还是不要误人子弟了。"

卫桓隐隐觉得他这些话是借口。

"是吗？可是我觉得苏老师应该是很厉害的。"卫桓笑道，"上次在云生结海楼都没有看到苏老师的鲛尾，觉得好可惜。"他看向苏不豫，"听说鲛人的尾巴特别漂亮，苏老师，下次可以给我看看吗？"

苏不豫灰绿色的瞳孔微微晃动，像一汪波动的湖水。

"好。下次一定。"

九凤祖墓是早年先祖遗留下来的，为了保证安宁，他们将地方选在异域一个非常偏僻的峡谷，隐藏在瀑布之中。但是由于异域不断地城市化，这个古墓也被后来的九凤子孙用结界隔离开，唯一的结界入口在北极天柜的九凤故居。

自从九凤一族灭族后，九凤故居的结界也彻底封锁，无论是现在的卫桓还是苏不豫，都没有办法进入其中，更不用说进入古墓了。他们只能在蓝色的结界外远远地朝里面望去。那个像小花园一样的漂亮房子，卫桓只在魇境的梦里回去过一次。

苏不豫将手里那束白色洋桔梗放在结界入口外，深深鞠了一躬。

结界入口外很干净，像是被谁打扫过一样。不知道为什么，卫桓似乎感应到一股熟悉的异族能量波。他试着踏近一步，又后退半步。

的确不一样。他抬头向上望，白色的云朵缓慢地飘过来，到他头顶的时候，发生了轻微的扭曲变形，很难发现，但卫桓察觉出来了。

这里有一道透明的结界，而且是有筛选的，只有特定的异族可以靠近。

卫桓之前就听燕山月说过，因为他的“叛变”，很多人将仇恨发泄在九凤一族身上，尤其是那些参与过七年前反突袭战的异族士兵家属，如果不是因为九凤强大的结界，这房子都保不住。

但现在这里一片安好的样子，和九尾说的有出入。

难不成是因为这个透明的结界？

卫桓伸出手，感受着周身萦绕的能量波。时间被放缓，这些透明的能量波开始变得有迹可循，卫桓可以感应到它们流动的方向。这些能量波绕开了苏不豫，却汇聚到了卫桓的身边，穿透他的身体，再一次回流到结界上。

这和他身上的异族能量波同根同源。

是金乌的能量波。

卫桓疑惑不解，他不明白云永昼为什么要保护九凤的结界。所有的思绪纠结在一起，令他一时间找不到头绪。

在暗祀纱华的口中，云永昼是去过无启的，难道他就是想给自己回溯的人？可是不豫也去过，而在他们之间，卫桓更倾向于让自己回来的是苏不豫。

祭拜完的苏不豫直起身子，顺带扶了下卫桓的胳膊。

卫桓忽然间开口：“苏老师，你身上有花香。”

苏不豫愣了愣：“是吗？”他低头敞开手臂，笑道，“大约是洋桔梗的气味，确实很香。”

“不是。”从昨天起，卫桓就感觉哪里不对，他之前没发觉，只是因为他从未去过无启，可现在他去过了。

这是彼岸花的味道。

就在这时，不知何处爆发出坍塌的爆破声响，两人的对话被打断。

苏不豫抬头四处望着，找到了爆炸的来源：“是九凤结界里面？”

“怎么可能……”卫桓的瞳孔都放大了。

中指的戒指响起来，发出一级警备的红光，卫桓接通的同时换上了战斗服，通信的另一方是扬昇：“怎么了？”

“卫桓，出事了。”扬昇那边的声音听起来十分焦急，“好像有人闯进你家了。”

卫桓心一惊：“怎么可能？没有人进得去！”

“对，我也不知道！”扬昇解释道，“可我这边一直有监控，的确是有人进去了，而且不止一个，我怀疑他们的目标是九凤祖墓。听我说，这些绝对不是一般的异族或者人族。”

卫桓心里已经有了答案：“异族傀儡，上次那个异族傀儡。”

他有九凤的异能，所以可以轻易进入九凤结界中。

“很有可能。我已经通知了你们小七组的其他人，发布了任务，他们在赶去的路上。你现在在哪儿？”

“我就在这里，里面刚刚发生了爆炸。”卫桓一面说，一面从包里取出前些天从方程那儿拿到的，还没来得及测试的立方体外骨骼，他开启开关之后迅速佩戴好。

苏不豫抓住他的胳膊：“你要做什么？”

扬昇在那头说着马上赶到，让他在原地等着。

卫桓切断通信，眼神冷了下来：“我要进去。”

“你进不去的，先等等，我联系一下这边值守的战备组……”

苏不豫还没来得及行动，便听见卫桓冷冷开口：“苏老师，您到我身后来。”

苏不豫抬头，才发现卫桓的身后竟然已经出现上百柄蓄势待发的光刃，锋利的尖端对准蓝色的结界入口。

他这样子，简直像是另一个云永昼。

苏不豫心情复杂，可他仍要阻止卫桓："你不要轻举妄动！你难道不知道九凤的结界有多强？你现在贸然攻击，只会反噬到你自己身上。"

可现在的卫桓一句话都听不进去，他身后的光刃如离弦之箭一样刺上了结界之门。

"你疯了！你现在只是一个人族！"苏不豫大惊。

遭到反噬的卫桓浑身刺痛无比，他捂住胸口，扭头朝苏不豫露出一个笑容："你果然认出我了。"

语毕，他抬起双手，浑身燃起金乌之火，铺天盖地的烈焰跟随着光刃，如龙卷风一般朝结界之门涌去。

"卫桓！"苏不豫彻底放弃了伪装，企图阻止卫桓，可下一秒，苏不豫四周骤然出现四堵金色的墙壁，像是结界，更像是盾。

"不豫，"疼痛让卫桓的额角渗出细密的汗，"你拦不了我。"

苏不豫运起水的异能，可根本无法突破卫桓为他设下的金光盾墙。卫桓很清楚，仅凭手环和血契在自己体内留下的金乌之力，是不足以打破九凤结界的。

他伸出手，贴上这一片除他之外没有人看得到的透明结界。身体里的血液开始沸腾，金乌之力在其中翻滚，一刹那，原本透明的结界变成了金色，又化作波动的金色光流。卫桓闭上双眼，血液驱使着他感受这里所有属于金乌的能量波。

忽然间，金色光流像是找到了一个出口，前赴后继地涌入卫桓的掌心。

下一刻，卫桓手臂挥下，手中出现一把金色巨型长刀。

"不行！"苏不豫继续运行异能，操纵洪流企图阻挡他的去路，"不可以，这一刀劈下去，你半条命都要没了！"

洪流冲刷着卫桓的身体，令他步履维艰，但他仍旧固执地往前走着，机械外骨骼内含的人工智能系统正分析着目前的状况，但他一个字也听不进去。他高抬起手，那把巨型长刀在他手心转动一圈，被他双手握紧。

"这里是九凤的家，"卫桓的眼中映着金色的光芒，"我九凤进不去，真是笑话！”

他一刀劈上蓝色结界大门，金色能量波与蓝色光芒碰撞后发射出巨大的冲击波，将那洪流和卫桓一起冲退。卫桓半跪在洪流之中，嘴角淌下鲜红的血。

“正在分析战损：受损覆盖率达到百分之三十四，脏器受损严重，请停止攻击及时治疗。”

“吵死了。”卫桓抬起头，看着结界大门上的裂痕，摇晃着站起来，金色的巨刀划破水流，被他拖着前行，发出刺耳的摩擦声。他深深吸了一口气，一步步走向属于九凤一族的结界大门。

苏不豫幻化出无数冰锥，企图穿透四面金色光盾，冰锥在盾面刺出一道一道裂痕，眼看就要成功。

卫桓高举双臂，又是狠狠一刀劈下去，将周遭的洪流都给生生劈开。强大的光之力对上九凤的蓝色能量波，再度爆发新一轮的冲击波。这一次所产生的冲击力比上一次更加可怕，直接将卫桓整个人弹飞出去。

“阿桓！”最后一刻，苏不豫伸出手，暖泉从他掌心涌出，奔向飞出的卫桓，但终究是迟了一步。

莫大的疼痛令卫桓意识恍惚，他原以为自己会狠狠坠落在地，却不想飞了起来。他抬头一看，被红色血液模糊的视线里，是展开雪白羽翼的云永昼。

“你……”

“别说话。”

云永昼的模样都变了，额间那个火焰图纹蔓延到了右眼，金色的羲和之瞳宛如太阳般闪耀。

他的头发也在刹那间从棕色变成纯粹的银白，长至腰际。他这副完全异化的状态，卫桓也只见过一次。

云永昼飞在高空中，面对着巨大的半球形蓝色结界，伸出左手。卫桓感觉到了他运能的力量，炽热而滚烫，如同永不熄灭的太阳。随后，数不尽的金色光锥从天而降，在半空中织出一片半球形的金色天网，将整个九凤结界包裹其中。

“不可以，云永昼。”卫桓有些无措，“你不能这样，你会遭到反噬的！

我不进去了！我不进去……”

“不。”云永昼面无表情，手落下的同时，所有光锥狠狠下坠，刺上结界。

强烈的光芒令卫桓几近失明，他眼前只剩下一片虚无的白。在这片虚无中，他听见云永昼的声音：“我说过要带你回去。”

刺目的光芒将一切淹没，在浩渺的空虚中，卫桓听见了崩裂声，如同瓦解的冰河。那声响愈发明晰，一声接着一声，最后彻底爆发。

蓝色的光穿透视野，九凤一族特有的异风从蓝色结界的裂口喷薄而出，穿透卫桓这副身体。有那么一瞬间，他似乎感觉藏匿在这副身体之中，属于九凤的能量波被这蓝色的风唤醒，一颗蓝色的九凤之心也被点燃。

终于，笼罩在整个九凤故居的结界，在金乌势不可挡的能量波下粉碎，形成巨大的蓝色气流，直往外涌。

卫桓感觉身体不稳，侧头看见云永昼已经呈现出完全异化的状态。靠近他这一侧的眼睛也布满了红血丝，几乎变成彻底的红色，嘴角也渗出鲜血。云永昼在气流的冲击下失去平衡，不断后退。

卫桓的心焦灼到了极点：“云永昼，你怎么样？你没事吧。”

云永昼的眉头紧紧皱着，整个九凤结界的反噬力都作用在他的身上，除了痛，他几乎没有任何来自外界的感知。强大的能量波催化了他心口的裂浑针，他的心撕扯般疼痛。

云永昼的手指松开了，卫桓第一时间感觉到：“云永昼，别……”他看着云永昼痛苦地闭上眼，抓住他的手终于彻底松开，两人双双坠落。

慌乱之下，卫桓手腕的金色手环发出金色的光芒，离开他后奔向坠落的云永昼那边。光芒先一步坠地，而后拔地而起，幻化生长成光怪陆离的一棵大树，将云永昼接住。

“阿桓！”不断下坠的卫桓听见苏不豫歇斯底里的呼喊，也看见那股清澈洪流奔向自己。可是来不及了，他感觉自己的身体与地面只有咫尺之遥。恍惚间，他几乎仿佛听见了父亲的声音，在这阵吞噬一切的九凤灵风里。

——不要害怕，小桓，感受风。

——风不是散漫的，只要你的意念够坚定，你就可以凝聚它们，驾驭它们。

父亲曾经带着他前往昆仑墟的城市边缘，抱住他飞离这座天空之城，也曾经放手让他这样坠落。

——九凤从来都不只是血脉，一个族群，更不是你身上的家纹象征，而是你自己。

身体不断下沉，再下沉，卫桓闭上眼睛，肩胛骨变得滚烫。

——你就是九凤。

——你可以比风更自由。

扬昇带着景云一众人赶到的时候，亲眼看见卫桓从空中落下。九尾试图用狐火去抓住卫桓，可根本来不及。

谁知道，下一秒，他们就看到了他们从未想象过，也无法想象的一幕。

眼看就快落地的卫桓生出了一对翅膀，然后在距离地表不到十几厘米的时候，向前飞去。纯黑的羽毛不断地出现，鳞甲一般渐渐覆满翅膀，带着他飞向天际，划出一条蓝色的弧线。

他背对所有人，飞往破碎的九凤结界之上。不断外溢的蓝色能量波如同一场燎原之火，又如同翻腾的海。

卫桓停驻在这宏大的能量波之中，转过身，翙羽声昭示着新生。

他的脸颊上出现三道蓝色异痕。

“卫桓……”赶到的扬昇内心震动无比。

扬灵不敢相信眼前的一切：“怎么会？他是……桓桓哥哥？”

随他们一起赶到的清和，驾驶着一辆从科研处借来的越野车。他透过挡风玻璃看见卫桓的瞬间，猛地刹住了车，愣了半晌后，半个身子钻出车窗，看着天空之上的卫桓。

卫桓也没想到，在这副克隆出的人族身体里竟然可以长出异族的羽翼，但他现在已然无法顾及，第一时间飞到云永昼身边。

云永昼或许已经知道他是谁，或许无法接受，但这些都不重要了。

扬昇也看到了光树上的云永昼，同样飞奔过去：“怎么回事？这个结界是他打开的？”

卫桓艰难地点头。

“他现在的自愈力应该比以前要强才对。”扬昇觉得不对，之前云永昼在半异化状态都能打破他设下的毕方结界，现在完全异化了，怎么会承受不住九凤结界的反噬呢？还是说云永昼有别的伤？

好在云永昼的身体机能是异域数一数二的强大，即便是在裂浑针发作的时候，也可以抗下整个九凤结界的巨大反噬，只昏迷了很短的时间便苏醒过来。要是换作一般的异族，早就因为内脏俱裂而死了。

见云永昼眉头皱了皱，缓缓睁开双眼，卫桓这才松口气。但他发现，云永昼的左眼仍是一片血红，甚至连瞳仁的边缘线都变得不太清晰，不过右眼仍是羲和之瞳的金色。

“你的眼睛受伤了。”扬昇一边说一边拿出加速恢复的药递给云永昼，“吃了这些。你现在不能随便动。”

云永昼仰头将药吞了，捂着胸口站起来：“很快就会好。”

卫桓忐忑地望向云永昼，原以为见到自己，云永昼至少会有些错愕，或者是别的什么类似的情绪，但云永昼苍白着脸看向他的时候，只露出一个微笑，说了两个字：“放心。”

卫桓像是终于被救起的溺水之人。他很清楚自己此刻没有任何时间和机会解释，满心苦恼时，云永昼说出了这番带有暗示的话——他不需要解释。

异风就快消散，爆炸声突然响起。众人抬头，看见不远处闪动着阵阵妖异的光芒，并伴随着某种破坏声。

扬昇拍了拍云永昼的肩，接通耳后的通信仪：“十一组小队，在房子外围设置防护结界，阻止北极天柜的居民靠近，联系包含扶摇学生的战备组前来驻扎上空。”说完，他对身后的小七组说，“你们听队长指挥。”

卫桓愣了一秒，看向燕山月、扬灵和景云。然后他的手中出现一柄光剑，巨大的黑色羽翼带着他转过身，面朝着自己曾经出生、长大的地方：“七组，跟着我。”

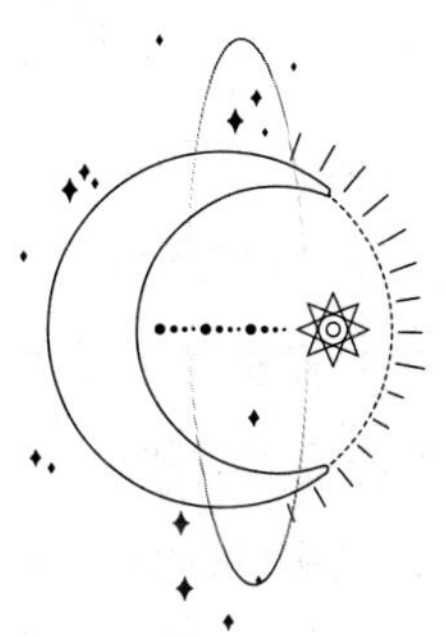

第十三章 真相是真

这种所有人一起并肩作战的感觉，卫桓已经很久没经历过了，就连他自己都不敢相信，原来他还可以像这样带领着别人战斗。

在刚才的冲击之下，机械外骨骼承受了很大一部分冲击力，也在关键时候展现出挡板，减缓了卫桓坠落的速度，这些都令他觉得意外。

就在卫桓朝着混乱的爆发地飞去的时候，外骨骼系统发出声音，但并不是刚才的合成人声，而是清和的声音："听得到吗？"

卫桓回头，看见身后跟着一辆军绿色的越野车，车里的人正是清和，他不禁喝道："你进来干什么？！这里很危险！"

"废话，这还要你说！这些异族傀儡也是我们追查的对象，我必须来看看。"车厢的颠簸令清和的声音有些摇晃，"我帮方程重写了一下这个外骨骼系统，七组所有人，还有我这个编外人员都装上了。"

清和一边开车一边解释："新的外骨骼加强了防御性能，在必要的时候会脱落异化成别的形态。我们还加入了画面实况记录，可以看到彼此的战况，另外也加入了通信信道。这样的话，要是你们的通信仪损坏了，还可以有一个备用。我现在就是用外骨骼的通信信道和你说话。"

卫桓往周围看了一眼，他们几个果然都穿戴了同样的外骨骼。他沉声道："那好，既然你可以听见我说话，如果我到时候要你走，你就必须走。"

清和忽然不说话了。

"你听见了吗？！"向前飞去的卫桓有些着急，"我没跟你开玩笑！你……"

"哎，我们以前是不是见过？"清和的声音埋没在爆炸声之中，却又异常明晰，像是直直落入了卫桓心底。

"是。"卫桓停在半空，低头看了一眼越野车，"能再见到你，我很开心。"

“嘁。”清和将自己头上的眼罩取下来，扔到一边，露出那只被异族图纹烙印的眼，猛踩油门撞向一只扑向他的异族傀儡，“少说漂亮话。”

异族傀儡的数量比他们想象中的多，他们大多生着一张惨淡的人族面孔，身体却像是拼凑出来的。有的生着异族的双臂，有的则生着异族的下半身，或是异族才有的翅膀，一个个全都是扭曲诡异的结合体。

“这里以前是卫叔叔他们的家……”扬灵看着这些异族傀儡在被指使下肆意地破坏这里的一草一木，心痛无比。

“扬灵，不要留情。”卫桓从她身边飞过，“弄死他们。”

看着飞远的卫桓，扬灵握紧拳头，挥开双臂的瞬间，天空中出现数之不尽的莲火，一个一个莲火瞄准那些怪物。

“山月，景云。”卫桓在通信仪里冷静交代，“这里面有一个异族傀儡和其他的不一样，避开它，把其他的傀儡引到别的地方去。”

两人异口同声：“收到！”

卫桓停在半空往下望，看着自己曾经的家被这些该死的怪物毁掉，心里燃起一团火。他努力冷静下来，预备去找上次那个在暗区刺杀过云永昼的异族傀儡。可这里的能量波很混乱，到处都是九凤的味道，他很难辨认出对方的位置。

“阿恒，背后！”卫桓听见苏不豫的声音，一转身，平地而起一股巨大的洪流，在升起的瞬间化作一面坚硬的冰墙。隔着半透明的冰墙，卫桓看到预备偷袭他的异族傀儡——对方上半身是人族形态，腰部以下生着九条蛇尾。

巨大的蛇尾疯狂扭动，猛地击上冰墙，原本要落在卫桓身上的攻击全部被冰墙抵挡住。而在墙壁碎裂之前，卫桓飞上天空，身后出现上百柄锋利无比的光刃，下一刻，光刃如同鸟群般俯冲到九尾蛇异族傀儡前。

九尾蛇异族傀儡的蛇尾不同于一般的蛇类异族，他的尾部覆满了鳞甲，让人很难下手。卫桓操纵着光刃，全部刺向对方的上半身。

万丈光芒穿透对方的身体，随后回到卫桓身后。可令卫桓没想到的是，那副千疮百孔的人身竟然还可以活动，甚至更加暴怒地甩动着蛇尾。九尾蛇的尾端藏有空隙，甩动的过程中喷射出液体。

“小心！这些液体有毒！”卫桓大喊，飞上更高的地方。

就在卫桓预备再一次大规模使用光刃的时候，突然听见了什么声音，光刃还没飞出去，他通过外骨骼的通信道听见清和的声音：“闪开！”

刹那间，炮火击穿异族傀儡的身躯，傀儡的上半身几乎被炸掉，躲到一旁的卫桓看见清和站在车篷敞开的越野车里，手里拿着一个硕大的手持炮。

与此同时，燕山月也赶了过来。她身后出现九条巨大的雪白狐尾，黑色长发飘起，一双眼睛彻底变成极尽透明的冷蓝色。她手上的鸢尾图纹完全脱离了她的皮肤，而后扩大、上升，飞到九尾蛇头顶上放。四周狐火乍起，如同结界一般，之前被九尾蛇喷射出来的毒液凝在半空之中，仿若静止。

燕山月来不及控制住的毒液朝着卫桓飞来，卫桓正欲闪躲，面前却出现一面金色光盾。

混乱中，云永昼的声音永远都那么清晰：“他们在拖延时间。”他飞到卫桓身边，仍保持着全异化的状态。

“我来对付他。”燕山月移动着手指，控制毒液凝聚在一起，而后又抬头看了一眼卫桓，“你去找那个异族傀儡。”末了还补了一句“小心”。

卫桓跟着云永昼飞往别处，途中，云永昼冷静道：“右后的区域我已经排查过了，没找到。”

卫桓停在半空：“你觉得，他这次来是为了什么？”

云永昼看向他，左眼因为充血变得更加红，一双眼宛如异瞳：“祖墓里的尸体。”

卫桓的头微微垂下：“所以他一定在找祖墓的入口。这个入口只有九凤一族知道，而他身上有九凤的能量波，所以只要时间充足，他也可以找到入口在哪里。”

他从没有觉得命运可以讽刺到这种程度。他们九凤一族世代为保护异域而战，如今整个家族不复存在不说，现在竟要卷入这种肮脏龌龊的纷争之中，连尸骨都要被利用，成为战争的傀儡。

“去入口堵他。”云永昼道。

卫桓试着打开结界直接进入祖墓，却发现还没办法驱使结界密令，他身上的九凤之力只恢复五成不到，这种层层封锁的结界根本无法进入。

“我能量不够，虽然有密令，但是打不开结界入口。”

“密令传心给我。”云永昼没有丝毫犹疑。卫桓愣住了，看向云永昼：“不行……”

云永昼左眼刺痛难当，他略微眯起：“你放心，我不会把结界密令告诉其他人，我也只会进入这一次，之后……”

“不是的！”卫桓直接打断了他，“你不能再强行开启一次九凤家的结界了，你会受不了的。”他飞身到云永昼的面前，“把你的力量给我。”

云永昼有些愣怔，但他还是握上卫桓的双臂，把金乌之力源源不断地传输到卫桓身上。

卫桓能感觉炽热的火被扶摇直上的风卷成汹涌的火海，在他的血液里沸腾蔓延。他默念密令时，觉得自己的身体好像被两种完全不同的异族能量波不断撕扯——赤红的火、蓝色的风，混乱中杂糅又分立。下一刻，他阖上双眼，感应结界的大门。

片刻后，卫桓运能开启传送门，和云永昼一起传送到九凤祖墓的入口。两人穿过传送门的刹那，天地骤然变换，他们从九凤宅邸转移到这个荒无人烟、安静到可怕的山谷。山谷狭长，深渊之下流过湍急的河流，一面是瀑布，另一面则是山石断崖。断崖上从左至右依次立有近百个黑色立碑。

“这就是九凤的祖墓？”云永昼开口。

“嗯。每一块立碑后面都是一座冰石棺，冰石是当年先祖在千雪城的地下挖出来的，用它做棺木可以让尸骨百年不腐。”

卫桓有些说不下去了，他现在的心情复杂得要命，悲愤中又掺杂着一丝自嘲。没想他到暴露身份后，和云永昼第一次来的地方竟然是自家祖坟，也是够奇怪的。

卫桓没再多想，直接飞向父亲的立碑前。黑色立碑上镌刻着父亲的名字，令他心中一阵酸楚，但他仍旧咬牙，默念家门密令，开启了立碑背后的冰石棺。

石棺徐徐从断崖崖面向外移出，但令卫桓怎么都没有想到的是，这一座石棺竟然是空的！

“这怎么可能……”他的呼吸都变得艰涩，“明明，明明当年是我亲自抬的棺。”

云永昼拍了拍他的肩膀，稳住他心神：“如果不是被盗，就是下葬时被人调换了，这其中一定有某个环节被人动了手脚。”

“所以，”卫桓喃喃道，“那个异族傀儡果然用的是我父亲的……那他们为什么还要来这里……”

话音未落，他忽觉身后有一阵熟悉的异风，转身的瞬间手中乍现一把光剑，“当”的一声，光刀抵住来人的偷袭。对方也是长刀，只不过是蓝色的风刀。

果然来了。那个异族傀儡还是像上次那样，穿着一身黑，脸上也仍旧戴着面具。

卫桓心中愤怒不已，几乎失去理智：“就是你……”他身后爆发出一阵滔天烈焰，而后化作两道火龙，冲向那神秘异族傀儡。对方左右躲闪，避开了火焰的攻击。

下一秒，云永昼的光刃将那人包围，却在刺向他的瞬间被凭空出现的风墙挡住。对方趁云永昼不备，从上方飞走，速度极快。

“小心身后！”卫桓感应到风刀的出现，幻化出光盾，替云永昼挡住他后背的攻击。

御光和御风对上，几乎分不出输赢。在卫桓使出光锥之前，那个异族傀儡已经变出范围更大的风刃，两相对撞，并不能真正地攻击到对方。

卫桓有些着急，尤其当他看到那家伙身上的羽翼和自己是一样的深黑色，便更加觉得厌恶。可那家伙的御风等级几乎和父亲一样，瞬息间便可出现，即便是当年的他都没有达到这种程度，他只能盲目地进攻。

风刃锋利无比，战斗服并不能抵挡多少，卫桓几乎能感觉得到当年被他用得出神入化的武器，此刻正割开他的皮肉，而他却只能受着。

“不要冲动。”云永昼试图用结界保护卫桓，却发现他已经突破异族傀儡的风刃阵，正手持光剑准备朝对方头顶劈去。与此同时，光索从下至上，将那个异族傀儡彻底缠住。

“去死吧！”卫桓大喊道，但在光剑劈下的瞬间，异族傀儡灵敏地偏了下身子，结果只砍中他的肩膀。鲜血顿时往外涌出，可那傀儡却没有丝毫反应，像是感觉不到似的。

此时，云永昼也朝两人飞去，而他的光刃比他本人先一步到达，如翻涌的洪流一般，企图穿透异族傀儡的身体。不过，对方在半空中转了半圈，躲开了云永昼的光刃。

卫桓又变出更多的光索将异族傀儡牢牢捆绑住，他们周围则被无数的蓝色风刃团团围住，似是下一刻就要刺向他们。好在云永昼早有准备，金光乍现，两人身后出现无数面形同棱镜的防御结界，抵挡住尖锐的风刃。

云永昼来到卫桓面前，伸出手臂，之前那些扑空的光刃立即汇聚于他手中，变成一柄巨大的光刀。就在那个异族傀儡转回身的瞬间，他挥臂一斩，从上至下，劈中对方的头颅！

碎裂声骤然响起，神秘异族傀儡的面具出现一道裂痕，有如一道闪电，紧跟着便四分五裂。可等那张黑色假面掉落后，眼前的一幕却让卫桓和云永昼惊愕到无法说话。

这个人……

外骨骼的通信信道忽然发出声响，头皮发麻的卫桓听见那头清和几近发抖的声音："不要杀他……别杀他……"

他也看见了，这个利用卫桓父亲的尸骨改造出来的异族傀儡，这个秘密武器——竟然是谢天伐。

卫桓怎么都没有想到，原来清和踏破铁鞋想要找到的谢天伐，竟然以这样的方式出现在他们的面前，他手中的刀忽然就握不紧了。

怎么办？

可谢天伐的瞳孔没有一丝光彩，仿佛毫无焦点，他就像一个完完全全的兵器，没有半点人的气息，卫桓在他的眼里也只不过是一个目标而已。忽然，谢天伐手中出现一柄狭长尖锐的风锥，在卫桓没有来得及反应的时候直接捅向卫桓。

千钧一发之际，云永昼推开卫桓，用手里的光刀斩断了谢天伐的风锥。

"他已经没有任何身为人族的记忆了。"云永昼提醒道，"他现在不是人族，他只想杀了你。"

卫桓从未陷入过这样两难的时刻，他紧紧咬着后槽牙，心想，如果他身边没有云永昼，或许他现在就因为悲悯心而受伤，甚至死亡了。

谢天伐无法从光索中挣脱，但他的手中不断变换着各式武器——他的近战实力虽高，但和云永昼还是有很大差距。

“告诉他们，至少让九尾或者苏不豫进来。”云永昼死死地压制着谢天伐，“用空间异能暂时将他封印。”他和卫桓想到了一处。

卫桓立刻通知扬昇，只有他能打开进入祖墓的结界：“越快越好！”

不过，尽管他交代数遍，千万不要带清和进来，可他心里清楚，除非把清和打晕，否则他们谁也拦不住清和。

发布完任务，卫桓立刻上前帮助云永昼。

卫桓对云永昼的进攻路数了如指掌，他们是曾经无数次并肩作战的双主战力，配合起来简直是天衣无缝。再加上谢天伐本就被束缚住了，现在他二人是联手进攻，谢天伐很快就落了下风。

快一点。

更多的光索出现，将谢天伐的四肢束缚住。

再快一点。

一定可以将他封印。

就在这时，扬昇正好带着其他人穿过结界，而卫桓刚松了一口气，局势再一次逆转。

“卫桓！”扬昇大喊，但卫桓只来得及看到扬昇突然出现的错愕之色，就感到腹部一阵剧烈的疼痛。

卫桓瞳孔骤然放大，低下头，看见一把沾满了鲜血的锋利的蓝色风剑。云永昼神色诧异，就在他回头时，另一把风刃劈向了他的左肩，他偏身躲开了。

疼痛令卫桓呼吸滞缓，长刀被抽出后，卫桓捂住流血不止的腹部，转过身。

眼前的一幕令所有人震惊——这里不止一个谢天伐。

卫桓和云永昼背后各有一个谢天伐，且手中都握着蓝色长刀。就在卫桓惊愕的同时，面前的身躯再次一分二，二分四，连同那个被绑住的谢天伐，最终分为八个，于空中围绕着他们。

这是他母亲的九相分身异能，也是他的。原来不只是父亲，还有母亲，他们都没能幸免。

云永昼被四个异族傀儡围住，被光索缠住的那个得以喘息，猛一蓄力，竟挣脱了全部的光索。其他几人则各显神通，上前与他们对抗。

卫桓的怒火终于在这一刻爆发，血脉之中的炽烈和胸口奔涌的风之力激流交汇，令他迸发出红色与蓝色两种无法交融的强大能量波，于身体表面燃烧。

他周身开始出现旋涡一样的风穴，以他为中心，将他吞噬。于是，他什么声音都听不到，耳边只有风的声音。

属于他的声音。

卫桓闭上眼睛，感受着身体里九凤之力的燃烧，那股曾经根植于血脉中的力量终于重新爆发。再度睁开双眼，他只一抬手，蓝色的龙卷风便在手中变成一把巨大的风刀。

蓝色的能量波盘踞在卫桓整只右臂，看上去狰狞无比。他的侧颈蔓延出蓝色的异族图纹，并一直向上，攀上脸颊。

不知为何，卫桓觉得右眼刺痛不已，如同火烧一般。这种感觉有些熟悉，令他想到入校时被云阳吸住的瞬间，那时候他的右眼也像这般灼痛，只不过远远不及此时。

不管了，他没有时间管这些。

“卫桓比刚才异化得更加明显了。”燕山月控制住三个异族傀儡，但她辨认不出真身，无法封印。

而此刻的卫桓，则被九个一模一样的谢天伐围住。

怎么办？卫桓在中间缓缓转动，眉头紧皱，一一扫过每张脸。

只有攻击真身才有效，这九分之一的可能，他根本没有把握。

“云永昼，哪一个才是……”

这句话还没有问完，卫桓的声音便戛然而止，因为他自己找到了答案。

“等等……”正欲飞向卫桓的扬昇忽然停住。

苏不豫放射完冰锥，连手都来不及回收便愣在原地。

“阿恒的眼睛……”景云搬着一棵巨大的树木，停下准备砸向那些分身的动作，痴痴地望向包围圈中的卫桓，“他的眼睛变成异色瞳了！”

在火烧般的疼痛中，除了谢天伐，卫桓视线所及之处，皆变成一片金色，而谢天伐也只有一个是清晰的，其余都是蓝色的暗影。

他没有过多思考，挥舞手中的长刀，但云永昼快他一步，提前刺中真的谢天伐，并再一次用光索将其捆住。

“九尾！”被烈火包围的云永昼，银白色长发吹开，同样露出一金一红的异瞳，“封印。”

卫桓紧紧握着手中的长刀，异化令他的情绪扩大了数倍，他听见自己破碎的呼吸声，耳边回响的，却是珏老板曾经说过的话。

——回溯，需要用最珍贵的东西作为祭品，这种祭品最后会赋予到被召回的人身上。

原来这就是为什么刚才云永昼被反噬的时候，一只羲和之瞳因充血而坏死，明明羲和之瞳是“金刚不坏之身”。

他也终于知道为什么云阳会在他还没有和云永昼结契前，就知道他的身体里有火，将他分到了炎燧。

还有，为什么景云的借瞳与占瞳永远只对他的左眼有效。

因为没有任何异能可以控制羲和之瞳。

太多太多的蛛丝马迹，在这一刻汇聚成真相，一个不愿被他知晓的真相。

“云永昼……”

听见卫桓的声音，云永昼心中早已明了。他没有料到谢天伐的身上会出现卫桓父母两人的异能，而当他看到分身异能出现的时候，就知道自己瞒不住了。

转过身，他坦荡地望着卫桓一蓝一金的双眸。

“你……”卫桓忽然间哽咽。

“对。”云永昼的嘴角勾起，银发飞舞，遮住那只血红的瞳孔，只留下和他一样的、映着太阳图腾的羲和之瞳，“我献祭了我的眼睛。”

意识陷落，卫桓做了一个梦。

梦里的他似乎刚换好衣服，从某个房间出来，外面是扬昇和不豫，他们身上都穿着一样的战斗服，不是扶摇的蓝，也不是上善的白，而是完全一样的深灰色制服。

他低头看看自己，也是一样，穿着一套深灰色的战斗服。

这是他们正式进入山海预备战斗兵团的那一天。

“新战斗服就是帅，这么一比，咱们以前学院发的战斗服，就跟闹着玩儿似的。”扬昇嘚瑟得不行，“不豫你看，这还有肩章。”

苏不豫点点头，又立刻看向卫桓：“阿桓穿这件真好看，特别好看。”

扬昇“嘁”了一声：“你就知道夸他，刚也不见你夸我。”

“嘁什么嘁，不豫什么时候说过假话？我本来就比你帅，不服气也没招，小爷我可是公认的扶摇院草。”卫桓低头仔细看了看制服，发现左侧胸口和右侧的缝制方式并不完全一样，“哎？左边这块儿怎么空荡荡的？”

扬昇也低头看了看：“对哎。”

苏不豫道：“我听发制服的前辈说，这个地方是之后用来别战徽的。”

“战徽？”卫桓疑惑，“是学校发？”

“啊，我知道了！”扬昇一拍手，“上次我听我爸说过，我们正式成为预备战士后，会被学院派遣到很多地方，支援战场或者完成一些很危险的任务，就不像之前在战备组当片儿警了。因为那些地方很危险，如果任务成功，就相当于为山海和异域立了功，到时候会给咱们相应等级的战徽。”

“哦！”卫桓也突然想起来，“我爸妈就有！”

“叔叔、阿姨那个可能还是不一样，他们是政府军。”苏不豫解释，“我们的战徽好像是结合山海和自家家纹的，我觉得还蛮有象征意义的。”

“原来是这样……”卫桓摸了摸左胸空出来的那么一小块，抬头的时候笑得嚣张，“等着瞧，你们桓哥我，肯定第一个拿到战徽！”

“嘁，”扬昇长叹一口气，“你可别忘了，你前面还有一个特别能打的……”

说曹操曹操就到，同样换上新战斗服的云永昼走了出来。他一言不发，也不靠近他们，之前还欢乐无比的气氛一下子变得有些尴尬。

扬昇是个爱打圆场的，望着云永昼道：“要我说，还是永昼穿着帅，板儿正。”

卫桓扭头瞥了云永昼一眼，难得地没有反驳。

云永昼穿这身衣服确实很好看，特别英姿飒爽，深灰色的制服颜色配着他那张冷冷淡淡的脸，格外合适，给人的感觉和他之前穿炎燧的红色战斗服时完全不同。也不知道为什么，见到他这副模样，卫桓甚至开始想象他穿上父亲的军装会是什么样，应该更好看。

云永昼那双琥珀色瞳孔冷冷盯着卫桓：“看我干什么？”

气氛冷到极点。苏不豫抓住卫桓的手臂，拽了两下：“我们出去吧，这边一会儿还有别的学生过来。”

“对对对。”扬昇也跟着开口，“今天算是我们成为预备役的第一天，是不是应该出去庆祝一下啊？”

卫桓其实也没觉得云永昼这样的态度令他尴尬，云永昼本身就是这样的性格，他早就习惯了，甚至还觉得云永昼主动和他说话，多少也是把他放在了眼里的意思。

换作别人，云永昼都不稀罕开口。

扬昇和苏不豫商量着去哪儿吃饭的问题，卫桓走在他们旁边，走着走着回头看了一眼。

还好还好，云永昼没有自己跑了。

只不过，他隔得实在有些远，起码都有七米了。

卫桓下意识放慢脚步，悄悄拉近和后面那个自闭少年的距离。前面两个家伙讨论得正欢，也没在意，他干脆彻底停下来。可他一停，云永昼也停下了脚步，隔着两三米的距离看着他。

这是什么意思？

起了阵风。卫桓嘴角一勾，手指动了动，顺势将这风化作一双手，在云永昼背后猛地一推。云永昼毫无防备，就这么被那双无形的手推着往前，差点一个踉跄扑倒在地。

两人的距离一下子缩短，卫桓努力地憋笑，但最终还是憋不住，让两颗小犬齿露了马脚。

“我可没动手啊。”他抬起自己的手，笑得一脸灿烂，“是你自己过来的。”

云永昼脸上青一阵白一阵，不大好看。他把目光从卫桓的脸上挪开，看向别处。

卫桓扭着脖子朝后面望了一眼，那两个家伙居然还没发现自己不在身边。

他笑着回头，小声对云永昼说：“我也觉得你穿这身衣服好看。”说完，他大步一跨，站到了云永昼身侧。

他看不到云永昼现在是什么表情，也不在意云永昼会有什么反应，他就是想说出来罢了。

云永昼顿了顿，最后还是迈开步子继续向前走。卫桓亦步亦趋跟在他身旁，哼着不知名的小曲，走路的姿态像只开心的小麻雀，就差扑棱翅膀了。

这种太过愉悦的心情好像彻底影响了云永昼，就像一个害怕被太阳直射的冰块，无法控制地在融化，变成一摊柔软的水。

这种不可控的感觉令云永昼心慌，也令他害怕，他忍不住停下来，冷冷开口：“你究竟在高兴什么？”

卫桓愣了一下，也停下脚步，转过来面对云永昼道：“我？”他眼睛转了转，“我也不知道为什么开心，不过开心就是开心呗，许你一天天的不开心，还不许我乐乐呵呵的了？”

“没有人会无缘无故开心。”云永昼很坚持。

“你这么说也是。”卫桓鼓了鼓嘴，手又不自觉地摸了摸左胸那块留给战徽的空白处，眼睛瞄上云永昼的衣服。

“可能是因为……我们穿上了一样的衣服吧。”一只小飞虫飞到卫桓鼻尖，又被他挥开了。他伸手在空中抓了一把风，变出一小捧蓝色的花瓣。

卫桓把手绕到背后，攥着那花，继续道：“之前我们穿的都是不同学院的战斗服，颜色样式都不一样。现在好啦，都是深灰色，而且挺好看的。”

这个答案令云永昼意外不已，他愣愣地看着卫桓，一言不发。

卫桓扬起笑容，像三月的暖阳：“与子同袍啊。”

记忆潦草地终止，梦境结束。

卫桓能感觉到意识已经苏醒，只是他强撑着不愿醒来。

他想知道后来发生了什么，为什么这些记忆会这么模糊？他几乎毫无印象。但他最终还是睁开了眼。

视线一点点从模糊转为明晰，他望着白茫茫的天花板，无力地眨了眨眼。

“你醒了？”卫桓侧过头，看见苏不豫正坐在床边。

苏不豫的声音很小，卫桓往旁边看了一眼，才发现原来景云和扬灵靠在沙发上睡着了。

他试图坐起来，苏不豫为他调好了病床床垫，继续压低声音道：“醒了就好，我一步也不敢走。”

云永昼呢？卫桓环顾了一下病房，最后还是开口问道：“其他人呢？”

“有部分异族傀儡逃走了，扬昇带学生去追了。那个脸上有异族图纹的人类，跟着九尾走了。他俩想守着你醒过来，我就带他们过来了。”苏不豫替他掖了被角，“那个异族傀儡被封印之后你就昏厥了，医生说你现在的人族躯壳不足以支撑两种异族能量波，所以精力耗尽后休克了。你这样下去是不行的。”

卫桓一言不发，默默听着，可他仍旧很担心云永昼。

卫桓想知道云永昼现在在哪里，以及他为什么会把自己的眼睛拿来献祭，还有，他又是从什么时候知道自己就是九凤的。

看卫桓不说话了，苏不豫也不再多说：“我准备了一点粥，你喝一点，体力恢复得快一些。”

“不豫，”卫桓忽然开口，“你是什么时候知道我的身份的？”

苏不豫倒粥的手顿了顿，差一点倒出来。

“最开始怀疑的时候，是分院仪式。”

“为什么？”卫桓不懂，分院仪式上的他分明被云阳分到了火学院。那个时候，他的能量丝毫没有苏醒的迹象，苏不豫为什么会怀疑？

苏不豫继续道：“那是我第一次见到你。在你回来之后，不需要什么理由，我觉得那就是你。”

后来得知云永昼与卫桓结了契，这才完全确信——云永昼不可能无缘无故与一个人族结契，除非百分之一百笃定，那个人族就是卫桓。

不豫，不犹豫，可他偏偏就是因为太犹豫而迟了一步。明明先认识卫桓的人是他，先认出卫桓的也是他。

卫桓没有接那碗粥，只是再次问道：“你是不是去过无启？”

苏不豫将粥放下，眼神坦荡：“对，我去过。”

卫桓陷入沉默。暗祀说得太模糊，如果苏不豫真的像她说的那样，献祭了自己的鲛尾或是鲛鳞，他的祭品应该转移到自己身上才对。

难道献祭也分先来后到？

“你……”卫桓不知该如何开口，这样的问题对他来说太沉重，他根本承受不了这样的负荷，他害怕苏不豫真的为了自己做出不可逆转的牺牲，“你的鲛尾，还在吗？”

苏不豫微笑着看向卫桓，看着他那双已然湿润的眼睛：“不重要了。”

他要的不是这个答案。

“这很重要。”卫桓抓住苏不豫的手腕，“你是半鲛，你如果没有鲛尾，还算什么鲛人？你为什么要这样？我回不来就回不来好了。”他甚至不知道怎么组织自己的语言，“我……我不值得你做这些。我哪怕回来了又能怎样？你看看我，我还是当初的我吗？”

苏不豫反握住卫桓的手，笑得温柔：“是啊。”

“你就是你。”他嘴角泛起梨窝，心里却是苦涩。

卫桓更希望听到的不是这些。

“只要你回来，就很值得。”

他知道自己这样说，对卫桓而言就像是一种束缚。可他觉得好慌，心里涌上来的歉疚快要将他淹没，他很害怕，他也不想这样。

他知道卫桓一直把他当作弟弟，从十几岁就保护着他，但是他现在可以保护卫桓了。

卫桓苍白的脸上没有太多表情，他低垂着眼睛，仿佛盯着床单上的某一块。

他隐隐感觉苏不豫对献祭一事有所隐瞒，但他知道这些事说出口需要时间，他也愿意等。

“我……我还是很想知道你在无启发生了什么，或者说，我‘死’后发生的事。”他顿了顿，“没关系，等你愿意告诉我了，你再说。”

他抬眼望向苏不豫那双灰绿色的眼，露出一个令人心安的笑：“七年前，我也没有想到会突然离开，把你丢下，好在还有机会，以后我也会一直在。”

苏不豫看着他脸上的笑，也轻笑了一下，像是自嘲：“嗯。”

除了云永昼，卫桓面对任何人都是一副无懈可击的保护者姿态，就算为他人付出、牺牲，也在所不辞。他总是企图让自己的羽翼庇佑到所有他希望保护的对象，永远悲悯，永远的英雄主义。

卫桓没有食欲，吃了一点粥就说困了，想睡觉，于是侧躺着装睡。他听见苏不豫小声地说自己突然有点公事要出去一趟。但卫桓假装睡着了，没有回话。他也听见累坏了的景云和扬灵终于醒了过来，轻手轻脚地绕到病床的这一头，趴在那儿。

卫桓这时候才发现，原来即便闭上眼睛，羲和之瞳也可以看到面前发生的景象。

他俩的声音小到几乎是用唇语在交流，像两个小傻子似的盯着卫桓。

“原来阿恒就是九凤啊……”景云推了推眼镜，“难怪他每次说到九凤都……”

“什么阿恒，这是桓桓哥哥！”扬灵敲了一下景云的脑门，“你也得叫哥哥才行，他比你大好多呢。”

“我知道，我一下子改不了口嘛……”景云撇了撇嘴，“你之前还一直叫他笨蛋人族笨蛋人族呢。”

扬灵一下子就直起了身，虽然动作很夸张，可声音还是很小：“我那时候不知道他是桓桓哥哥啊！再说了，我这个是爱称！爱称你懂不懂？！”

卫桓差一点憋不住笑出来。

俩活宝。

到了上课的时候，俩小家伙也走了，病房里只剩下卫桓一个人。他睁开眼，想看看自己的眼睛，可他没有太多力气，于是瞟了一眼手腕，运能变出一面镜子。

他的身体现在的确很难运行异族能量波，光是变出镜子都让他觉得十分费力，让他觉得胸口有种滞缓的钝痛。

镜子的颜色偏金，看不清楚，卫桓转了个身，面对夕阳。

果然，羲和之瞳觉醒后，眼睛的颜色就变的不一样了。他的左眼瞳色很深，大约还是人族眼珠的黑色，右眼却很通透。

变成琥珀色了吗？

镜面消失，卫桓不自觉地抬起手，拂上自己的右眼。

他怎么也想不到，自己最喜欢的云永昼的眼睛，有一天竟然会变成他的。这种感觉有些微妙，他说不出缘由。

戒指忽然发出光亮，卫桓从思绪中抽离。他原以为是云永昼，确认后才发现是扬昇。

“你醒了？”接通后，扬昇先开口，“打开视频，我看看你现在怎么样。”

卫桓照做了。他揉了揉眼睛：“你现在在哪儿呢，剩下的抓住了吗？”

“移交给政府了，早知道我就不叫那些学生了。队伍刚解散，我让他们回学校，我现在准备去一趟你家。”扬昇背后的确是北极天柜的街道，卫桓熟悉到不能更熟悉的地方。

“去我家干什么？参观啊？”卫桓叹口气，整个人都要缩到被子里。

“我想着，之前怎么说都有一个九凤结界，那些找茬的人也进不去。”扬昇说着飞了起来，“现在九凤结界破了，我怕有人跑去你家闹事，准备弄个新结界。可能赶不上你爸弄的，但好歹能撑一段时间。”

“劳您费心。”卫桓心里没什么想法，“毁就毁了，反正以后也没人住了。我去那儿也是难受，以后估计也去不了几次。”

“别啊，怎么说地都是你们家的，也是你祖宗拼下来的。那么大一块地呢，快赶上四分之一的扶摇了。你要是真的不喜欢，大不了等你以后好了，推了重建。”扬昇越说越离谱，“对了，你昏厥之后我去检查了一下你家的祖墓，好奇怪。”

听见这个，卫桓又把脑袋露出来一点：“怎么了？”

“我看到你的立碑了。”

立碑？

“你们家的传统难不成是人还没死就先立碑？你的尸体都没有，根本就不可能有坟墓啊。”

卫桓也有些疑惑：“我‘死’后有葬礼吗？”

扬昇叹了口气：“没有。”他反复拿捏着措辞，眼神也避了开，“你……你也知道当时的情况。你走之后没有人能开得了九凤结界。不豫整理了一下你在学校的遗物，说是要给你做一个衣冠冢。他那个时候找我，我没有去，我当时也……”

卫桓笑起来，故意揶揄：“我知道，你这个小气鬼。”他转移了话题，“那既然这样……我在祖墓那个……”

他努力地思考，感觉记忆有些空缺：“哦，我想起来了。那个立碑的确是提前就做好了，还是我自己要做的。我跟我爸妈说，我要跟他们一起刻字，我爸妈拗不过我，就一起做了。”说着，他忍不住苦笑，“没想到我们也是差不多时间走的。”

“好了别说了，说起来怪难受的。我还以为是谁在你死后做的立碑，想想也不可能，谁都进不去。”扬昇忽然想到什么，“这样我就明白了。”

“明白什么？”

“你的尸体啊，到现在没有任何人找到，我们在找，那些制作异族傀儡的人一定也在找。他们会不会以为有人把你的尸体藏回了九凤祖墓，所以才会派谢天伐去你家？如果他们能找到你的尸体，又可以复制出另一个成功的谢天伐了。”

原来是这样。卫桓不知该说些什么：“你有打开我的立碑看吗？”

“我打不开啊。”扬昇说，“我试过了。大概只有你们九凤可以打开。”

也是，卫桓觉得自己糊涂了，连这一点都忘了。不过打开了，里面可能也是空空如也，什么都找不到。

“哎？”扬昇忽然间发出一声疑问。

卫桓抬眼看向屏幕：“怎么了？”

“你们家的外面，好像有结界。”

屏幕的那一头，扬昇悬浮在半空，面前就是九凤宅邸，看似什么都没有，可当他蓄起紫色风团向前推去时，却被阻挡在一层透明的结界外。紫色气流流淌开来的时候，透明结界出现一道一道的金色纹路，如同闪电。

卫桓霎时坐了起来。这是金乌的异族图纹。

“看来我来晚了。”扬昇双臂抱胸。

“云永昼没有跟你们在一起吗？”卫桓急忙问道。

“没有啊。他眼睛都伤成那样了，我让他去医院。”扬昇想了想，“不过他好像是和九尾一起走的，说是要把谢天伐带到山海地下禁闭室。他不放心九尾自己做这件事。也不知道他后面有没有去治眼睛。”

卫桓的心脏忽然间跳得好快。

“你先休息吧，既然他这边都帮你弄好了，你也可以放心了。”扬昇准备打开传送门，原本想要挂断电话，但最后又忍不住补了一句，“卫桓，如果不是云永昼，你回不来。”扬昇笑道，“我一直想说，但也怕影响你，所以就一直瞒着。你也知道云永昼是个什么样的人，从来都是不要命的。七年前，他本来志愿都填好了，要去战场。”

光是说到这里，卫桓的情绪都坠入了谷底。

“但是你后来没能回来。大概一个月之后吧，他改了志愿要留在山海当教官，原来说好的从军从政，都放弃了。那个时候总理大发雷霆，差点动用职权修改他的志愿。我一开始还以为他是看到你死了，受了刺激，不愿意那么卖命了。等我得知他献祭后才知道，他之所以这么做，不是因为怕死。是我想得太狭隘了，他可能只是……”扬昇叹了口气，“抱着一个希望，想活着看到你回来吧。”

卫桓低垂着头，夕阳已经被夜色吞没，整个房间陷入沉沉的黑暗。直到扬昇挂断，他也没有说一句话。

卫桓闭上双眼，试着去感应云永昼的存在。

眼前的场景一点点明晰，一草一木都熟悉无比。可卫桓不能确定，他皱着眉反复尝试感应，得到的结果都是一样——云永昼此刻就在他九凤的家里。

胸口一窒，卫桓咬着牙，默念自己的家门结界心诀，冒着再次晕厥的风险也要开启传送门。他身上现在没有气力，只能扶着床的边缘站起来。

深吸一口气，卫桓走进结界圈，来到九凤宅邸。沉甸甸的黑暗吞噬了一切，让这个已经残破的地方变得更加冷清。他闭上眼，去感应光的存在——云永昼就在他曾经最喜欢的空中小花园。

卫桓后背发疼，没办法变出翅膀，只能扶着墙壁，一步步艰难地走上旋转台阶。这个台阶被异族傀儡炸得有些残缺，走上去的时候不太稳，就这么一小段，他就感觉自己走了一个世纪那么长。自从回来后，这是他第一次嫌弃这副人族躯体。

这么虚弱，害他不能快一点。

等到他光脚踩到空中花园的草坪上，才终于看见云永昼的背影。

这里的植物许久没有人打理，已经长到了他膝盖那么高，踩上去有沙沙的声响，这个声响将卫桓的踪迹暴露无遗。

云永昼的防备心令他尚未转身就放出数不清的光刃，可下一刻又好像觉得不对，光刃也像是破碎的烟火般，消失于黑暗中。

他本来正在装坏掉的吊床，现在却转过了身，有些错愕地看着卫桓。

两个人就这么隔着十米的距离，在黑暗里对望。

卫桓想走到他面前，但实在没有力气，走了两步就停下来，靠在旁边的丹果树上。这里实在是荒废太久，树上生满了槲寄生，结了一串串珍珠似的白色浆果，闻起来有种草本清香。

“你和我的异能把我掏空了，我走不动。”卫桓靠在树干上，微微喘着气，“你能过来吗？”

云永昼没想到真相被戳穿后，卫桓对他说的第一句话竟然是这个。他有些傻了，感觉自己似乎一下子变回那个十八岁的懵懂少年。他放下吊床，一步一步朝卫桓走去。

云永昼仍旧是全异化的形态，银色的长发仿佛是月色融成的，在黑暗中发着光。不过令卫桓感到庆幸的是，云永昼还是有去医院的，他左眼正蒙着一块白色纱布眼罩，这让他冰冷冷的脸上多了种脆弱感。

云永昼问：“你怎么来了？”

卫桓仰着脸：“这个问题不应该是我来问吗？”

云永昼沉默了。

见他沉默，卫桓又有些犹豫。

“我……”卫桓喉结一滚，“我有好多问题想问你，醒来你又不在……你什么时候知道我是卫桓的？是不是早就知道了？没错，一定是，你肯定是想看我笑话，所以不告诉我。”他本来话就多，一紧张话更多了，“你该不会知道我是九凤才跟我结契的吧？为什么啊？你……你不是挺不喜欢我的吗？我真是搞不懂你。我本来以为自己搞懂了，起码我搞懂我自己了。现在一看我根本没有，我还越来越迷糊了……”

“事先声明，我不是说你傻啊，可是你图什么啊？你全身上下最珍贵的就是羲和之瞳，整个异域就只有这一对，拿什么不行，拿这个去献祭？你疯了吗？”他也不知道自己是怎么回事，越说越生气，语速也越来越快，“这可是你的眼睛，又不是手指甲剪了还能长，现在说没有就没有了，你也变成独眼龙，呸，独眼金乌了。我真是搞不懂，我……我怎么想都想不通。明明你以前对我爱搭不理的……”

卫桓仰起脸看向他：“云永昼，你究竟是为什么？你犯得着用这么宝贝的东西去……”

不远处突然间传来巨大的声响，像是什么东西倒塌了似的，吓得卫桓一抖，像只受惊的兔子一样，猛地撞到丹果树。

大树被他这么一撞，哆嗦着摇落好些树叶，轻飘飘在空中晃悠半圈，最后落在卫桓的脑袋上，看起来滑稽又可爱。

他决定打破僵局：“那什么……我家房子好像塌了。”

云永昼没急着回答，低头看见卫桓光着脚，问：“你怎么又光脚？”这话说得有几分责怪的意思。

这一刻，云永昼的话难得地多起来：“我做这些也不是交易，就是单纯地想这么做而已。我也没想让你回报我什么，就像你当初无条件地关心我，对我好。”

云永昼说话间，卫桓的视线落在他的眼罩上，心揪了一下。

“疼吗？”

云永昼只摇头，不说话。

“你的眼睛……真的就这么给我了？”卫桓说不出自己是什么情绪，大约是可惜，同时又觉得心疼，“你还能拿回去吗？”

云永昼再次摇摇头，嘴角带着温柔的笑：“挖出来被异祀的火焚烧过，早就成灰了。”

明明只有这么几个字，可卫桓竟然好似感受到了他那个时候的痛。活生生挖下眼睛该有多疼？亲眼看着自己的眼睛被烧毁，那是什么感觉？他不知道的是，那时候的云永昼已经走投无路，没有什么感觉了，这样做反而给了他一线希望。

卫桓的眼睛一下子就红了，他有点气：“疯子，又疯又傻，还想骗我，我一开始都没发现你眼睛不对。”

“我为了瞒过金乌家的人，从无启出来就四处打听，想找个和我眼睛像一点的异族。听说南莽有一只㖊金鸟失去了自我意识，为非作歹害死不少孩子。正好他的眼睛也是这种浅色瞳孔，所以我就去把他杀了，顺便挖了他的眼睛。”

他说得轻松，可卫桓还是觉得难受：“用别人的眼睛不会有问题吗？”

“还好。一开始因为带着对方混乱的能量波，这眼睛总是被迫异化，我便一直用自己的能量去净化它，后来慢慢就好了。反正总比空荡荡的好。”云永昼垂眸笑了笑，“我还想着，如果你回来了，也不能吓着你。”

“所以你现在的右眼就是㖊金鸟的眼睛？”

“对。”云永昼问道，“不好看？”

“不是好不好看的问题。”卫桓望向他，“就是觉得配不上你。”

全异域独一无二的白羽金乌，就是该配全异域独一无二的羲和金瞳。

“无所谓。”云永昼笑笑，“我的眼睛拿来配你，功德圆满。”

卫桓像一个听不得别人夸奖的小孩，低着头道：“我今天醒了就没见你，没想到你居然跑到我家了。”他又抬起头，“说，你偷偷摸摸来我家做什么？”

云永昼的表情忽然变得有些微妙，像是不好意思似的：“想收拾一下。”

“收拾？”卫桓想到刚才自己上来的时候，好像确实看见云永昼在弄吊床，“你不去看我，反倒跑来我家替我收拾烂摊子？”

“看你的人很多了。”云永昼轻声道，“这里是你的家，我不想看它这么狼藉。”

“就算这么说，”卫桓拽着云永昼走到刚才那个小吊床前，“你一个人怎么收拾得过来？”他捡起地上的吊床，展开看了看，“何况你还是个手残的小少爷。”

云永昼无法反驳。他以为自己一会儿就能把这个吊床安好，然后收拾其他地方，没想到卫桓都来了，他却还在原地挣扎。

卫桓三下五除二安好吊床了，拍了拍手：“不过这里到处都乱糟糟的，你怎么先弄这个了？”

“你以前说过，你们家有个很好看的吊床，是你爸爸给你做的，你喜欢在上面看星星，睡觉，吃东西。”云永昼回忆着他曾说过的话。

“我就是随口一说。”卫桓坐到吊床上，晃悠着两条腿。

卫桓记得，他那话是当着所有人的面说，而他也很想邀请云永昼来他家做客，可一直没有合适的机会。

他仰头望着夜空："这里可以看到月亮。每天的月亮都长得不一样。"说着，他晃悠着的长腿，示意云永昼，"上来。"

偌大的九凤宅邸，两个人一起坐在空中花园的吊床上。云永昼还贴心地将脱下来的制服外套搭在只穿了一件病号服的卫桓身上。

"想看萤火虫。"卫桓开口。云永昼挥了挥手，大大小小的金色光点漫天飘浮，比萤火更美。

好漂亮。卫桓感叹，随后偶一低头，看见腕间的金色手环，才忽然想起还有一个问题。他把手伸到云永昼面前："对了，还有这个，这是你送给……"——我的吗？

他还是没有说出口。

"嗯。"云永昼直接给了他肯定的回答，"我思考了很久，应该送你什么，作为欢迎你归来的礼物。"

这些话从他口中说出，令卫桓始料未及。

云永昼的声音里带着叹息："可真面对你的时候，我才惊觉自己一无所有。"他的声音低沉，仿佛在说一个与自己不相关的故事，淡淡的，没有太多情绪起伏，"后来我想，在别人的眼里，我可能只是一件没有自由的武器，唯一称得上宝贵的，也只是和别人不同的能力。所以，或许这就是我最有价值的东西。我愿意把我的异能都分享给你，也愿意把我的光分享给你，但是这需要媒介，于是我用自己的骨头打造了一个手环。"

他省略了太多细枝末节，比如，知道卫桓死讯的那一刻，对这个手环是如何弃如敝屣。

虽然云永昼没说，但卫桓也猜到了些许。他眼眶发涩，说不出任何话。

云永昼抬起头："你之前帮了我那么多，我这辈子迟早得还你。"

把真实的自己展露给另一个人，是一件危险的事，但对云永昼来说，卫桓是值得他信任的人。

很少用严肃的表情说话的卫桓，此刻认真地看着云永昼："你猜，十年前新生赛对站台第一次遇见你的时候，我心里想的是什么？"

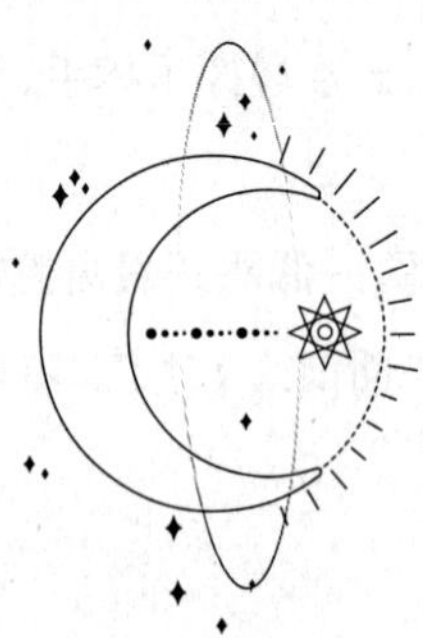

第十四章 生而为何

云永昼很轻地摇头。

“完蛋了。”卫桓闭上眼睛，像是在回忆当时的情境，又像是不好意思，“我人生中第一个对手终于出现了。老天一定是觉得我太嚣张，才造出一个你，用来克我。”说完，他闭着眼笑了起来。

“我好像夸父，你就是我一直追着跑的太阳。我每次输给你都很不高兴，可赢了又感觉还是不满意。这种感觉很奇怪，但我一直搞不懂。”

卫桓长长地呼出一口气，睁开眼睛：“现在我终于知道哪里不对劲了。”说完，他的声音沉了下来，“我其实并不是真的想要赢过太阳，而是想和它并肩。”

卫桓不记得后来发生了什么，反正等他早上醒来的时候，发现他们居然回到了云永昼的那个湖边小屋，是鸟叫声吵醒了他。

躺在床上蒙了好几秒，清醒过来的卫桓翻了个身，发现四周并没有云永昼的身影，于是他直接光着脚下了床，往客厅跑去。但他跑到一半又突然折回去，等穿上了棉拖鞋才再去客厅。

“去哪儿了……”卫桓喃喃自语，忽然间听见一个声音：[你醒了。]

卫桓脚步顿住，下意识回头，愣了一秒才反应过来是传心。

[你走了吗？你在哪儿？]

[山海地下禁闭室。早上谢天伐差点逃走，不过现在没事了。]

[什么？！]卫桓吓了一跳，[我也要去，你等等我啊！]

没等云永昼拒绝，卫桓就单方面切断了传心，随后飞快地收拾了一下自己。

地下禁闭室是山海早年的学生惩罚室，但初代校长凤凰认为这样的惩罚并没有意义，于是荒废了下来。可后来有了战备组，也就有了许多并不能随便交给警方或者联邦的异族，他们把那些异族暂时安置在禁闭室，等待后续处置。

通常学生是进不去地下禁闭室的，虽然山海很自由，但这里过于危险，谁都怕麻烦，所以只有教官批准后才有出入权。

禁闭室的入口是一面古铜色的雕刻墙，就立在嘉卉学院和行政楼中间的广场上。墙的正面雕刻着几十种异族，据说是早年山海的创办者们，所以最中心的是凤凰，反面则是山海的校训——不破不立，仁者无敌。

卫桓就站在这个纪念墙前面，长长地叹了口气，心想，早知道刚刚就不应该这么草率地挂断传心。

他抱着愧疚感和一点点侥幸心理，再次接通了传心。

等待的时间比他想象中短很多：[那什么……我已经来了，你来接一下我吧。]

云永昼那头传来冷淡的声音：[求我。]

卫桓的为人原则就是能屈能伸，求一下算什么：[求求你了，你就上来一趟带我下去吧。]

说这些好像还显得不够诚恳，卫桓又道：[您是大慈大悲的异域第一公子，人美心善的金乌大人，你是活菩萨，是太阳神，是……]

他话还没说完，云永昼就穿墙而过，出现在他面前。

云永昼穿了件灰色针织衫，此时已经退去了异化形态，变回棕色短发，纱布还贴着，但在外面套了个黑色眼罩，像个冷酷的杀手似的。

“是什么？”云永昼没有忘记他的插科打诨。

卫桓不说，非要云永昼先带自己进去才松口。云永昼也没有拒绝，带着他进到晦暗的禁闭室。

穿过森严守卫，卫桓这才重新开口：“是被我欺负的小天鹅。”

说完，他憋着坏笑，看云永昼的反应。没想到云永昼也不生气，反而略微颔首：“这个仇我不会忘的。”

卫桓本来还想反驳，结果忽然听见一声嘶吼，吓得他什么都忘了。他扭头一看，发出嘶吼的是一个被关在玻璃房子里的夜叉，双眼通红。

“这个夜叉好眼熟。”卫桓喃喃道。

云永昼道：“你当年抓回来的。”

“真的假的？”卫桓不敢相信，“这里肯定有不少我的仇人。”他环视一圈，跟着云永昼下了电梯。

电梯一直通往最底层，那里是管辖最严格的禁闭室，层层封锁，墙壁强度高到连重明鸟这种巨力异族都很难击碎。卫桓一出来，就看见唯一一个发着光的房间。远远望去，里面萦绕着蓝色的异族能量波。

“他居然被关在最底层了。”

“他很危险。”云永昼开口，“刚解除封印，九尾就被连刺五刀，受了重伤。我送她离开了。”

卫桓心里一紧，有些担心：“山月现在没事吧，在医院？”

“毕竟是高等级异族，愈合力很强。”

谢天伐太危险了，他现在的身体一定是受过某种训练，才会以杀戮为第一本能。

“但是有一点很奇怪。”快要走到房间，云永昼的手放在卫桓肩上，轻轻推了一把。卫桓直接穿过那个透明的带着强大结界的隔层，进入房间。

其实就算云永昼不说，看到禁闭室里的一幕，卫桓也知道蹊跷在哪里了。

谢天伐被关在一个圆柱形的狭小金属管道中，这是山海最高级别的监禁工具，外面还有九尾和金乌的双重结界。此时的他似乎已经陷入昏迷，透过前半侧的玻璃，卫桓可以看到他的脸和胸口。

他胸口插着一枚可以暂时阻止运能的安浑锥，令他无法使出分身异能。整个房间密不透风，空气像是凝固了一样。但他不是禁闭室唯一一人。

金色结界之外，清和沉默地坐在地上。

“他不伤害尤清和。”云永昼再度开口。

说完这句，他们就听见清和发出一声自嘲的笑，这声笑似乎是从他单薄的胸腔里发出来的，震得他低垂的头也动了。

卫桓走过去，坐在清和旁边。他不知道说什么，索性没有开口。

清和的反应很迟钝，隔了好久才发现身边多了个人。他盯着卫桓看了一会儿，忽然惊醒，像是抓住一根救命稻草一样抓住卫桓的胳膊：“他们不听我的，你跟他们说好吗？”

他脸上没有血色，衬得那异族图纹愈发艳丽，短短两天时间，他的眼里就没有光了：“他记得我，他刚才都没有要杀我。你跟他们说，他还有得救。”

卫桓抬头，看了一眼云永昼。

云永昼开口："你也在场，他差一点杀了九尾狐。"

他像个木偶，云永昼的话切断了他的线，令他各个部件都散开了。

"对……"清和不得不承认，"流了好多血。"

卫桓反握住清和的手腕："你在这里待了多久？"

清和缓慢地摇着头："我不记得了，我感觉好久了。"

"你不能这样，清和。"卫桓正要劝他，忽然发现他手掌、手臂都缠着纱布，隐隐能感应到火的气息，大约是被灼伤的，"这是怎么回事？你的手怎么了？"

云永昼不说话，清和也不说。巧的是景云进来了，看见卫桓还有些吃惊："阿……"他立刻改口，"卫……卫学长。"

"别这么叫，阿恒就挺好。"卫桓问道，"你怎么来了？"

景云手里抱着饭盒："我一直在，刚刚是去给清和买饭了。"

卫桓想想也清楚，这种情况下，能拦住清和不做傻事，又不至于太伤到他的，就只有景云了。

景云将饭盒放在清和跟前，一层一层拆开来，揭开盖子："清和，这些都很好吃的，人族也可以吃，你多少吃点吧。"

景云的说法让卫桓感觉不对，他问道："他一直没有吃饭？"

景云担心地点点头："饭也不吃，水也不喝。"他看见卫桓抓着清和的手腕，又补道，"之前谢天伐发狂的时候，清和扑上去控制他，还不小心被狐火伤到了。"

"那个谢天伐特别可怕，见人就杀，还差一点掐死清和，但后来好像又松开手，没有对清和下手，不知道是不是因为他是人族。"说着，景云又有些怀疑，"还是说他是认得出清和的？"

这句话似乎触发了清和的开关，他焦急地开口辩解："他是认得我的，他真的认得我！他没有杀我啊！你们看我不是活着呢吗？"

卫桓看见他脖子上青紫的掐痕，冷冷道："你先吃点东西，这些事我们再商量。"

清和哑着嗓子拒绝："我吃不下。"

"你疯了吗？"卫桓终于急了，"尤清和，你熬了这么多年活下来，就是想早他一步死在这里？死在他面前？"

清和死死地咬着牙，腮帮子的肌肉都在隐隐颤动。

“我知道你难过，”卫桓叹了口气，“可你想清楚，他现在这样一定是被人利用了。他没有理智、没有思考的余地，如果那些人再对他洗脑，他可能会杀更多的人。你想救他，也应该从那些利用他的人下手，查清楚究竟是怎么回事，以及他还有没有恢复记忆和神志的可能。这件事他自己是做不到的。”

他握住清和的手：“只有你能救他。”

地板发出“啪嗒”的声响，垂着头的清和忽然间落下泪来。卫桓说的最后一句话，令他从几近崩溃的边缘退回来，清醒了一点。

他端起饭盒，用受伤的手拿筷子，一口一口往嘴里扒，同时胡乱地用手背擦去眼泪，却越擦越多。

卫桓心里很清楚。清和生了一张看起来矜贵又脆弱的皮囊，骨子里却有一股磨不碎的犟劲儿。

他并不需要安慰，只需要你举着黑暗里唯一的火把，告诉他目的地还没到，还要走。

清和费力地吞咽着食物，哭着哭着忽然就笑了。

“你说我怎么这么难啊，活着这么不容易，要我死我也不敢。”他的声音都哑了，却还是用以往开玩笑的语气说，“我好可怜啊。”说着说着，他就不笑了，“我自己都可怜我自己。”

卫桓看他，就像在看刚回来的自己，什么都没有了，还不得不接受叛徒的罪名，心里也是万念俱灰。可那个时候至少还有云永昼拉自己一把，让自己走了出来。

“清和，不可怜、不可怜。”景云拍了拍清和，“你别着急，我们一起帮你。你看，虽然他现在成了这样，可至少人还在这儿，之前你不是还以为他死了吗？”景云一说多就不自觉开始结巴，“不……不是，我不是咒他，我是觉得现在其实也挺好的，哎不是，不好，就是……”

卫桓看着费劲儿：“他的意思是现在不是最坏的情况。”

景云像是看救星一样看着卫桓，用力地点了几下头。

“你说你，这么多年什么事儿没经历过？他现在回来了，你反而扛不住了。”卫桓捏了捏他的肩，“天大的事儿我们一起扛。”

清和抬眼看向卫桓，眼眶红红的："你不恨他？"

卫桓垂下眼："我第一次见到他的时候，你也在，要说不恨是假的。"说完他笑着摇头，"但是冲动过去之后，我知道我该恨谁。"他挑挑眉，"武器是没有对错的，错只错在制造和使用的那些人。"他知道清和在担心什么，他也从没想过遮掩，坦荡地看向对方。

"我也等着他好起来啊，我可不想让'九凤'再死一次。"他两手拍了拍清和的脸，"咱俩同是天涯小可怜，相逢还刚好曾相识，这是什么'青藏高缘'。"

景云在一旁小声插嘴："哎，我什么时候才可以变得这么会说话……"

"梦里。"卫桓的神色变得郑重，"清和，我不会说什么你应该为了自己而活这种假大空的废话，用这种方式来劝你走出来，其实这只是在表现自己的深明大义。我知道你想为了什么而活，你也知道，对吧？"

清和艰难地点了一下头。

"那就去啊，拼了命去把他找回来。"

清和望着卫桓，像是望着一面镜子。他看得到卫桓的迷惘、挣扎与反复，也看得到未来会更通透的那个自己。

卫桓说："他会回来的，你相信我。"

自从那天起，清和的状态终于好起来。

白天他将所有的精力都放在搜查异族傀儡计划的事上，与组织里其他人合作；到了晚上，他会在云永昼的帮助下偷偷去地下禁闭室，然后一待就是一晚上，等天亮了再离开。而谢天伐还是继续被封印着。

日子就这么一天天过去，小范围暴露身份的卫桓也和之前没什么两样。

"哎，大佬。"

桌面被敲了两下，正低头看书的燕山月抬起头："你是想让我折寿吗？"

"嗨，叫顺嘴了。九尾狐长寿着呢，你才十八，放心吧，你四十八都是这模样。"卫桓见她前座没人，于是一个跨步，反坐上去，俩手肘往燕山月的桌子上一杵，笑嘻嘻地捧着自己的脸，"跟你商量个事儿呗，今天陪我去一趟禁闭室吧。"

燕山月翻了一页书，不咸不淡地吐出几个字："善心泛滥。"

卫桓不乐意了："我还没说干什么呢。"

燕山月抬眼，挑了一下眉，示意他继续。

"是这样，怎么说呢……"卫桓说着，袖口里忽然溜出一条光索，弯弯扭扭跟条小泥鳅似的，"嗖"地一下不见。

没一会儿，燕山月就低下头。

"在这儿呢。"燕山月的玉藻镜被光索缠住，悬浮在卫桓的脸边，他笑道，"你借我用一下你的宝贝，我搬个东西到禁闭室去。"

燕山月手一挥，被光索缠住的玉藻镜就消失了，再一看，玉藻镜竟在她手里。

卫桓睁大眼，在空荡荡的光索和燕山月之间来回看，只听见她说："搬东西这种活，不应该叫景云比较合适？"

"我叫他了，他说他不好意思搬着一个大件儿在山海里走，觉得很丢人。"卫桓叹口气，"确实有一点点丢人哈。"

"搬什么？"

见有得商量，卫桓立刻解释："你看，现在天儿都凉了，转眼就秋天了，那个地下室又阴又冷的，清和每天都睡在'十八层地狱'的那个地板上，我看着都冷。"

所谓"十八层地狱"其实是山海学生给最底层禁闭室起的外号，真正去过的没有几个。

"你这个宝贝镜子比小重明好使多了，要不是我以前的宝贝东西都没留下，就不麻烦你了。"卫桓抓住燕山月手里的镜框，"魔镜魔镜帮帮我，燕山月是这个世界上最美的小狐狸。"

燕山月最终同意，跟着卫桓跑了一趟，从他家里搬了一张小床到地下禁闭室。晚上云永昼带着清和进去，卫桓死活也要跟着去。

"这是什么？"清和摸了一下那张小床，"这是谁弄的？"

当然是你人帅心善、山海第一小天使卫桓我咯。卫桓正要举手，就听见清和说："怎么不给我弄张豪华 kingsize（大床），我这样的漂亮小柠檬应该每天从五百平米的床上醒过来。"

卫桓放下了自己的胳膊，扯了两下嘴角："我看你是真的好了，彻底好了。"

清和笑着往床上一坐：“还挺软。”

“可不是嘛。这是我以前的床，从初中睡到高中呢，质量那叫一个好。”卫桓双臂抱胸，“不过，床单什么的我都弄的全新的，你放心。”

“谢啦。”清和将包往床上一搁，拉链没拉，里面的东西露出来大半。卫桓发现，包里除了他的操作板就是一个看起来很旧的本子。

云永昼检查了一下结界，两人离开地下禁闭室。

第二天，卫桓再次去到禁闭室。清和看到他拿来的东西，不住吐槽：“你一天天的折腾什么呢？现在搞起搬家公司的副业了？”

卫桓从玉藻镜里拿出一张大床，震得地面都扬起了一阵灰尘：“您不是嫌弃我床小吗？免费升级，送货上门，看我这服务态度，简直是人间天使。”

清和往床上一躺：“看你那得意样。”

“不跟你瞎扯，我回去了。”卫桓刚迈开步子，就听见背后的清和道：“杨疏躲起来了。”

卫桓转身：“他不是一直躲着？”

清和摇摇头：“阿祖他们之前其实已经找到了杨疏的住址，但是怕打草惊蛇，所以就没有声张，不过组织一直在监视。可他最近莫名其妙消失了，研究所的人也没见过他，就像人间蒸发了一样。”

“可是……”卫桓忽然问道，“你们怎么知道他没有在研究所出现？”

“那里面有我们的人。”

卫桓有些吃惊，看来这个组织的人数和势力范围比他想象中还要夸张：“所以你现在每天都在查他的痕迹？”

清和点头：“这样一天天耗下去，天伐会受不了的。”

他说得没有错。卫桓瞥向谢天伐，他的身体是完全的人族的，和之前那些粗暴地混合了人族和异族身躯的劣质异族傀儡不同。他身上也没有九凤躯壳的痕迹，大约是只移植了心脏。

像卫桓自己，人族的身体也扛不住云永昼和他的两种异族能量波，稍不注意就会出事。谢天伐一定是用了什么特殊手段维持住的，而他现在被关起来，还被封印住，异族的能量是压下来了，这副身体恐怕……

“我想把杨疏找出来。”清和抬头，“我这些天想过了，杨疏是唯一有能力制造这些异族傀儡的人，他也应该掌握着维持天伐生命和洗脑的方法。除了他，我想不到任何人可以让天伐恢复。”

“如果他不可以呢？”卫桓没有顾忌，说出最坏的可能，“如果这样的洗脑是不可逆的呢？”

清和抬头：“那我就亲手杀了他。”

冰冷的地下禁闭室忽然变得沉寂。

“你难道不想？”清和望着卫桓。

卫桓轻笑一声：“我当然想。”——我的父母死后都不得安宁，尸骨还被用来制作成杀戮工具，我比谁都恨他。

“我不光想杀了他，说是千刀万剐都不为过。”卫桓垂眼，仿佛在思考什么，“只不过我隐约觉得，这件事没有这么简单。杨疏不过是一个凡洲政府明面上的弃子，他之所以可以做这些反人族又侵犯异族权益的研究，背后的势力一定不简单。”

清和不语，他知道卫桓的意思。

卫桓又道：“在杀他之前，我们必须搞清楚他背后的那只黑手究竟是谁的。”

卫桓离开地下禁闭室，从雕刻壁出来的时候，正巧发现前面站着一个熟悉的身影，吓得他差一点儿退回去。

“哈哈，真是巧啊。”那个慈眉善目的男人冲他笑。

“白……白校长，您在啊……”卫桓有些心虚，难怪他今天一直隐隐感觉太对劲，之前还在担心谢天伐被封印在里面的事被教导主任发现，这倒好，直接被校长抓包了。

白修诚双手背在身后，脸上一丁点儿生气的意思都没有。

“今天学校的事务不多，想着出来散散步，没想到又碰见你，我们还真是有缘分。”

卫桓干笑两声，走到校长跟前，想着自己还是先老实招了比较好：“白校长，我……”

“你看这面墙。”白修诚望着墙面，“上面都是我们山海的先辈，这些你都熟悉吗？”

他似乎并不打算追究他们私藏异族傀儡的事。卫桓在心里琢磨，于是转过身，正对墙壁。

白修诚神色认真地看着墙上的浮雕，卫桓则看着白修诚答道：“我其实听说过一些，老师在课上偶尔也会讲山海以前的故事。”

白修诚沉吟片刻：“当年的事，我虽然没有亲身见证过，但我的先祖也是其中之一，只不过功劳不抵这些先辈。”他笑道，“不然，说不定你还能在这墙上看到我的老祖宗呢。”

“是有些可惜。”卫桓看着墙壁，最中间是凤凰，右侧还有金乌。

这幅浮雕里也没有九凤。

其实卫桓以前并不喜欢金乌一族。以前卫桓一直觉得九凤总是被金乌压一头，尽管两者并不在同一领域。他们九凤一族不管是不是在和平年代，几乎都是从军，而金乌家族在异域变迁不断的政权争斗里从不缺席。从古到今，人人都传金乌带着神格，不是一般的异族。

那时候他特别不服气，毕竟当年的他带着父母的双异能出生，是公认的天之骄子。当时的昆仑墟还没有金乌本家的人，都是一些杂七杂八、沾亲带故的旁系。即便如此，他们照样眼高手低，横行霸道，欺负弱小，但都被卫桓揍得在地上爬不起来。当时他就站在大街上骂过，什么神格不神格的，异族就是异族，一天天的给自己炒作出这些高人一等的形象，也不看看自己什么资质。

可后来遇到云永昼，他才知道，原来金乌里真的有像神仙一样的家伙。

大概他们一家子就这么一根独苗，是正儿八经有着“神格”吧。

“不过能继承先辈遗志，我已经非常幸运了。”白修诚轻声道。

卫桓默默看着白修诚，这个男人曾经与他关系密切，是他母亲的竹马之交。听母亲说，他们还是三岁小孩儿的时候就已经认识了，这么多年一直是非常要好的朋友。

卫桓还记得，以前父母执行任务回不了家的时候，他也常常去白修诚家。白修城家里有一个巨大的螺旋式藏书馆，有时候他们一大一小，可以在那里坐一整天。不过白修诚那时候还不是校长，只是山海的一位教师。

渐渐地，白修诚越来越忙，他们见面的时间少了起来。后来等他上了高中，山海的老校长退休，白修诚则在山海校董的推荐下成为新一任的校长。

当时，熟人都爱跟他父母开玩笑，说“你们家小九凤以后就可以保送山海了”。为着不给白叔叔丢人，他当时想，无论怎么样他也得以第一名的身份进入山海，尽管最后还是失败了。

第二名也不是特别丢人。卫桓在心里宽慰自己。

“校长您非常优秀。”卫桓对白修诚道，“山海的学生都很尊敬您，这些和您平时的辛苦付出分不开。”

白修诚笑着摇摇头：“还远远不够，还可以更好，山海还可以更好。”他仰头望了一下夜空，“你看看这星空，这广袤的世界。山海与这些相比，只不过是苍茫大海之中的一叶浮舟，一旦局势动荡，波涛汹涌，这条微不足道的小船就没有办法维持平衡，会变得岌岌可危。”

卫桓沉默良久，又道：“可这么多年以来，不管局势如何动荡，这条船并没有翻过。”

“以前没有，并不代表日后也不会。”白修诚叹口气，“未雨绸缪永远不是错事。”

他说得不无道理，只是卫桓心想，山海就是山海，如果为了保它不被倾覆而改变它，把一条小船变成巨轮，似乎也不是一条简单，或者说合理的路。

“你现在越来越像异族了。”白修诚话锋忽然一转，令卫桓有些措手不及。他笑着抓了抓头发茬：“大概……大概是结契的缘故……”

这种时候他也只能拉云永昼出来给他垫背。

“我以前有一个侄子，”白修诚转过身看了看他，“比你要高些，性格……比你还要张扬些，但和你一样，非常聪明，而且天赋异禀。”

卫桓有些意外，毕竟他上次与白修诚交谈时，对方并没有提及这些，现在却已经几乎是明示了。

“他和你一样，每次我说出什么话的时候，他一定会说出自己的见解，哪怕和我的意见相左，而其他人都不会。他是个很有天分的孩子，虽然嘴里总说自己没什么志气，只想靠着关系户的名声留在山海当个教官。”白修诚忍不住笑起来，“但他其实是可以有一番大作为的。”

卫桓低着头，心中酸涩。

他曾经一直担心，以为白修诚和其他人一样相信他是叛徒，甚至时常避着对方，害怕自己的身份被发现。但现在听到这些，他忽然感觉压在心口的石头又松了一分，顿时感慨不已。

起了阵风，卫桓抬起头，见白修诚的面前出现一片白茫茫的云雾。白雾散去之后，空中悬浮着一枚被蓝色异族能量波包裹着的雪白断角。

这东西卫桓熟悉到不能更熟悉！

“这是传说中风神折丹遗骸的一角，也是那孩子当年出生时，我送给他的贺礼。”白修诚挥了挥手，白色断角飘到卫桓面前，“后来他因为在学校里和别的学生打架，我就把这个折丹角收了回来，以示惩罚，本想着以后还给他，可一拖再拖，就没有机会了。这折丹角跟了他二十多年，已经浸透了他的能量波。”

白修诚说着，操控云雾将白色断角送到了卫桓眼前。

卫桓的手指动了动，眼睛有些发酸，但还是笑道：“这……这太贵重了，您为什么要给我……”

白修诚笑而不答，只是望着星空，发出一声意味深长的感叹。

卫桓说：“谢谢您。”

云雾散去，角尾出现银色链条，这枚小小的折丹角缓缓飘至卫桓颈间，链尾交接相扣。

“不必谢我。”白修诚似乎要走，可脚步刚迈开又收了回来。他转过身，对卫桓伸出食指，凌空点了点：“对了，下面那个，我可以当作不知道，但如果出了任何问题，伤了山海的学生，你们一个也跑不了。”

啊，果然知道。卫桓立刻点头：“明白明白！我们一定会尽全力关押他的。”

一阵烟雾卷来，等再消散时，白修诚的身影已然消失无踪。卫桓握住那枚折丹角，一股强大的九凤能量波直往他的身体里流淌，这种感觉熟悉极了。

如果可以再快一点就好了，快一点变回以前的自己。

意外拿回跟着自己长大的折丹角，卫桓的心情都变得愉悦了起来。

他本来打算回宿舍，但转念一想，既然他已经把床从北极天柜搬走，不如搬的彻底一点，于是脚下一顿，改变了路线。

与此同时，云永昼却没有那么高兴。他正坐在总理府的会议室里，桌前除了他那个强势到不可违抗的父亲，还有金乌一族十几个长辈，每一个都要求他给出离开山海的最后时间。

他们需要为自己的势力树立一个光鲜的标牌，需要他为此上战场立战功，用生命和鲜血去换取大众的支持，需要他好好履行一个武器应有的职责，巩固金乌家族的权力根基。

云永昼像一座雕塑一样坐在椭圆形长桌的尾端，全程一言不发，甚至没有用正眼看他们。这样的姿态终于惹怒了云霆。他突然之间大发怒火，一掌拍在会议圆桌上，桌面登时被烈焰覆盖，所有人都噤声。

这样的阵仗，终于引得云永昼的一个抬眼。

"你以为你是什么东西？！我这么多年呕心沥血地培养你，让你衣食无忧，做了小半辈子天之骄子，现在你却给我躲在一所大学里当缩头乌龟！你配得上金乌的名号吗？啊？！"

云霆怒不可遏："你看看你现在的样子，一点身为总理儿子的教养都没有！这张桌子上坐的，统统都是你的父辈，你居然敢摆出这种态度，甚至无视他们的存在，无视我这个父亲的存在，你好大的胆子！"

云永昼支起手臂，双手交叉，一双通透的眼漠然地望着这个盛气凌人的、他所谓的父亲。

他一点也不像那人，他无论是外貌还是性格，都冷冷的，盛怒之下也不过是极寒的冰。

"你把自己的儿子当一把刀来培养，就应该有所觉悟。刀是不会说话的。"他的眼神冷得令人胆寒，嘴角还扬着一抹笑意，"它只会无声无息地发起攻击。"

他这番话说出来，在座的人都心下生寒，谁也不敢说话。

云霆震惊得沉默了两秒，然后笑起来："看来我真是太纵容你了，云永昼，你不要忘了，"他撑着桌子站起来，"真正的武器是没有软肋的，可是你有。"

云永昼从总理府出来的时候已经是深夜了，他默默地走了一段路。

平日里，云永昼几乎不怎么在街道上出现，因为他并不愿意自己每天被记者跟踪，除了卫桓的揶揄，他相当讨厌异域第一公子的称呼。

金乌的气息太强烈，沿途的飞鸟感受到压迫，一一散去，飞向天空。云永昼抬头看着它们飞远，远到他再也看不到，视线最终落在那枚新月上。

月亮的光华总是温柔的，它点亮了夜空，却又包容着夜色的黑，不像太阳。

他握了握自己的手，感受着自己血液里灼热无比的那股力量。

他厌恶太阳。

他原本想去找卫桓，但想了想，还是独自回了山海宿舍。他打开门，房间里漆黑一片，没有声响，走过玄关的时候，一个影子突然出现，吓了他一跳。

“打劫！不许动！”

夜里，他的眼睛都是亮的，云永昼心想。

卫桓看着他，道：“亏你还是当年山海第一，一点防备心都没有。”

“我在门口就感觉到你了。”

“好吧。”

——那你还陪我演？

卫桓撇了撇嘴：“那你跟我过来。”

卫桓带云永昼到卧室，推开门后，云永昼发现自己房间里面多了张床，就是之前卫桓第一次搬去给清和的那张。

卫桓痞里痞气地靠在门框上：“怎么样？清和不是有张大的了吗？这张我就送你了，床单都是我从家里翻出来的。”

云永昼先是愣了愣，然后不由得笑出声。

“高兴吗？”卫桓问，“你这是高兴的笑还是笑话我啊？”

都有。云永昼没有说出来。卫桓又拽着他去另一间房，里面也多了一张蓝色的小床，形状像一个飞船舱：“这是我小学的床，我特喜欢这张床，每次我叫同学到我家都会参观它，后来换了一张，我还哭了一宿呢。”卫桓走过去拍了拍床顶，“现在看还是很好，可惜我睡不下了。”

“你……”云永昼有些惊讶，不知道该说什么，谁知卫桓又带他走到飘窗边：“还有。”

飘窗上搁着一个被白布遮住的东西，卫桓一把将白布掀开，里面是一个精致的蓝色小摇床，上面的横栏上还挂着漂亮的小铃铛和玩具，轻轻摇一摇就会发出叮叮当当的声响。

卫桓坐在飘窗边："这是我出生时候的小床，好看吧。"

云永昼也坐了下来，抓住摇床的边缘，轻轻晃了一下。虽然里面空空如也，可他几乎能想象到刚出生的小九凤睡在里面的样子，小九凤很可能会伸出肉肉的小手去抓铃铛。

卫桓悄悄观察着，心想他回来的时候身上戾气好重，现在总算渐渐放松下来了。

"这个好看吧。"卫桓拿手指弹了一下小铃铛，"我都送你了，反正是些旧东西，就当见证我们友好关系的证物。我今天都快被九尾他们笑话死了，他们说我在讨好你。"

云永昼抬起头，很郑重地点了点："谢谢。"

他觉得卫桓就像是一个小小的漂亮贝壳，能包容他这个浑身都是棱角的小石子，用自己的耐心，一点点磨砺他的锋芒，把他这颗令人生厌的石头变成珍珠，散发出温润的光。

他甚至想普普通通地过完余生，不必再为了满足别人的需要卷入腥风血雨中。他也希望卫桓不必再为了那些阴谋而涉险。

不必做英雄，就当个普通的小异族也很好。

"这么晚了，你困了吧？你要是想在这床上休息，也是可以的。"卫桓故意开玩笑，拍拍摇床的边缘，"我可以在旁边哄你。"

云永昼眼睛微眯："你每天在想什么，小家伙。"

"你叫谁小家伙？！"卫桓拍了他一下，"我比你大大半年呢！我记得你是冬天生的！我可是三月份春天出生的。"

"是啊。"云永昼的嘴唇扬起一个微妙的弧度，"但你有七年没长大了。"

对啊！卫桓一下子慌了："这……这不算！"

"为什么？"

卫桓有些结巴："我……我这是不可抗力。而且，谁说我没有长大？我的灵魂可是一年比一年成熟，你……你……"

"我？"云永昼仰头望着他，一双琥珀色的瞳孔十分通透，"我这七年一直在长大，叫永昼哥哥。”

“不叫，我小九凤生下来就没叫过谁哥哥。”卫桓嚣张的小表情倒是和十年前一模一样，“我绝对不会叫你哥哥的，小金乌。”

云永昼没再和他争执，起身时，视线一转，发现他颈间挂着的折丹角，仔细打量后问道：“这不是你以前戴的吗？”

“对啊，你还记得呢。”卫桓有些吃惊，他以为云永昼之前都不关注自己的，“你记得，我之前因为运动会的时候跟大天狗打了一架吗？就是赵星坚他哥。当时他非说我们作弊，到处诬陷我们扶摇，我就把他揍了一顿，结果他跑去跟教导主任告状，害得我被罚，这个折丹角也被校长没收了。”

“校长？”云永昼眉头一皱，“之前那些人说你走后门，是真的？”

“谁走后门了，我凭本事考了……”他忽然想到，第一名现在就在他跟前呢，于是有点不好意思，“……第二名，你又不是不知道。虽然我输给了你，但我还是很厉害的吧。”卫桓心想，他们之前真的是缺乏沟通。

他继续解释道：“校长和我妈一起长大，我们两家算是世交吧。他也是看着我长大的，这个折丹角是我出生时，他送给我的礼物。”

“怪不得。”云永昼拨弄了一下，“这么重的九凤能量波。”

卫桓点点头：“比我自己身上的还重是吧？没准儿这个能激发我的能量呢。”

“你想变回九凤吗？”

“你不希望我变回去吗？”卫桓认真问，“你觉得现在的我好，还是以前的我好？”

这个问题有点难。云永昼想了想，诚恳回答：“都好。”

卫桓没想到连他都会选择这种烂大街的中庸答案：“这也太敷衍了。”

云永昼轻声道：“以前的你很强大，很善良，哪儿都好，但我们的关系没那么好。你现在可能觉得自己比不了从前，没有那么强的异能，也不能随心所欲地生活，可我们相处很融洽。”

他的语气里掺杂着一点点叹息，像是夜色里最柔软的云，让卫桓觉得舒心。

卫桓无法想象，在这七年里，云永昼是如何从当初那个不言不语的沉默少年变成如今这样，就像冰融成水，最后化成静静流淌的河。

上了一个星期的课，任务又出个不停。周末的时候，卫桓只想躲在云永昼的教官宿舍里，哪儿也不去，可偏偏睡得正香的时候通信仪响个不停。卫桓眼睛都睁不开，躲在被子里，迷糊地按了下戒指，听见扬昇的声音："战备七组小组长，出来执行任务。"

卫桓翻了个身，带着点起床气，语气不悦："不执行，别打扰我睡觉。"

扬昇故意逗了他一阵，玩笑开够了才说："我现在需要人手，你要是不忙的话，过来帮我一下。南阳市今天出现了上十个的异族傀儡，我觉得你应该来看一下。"

卫桓掀开被子："又来了！"

南阳是一个靠近异域边境的小城市，和暗区接壤，灰色地带颇多，所以是山海战备组的主要执勤地点，驻守的政府军也不在少数。

他揉了把眼睛："知道了，弄完你要请我吃饭，我要去最贵的餐厅。"

"你怎么这么斤斤计较？我们什么关系？"

"亲兄弟，明算账。"卫桓边起身边问，"叫了云永昼吗？"

"他来不了，有他我还叫你？"

卫桓一下子就给激清醒了："嘿，我说你什么意思？哥哥我还不稀得去呢！"

插科打诨归插科打诨，卫桓还是飞快赶到了扬昇身边。扬昇带了十个小组，分散在各处。

"目前已经制服了三个，看样子都是低等的，用的也都是普通血统的异族做的实验。"扬昇按了一下戒指，打开他们刚才记录下来的影像，"你看，这些异族傀儡的战力都很普通，战备小组的学生都可以制服，完全不能和谢天伐那种程度的异族傀儡相提并论。"

卫桓点头："有些事你不是很了解，谢天伐在成为异族傀儡之前其实是训练有素的保镖，反应力非常快，也精通各种武器，所以他的身体本身就具有战斗素养，再加上他是和九凤一族融合的，又恰巧可以消化我父母的两种能力。虽然运用还有一定的问题，但显然是受过训练的，尽管没有心智，但对战术策略却拿捏得很好，这恐怕是他们能够制造出来的最强武器了。"

扬昇叹了口气："真可怕，他这样的有一个都能打得我们措手不及，如果这种技术再复制……"他没有说下去。

卫桓开口："我觉得你上次说得有道理，我的尸体应该还没被他们找到。谢天伐是他们目前为止最成功的实验品，这让杨疏尝到了甜头，所以他们可能想要再复制一个谢天伐。只有我的尸体具备这样的能力，所以他们才会冒险闯九凤祖墓。"

说着，他也疑惑："人族不知道我的尸体，异族也不知道，究竟在哪儿呢？"

"你问过云永昼吗？"扬昇问。

卫桓摇头："如果在他那里，他一定会告诉我的。他知道我想回去。"

扬昇还想说什么，他的通信仪忽然发出橙色警报。打开虚拟地图，他发现南阳市靠近南部的区域出现密集的红点，这些红点代表的就是异族傀儡。

"这不是暗区和南阳之间相连的那座大桥吗？"卫桓放大地图，果然是那里。可他记得这个地方有一个很强的结界。他脑子里白光一闪："他们可能专门找了一些带有高等级异族器官的异族傀儡，用来打开暗区和异域的结界。"

"麻烦了。"扬昇说完这句，不再多言，直接开启传送门，带着卫桓前往事发地。

两人刚穿过去，就看见四周都是烈火烧灼的痕迹，街道上的人们惊慌逃窜，商铺房子都起了火，在场的战备组里的上善学生正慌忙救火。

"难怪可以进来，竟然是用祸斗做的异族傀儡。"卫桓查看了一下，目光所及之处竟然有上十只体形庞大、狗身人头的异族傀儡。他们张嘴便吞火、喷火，诡异非常。

"三组疏通大桥上的市民，五组和十二组守住结界毁损处，十三组和十七组用最快速度把结界修复起来！"扬昇布置好所有任务，手中刚起了风团，又被他攥灭。

他的风之力用在这种场合几乎是助纣为虐，只能借助其他武器进行攻击，但收效甚微。

卫桓出门走得急，穿着便装就出来了，当众换战斗服实在羞耻，只能便服上阵。

"这些玩意儿不好对付，让你的学生离远一点。"语毕，卫桓背后霎时出现大量的光刃，几乎是以最快的速度刺中那些祸斗异族傀儡的要害。光刃分布广，只要卫桓能够看见的地方，都可以迅速发起攻击。一个个祸斗就这样被刺中，发出狂躁的嘶吼，随后统统扑向卫桓，朝着他喷出火焰。

“小心！”扬昇担心。

卫桓倒是一点不慌：“你忘了？我现在不怕火了。”说完，他开始运能，周身瞬间出现十二团金乌真火，包围在他周身。真火旋转半圈后，以放射状击向那些狂躁暴怒的祸斗。

战备小组的一个学生在旁边大声提醒：“这些怪物会吞火！”

“就是要他们吞。”卫桓勾了勾嘴角。

——金乌真火也敢生吞。

这些祸斗几乎不假思索地吞下这些火焰，而后再一次扑向卫桓。战备组的其他学生已经开始叹气，甚至想要出手相救。谁知这时候，这些祸斗异族傀儡竟突然开始抽搐。赤红的火光从他们的肚子里出来，他们看起来像灯泡一样，整个身子都被火照亮了。片刻不到，他们便从体内开始自燃。火焰将它们重重包裹，只听见噼啪作响的燃烧声和凄惨的吼叫。

怪物们倒在地上，奄奄一息。卫桓转过身朝扬昇扬了扬下巴：“哎，找个有空间能力的小孩儿来收一下。”

扬昇双臂抱胸：“天秀。”他叫了个嘉卉学院的小姑娘，正好她的十几个花囊可以封印这些异族傀儡。可就在她准备运能的时候，身后传来整齐划一的脚步声。卫桓和扬昇回过头，看见一个身穿制服的警督带着许多警员赶来。

“又来了。”扬昇的表情不太好看。卫桓打量着对方，只见那个警督朝他们颔首，勉强可以算作是打招呼，接着他又道：“这里交给我们吧，你们可以回山海了。”

卫桓的暴脾气一下子就上来了，压了压火，开口笑道：“来得真是时候，不早不晚，正正好。”

他身后一些战备组的学生也跟着附和，毕竟刚才收服异族傀儡的是他们，大家累得半死，好不容易解决了，这些异族警居然出来把他们赶走，任谁都难以服气。

扬昇是在场唯一的教官，他走到警督面前，朝他们敬了个礼，然后道：“辛苦各位跑一趟，不过这边已经搞定了，我们会把异族傀儡带回山海复命。”

警督笑起来：“何必分得这么清楚？山海不也是异域联邦的一分子吗？这

位教官难不成可以代表整个山海，从异域里分离出去？”说完，他看了一眼卫桓，“原来如此，难怪还有个人族学生。”

话音刚落，卫桓的光刃一下子就飞刺上去，只不过被扬昇用风团裹住了。金色的光刃上缠着紫色的风，距离那警督的额头只有咫尺之遥。

“山海一向海纳百川，只要是有能力、品性好的学生，我们都不会拒之门外。”扬昇用手握住光刃，卫桓这才忍下这口气，将光刃消去。

警督笑着鼓了几下掌：“好，既然是海纳百川，那我们政府军与你们山海战备也是同根同源了，不必分彼此。这样，我看学生们也累了，来了南阳得尝尝当地特色，我请各位吃顿饭，大家放松放松。至于这些辛苦劳累的活儿，就让我这些手下去做吧。”

说完，他身后的手下就将地上的祸斗异族傀儡一一收进狱笼中。

警督笑着伸手：“教官这边请？”

扬昇笑了笑：“不必了，我们还有别的事要做。”说完他转过身，笑容消失殆尽，对着战备小组的学生们下达指令，“回山海复命。”

看着这些无耻之徒将战备组的功劳抢走，卫桓心里气愤之余又觉得疑惑。

扬昇并没有和学生一起，单独打开一个紫色传送门，带着卫桓走进去。走出传送门的时候，卫桓发现这并不是山海，而是暗区。

“怎么来这儿了？”

扬昇道：“刚才那些祸斗很明显是从暗区过来的，我看看这边还有没有别的。这么大规模的异族傀儡，我觉得有问题。”

卫桓赞同地点了点头，又想起刚才的事：“这种截和的事儿他们不是第一次干了吧？”

“嗯。”扬昇也不解，“最近这样的事经常发生，自从上次谢天伐和那些异族傀儡来了一次北极天柜，异族傀儡出现的频率就越来越高，而且数量也在增加。这倒没什么，怪就怪在以前井水不犯河水，战备军归战备军，联邦归联邦，但现在只要异族傀儡一出现，他们就要争一争。你说奇不奇怪？”

“会不会是……”卫桓忽然冒出一个特别阴暗的想法，“这些异族傀儡和联邦有关系？”

扬昇摇了摇头："我之前也是这么想的，还以为自己发现了什么不得了的事，所以后来我找了影类异族跟了这些政府军一阵子。但他们并没有私藏这些异族傀儡，反而集中后焚化了，做得比山海战备还绝。不光这样，他们还请了异都报的记者，让他们全程录下来，现在新闻已经满天飞了。"

这不是典型的截和吗？

"听说他们自己也有收服一些异族傀儡，并不单单从山海战备截和。关键就是，我不知道他们这么做的目的是什么？这有什么可宣传的？"

卫桓眉头紧皱，脑子里有些想法，但是暂时没有理清楚："我觉得不太对劲，总感觉有事要发生。"

"说起有事，云永昼最近才是事多。"扬昇一面往前走，一面跟卫桓闲聊。

"什么事儿？"

扬昇叹口气："明年异域联邦就要换届了，各方势力虎视眈眈，现总理好像是把这个注压在云永昼身上了。"

卫桓一愣："你是说他要让云永昼来当他竞争连任的工具？"

"他不一直是吗？"扬昇耸肩，"你要知道，云永昼就是金乌家族的一枚棋子，当初被送进山海，也就是为了让他直接进入政府军。现在他留在山海当教官，为此校董天天被施压，最近校长都和他谈了好几次了。"

"谈什么？"

扬昇理所当然道："当然是想让他辞职啊。山海放不下这尊大佛，云永昼迟早得走。他只要进了政府军，不用他真的立下多大的军功，就凭他初代金乌的影响力，再炒作一下最高学府任职的经历，他这个标杆就立起来了，到时不知道会有多少选票落到金乌家的手里。

"大部分的民众根本不关心你有什么样的发展规划，他们只会把手中的这一票给他们熟悉的对象。金乌家族就是利用这一点罢了。"

没错。有几个是真正有选票归属权的，大部分都是无形中被舆论操控却不自知的人罢了。

"云永昼已经僵持很久了，现在连校长都出面劝他，估计是留不下来了。"

卫桓的情绪变得低落，这些事云永昼从来不跟他说，大概也是怕他担心。

“如果是这样的话……”卫桓的话还没有说完，不远处忽然传来爆炸声，两人同时抬起头，看见不远处的建筑上方有黑烟出现。

“又来了？”扬昇双翼展开，“你身体还没有完全恢复，先不要飞。”说完，他先冲了过去。

卫桓紧随其后，穿过一条拥挤的街道来到发生爆炸的地方，见上空盘旋着三个异族傀儡，都生着三个鸟头和一个人头，还有两对红色翅膀。他们张开尖嘴，便会吐出火球。

卫桓的光刃追上去之前，先响起枪声，两枪就把其中一只击落。

已经有人先到了吗？卫桓赶过去一看，是一队穿着黑色衣服的人族，领头的那个格外眼熟。

“阿祖？”

扬昇在空中击落剩下两只没有中弹的，然后落到卫桓身边，看了一眼这些黑衣人：“你认识？”

卫桓介绍了一下：“对，这是一开始在暗区救了我的人，要不是他，我都去不了山海。”

戴着面罩的阿祖也认出卫桓，于是取下面罩：“阿恒？好巧啊！你怎么来了？”

“我们刚在边界抓异族傀儡，你们在干吗？也在打异族傀儡？”卫桓朝阿祖身边的其他人点点头，算是打招呼，然后又问道，“你们的装备够吗？这些异族傀儡可是有弱有强，你们得小心点。”

“够，我们还有呢。”阿祖道，“这两天暗区到处都是这玩意儿，我们老大今天带着我们武装部都出来了，从天亮打到现在。我的天，好像还有些往外跑了。”

“对，跑到异域了，听说凡洲现在也是，看来这个研究所是真的开始作大死了。”

反应慢了半拍，卫桓忽然间想到了什么：“你说你们老大？他在吗？”

“在啊，刚刚还在，你要见他？”阿祖转过身看了看，“刚刚那几枪还是我们老大开的……哎？人呢？小治，老大呢？”

叫小治的矮个子指了指街角：“好像去那边了。”

图书在版编目（CIP）数据

除我以外全员在线：2 / 稚楚著. -- 长沙：湖南文艺出版社，2022.9
ISBN 978-7-5726-0708-0

Ⅰ. ①除… Ⅱ. ①稚… Ⅲ. ①长篇小说－中国－当代 Ⅳ. ① I247.5

中国版本图书馆 CIP 数据核字 (2022) 第 093218 号

除我以外全员在线：2

作　　者：稚　楚
出 版 人：陈新文
责任编辑：张　璐　袁甲平
封面设计：吴思龙 @4666 啊
出版发行：湖南文艺出版社
（长沙市雨花区东二环一段 508 号　邮编 410014）
网　　址：www.hnwy.net
印　　刷：长沙鸿发印务实业有限公司
开　　本：710mm × 1000mm　1/16
印　　张：20.5
字　　数：312 千字
版　　次：2022 年 9 月第 1 版
印　　次：2022 年 9 月第 1 次印刷
书　　号：ISBN 978-7-5726-0708-0
定　　价：52.80 元